Ronso Kaigai
MYSTERY
229

必須の疑念

Necessary Doubt
Colin Wilson

コリン・ウィルソン

井伊順彦［訳］

論創社

Necessary Doubt
1966
by Colin Wilson

目次

主要登場人物

カール・ツヴァイク……………………オーストリア人哲学者。六五歳
サー・チャールズ・グレイ……………元ロンドン警視庁副総監。ツヴァイクの友人
アロイス・ノイマン……………………ツヴァイクの旧友。脳外科医、正統派ユダヤ教徒。ドイツ人
グスタフ・ノイマン……………………アロイスの息子。ツヴァイクの教え子。一九一一年生まれ
エルンスト・ユンガー…………………ツヴァイクの教え子。反ユダヤ主義者
ジョン・スタフォード＝モートン……精神科医
サー・ティモシー・ファーガソン……グスタフの雇い主？
ジョウゼフ・アソル・ガードナー……サー・ティモシーの知人
ナターシャ・ガードナー………………ジョウゼフの妻。三二歳
アルバート・コルブライト……………元ロンドン警視庁主任警部
テリー・サムズ…………………………カメラマン

必須の疑念

ダン・ダンツィガーとジャネット・ダンツィガーに愛を込めて

題辞

重要なことや本当のことを、いまだ一つも人が見たり知ったり口にしたりしたためしがないなど、ありうるか。物事を眺め、考え、記すために何千年もの時を得ながら、サンドウィッチやリンゴを食べて終わる学校の休み時間よろしく、人がその長き時をぼんやり過ごしたということがありうるか。

うむ、ありうる。

進歩や諸々の発見もしてきたのに、我々はいまだ人生の上っ面を漂っているのみということがありうるか。

うむ、ありうる。

世界史が丸ごと誤解されてきたということがありうるか。

うむ、ありうる。

かつて存在しなかった過去を人々が申し分ないほど正しく知るということがありうるか。あらゆる現実が人々にとっては無であり、誰もいない部屋にある時計のごとく、人々の人生が何物ともつながらぬまま営まれてゆく、ということがありうるか。

うむ、ありうる……のでは？

だが、もし以上のことがすべてありうるなら――そんな気配だけでもあるなら――ならばきっと……何かしないといけないか。はじめに気づいた者は……今まで顧みられもしなかったことの一部でも手を着けねばならない……自分のそばには誰もいない。

リルケ（『マルテの手記』第一部「九月一一日　トゥリエ街にて」抄訳）

注記

本書の題名は、パウル・ティリリヒ（一八八六−一九六五。ドイツ系アメリカ人のプロテスタント神学者）の神学から借用した。主人公カール・ツヴァイクは、ティリリヒ教授と同じく、大学で教鞭を執る〝実存主義神学者〟だ。教授個人に模したつもりはない。

犯罪と催眠状態との問題に関して挙げた諸事実、またサラの事例研究《ケーススタディ》やハイデルベルクの事例研究《ケーススタディ》の詳細については、P・J・ライター教授の『反社会的行為、犯罪と催眠状態』（一九五八）に教示された。犯罪と睡眠状態という主題をかかげた作品はほかにも実在するが、いずれも参照はしていない。

ハイデガー『存在と時間』についてのカール・ツヴァイク教授の解説抜粋

「いかなる意味で、人は無限の自由を有すると言いうるのか。人は空を飛べない。肩をいからせて不快な気分を追い払うこともできない。退屈な責務から目をそむけて、その責務をなきものとすることさえできない。ならば、いかなる意味で人は自ら意識せざるほどの自由を有するのか。

この自由が物理の分野に属すると思う点に誤りがある。そうではない。解説するには類推の手を用いるしかない。人は病にかかると、何か少しでも無理をするたびに活力を奪われる。何かをしてみたいと思い、そのさなかに妨げを被ると、座り込んで泣きたくなる。それでも健康なときなら、どんな障害にも気軽に対処し、容易に克服できる。人が数千年にわたって生存してきた状態は、病気に似かよっている。生きるにはなんらかの努力が必要であり、しかもこの努力はずっと続くものであり、人間の条件のいかんともしがたい一部に見えるので、人生自体の一特徴であると我々は考える。そうするなかで、我々は世界に対する自身の見方に、自身の病気と消耗という症状を読み込んでいるにすぎない。人は耐えられるのだ、自身の現状をありのままに示す自由の状態、つまり病人の消耗と不信に。

しかし、何が我々をこの条件に封じ込めているのか。原罪？　生物学はそんなありさまを認めていない。人間を病気と恐怖という二次元世界に閉じ込めるのは習慣のみだ。我々と霊長類の祖先とのあいだに存する何百万年にもわたる習慣。

（中略）我々の文明が知的破産状態にあるという言い方はありきたりだ。とはいえ、かなり真実味はある。組織運営の仕方が時代遅れなため、なすすべなく落ちぶれゆく小規模企業さながらだと見なすほうが、いっそう気が利いていよう。我々には能率向上の専門技師が何人か必要かもしれない。

（中略）人生を夢と呼ぶのは無意味だ。人生の全体を人生の一部にたとえているにすぎない。人生で興味深いのは、我々が不断に、しかもほぼ無意識に、解釈の作業にいそしんでいる（現象学）ことだ。我々は〝記号〟を読む。新聞を読むように、胃袋の餓えや背中の痛みを読む。夢は日常生活のような、解釈すべき一連の形態や象徴だ。だから人生を夢と呼ぶのは無意味なのだ……。」

第一章

シェパーズブッシュ（ロンドンのハイドパーク西にある地区）でタクシーが角を曲がると、ひらひら降り始めた雪片が窓に当たった。車がノッティングヒルに向かうなか、雪が激しくなってきて、数フィート先まで見えるのがやっとだった。運転手が言いだした。

「やっぱりなあ。こうなると朝から思ってたんでさ。さもなきゃ雨かと」

カール・ツヴァイク教授は黙っていた――運転手のなれなれしい口ぶりにかちんときたからではなく、言うことが思いつかなかったからだ。返事がないのは無視されたからではないとわかったらしく、相手は語を継いだ。

「今朝カミさんに言ったんですよ――雪のクリスマスを迎えるとなると、一九四八年以来だなって」

ツヴァイクはどうにか口を開いた。「そうかね」

「だからって、どうでもいいけどね。あっしにすりゃいい迷惑ってだけの話だ。チビどもは嬉しいだろうけど」

ノッティングヒルゲートは、地区内の建物が半数ほど取り壊されていて、奇妙で殺風景に見える。一九四五年に目にしたハンブルクのありさまがツヴァイクの頭によみがえってきた。ぞくぞくするほど寒い感じも。アウセンアルスター湖の黒ずんだ水に降り注ぐ雪や、湖の向こうから漂ってくる腐乱死体の悪臭のことを、ツヴァイクは思い返した。そのとき、運転手が声を発して、懐旧の情や不信の念は吹き飛ばされた。

「変なことを訊いてごめんなさいよ、でもだんな、テレビで見たお顔じゃありませんかね」

ライムグローブ（BBCテレビのスタジオ）の外でツヴァイクはタクシーに乗ったので、こう訊かれるのも意外ではなかった。

「かもしれない。たまに『専門家におたずねします』って番組に出ているから」

「だと思った。見たことあるなと思いましたよ。あのスタジオ前で、よくテレビの有名人を乗せるんです。こないだアーサー・アスキーを拾ったな……」

運転手がしゃべり続けるなか、車はクリスマスイブで混み合うベイズウォーターロードをのろのろ進んだ。ツヴァイクはもう話を聞いていなかった。ハンブルクのことが思い出されると、ほかの記憶もいろいろ頭に浮かんだ。降る雪が記憶のよみがえりを促したかのようだ。遅い時間ながら、子連れの買い物客でオックスフォード街はにぎわっている。客たちは天幕の下で雪を避けながら、ショーウインドーを眺めている。子ども好きのツヴァイクは、かつてハムステッド（ロンドン北西部の高級住宅地）で、妹や甥たちと何度かクリスマスを過ごしたことを思い起こした。座席の反対側のすみに押し込むように置いてある中身でふくらんだ紙袋に、のっそり手を伸ばした。袋にはテレビ局へ行く途中で買ったおもちゃが入っている。

タクシーはノースオードリー街（ハイドパークの東、メイフェアにある通り）に入った。ぼんやり物思いにふけっていたツヴァイクは、ふと我に返って内心つぶやいた。「大人がクリスマス好きなのは、人生は挫折の連続だってことを忘れさせてくれるからだな。子どもがクリスマス好きなのは、人生は心やさしくて、最後には贈り物が待っているっていう幻想を抱かせてくれるからだ」こんなことをなんとなく考えているうち、ある思い切った試みをしてみる気になった。短い論文にまとめようか。題名は「クリスマスの弁護」だ。なぜクリスマス人気は落ちないのか――むしろ上がっている――他方キリスト教信仰は薄れている……ツヴァイクは後部座席の窓を下げ、たばこの吸いさしを投げ捨てると、身を乗り出すように前方を見すえた。タクシーはカーゾン街の信号で停まった。信号の向こう側では、やはりタクシーがホテルの前に停まっており、接客係がドアを開けて一人の老いた男を車内に入れてやった。夜会服を着た若いほうの男が、接客係のさす傘で雪を避けながらそばに立って老人の乗り込みを待ちながら、ツヴァイクを乗せたタクシーのほうをなんとなく見ている。ツヴァイクの興味を一気に掻き立てた対象はこの年下の男だった。タクシーが相手のタクシーの後ろを通るときに呼びかけてやろうか。信号が変わる前に相手が走り去っては困るので、ツヴァイクは窓から身を乗り出し、今にも外に飛び出て手を振らんばかりになった。しかし、この客は乗り逃げするんじゃないかと運転手に誤解されるかもしれない。しかも、ツヴァイクがぐずぐずするうち、若いほうの男は相手のタクシーに乗り込んで、ドアをばたんと閉めた。信号はまだしつこく赤だ。相手のタクシーは走り出し、ほどなくシェパードマーケットへ入っていった。一瞬ツヴァイクは、あれを追ってくれと運転手に言おうかと思ったが、それを打ち消し、運転手に顔を近づけて口を開いた。

「あのホテルの前で停めて」

「クラージズ街（メイフェアにある通り）に行かれるんじゃないんですかい」

「うむ、でもいいんだ」

タクシーは交差点を過ぎて停まった。くだんの接客係が近づいてドアを開けた。ツヴァイクはおもちゃ入りの袋のことを思い出し、心を決めた。「ちょっと待って。すぐだから」ツヴァイクは接客係に声をかけると、金を取り出そうとポケットを探った。

「さっきのタクシーに乗った男性だが——ここに滞在しているのかね」

「違うと思います」

「運転手に行き先を告げたはずだが、聞こえたかね」ツヴァイクはすぐ言い足した。「あの人はわたしの友人なんだ」

「申し訳ありません、聞こえませんでした。乗り込まれるまで行き先はおっしゃいませんでした。フロントでおたずねになったらいかがでしょうか。職員ならわかるかもしれません。ありがとうございます」

ツヴァイクは回転ドアを抜けて、暖かな空気と蠟の解けるにおいの漂う建物内部に入った。このにおいの出どころは、一面に火のともったろうそくのついた巨大なクリスマスツリーだった。すみに立っている木だ。一人の若い男がにこやかに近づいてきた。

「お泊まりでしょうか」

ツヴァイクは先ほどと同じことをたずねた。若い男——たぶん副支配人だろう——はうさんくさそうな顔をした。

「そのお二方はお泊まりではないと存じます。お食事をお摂りになっただけでして。初めてお見えになられたお客さまかと。少々お待ちください、確かめてまいります」

男はダイニングルームに消えた。ツヴァイクは後先かまわずタクシーを停めたことをしまったと思い始めた。とにかく自分は、緞帳のごとく降りしきる雪を透かしてあの者を目にしたのだ。見間違いだったということも十分ありうる。それからすぐ、副支配人が離れたところからツヴァイクを手招きした。ダイニングルームの入り口に立って、給仕頭と話をしている。後者はかなり背が高く、スペイン人のように見える。だが口を開くと、出てきた言葉には下町な《コックニー》まりがあった。

「すんませんが、お役にゃ立てません。おたずねの方々はお食事に見えたんで」

何か言わなければいかんと、ツヴァイクは一つたずねた。

「このホテルは宿泊しない客もよく受け入れるのかね」

「そうでございますとも」愛想よい笑顔だ。客からチップをもらって礼を述べてきた年季入りの声だ。「当方の仕出しは有名ですと、申し上げてもよろしいかと」

「だろうな」ツヴァイクは急いで応じた。

「お伝えできるのはですね、お年を召した紳士はスコットランドの方で、お若いほうの紳士は外国人ってことです。目上の方はお若い方をグスタフと呼んでおられました」

「そりゃよかった！」ツヴァイクは声をはずませた。「わたしの友人じゃないか、グスタフ・ノイマンだ。もう三〇年以上も会ってない」うきうきした気分のせいで、何かいいことを言ってやりたくなり、こう付け加えた。「鋭い観察力を持っていてすごいね。優秀な刑事になれるだろう」

「あたりまえのことです」給仕は目を輝かせた。

「残念だな、あの男がここに泊まっていないとは……ああ、そうだ」ツヴァイクは副支配人のほうを向いた。「お手間を取らせてしまって申し訳ない」

「そんなことはございません、教授。こちらこそ光栄です」

「わたしを知っているのかね」

「三〇分前にテレビで拝見しました」

業務のじゃまをして悪かったなと思っていたツヴァイクは、これで気が楽になった。クリスマスツリーを見つめている子どもの頭を軽く叩くと、相手の二人にまた礼を述べて外へ出た。接客係がタクシーのドアを開けてくれた。

「お探しの方は見つかりましたかい、だんな」

「だめだったよ、残念ながら」ツヴァイクが答えた。

第二章

居間は寒かった。夜はクラブで過ごすから、わざわざ火を起こさなくていいと、管理人には告げておいた。夜遅く冷え切った部屋へ入る不愉快な感じを忘れていた。

ツヴァイクには自宅の部屋がどれも自慢だった。一九三三年から使っている。もっとも、当時から十二年は同僚に又貸ししていたが。時代物めいた部屋ばかりで、暖炉がある。暗緑色の壁紙は、いつまでもはがしたくない。床には茶色い厚手の絨毯が敷いてある。使い古しだが、まだ十分ぜいたくな品だ。シャーロック・ホームズとワトソン博士が使っていたような部屋ばかりだろうと、ツヴァイクはおりにふれて言った。部屋代は心もち支払いの厳しい額――新しい家主は何かにつけ値上げしてくる――とはいえ、この家を手放したときのことを考えるだけで、臨終の床にいそうなほど全身が寒々として気が落ち込む。

ツヴァイクは一本棒の電気ヒーター――本当は気に入らない新機軸の製品で、なるべく使わずにいる――のプラグを差し込み、ドライシェリーをグラスに注いだ。書斎に入り、書き物机の最下段の引き出しを開け、傷んだ革表紙のアルバムを取り出した。次いで別室に戻り、肘掛け椅子にどかりと腰を下ろし、読書用めがねを鼻に載せた。アルバムをめくってゆきながら、シェリーをちびちび飲んだ。ヒーターのおかげで向こうずねが暖かくなった。昔懐かしい気持ちが再び芽生えた。そうだ、寝る前にアスピリンを二錠飲んでおかないと。こういうときは風邪の引き始めになることが多いから。アルバムの各頁には書き込みがあった。一九二一年ハンブルク、一九二六年クリスマス、ツェルマット、一九二八年ロサンゼルス（学術会議の際の写真だ）。一九二七年の新婚旅行の写真もあった。頁をめくってゆくなかで、ハイデルベルクにある妻の墓を撮った写真のある頁まで来ると、ツヴァイクはわざとそこを飛ばした。探していた写真にようやく行き着いた。「アルフォンスとグスタフ、『微笑みの国』（フランツ・レハール作曲のオペレッタ。一九二九年初演）用の装い」「アルベルトとグスタフ、ボンにて」「『プスコフ』でシンドラー氏《ヘア》を演じるグスタフ」『プスコフ』は、グスタフ・ノイマン自身の作品だ。アルトゥル・シュニッツラー（一八六二—一九三一。オーストリアの医師、小説家、劇作家）の影響が大きい。

ツヴァイクはシェリーを飲み干し、スリッパを脱いで靴にはきかえた。エナメル革の小さな靴だ。足は本人自慢の部位に属する。靴の上品ぶりに、みなの視線が集まり、小さな足に気づいてもらうのは悪くない気分だった。この靴の上から、防水・防寒靴《オーバーシューズ》をはいた。ヒーターのプラグを抜いた。そうして、ツヴァイクはアルバムから写真を三枚ていねいに抜き取り、きれいな封筒を見つけてそこに入れ、財布に忍ばせた。

****

雪はやんでいた。ツヴァイクは滑らないよう、すぼめた傘で歩道を突きながら、そっと歩を進めた。ピカデリー（ロンドンの繁華街）では、雪はかなり踏み固められており、まずまず楽に歩けた。ツヴァイクはリッツホテルそばの交差点を渡り、セントジェイムズ街に入った。すると、角を曲がってペルメル街に入ってゆく一人の姿に見覚えがある気がしたので、ツヴァイクは足早にあとを追った。街灯の光のおかげで、うむ、やはりそうだと思った。ツヴァイクは声をかけた。「やあ、グレイ」相手は立ち止まって振り向き、さらなる声を待った。ツヴァイクは語を継いだ。

「奇遇だね、チャールズ。クラブに行くところかね」

「ああ。きみはどうなんだ」グレイはツヴァイクより三〇センチは背が高かった。ツヴァイクを見下ろしながら向けた笑顔には、混じり気のない友情と、この遭遇をすなおに喜んでいる心情がうかがえた。二人は肩を並べて歩きだした。ツヴァイクがたずねた。

「クラブで食事するか」

「いや。うちへ帰る。女房が牧師を何人か夕食に誘ったんだが、そのあと電話があってね、みな来られなくなったらしい。だからぼくが女房の相伴を務めることになった。きみどうだ、来ないか」

二人はクラブに入り、脱いだ外套をドア係に渡した。ツヴァイクが言った。

「ほんとにおじゃまでなければ、喜んでうかがうよ」

「女房も喜ぶ。買ったきみの著書にサインしてくれと言いそうだ」

「どれがいいんだね」

「『必須の疑念』だな、きっと」

カウンターは混んでいた。扉の近くに、見るからに〝出来上がって〟いそうな著名アフリカ大陸探検家が、一年近く前に勲爵士《ナイト》の称号を受けた役者と声高に議論している。色とりどりの銀紙を使ったクリスマスの飾りつけで、室内は祝祭にも似た雰囲気が漂っている。グレイに気づいた探検家は、親しげに目くばせした。

「お、あなたか。近ごろは悪党を引っ捕らえましたかな」

探検家は耳障りな笑い声を上げながら、グビリという妙な音を立てた。気の利いたことをよく口にするクラブ会員が、病にかかった犬を想わせると、かつて評した音だ。グレイは薄笑いを浮かべて応じた。「元気そうだな、ロバート」部屋のすみに誰もいないテーブルがあったが、グレイはあそこに座るまいとツヴァイクは思った。カウンターで飲んでいる会員二人の姿を描いた風刺画が、テーブルの上にかかっていたからだ。この絵は、ある著名な風刺画家の手になる一枚で、笑いを誘うような誇張したところはみじんもなかった。描かれているのは、ただ得意げな格好で並んで立つツヴァイクとグレイの姿のみだ。ツヴァイクは、背が低くずんぐりしたからだつきで、たっぷりした白髪を分け目なく後ろになでつけている。頭はカウンターにどうにか届くぐらいで、熱っぽく力を込めて話をしている。グレイは見上げるほど背が高く、いくぶん猫背で、ほっそりしていて品のある手でブランデーグラスをそっと持ち、穏やかな戸惑いの色を浮かべた顔で相手の話に耳を傾けている。二人はこんなふうに、実際以上に清き友情に結ばれた者同士として描かれていた。ともかく、どうもグレイの本音としては、絵のそばに腰を下ろすと、受け狙いも同然ではないかということらしい。ツヴァイクは相手の返事を予測しながら誘ってみた。

「ラウンジに行って座ろうじゃないか」

「それがいい。ここは混んでる」

古びて傷んだ革の肘掛け椅子にどっかり腰を下ろし、ツヴァイクはドライシェリーをちびちび飲んだ。グレイはアイリッシュウィスキーだ。

「女房は前からきみと話したがっていてね。きみの著書のおかげでカトリックに改宗できたそうだ」

「それは残念てところかな」

「うそじゃない。なぜきみがカトリック教徒でないかわからんとさ」

「ぼくの口から説明しよう」ツヴァイクはまじめくさって応じた。嬉しくもない場に変わりそうだが。

グレイは笑いながら語を継いだ。「今夜は女房がその話題を持ち出さないよう、こっちが気をつけるよ。保証はできないが」

ツヴァイクは札入れを開き、白い封筒を取り出した。

「ところで、一つちょっとおもしろい話があるんだ。きみの専門分野の一件だよ」

「軍隊か、それとも警察か」

「警察のほうだ。きみを軍人だと思ったことはない」

「何を言う、これでも警視庁《スコットランドヤード》にいるよりはるかに長く陸軍にいたんだ」

ツヴァイクは笑みを浮かべ、酒をちびりとやった。軍人を自称するのは、グレイのひそかな自慢の種の一つだった。軍歴は立派ながらも地味だ。警視庁刑事課《CID》を統括する副総監として過ごした年月で受けた毀誉褒貶《きよほうへん》からすると、その一〇分の一にも満たない中身だ。回想録『我がヤードでの日々』が大売れしたり、戦後の犯罪捜査で成果を挙げたことに対して、当然ながら新聞が宣伝してくれたりしたせいで得た世評を、グレイは気にもかけていない顔をしていた。

グレイは相手の笑みに気づかぬように問うた。

「話ってなんだね」

「昔にさかのぼるんだが……」

「長くなるのか？」

「かもしれない」

「ならば、我が家で聞きたいね。エドナにカトリック教会の話題を出すひまを与えずにすむ。もう一杯やってから腰を上げよう」

ツヴァイクはポケットに封筒をしまった。グレイは給仕に向けて指をぱちんと鳴らした。

＊＊＊＊＊＊＊＊＊＊＊＊＊＊＊＊＊＊＊＊＊＊＊＊＊＊＊＊＊

外套を脱ごうとするツヴァイクに夫が手を貸してやるさまを目にして、グレイ夫人はほほえんだ。漫画に出てくるような凸凹コンビの対比がおもしろかった。

ツヴァイクはかすかに頭を下げながら夫人の手を握った。

「おじゃまでなければいいんですが……」

「とんでもない。チャールズのおかげでまたお会いできて幸いです。大きなカモの肉がありますの、とても二人では食べ切れなくて。まだ雪は降っているのかしら」

「また降りだしましたね」

「ファーザー・ロレンスがおいでになれなくて残念ですわ。ぜひご紹介したいところでした。あの方もあなたのご著書を読んでいらして」

グレイが急いで口をはさんだ。「料理のいいにおいがするね。二人とも腹ペコなんだ」

「それじゃ、席につきましょう。お客さまがお一人見えたとメアリーに伝えます」

ツヴァイクは自宅以上にグレイのフラットが気に入っていた。食堂を見るたび、秋の湖が頭に浮かんだ。広くてぴかぴかの茶色いテーブルのせいかもしれない。反射したろうそくの炎が、黄色い葉っぱを想わせるように浮かんでいる。

「シェリーのお代わりはいかが」

「もう一杯だけいただくかな」ツヴァイクが応じた。なんだか心に熱気を感じる。解放感だ。いつのまにか、ハイデルベルク時代のある同僚のことに想いが及んだ。ニールシュタイナー（ドイツ産の白ワイン）を飲むと、その同僚は言ったものだ。ぼくの記憶装置は中身がもれてるんだ……。ややしばらく、ツヴァイクはグレイ夫人エドナに、クリスマスの真髄に関する小論について説明してやろうと思ったが、気が変わった。カトリックに話が向かうと困る。ツヴァイクはテーブルの席につき、手にしたシェリーグラスを通してろうそくの炎を見ながら言った。

「シェリー三杯、時が止まる。四杯、我は眠りにつかん。ヴェルト・イッヒ・ツム・アォゲンブリッケ・ザーゲン：フェルヴァイレ・ドッホ！　ドゥ・ビスト・ゾー・シューン！」

グレイが笑いながら口を開いた。「今夜は快調だな。きみがドイツ語の詩を引用しだすときは上機嫌なんだよな、昔からそうだ。ところで、今のはどういう意味だね」

「ファウストがメフィストフェレスと取り引きするところだ。ぼくがもし過ぎゆく時に呼びかけるとするなら——しばし止まれ、汝かくも美しきかな（ゲーテ『ファウスト』第一部「書斎」、ファウストの台詞）……。ああ、実際ぼくは幸福な気分だ。だが幸福な気分って、よくわからんな。幸福に関する我々の概念は修正が必要だ。人は苦痛を覚えているなかでも幸福たりうる——苦痛ゆえに活力が増すなら……」

ツヴァイクはアルスター川（ドイツ中部の川）の解けかかった氷や腐りゆく遺体のにおいに再び思いを馳せ、嫌悪の念と懐古の情との入り混じった気分を味わった。これが自分の愛するドイツの象徴という感もある。残虐と退廃のドイツ、自決や死について奏でる音楽にヘビよろしくじわじわ迫るドイツ。

　エドナが入ってくるなり声を上げた。「よかった、一杯やってらしたのね。少し時間がかかりそうだから」テーブルクロスを広げながら夫に話しかけた。「ドリスには、もういいから帰りなさいと言ったの。あなた、肉を切り分けてね」

　あ、たしかに腹が減ってるなとツヴァイクは気づいた。大皿に盛られたアンチョビーやタマネギなどを肉で巻いた煮込み料理を自ら取って食べた。ウォッカで流し込んだらどうだというグレイの誘いにこくりとうなずいた。食べ物に対するツヴァイクの興味は、まれなことながら思い出したように湧き出る。食欲が湧くのは、くつろいでいること、また物質界を受け入れていることの印だと自覚していた。ツヴァイクにすれば、物質界とは純粋思考に対するやっかいな障害だった。グレイ夫人は、そのことを承知しているほどに、ツヴァイクとは近い間柄だった。アンチョビーや黒パンをほおばるツヴァイクを見ながら夫人はほほえみ、こう言った。

「ファーザー・ロレンスに電話したんです。あとで行けたら行くよ、ですって。ご自分が編集なさっている論集に原稿を寄せてくれないかって、ツヴァイクさんにも頼むおつもりじゃないかしら」

　ツヴァイクがウォッカを飲み込むと、のどからひたいにかけて、かっとほてった。

「ありえないでしょ、そんなの。あちらはカトリックで、ぼくはルーテル教会派ですよ」

　まずい、神学の話になりそうだとグレイは思ったが、流れは止められそうになかった。妻がどんな宗教を信仰しようが尊重するつもりだ。慈善裁縫クラブやマザーズユニオン（聖公会系の国際婦人団体）の会員になったにせよ同じだ。とはいえ、今は宗教の話など関係なかろうにと、グレイはいやになった。

「あなた、そこがおかしいのよ」エドナは自分のグラスにペリエ水を注いだ。「カトリック教会ではずいぶん意外なことが起きているんだから。新しい寛容の精神があるの。この論集にはブルトマン（一八八四―一九七六。ドイツのプロテスタント神学者）やティリヒ（一八八六―一九六五。ドイツ生まれのアメリカのプロテスタント神学者）のような人も寄稿しているのよ。それに……あのアメリカ人、名前は……ニーバー（一八九二―一九七一。アメリカのプロテスタント神学者）」

グレイは肉切り用ナイフを研ぎ、まずカモのどこに刃を入れようか考えながら、ぼやくように言った。

「よくまあ、そういう名前を憶えたな」

「興味があるからよ、あなた」妻は切り口上で応じた。「カール、あのキャンティの瓶を開けてくださる？　ほら、あそこ、暖炉のところ……」料理が出されているあいだ、しばし神学の話はおさまった。メイドが入ってきて、これで失礼いたしますと言った。料理人が近づいてき、カモの味はいかがですかとたずねた。ツヴァイクはしみじみ答えた。「今まで食べたなかで指折りの味だ」

グレイが言った。「オレンジの代わりにタンジェリンを使ったのはぼくの発案だ」その後の一〇分間、話題はもっぱら食物とクリスマスの料理になった。オーストリアの農民にはクリスマス用の特別調理法はないのかしらと、グレイ夫人はツヴァイクにたずね、さあて、どうかなという正直な応答に声を上げて笑った（ツヴァイクの父親はチロルのある村で小さな農場を営んでいた。ツヴァイクは生後二〇年間オーストリアで暮らした）。会話が途切れたところでグレイが言った。

「あとでカールから一つ話があるそうだ」

「ご両人があまり退屈でなければね」ツヴァイクがあとを受けた。食事のおかげで眠くなってきた。できれば自分が話すより聞き手に回りたい。

「もちろん」グレイ夫人が応じた。「コーヒーを入れるようメアリーに言います。お砂糖抜きになさる？」

「ぼくが見つけたブランデーを試してほしいね」グレイが言った。「ポルトガル物だ。ボトルに詰めたのは一九〇〇年以前だと、我が家出入りのワイン業者が請け合っていたよ」

三人は別室に入った。薪の火が燃えている——当主夫婦と自分の三人きりになるのはつらいなと、ツヴァイクに思わせたのはこのせいだ。会話に聞き入るふりをしながら両脚を思い切り伸ばして目を閉じたかった。今夜のように久しぶりに食い意地が張ると、こういうところが困る。胃袋は不意打ちを食らい、こんなに働かせるなと文句を垂れた。まるでおれはブタを一匹消化しようとしているボア（大型ヘビの一種）みたいだと、ツヴァイクは思った。頭がうずき、耳もいくぶん遠くなっている。

客の眠そうな顔に当主は気づいて言った。

「ほれ、これをやってみろ。消化を助けるから」

二人は葉巻に火をつけ、肘掛け椅子に向かい合って腰を下ろした。目を閉じ、暖炉の火に向けて脚を伸ばした。グレイはウールのスモーキングジャケットを着て、クリスマスプレゼントであるらしい刺繍入り新品スリッパをはいている。両者は無言だ。聞こえるのは、グレイが暖炉にくべた薪が発するシューという音と、遠くからかすかに流れてくる車の往来の音ばかり。だからおれはグレイが好きなんだとツヴァイクは思った。この男が黙っていると心が安らぐし、肩が張ることも質問攻めに遭うこともない。

コーヒーを載せたカートを押しながらエドナが入ってきた。

「二人とも、お休み？」気さくで明るい声だ。だが男二人はその声に、かすかなあざけりを、つまり無理して食通を気取る者に対する反感を聞き取り、気まずそうに目を開けた。九カ月前に改宗して以来、エドナは有料の水以外の飲料をほとんど摂らなくなった。またエドナは、チェスタベロック（カトリック信者である両文人G・K・チェスタトンとヒレア・ベロックを合わせた名）組《ブリゲード》の〝健啖カトリック〟を自称している向きに対して、ときおりいらだちをあらわにした。自身の聴罪司祭はやせた男で、しわくちゃの羊皮紙のような顔と、ぜいたくな食べ物を受け付けない胃袋の持ち主だ。イエズス会士でありながら、エドナにはパスカル（カトリック教会から異端とされたジャンセニズムの信奉者）を読むよう勧めていた。エドナのベッドわきに置かれたパスカルの『プロヴァンシアルの手紙』には、全頁びっしり書き込みがしてあった。グレイはパスカルのことなど何も知らなかった――牛乳を殺菌消毒する方法を見つけた科学者かなとぼんやり思った――が、妻のナイトテーブルから吹く冷たい風のごとき、その影響力には気づいていた。じわじわ湧く強い不快感に気が立った。グレイは露骨すれすれの皮肉を込めて言った。

「いや。ツヴァイクと二人でテレパシーのちょっとした実験をやっているんだ」

「なぜよ。もっと楽に意志を伝え合う仕方があるでしょ」エドナはコーヒーを注いだ。グレイは自分と客のグラスにブランデーを注いだ。ツヴァイクは試しに味わい、いいぞと言うようにゆっくりうなずいた。ひとときの眠気は晴れた。部屋の暖かさや、葉巻の極上ぶりや、ブランデーの芳醇ぶりに五感は反応した。まだ、部屋に何人かいてくれたらなとツヴァイクは思っているが、先ほどとは理由が違う。自分の話には人を惹きつける中身があるし、もっとたくさんの聞き手の気持ちを沸き立たせたかった。

音もなく回る脚輪《キャスター》のおかげでソファーを難なく暖炉に近づけて、グレイ夫人は編み物を手に取った。ファーザー・ロレンスにスカーフを贈ろうと、何カ月も前から地道に編んできた。細い青灰色のウール製で、一週間の作業ぐらいでは、ろくに長く伸びてくれない感じだ。

「さて、きみの物語を聞く準備はできたぞ」グレイが言った。

「物語と呼んでいいのか。これは一種の問題なんだ、探偵問題かな……」

エドナの顔に失望の色が浮かんだのを見て、ツヴァイクはすぐ言い足した。

「ほかに――いわば宗教の側面もあるんだ。いいかな。ほんの二時間前のことだが、自宅に帰る途中、乗っていたタクシーがカーゾン街のチェシャムホテルの前に停まって……」

雪が降るなか、ノイマンの姿が目に留まったこと、ホテルに入って問い合わせをしたこと、老人が連れの男をグスタフと呼んでいるのをウェイターが耳にしたことをツヴァイクは語った。「そこでぼくは確信したんだ。あれはグスタフ・ノイマンだ、旧友のアロイス・ノイマンの息子だと。アロイス・ノイマンのことは知っているかね」

エドナはかぶりを振った。グレイが応じた。「名前は聞いた憶えがある。どうしてかな。科学者、だったたね」

「脳外科医だ――ヨーロッパでも指折りの。幻覚症状の神経学に関する著書は、いまだにこの分野での一大古典だ。ぼくらは第一次世界大戦でともに戦い、戦後にはハイデルベルクで数百ヤード離れただけの場所にお互い家を構えた。だからぼくはグスタフのことも七歳のときから知っている。

ところが、これが妙な息子でね。初めて見たとき女の子かと思ったよ。長い黒髪、ぽこっと開いた大きな目、ふっくらした口元。頭のいい少年だったな――音楽が得意で。何カ国語もしゃべれた。しかし、物静かだった。口を開かせるのはひと苦労だった。母親に対する愛情の強さには、何か病的なものを感じた。で、一九二一年、この子が一〇歳のとき、母親が梅毒で亡くなったんだ。アロイスは息子のことが気がかりだった。息子は何日も口を利かなくてね。だから父子で旅に出たんだ――ギリシア、エジプト、日本へ。二人が戻ってくると、ぼくにはグスタフの性格が変わったように思えた。内面の何かが強固になった。顔つきが変わった。何か思うところがある感じだった——まるで復讐の仕方をあれこれ探っているかのような」

グレイ夫人が言った。「わかるわ。かわいそうに……」

「グスタフがどれぐらい変わったのか、各国を旅するなかで何があったのか、ぼくにはわからない。父親にもわからなかった。二人の仲は近かった……とはいえ互いのあいだにはぎこちないところがあった。自分の気持ちを語り合うこともなくてね。だがグスタフが一三歳のとき、ぼくはいささか恐ろしいものを本人のなかに見抜いたんだ。一九二四年のことだ。ほら、ドイツで激しい反ユダヤ人の動きがあったね。グスタフは私立学校に通っていた——わりに学費のかかるところさ。言っておくが、グスタフはユダヤ人には見えなかった。容貌は小ぶりで輪郭がはっきりしていて、唇はむしろ薄かった。だがもちろん、ユダヤ人てことは知られていた。父親が著名人だからね。学校には、ユダヤ人いじめをやらかす生徒たちもいた。親玉はエルンスト・ユンガーという名の少年だ。こいつのことはぼくもよく知っている——のちにぼくの教え子になった——が、いやなやつだったよ。少女みたいな肌をした金髪のちんぴらで、明らかにサディストの傾向があった。喜び勇んでグスタフを痛めつけたんだ。ところがある日、ユンガーが事故に遭った。妙な事故でね。生徒たちがクロスカントリー走から戻ってきた。ユンガーがシャワー室に駆け込み、シャワーの蛇口をひねった。水が冷たかったので、調節しようとした。すると大量の熱湯がほとばしった。ユンガーは悲鳴を上げて外へ出ようとしたが、ドアが開かなかった。外へ出してやったのはグスタフだった。ユンガーは大やけどを負い、数日間は命も危なかったが、その後ゆっくり回復していった。半年も入院したが。

この事故の顚末には誰もが首をひねった。ボイラーの責任者は解雇された。だが、どうしてああなったのか見当もつかないと言っていた。

数カ月後のある日、ぼくはアロイスと、ヒトラーや反ユダヤ主義全般についてアロイス宅で語らった。グスタフも同席していたが、あまり聞き入っているふうではなかった。やがて、電話がかかってきたからと、アロイスが席を外した。するといきなりグスタフが顔を上げて、こちらを見ながら言った。『ユダヤ人で困るのは、自分で自分を守ろうとしないことです。なんでも甘んじて受け入れてしまう』グスタフはユダヤ教を酷評し始めた――父親は正統派ユダヤ教徒なのに。そうして、ユダヤ教は虚弱性とマゾヒズムを助長すると言い、グスタフはこう話を続けた。『ユダヤ人に足りないのは憎悪の念だ――憤懣と復讐心にとっての健全なる器ですよ』その口ぶりに、ぼくは少しいらついてね、からかいまじりに言ってやった。『きみには足りているのか』と。グスタフは黙って一瞬ぼくの目を見てから言った。『熱湯シャワーの一件は事故だと思っておられないんでしょ』ここで父親が戻ってくる音が聞こえた。グスタフはぼくにしかめつらして言った。『父の前じゃ黙っててください』ある理由で、ぼくは黙っていた。椅子に座っていても居心地悪くて仕方なかったが。グスタフの父親を傷つけたくなかったんだと思う……。結局、グスタフはぼくに親しみを示すようになった。この男は自分の味方だと感じた――誤解だが――ようだ。ぼくにシャワー事件の真相を語ったのはのちのことだ――ずいぶん経ってから。ユンガーがいつもはじめにシャワーを浴びる生徒の一人だと、グスタフにはわかっていた――必ず三〇分ほどシャワー室に立っていたようだ、ほかの生徒に順番を譲らずにね。グスタフはシャワーの仕組みを調べて、水温調節の仕方を見つけたんだよ――お湯と水を混ぜる一種のレバーを使うんだとね。ほかの生徒がクロスカントリー走をしているあいだ、グスタフは更衣室に隠れて、ドライバーでレバーを分解した。扉を開かなくする手も考えた。そして、ほかの生徒たちが戻ってくると、ほぼいつもはじめにシャワー室へ行く連中の一人と、グスタフは言葉を交わしながら確かめたんだね、ユンガーが真っ先に来たと。そこでぼくは訊いてみたんだ、もし別の生徒がはじめにシャワーを浴びていたらどうしたねと。グスタフは肩をすくめて答えたよ。『だったら残念でしたね。別の復讐の方法を考えたでしょう』無関係の人間がやけどを負わないよう気をつけなかったのかと、そう問われているとは思いもしなかったわけだ」

ツヴァイクは言葉を切り、冷めかかったコーヒーを飲んだ。グレイ夫人が口を開いた。「犯罪者によく見られる型の人間って感じね」

「どうかな」グレイが言った。「犯罪者型の人間に見られる第一の特徴は、一種の愚劣な復讐心だ。その少年の人柄は愚劣ではなさそうだ。ナポレオンや産業界の大立者にもなれそうな例なんだろう」

「要するに犯罪者型ね」エドナが言った。

グレイは顔をしかめた。妻の過激思考はあくまで言葉の上だけのことだ。それでも、いい気持ちはしない。

ツヴァイクはブランデーをゆっくり少しずつ口に含んだ。グレイ夫妻の関心を引き寄せたと察し、話の本筋をわかってもらおうと思った。

「ご両人が見落としている点がある。グスタフはユダヤ人であり、一九二〇年代半ばのドイツに暮らしていたという事実だ。一〇代前半という年齢のせいで、父親よりも反ユダヤ主義に対して敏感だった。本人としては、負けたくないという思いだけだったんだ」

「きみは自分の感化で、その子をどうにかしてやろうとしなかったのかね」グレイがたずねた。

ツヴァイクはブランデーを飲み終わり、もうけっこうとばかりに手を振った。

「そりゃずいぶん……まあ、そこがまずかったんだね。程度はともかく、ぼくの影響力は悪いほうに働いた。あいつを堕落させたわけじゃない。でもおそらく、ぼくの考え方はあの手の若者には不向きだったんだろう」

「どういう意味で」

「革命の機運が盛り上がったんだ——哲学の分野でね。ハイデガー（一八八九－一九七六）が一九二七年に『存在と時間』を上梓した。ハイデルベルクでぼくの同僚だったヤスパース（一八八三－一九六九）は『哲学』（一九三二）の執筆にかかっていた。シュペングラー（一八八〇－一九三六）の『西洋の没落』（一九一八～二二）は各地の大学で熱狂を生んだ。学生たちはこれを小脇にはさんで歩いたものだ。ぼくは『ある時代の終焉』を書いていたよ……」

「読んでいませんわ、わたし」グレイ夫人が穏やかに言った。

「ぼく自身も二五年前から読んでない」ツヴァイクが応じた。「冒頭の一節はけっこう物議をかもした。『西洋文化は負債を抱えて死のふちにある』続けてぼくはこう書いた。西洋文化は時代遅れの運営のせいで傾いていく小規模企業みたいなものだと。実家のある町の小さな菓子店のことを思い浮かべたんだ。年々そこは小さく埃っぽくなっていくようでね。社長は意欲をなくして途方に暮れた顔をしていた。そしてある晩、死んでしまった。社員が住居に行ってみると、社長は何年も前から極貧生活をしていたことがわかったんだ——家具もなし、暖房設備もなし、毛布一枚なし。死に際には、捕まえたネズミを調理して飢えを凌いでいた……」

「もう、やめて」首がちぎれんばかりに頭を振りながらグレイ夫人が声を発した。

「失礼。ハイデルベルク大学にいたころ、いつもあの菓子店のことが思い出されたよ――賞味期限切れの無益な思想を教えていて。ぼくは新しい哲学を歓迎したんだ、たとえ破壊的な内容でも。破壊的だから歓迎したのかもしれない。実存主義は一時代の終焉の印だった気がする」

「実存主義ってなんなの」グレイ夫人が言った。夫が急いで口を開いた。「だいじょうぶだ、カールがあとで説明してくれる」

「グスタフは一八のとき、ぼくの教え子になった。当初ぼくの目には人が変わったように映ったよ。不機嫌な顔はしなくなったし。グスタフにゲオルギ・ブラウンシュヴァイクという友人ができた。このゲオルギは化学《ばけがく》専攻の学生で、非凡な若者だった。家族はユダヤ系だったが、母親はカトリックで、本人もそうだった。かなり背が高くて、穏やかでね、少し内気で心もち女っぽかった。妙なことに、化学専攻ながら、一番の関心事は宗教的神秘主義で、聖人たちの人生に魅了されていた。グスタフはゲオルギのことが大好きだった。何事によらず守ってやろうとしていたな、ゲオルギは病気がちだったから。ともかく、グスタフがゲオルギがグスタフの人柄を変えたようだった。ぼくは二人としょっちゅう会っていたよ、グスタフがゲオルギを連れて、お決まりのように議論しにきたから。ときに二人は朝の四時まで帰らなかった。

前に言ったとおり、エルンスト・ユンガーもぼくの教え子だったが、このころにはナチス突撃隊に加わっていた。考えてみると、講義のなかでぼくは事あるごとにヒトラーを揶揄していたな。つい口から出てしまった。なぜなら、質問時間になると、ユンガーはニーチェやらワグナーの物議をかもす作品やらのことを、好んで持ち出してきたからだ。そんなある日、グスタフの父親とぼくのもとに手紙が届いた。グスタフは性的倒錯者だと告げる文面だった。グスタフとゲオルギが町外れの野原で、そういうまねにふけっているのを見たという。ばかげた話だとぼくは思った。たとえグスタフに同性愛の傾向がある――幼いころのグスタフに対する母親の影響力を考えると、あっても不思議でない――としても、グスタフとゲオルギとのあいだでそんなことが起こるはずはない。しかもだ、手紙の主はユンガーに違いなかった。あの朝ぼくはグスタフにそっと伝えたんだよ、講義のあとで教室に残ってくれと。そう伝えたとき、ユンガーのどうだと言わんばかりの顔に気づいた。ここで確信した。だから当日、あとになってぼくはユンガーを呼び出して、手紙の主はきみだなと言った。はじめ向こうは否定した。だからぼくは、少し脅してやろうと、手紙についている指紋を調べてもらったぞと、はったりをかました。ユンガーは動揺したよ。手紙を書いたことは認めたが、中身は真実だと言い張った。そこでぼくも言ってやった。真実だろうがなかろうが、こんなまねをした以上は退学処分にすることも可能だぞと。結局、もう帰れと命じたら、あいつはすごすご帰っていった。とはいえ、また復讐の手口をいろいろ考え始めるのは明らかだ。だからぼくはグスタフを呼び出して手紙を示し、用心したまえと言った。グスタフは意に介さないらしく、こう答えたんだ。『自分のことは自分でどうにかできます』ゲオルギの身も危ないぞと、こちらが応じると、グスタフは不安顔になってね、ゲオルギにちょっかいを出すやつは誰でも殺してやると言った。今にして思えば、ユンガーのもとへも行って、同じ脅しをかけたんじゃないかな。それでも、おかしなことは起きなかった。

一週間後、ゲオルギとあるユダヤ人学者が帰宅途中に路地で襲われて、殴り倒され蹴飛ばされた。ユダヤ人学者は意識不明に陥った。ゲオルギはどうにか公衆電話まで這い寄って、父親に助けを求めた。肋骨を一本折られていたが。一週間後、ゲオルギは肺炎で息を引き取った。エルンスト・ユンガーは襲撃事件の二日後にハイデルベルクを離れた。ベルリンでナチス突撃隊に加わったと、ぼくはあとで聞いたよ。

　ゲオルギの死から数日後、グスタフが手首を切って自殺を図った。三〇分後に父親が湯船のなかで息子を見つけた。グスタフは急いで病院へ運ばれ、輸血を受けて助かった。一カ月後には復学した。しかし、再び人が変わってしまった。不機嫌そうで、ろくに口を利かなくなった。だが一方で、ぼくにとっては最優秀の教え子になった。はじめのうち、あいつの勤勉ぶりにぼくは戸惑ったものだ。まるでエルンスト・ユンガーに対する復讐のつもりのように、グスタフは物静かながら厳しい目的意識を持って学業に励んだ。イギリスの哲学者たちやカント、ショーペンハウエル、ヘーゲルを読んでいた。さらにキルケゴールやハイデガーにも手を伸ばした。一九三〇年、ぼくの『ある時代の終焉』が刊行された。ぼくは初版の一冊をアロイス・ノイマンに贈ったんだ——当然ながら。土曜のことだ。すると日曜の朝、二時ごろかな、ぼくが床につこうとすると、誰かが我が家の呼び鈴を鳴らした。興奮し切ったグスタフだった。ぼくの著書を一六時間ぶっ続けに読んだ——七〇〇頁——そうで、話したいことがあると言った。もし相手がグスタフじゃなかったら、夜が明けてから出直してくれとぼくは突っぱねただろう。ともかく、グスタフが世の中を憎まなくなり、人と話したいと思うようになってくれて嬉しかった。だから二人でコーヒーを飲み、火を起こして夜明けまで語り合ったんだ」

　グレイ夫人がためいきをもらして言った。「胸躍るようなひとときだったでしょ」

「もう口では言い表せないほどでした。グスタフは天才だと察せられたからです。ぼくに対して、ここまで心を開いてくれたのは初めてだった。ぼくの著書——やハイデガーやヤスパースの哲学——について語る口ぶりからして、この男の頭脳はおれの頭脳よりずっと鋭いなとぴんときた。べつに謙遜して言うわけじゃない。ぼくの頭の働き方はゆっくりなんだ。ゾウみたいにのっそりしている。でも、のろくて鈍いから、一つの路線を踏み外さないわけだ。たやすくは歩みを止めない。いずれは成果を挙げる。一方グスタフの頭脳はツバメさながらだった。グスタフは母親の直観力と父親の知性を受け継いでいた。ぼくだったら認識して言葉にするまで何日もかかるような結論にも、電光石火で達せられるようでした。でもこういうわざは、哲学に対する本人の感じ方のただならぬ深みに由来することなんだ。人はなぜ生きるのかという問題に、グスタフは苦しめられているようだった。初めてゲオルギの死について赤裸々に語ってくれた。きみはまだエルンスト・ユンガーに復讐したいかと、ぼくはたずねた。するとグスタフは肩をすくめて答えた。『たぶん。でもあまり深い想いじゃない。ぼくがユンガーを殺したからって、何かが変わるんですかね。なぜゲオルギが死んだかという問いが消えるわけじゃない。ゲオルギみたいな人物が死んでしまう宇宙構造《ユニバース》とはどんなものなのか、知りたいんです。ぼくの格闘の相手はユンガーじゃない、神です』これを聞いて、グスタフは非凡な人間になったとぼくは実感した。たとえば、我々は反ユダヤ主義について語り合ったんだ。冷静ではいられなくなる話題だろうとこちらは危ぶんだが、グスタフは火星に住むエスキモーでもあるまいに、思い入れのなさそうな言い方をしていたよ。『双方に非があります。ナチスは愚かだし、ユダヤ人は弱々しいから。自己憐憫は残酷な対応を招くものだ』

　率直なところ、翌朝八時にグスタフが帰っていったとき、ぼくは実に誇らしい気分だった。日記にこう書き込んだよ。『グスタフ・ノイマンは当代指折りの思想家と見てよい』その後もちろん同僚たちにグスタフのことを話した。ヤスパースは興味津々のようすだった。それからほどなく、グスタフはフッサール（一八五九–一九三八）について優れた論文を書いた。それが現象学関連の『年鑑《ヤールブーフ》』に載ると、哲学科で活発な議論が巻き起こった。世間がグスタフに注目しだした。学生たちはあらためてグスタフに尊敬のまなざしを向けたよ、まるで相手が学生じゃなくて教授であるかのようにね。少なくとも二人の女子学生が、グスタフに露骨なほど興味を示した。こういうことがあっても、グスタフは我関せずといったふうだった。むしろますます陰気になっていった。ほぼ同じころ、グスタフは父親の専門分野である脳に関心を示し始めた。当時、脳生理学はパブロフの条件反射理論の天下だった。しかし、新鋭学者が刺激的な仕事をやっていたんだよ、ベルガーとかゴッラとか。グスタフは手当たり次第に医学雑誌を集めて、脳に関する記事を読めるだけ読んだ。探している哲学の答えが見つかってくれと願わんばかりに。実際グスタフは見事なライプニッツ論――もちろん批判だ――を書いたよ、まさに脳生理学の観点からね。

当時グスタフはぼくと気さくに言葉を交わすようになった。ぼくがもう床につこうかというとき、あいつが学生主催のパーティからやってきて、二人で夜通し話をしたこともよくあったよ。同じころ、ぼくは『必須の疑念』を上梓して――」

「読みました」グレイ夫人が口をはさんだ。

「けっこう。あの著作は分量の割には甚大な影響力を発揮しました」ツヴァイクはグレイのために説明しだした。「薄い本だが、言わんとするのはこうだ――真の宗教信条の拠って立つところは、疑念であって盲信ではない。疑念を抱く度量は人間にとって最大の尊厳の源であり、聖人ですら疑念を抱く能力を棄てるべきでない、と論じたんだ」

「ぼくも読まないとな」グレイがあいまいに言った。

「たぶん退屈するさ。だがまあ、一九三一年には大当たりしたと、さっき言おうとしたんだ。あの著作にグスタフは夢中になった。もう取りつかれたようだったので、息子に対するぼくの影響力を父親は心配しだした。正統派ユダヤ教徒としてアロイスは、ぼくの〝虚無主義〟とやらを嫌っていた。ある日、グスタフが面倒を起こしたとき、父親の動揺は頂点に達した。グスタフは車を盗み、二〇マイルほど離れた崖のてっぺんまで走らせて、そのまま谷底へ突っ込ませた。車はアメリカ人の来訪者所有のロールスロイスだった。幸い、その客の妻はアロイス・ノイマンの患者で、どうにか事件がおおやけになるのはまぬがれた。この一件が起きた一九三一年の復活祭の前から数週間、ぼくはグスタフとは会っていなかった。あとで考えると、あいつは不本意な恋愛沙汰の渦中にあったんだ。なぜ車を破壊したのか、がんとして口を割らなかったな。この一件について、ぼくとは話をしようともしなかった。のちにグスタフは言っていたよ、自分の勇気を試したかったのだと。崖から落ちる寸前に車から飛び出たそうだ。アロイスとぼくは、知り合ってから初めて言い争いをした。うちの息子の精神が不安定になったのは、おまえの狂った考え方のせいだと言われたよ。最後にはアロイスも言いすぎたと認めて、二人は和解したが。それでも、この一件は大学中でうわさの種になり、グスタフは大いに不評を買った。ついにはアロイスがぼくのもとに来て、こうたずねたんだよ、おまえの見立てでは息子は狂っているのかと。ぼくはなんとかなだめてやった。といっても、グスタフのふるまいは気がかりだったが。まず、あいつはよく飲んだくれるようになった。何か精神が緊張状態にある感じだった。たとえば、ある日グスタフはぼくの家に来て、ベッドに座って子ネコと戯れていた。ところが扱い方が雑だったので、子ネコは急にいきりたってグスタフにかみついた。グスタフは真っ青になって相手の首をつかんだ。ぼくはひげを剃っていて、鏡にようすが映った。グスタフが顔を上げると、鏡のなかで互いの目が合った。あいつは見るからにいやいや気を取り直して、つかんだ子ネコを放してやった。ぼくがそばにいなかったら、ネコを絞め殺していただろう。だがこれはサディズムではなかった。

神経の緊張のせいだ。ときおりグスタフは自殺についてぼくに語ったことがある――自身の問題ではなく、クライスト（一七七七―一八一一。ドイツの劇作家、詩人）やシュティフター（一八〇五―六八。オーストリアの小説家）のような作家の問題として。また、こうした人々にはそんな出口を求める権利があるものでしょうかと、問うてきたこともある。こいつ、本気で自殺しようか否か考えているなと、ぼくは察した。こちらが説得力ある反対論を示せなければ最悪だ。ぼくの哲学の不備を初めて気づかせてくれたのは、グスタフだったのかな……」

＊＊＊＊＊＊＊＊＊＊＊＊＊＊＊＊＊＊＊＊＊＊

「ともかく、一九三一年の八月、ぼくはドイツを離れることにした。ヒトラーが権力を握るだろうと見て取れたからだ。ぼくは反ナチス派として知られていたし、きっと大学の職を失うだろうと思った。そんなときロサンゼルスの大学から声がかかってね、ぼくも受け入れた。アロイスとグスタフに伝えると、二人ともがっかりしていた。アロイスはすでに財産をスイスの銀行に移し替え始めていた。だが研究の本拠はハイデルベルクにあるし、本人も離れるのをいやがった。グスタフはろくにしゃべらなかったが、沈んでいるのがわかった。ぼくは二人にアメリカへ来るよう勧めたんだが、この国でがんばりたいとアロイスは答えた。

その日グスタフと別れるとき、ぼくはアメリカの哲学雑誌に寄せた自分の記事の原稿を貸してやった。この記事はとくに重要だという気はしなかった。哲学の学術的方法論を叩く内容だ。哲学者はワシのごとくあるべしと述べたんだ――高みから、つまり瞬時の洞察力を働かせて、真理に飛びかかり、がっちりつかむべしと。アリのごとき哲学者をぼくはあざけった。連中は土のなかをもがいて、数学の公式に従って体系を構築しようとしているとね。繰り返すが、この記事は自分にも革命的なものとは思えなかった。ニーチェが同じたぐいの内容を何度も述べている。

二日後――八月一八日だ、正確な日を憶えている――の真夜中ごろ、床につこうとしたとき、寝室のドアを叩く者がいた。もちろんグスタフだ。ぼくは少し疲れていたので、あまり会いたくもなかったが。入ってきたグスタフは素面《しらふ》そのものに見えた。ぼくはキュンメル酒を一杯出してやった。グスタフが話し始めると、ん、こいつもう酒が入っているなと、ぴんときた。グスタフは妙な心もちにでもなったのか、なれなれしいふるまいをした。ドイツにおける学問規律は、この国の場合よりずっと厳格だ。それまでぼくはグスタフに、おれに対しては指導教授にふさわしい精一杯の敬意をもって接しろなどと、一度も言ったことはない。あいつを息子のように扱っていたんだ。向こうだって、自分の父親に対するのと同じたぐいの敬意と愛情を示してくれていた。ところが、もうあいつは人が変わってしまった。自分の胸に秘めた侮蔑の念を悟られないようにしながら、ぼくのことを冷めた目で見ていた。そんなようすには、こちらもいらついたよ。

ぼくは性犯罪者であり連続殺人犯だったペーター・キュルテン（一八八三―一九三一）に関する短い論文を読んでいた。デュッセルドルフにいるキュルテンの友人が書いたものだ。キュルテンは二カ月前に処刑されていた。グスタフはこの論文を目に留めると、キュルテンを話題にしだした。ぼくはむっとしながらも、あいつの話に興味を持った。キュルテンは本物の犯罪者のみじめな模倣者だとグスタフは言った。キュルテンは人類の敵たらんとしたが、被害者にしかなりえなかったと。それからグスタフは被害者と殺人犯との関係について語りだし、ユダヤ人て被害者の役割をあまりにふがいなく受け入れてますねと言い、こう締めくくった。『今までのところ、人類は偉大な犯罪者を一人も生み出してません』ヒトラーにはその資格がありそうじゃないかねと、ぼくはたずねた。グスタフはこう答えた。『ふふん。あれはバカですよ。バカがどうやって偉大な犯罪者たりえますか』バカだからこそ偉大な犯罪者になれるかもしれないと、ぼくは言い返した。するとグスタフは、せせら笑って言った。『それは巧妙な学者の論理だ』ぼくはかちんときたから言ってやった。きみ、酔っていてまじめに話ができないなら、家に帰ったほうがいいと。グスタフは自分のグラスにキュンメルを勝手に注ぎ足して言った。『いえ、帰りません。先生とまじめな話をするのも、これが最後の機会かもしれない。大事なことを伝えたいんです』そこでぼくは腰を下ろして言った。『わかった、続けたまえ』グスタフはヤスパースやハイデガーのような大学の哲学者をまとめて叩き始めた。ぼくは肩をすくめて応じた。『よろしい、同感だ。きみ、こないだぼくが渡した論文を読んでいないのかね』

『そうじゃない。ぼくが言わんとするのはそうじゃないんです。あれを書くために、先生は苦しむ必要がなかったんですか――ニーチェが苦しんだように』ぼくは答えた。『必要はあったかもしれない。ぼくが苦しんだかどうか、なぜきみにわかる』『ぼくは物を考えるとき苦しむからわかるんです。ある事件が起きなかったら、今ぼくは生きてない』前の晩、ぼくの論文を読んだと言っていたよ。だから自殺をしようと決めるしかなかったとね……」

グレイ夫人が穏やかに言った。「なんてこと」

ツヴァイクは肩をすくめた。「だから、興奮しやすいたちなんですよ。グスタフの考えでは、ぼくの論文によって、あらゆる思考は無益だと証明されたそうです――幻想以外のあらゆるものが無駄だと。論文のなかで、ヒンドゥー教の聖者ラーマクリシュナ（一八三六―一八八六）の生涯から、ぼくは一例を挙げていた。ラーマクリシュナは自身の正体をさらすべく神に祈り続けたが、何も起こらなかった。ついには絶望して、ナイフをつかんで死のうとしたが、まさにそこで神の顕現《ビジョン》に接した。この顕現こそあらゆる哲学の目的であり、いかに物事を頭で考えても神は現れないと、ぼくは論じたんだ。グスタフはこれを読んで、自殺しようと決めたわけだ。こう言っていた。『お説はもっともだと思いました。ぼくが車から飛び出て、車が崖から落ちてったとき、いきなり神が現れましたから。でもすぐ消え去りました』ともかく、グスタフは自ら命を絶つことを決めた。それからあいつは、フライブルクに住んでいたハイデガーに前から会いたかったことを思い出した。周知のとおり、人は死と向き合って初めて現実を知るとハイデガーも説いているからね。グスタフは突飛な計画を立てた。ハイデガーに会いに行って、なぜあなたは死と向き合っても自殺しないのかたずねよう――なぜ生きながらえて、持って回ったような内容をだらだら書き連ねるのかと。自分は大まじめだとわかってもらうために、グスタフはポケットから拳銃を取り出して、ハイデガーの面前で自殺しようと考えた。

翌日グスタフはフライブルク行の列車に乗った。ぼくの論文をたずさえて。論理に矛盾がないか、読み直して確かめるために。弾を込めた拳銃も忍ばせた。

あいつは車中で昼食をたっぷり摂ったそうだ。死刑囚の最後の食事といったつもりでね。シャンパンも一本飲み切った。だが気分は盛り上がるどころか、なおさら落ち込んだ。ユダヤ人が人類を堕落させているというヒトラーの演説を取り上げた新聞の見出しが、グスタフの目に飛び込んだ。すると、グスタフは一種の幻覚を見た。自分のまわりに座っている者がみな昆虫に思えた。グスタフは言った。『神々は人類を一種の戯言として創り出したと、ぼくは不意に実感しました。もし自分が神なら、全人類を抹殺するか、またはともかく、愚劣な充足感に浸る人類を拷問する衝動にかられるだろうと。そして思ったんです。自分は人間でもあるし、自分にできる最善のおこないは自分を殺すことだと。しばらく、ぼくは自殺したい誘惑にかられましたよ。そして、スーツケースに入れたブリーフケースに拳銃を忍ばせてたことをふと思い出して、自分の座席に戻りました。車両にはほかに男が二人いました。ブタみたいな顔の太った銀行家です。二人はキュルテンの事件を持ち出して、今の世はどこかおかしいなんて言い合ってました。一瞬そいつらをまず撃ちたくなった。そんなことを考えながら座ってて、そいつらの顔を頭に浮かべながら拳銃を取り出しました。そこで思いついたんです。どうしておれは自分を撃たなきゃいけないんだ、警察に逮捕されて処刑してもらえばいいや。このブタどもを撃つ楽しみには、それぐらいの値打ちがあると。すると、あることがひらめきました――すごいひらめきです』

どういう意味なんだと、ぼくが抑えた口ぶりでたずねると、グスタフは答えた。『わかりませんかね。ぼくは答えを見つけたんだ――犯罪者の巨頭になることです。人類はすべて昆虫です。神々は我々を笑ってる。偉大な存在になるために我々がやれることは何もない。いわゆる偉大な人間は、あのブタどもと変わらず、みな自己欺瞞のやからなんです。人類に手を差し伸べてるつもりで、仲間ぼめみたいなことをしてるが、自分らは他の昆虫どもを手助けしたがる一昆虫にすぎないのをわかってないんだ。人は昆虫を超える存在になるために何をなしうるのか。汝は他の存在とは違うなと神々に認めてもらうために、人は何をなしうるのか。答えはこうです――神々の側に立って人類に相対せよ。真の犯罪者たらんとせよ。つまり、単なる弱者としての被害者ではない人類の歴史において、最初の犯罪者になる……』

はじめは、こいつ冗談を言っているなとぼくは思った。自分は名案を考え抜いたぞ、教授を相手に試してやれってことかと――おそらく、ぼくを驚かせて怒らせるつもりだったんだろう。ところがそのうち、こいつは本気なんだとぼくは感じた。グスタフは話を続けた——ダマスカスへ向かう聖パウロのつもりになって（聖パウロは、キリスト教に改宗する前、パリサイ派として、現シリアの首都ダマスカスのキリスト教徒を弾圧するため、当地へ向かっていたとき、神の声を聞いて改宗した）。同時に、こいつはまったく狂ってしまったのかと、ぼくは怪しんだよ。精神が崩壊したのかと。そういえば、ニーチェやストリンドベリ（一八四九－一九一二。スウェーデンの小説家、劇作家）は梅毒にかかっていた。ひょっとすると、グスタフは娼婦から梅毒をうつされて頭が変になっているのかもしれないと、ぼくは思ったりもした。だから、本人の言い分を受け入れるふりをして、きみのいう大犯罪者は健康そのものでなければならないのかとたずねた。さらに少しずつ話題をグスタフ自身の健康状態へと移していき、きみは性病にかかっているかと、ずばり訊いた。するとグスタフは怒りだした。『ぼくはどんな点からも健康そのものですよ。調べてみたらどうですか』いきなり服を脱ぎだしたから、ぼくは止めた。おそらくなんらかのアルコール中毒を患っているんだなと見て、もう家へ帰って寝たほうがいいと言ってやった。ともあれグスタフは席を立った。だが、最後にこう言ったよ。『ぼくが正しいことをいつか証明してみせますよ』ぼくも言った。『わたしのような昆虫を相手に、なぜそんなことを証明したいんだね』グスタフはこう答えた。『偉大たりうる能力をお持ちだからですよ——その能力を使うことを恐れておられるが』

　翌朝、ぼくはグスタフの父親アロイスに電話して、息子は心の病を患っているのではと告げた。先方はぎょっとしたようだ。数時間後ぼくのもとへやってきて、こう言った。『昨夜の件でグスタフから話を聞いた。あれは冗談だよ。きみのあわてる顔が見たかったんだろう』そう自分が信じたがっているだけだろとぼくは思ったが、何も言い返さなかった。帰り際にアロイスは言った。『グスタフは賢《さか》しらなやつだ。でも、きみやぼくと同じようにまともなんだ。あいつとは二時間ほど話したが、精神異常の症状はみじんも見られなかった。あとできみのところへ謝りに行けと伝えておくよ』だがグスタフは来なかった。ドイツでグスタフと会ったのは、これが最後だった」

＊＊＊＊＊＊＊＊＊＊＊＊＊＊＊＊＊＊＊＊＊＊＊＊＊

グレイは新たに火をつけた葉巻を物思わしげに見つめた。エドナはわずかに顔をしかめて、暖炉の火にじっと目を向けた。ツヴァイクが語を継いだ。「話が長くなって失礼。ようやく要点に達するところ――」

「かまわんよ」グレイが応じた。「聞きごたえがある。続けてくれ」

「グスタフは会いに来なかった。姿はたまに街で見かけた。ある老いた男といつも一緒だった――父親の友人ゲアハルト・ザイフェルトだ。このことをアロイスに話すと、息子は一種の穏やかな催眠術――ひたいをなでる――でザイフェルトの頭痛を治せるんだとアロイスは言った。グスタフとザイフェルトは近しい仲になったそうだ。ぼくはぴんときた。ザイフェルトは金持ちで、肉親がいない。とすると、財産のいくばくかを親友の息子に遺すだろうと見るしかない。さらに、アロイスが自分の研究所にどれほどの資金を投じたか、さらには、もしドイツを追われてしまえば財産をすべて失う羽目に陥るということも、ぼくは知っていた。だからグスタフは我が身の行く末を案じたんだろう。その点は誰にも責められまい。

ぼくがドイツを離れる一週間前、グスタフとザイフェルトは一緒にスイスへ行った。アロイスが言うには、グスタフはザイフェルトの秘書のような役どころだったそうだ。数日後、マッターホルン近くの崖のふもとで、ザイフェルトが遺体で見つかった。滞在先のホテルの部屋に遺書があった。背骨に癌ができていて、こんなふうに死ぬほうがいいという文面だ。ザイフェルトが死んだころ、グスタフは数マイル離れたホテルにいた。ぼくはアメリカ滞在中の一九三二年に知らされたんだ、ザイフェルトがグスタフに全財産を遺していたと――二百万マルクだそうだ」

ツヴァイクはブランデーの瓶に手を伸ばし、中身をグラスに四分の一インチ注いで、グラスを手のぬくもりで温めた。目の前の二人は質問に答えてもらいたいんだなと、ツヴァイクは察した。グレイがゆっくり口を開いた。

「自殺だったのかね」

「ぼくも自問したよ。しかしな、はたして殺人だなんてありえるだろうか。もちろん遺書は偽造された可能性もある。だがその場合、グスタフは老人を崖から突き落としたに違いないわけだ。ぼくが見る限り、それはありえない。あのホテルは現場の数マイル先なんだ……」

「だけど、グスタフは老人に催眠術を使っていたんでしょ」

やはりエドナはそう訊いてきたかと、ツヴァイクは苦笑した。「グスタフが催眠術をかけて自殺するよう仕向けたとお考えですか。いや、それは無理だ」

グレイも言った。「探偵小説の書き手も、もはやその手は使わないよ、きみ。相手が目覚めているときにやらないことをやらせようとして催眠術をかけても、だめなんだ。そうだね、カール」

「断言はできない。ぼくの友人ローランドが毒ヘビを使って実験したことがある……だがまあ、そうだね、ともあれそのとおりだ。グスタフがザイフェルトに催眠術をかけたとは信じられない」

エドナが思案顔で言った。「もし殺人だったら、いわゆる完全犯罪になるんでしょうね」

「おそらく。でも奥さん、殺人だと思いますか」

グレイが肩をすくめ、口ひげを引っ張った。穏やかないらだちを示すしぐさだ。口を開いた。「まあ結局、何もかもが仮説だ。その手の事件を捜査するよう依頼されたとして、ぼくだったらもっと証拠がほしいね。きみの話だけで考えれば殺人の可能性はない、あるいはともかく、おそらくないだろうと言うしかない。きみの教え子のような発言をする人間は、いきなり殺人を犯すようなことはない。きみもそう感じているんだろ」

「そのとおり。だが実は、まだもう少し示したい証拠があるんだ」

「いいね。聞こうじゃないか」

「ぼくがアメリカへ渡って以来、アロイス・ノイマンからの便りはほとんどなかった。ところが一九三六年、彼が自殺したと聞かされた」

「どうやって」

「銃で」

「いや、どうやってきみは知ったんだね」

「アメリカの新聞で。詳細は出ていなかった。ただチューリヒ（スイス北部の都市）近くの自宅で、自身に発砲したと。まだドイツに暮らしている親族の立場のことで悩んでいたとされている」

「ありそうな話だ」

「たしかに。新聞にはグスタフのことも出ていた。過去四年間、ノイマン氏は息子とともに隠居生活をしていたとね」

グレイがたずねた。「それで全部か」

「でもない。細かい話がもう一つ。一九三八年、ぼくはマントン（フランス南東部の保養地）で夏休みを過ごしていた。帰りの荷造りをしていたとき、ホテルの自室の引き出しに敷いてあった新聞紙が目に留まった。そこにゲアハルト・ザイフェルトという名前が載っていたんだ。もちろんこれは偶然かもしれない。一九三六年九月の新聞だった。ゲアハルト・ザイフェルトなる男が、舟遊びの際に起きた一件で逮捕されたという記事だ。ザイフェルトは、シュモールなるベルギー人の下着業者の私設秘書で、二人はマントンに休暇で来ていた。二人でセーリングに出たところ、ヨットが転覆した。ザイフェルトはなんとか岸まで泳ぎ着いたが、シュモールは溺れた。当日、この一件が起きたあと、一人の男が現れて、双眼鏡で沖のほうを見ていたら、浮かんでいるヨットに気づいたと語った。乗っていた二人の男がけんかしていて、直後にヨットがひっくり返ったように見えたと。ザイフェルトはすぐに逮捕された。以上が記事の概略だ」

「ほかに何かわかったのか」

「うむ。幸いホテルの所有者が事件をよく憶えていて、翌日ザイフェルトは釈放されたと教えてくれた。この人の証言で、くだんの目撃者は警察へ行く前にザイフェルトをゆすろうとしたことがわかった。警察には性根の悪いやつだと目をつけられていたようだ。事件から数時間後、ザイフェルトに近づき、被害者と争っていたことを警察にばらすと脅した――おまえが大金を支払うなら黙っていてやるとね。ザイフェルトは断り、のちに証言したんだ、目撃者は警察へ行く前にわたしのホテルにやってきたと。だから容疑は晴れた」

手にした編み物を苦い顔で見つめながらエドナが言った。「よくわからないわ。そのザイフェルトとスイスで亡くなった老人とをなぜ結びつけてお考えなのか」

「新聞にこの私設秘書の写真が載っていたから。そりゃ不鮮明でしたよ――少しぼやけていた。でも、グスタフ・ノイマンに似ているのはすぐわかった」

ツヴァイクはブランデーの瓶をつかみ、手元のグラスに少し注いだ。自分の話の効果を楽しんでいるようだ。グレイが言った。

「たしかにノイマンだったのかね」

「いや、もちろんそうとも言い切れない」

エドナがたずねた。「警察へはいらしたの?」

「ええ。マントンを離れる前に行きました。警察はあまり動いてくれなかった。ザイフェルトなる男の写真も残していなくて。捜査は終了したと言うんです。ぼくはこの一件を記事にした新聞社へ行って、問題の写真そのものか、またはザイフェルトのほかの写真がないかたずねました。でも先方は写真を捨てたか、またはなくしていた」

「きみ、シュモールの家族と接触しようとは考えなかったのかね」

「考えた。だが何もしなかった」

「なぜ」

「怪しい点があると決めつけられなかったのが大きいね」

「名前と写真の件は偶然だと思っているのか」

「じゃないかな。考えてみてくれ。グスタフ・ノイマンは一九三六年に父親と暮らしていた。アロイス・ノイマンは同じ年の七月に死んだ。六週間後、あの事件がマントンで起きた。はたして可能だろうかね、グスタフが名前を変えた——偽造パスポートも手に入れた——上で、他人の秘書という仕事を見つけるなんて。なぜそんなことをするんだ。なぜ殺人を犯さないといけないのか」

「金持ちのベルギー人が財産を譲ると遺書に記したのかもしれない」

「知り合って六週間でかね」

「たしかに。ともあれ詳細は不明だな」

エドナはほっとしたように編み物を置いた。「まさかあなた……今夜たまたま見たっていうご老人も……」

ツヴァイクが言った。「だからお話ししたんです。どう思いますか」

グレイが立ち上がり、口ひげを引っ張りながら部屋をそそくさと歩き回った。「同感だ。ちょっとした謎だね。証拠はなし……証拠はなし、と」鼻を鳴らしながら笑い声を上げた。「警察官が頭よりも鼻を使わなきゃいかんたぐいの事件だぞ」

ほかの二人は室内を行ったり来たりするグレイを見つめた。グレイが語を継いだ。「わからん」

「何がわからないの、あなた」

「わからん……ぼくがまだ現役の警察官で、きみからこの情報を聞かされたとして、はたして捜査に動いたかな……たぶんやらないだろう」

エドナが言った。「どうしてよ。今夜カールが見たご老人が殺されるかもしれないと思ったら……」

「ああ、それは別問題だ。もし今夜ぼくが目にした老人が殺されたら、あるいはもし自殺したらしく見えたら、なるほどまだ何かが続いているわけだ。可能性として、全体はうさんくさい様相を呈するだろうね」

「もう今でもうさんくさいでしょ」エドナが不安げな顔をツヴァイクに向けた。ツヴァイクは笑みを浮かべてブランデーに口をつけた。客の楽しそうな表情に、エドナは戸惑った。

「たしかにそうだね、エドナ。でもカールの話の内容では、警察が動きだすきっかけはない。もしぼくが一九三八年にカールだったら、そのなんとかかって男の家族に連絡を取っただろうな……なんて名前だっけ」

「シュモール」

「……そして、シュモールの財産がどうなったか調べただろう。ところできみ、その男は老人だったと言っていたね」

「いや。でもそのとおりだ。シュモールは六八だった」

「じゃあ、おそらく遺族もなんらかの調査をしただろう」

「今からじゃ調べようにも手遅れかしら」

「いや、そうは思わない。だが手がかりを細かく調べるには少し遅いかな」グレイがツヴァイクにたずねた。「自分が抱えている疑念を警察には話さなかったのか」

「正式には。知人の警察官たちに一、二度は話をしたが。みな、きみと同じことを言っていたよ」

「よく飲み込めないわ」エドナが気持ちを抑えるように言った。

「そうか。じゃ、ツヴァイクに代わって、ぼくから説明するよ。これは証拠の説得力の問題なんだ。たとえばジョージ・ジョウゼフ・スミス（一八七二－一九一五）の事件を例に取ろうか――浴槽での花嫁殺害事件だ。スミスは金目当てで複数の女性をめとると、妻が浴槽で溺死するよう仕掛けた。だがスミスに不利な証拠は何一つなかった。三人が浴槽で命を落とした。三人とも発作を起こしたから、事故死ということもありえた。どの場合もスミスにはアリバイがあり、誰も犯行を疑わなかった。その後、被害者の一人の親族が、浴槽で溺死した別の女性の記事を読み、これは偶然ではないと察した。結局スミスは逮捕され、裁判にかけられた。どの遺体にもあざ——暴力の跡——がなかった。だが検察側の主張によると、スミスは女性の両ひざを持ち上げて、なんなく水中に沈めたのだという。もしそんな死に方をした女性が一人、まあせいぜい二人だったら、スミスは罪に問われなかっただろう。しかし、三人となると偶然にしては多すぎると陪審員は判断し、スミスは処刑された。問題は証拠の説得力だった。そこで、カールが示した証拠にもとづくと、陪審員はノイマンを殺人犯として有罪には問えないだろう。一方、もしまた類似の事件が起きたら、はたしてノイマンは逃げ切れるかな」

「あなた、警察が動きだす前に、ノイマンはご老人を殺すだろうってこと？」

「突飛な話に聞こえるだろうが、そのあたりが本質じゃないかな。どうだ、カール」

「そうだ。グスタフがザイフェルトの死に何か関わりがある可能性は否定し切れない。だが立証するのは不可能だろうな」

エドナがツヴァイクにたずねた。「今夜ごらんになったご老人をノイマンが殺す計画を立てているかもしれないとお思いなの」

ツヴァイクはしばらく暖炉の火を見つめていたが、ようやく口を開いた。

「その機会はないんじゃないかな。グスタフが今どこにいるのか知りたいものだ」

「じゃあなぜ、わたしたちにこんなお話をなさったの」

「まず何より、おもしろい話だと思ったからです。それから、チャールズの助言を得たかったから。どうやってグスタフ・ノイマンの追跡を始めたらいいのか——今夜ぼくが見たのがグスタフだったとして」

グレイは座り直し、葉巻の灰を叩いて落とした。

「それは難しいかもしれない。ぼくならホテルで聞き込みをするかな。給仕頭よりも事情に詳しい者がいるかもしれない。タクシーのナンバーは見たかね」

「わからないな」

「調べるのは無理とも言い切れないね。接客係は運転手を知っているかもしれない。きみ、以前にも当人たちはホテルに泊まったことがあると言ったかな」

「いや。支配人の話では、初めて見る者たちだそうだ」

「ううむ。とすると、問題はこうだ。なぜクリスマスイブにメイフェアのホテルへ食事をしに行ったのか。ロンドンのどこかの大型ホテルに泊まっていたなら、外食はしないだろうに」

「下宿屋に泊まっているのかしら」エドナが言った。

「あるいは安宿か。しかし、まわりにうまいレストランが何軒もあるのに、なぜホテルで食事するのか。以前ホテルで食事した経験があるのを物語っていそうだ」

ツヴァイクが言った。「商談目的で昼食を摂るのに使うような場所だ」

「でもまだおかしな点がある。なぜ下宿屋か安宿に泊まっているのに、わざわざタクシーを飛ばして高いホテルで食事するのか」

ツヴァイクはほおっと大きく息を吐き、首を振りながらセイウチのような声を出した。「説明がつかない。あるいはごく単純に説明できる一件なのかもしれないが……」

エドナが言った。「そのあなたのお友だち、どんなお顔なの」

「ああ」ツヴァイクは札入れから例の封筒を取り出し、エドナに手渡した。グレイが妻の肩越しに覗き込んだ。ツヴァイクが言った。

「グスタフの記念写真だ。一九歳の誕生日に撮った」

「わりにいい男ね」エドナが評した。が、声が言葉を裏切っている。三人は写真を見つめた。ノイマンは細面《ほそおもて》だった。目とぎゅっと結んだ唇は警戒心を表している。あごは突き出ていて、先がとがっている。新進気鋭の科学者か医者といった風貌だ。だが神経質な顔でもあった。これからもっと肉が削げ落ちて、骨ばってゆき、張り詰めた感じが出てきそうだ。

ツヴァイクはほかの写真も見せた。「これが父親だ――傑物だよ。ハイデルベルクで研究を続けていられたら、今は現代有数の著名人だったかもしれない」

卵形の頭はおおよそ禿げており、灰色のげじげじ眉毛が目立つ。顔には息子の顔と同じく緊張と警戒心が浮かんでいる。いろいろと読み取れるスナップショットだ。父子は雪の積もった丘陵に立っている。アロイスは一種の敵意を示してカメラを見つめている。両手を外套のポケットにぐいと突っ込み、相手に飛びかからんばかりに上体を心もち前に倒している。父親より三〇センチ近く背が高いグスタフは、上着をまとっておらず、スカーフを右肩にかけている。やや両足を広げて、すくっと立っている。左手は父親の肩に置き、頭を少しのけぞらせてカメラの向こうを見ている。

三枚目の写真には、グスタフが自分より背の高い若者と並んで立っていた。「これがゲオルギだ」ツヴァイクが言った。エドナががっかりした表情を浮かべたことにツヴァイクは気づいた。「男前ではない。この男は自分の見せ方がへたくそだ。内気だから。でも誠実で洞察力が鋭い」

「おかしいな」グレイが言った。

「何が」

「この写真からすると」グレイは父子を指さした。「グスタフは左利きのようだ。スカーフを右肩にかけているだろ。右利きの人間ならもちろん左肩にかける。でもこちらの写真を見ると、グスタフは右手でたばこを吸っている」

ツヴァイクはにんまり笑った。「驚いたね。まさにそうだ。グスタフは左利きだった。しかし、いつか自分の正体を偽れるようになりたいと願っていた――それも本人の妙な考えでね。どうやらナチスが自分の首に賞金をかけるかもしれないと恐れていたようだ。だから右手も左手と同じく使えるよう練習していた。こいつは左利きだと、目をつけられないようにね」

エドナも目を丸くしながら言った。「あなた、まだ警察で働けるじゃないの。目のつけどころが鋭いわ」

グレイがうなるように応じた。「かんべんしてくれ、シャーロック・ホームズの真似事なんて、警察の捜査ではいちばん些末な部分なんだ。何より必要なのは足で稼ぐ人員を増やすことだよ」

エドナは写真に目を凝らしながら言った。「犯罪者って感じじゃないわね」

「その気持ちはわかる。それでも、ぼくはこんな顔の犯罪者を見たことがなかったどうか、なんとも言えんな。スタイニー・モリソン（一八八二?－一九二一。一九一一年、ロンドンで殺人の容疑で逮捕されたが、無罪を訴え続け、獄中で餓死した）はそうだった。さて……」

「何よ」

「こいつは見たことがない。この国では前科もなさそうだ。なのに父親と並んでいる写真は見たような気もする」

「コルブライトさんに訊きなさいよ」

「そうするか。あの男、今は何をしているかな」

「今夜じゃなくてもいいでしょ！」

「かまわんだろ。まだ一〇時前だ。住所はフラム（ロンドン南西の町）だから近い。行きたくないか、カール」

「いいね」

「じゃ行こうか。迷惑にはならない。ぼくが電話して、在宅かどうか確かめる」

「あなた、クリスマスイブよ！」

「そんなの、あの男は気にしないね」グレイは部屋を出て行った。ツヴァイクはエドナのあわてたようすを見て言った。「これは申し訳ない。ぼくは本気じゃなかったんです」

「本気じゃない？　なんの話ですか」

「グスタフのことです。あいつがロンドンにいるなら会ってみたい。でもチャールズの言うとおり、グスタフは殺人を犯すような人間じゃない。今回の一件でおもしろい話ができる気がしただけです。探偵小説家の手にかかれば魅力十分になりそうだと。実のところ、まったく深刻な話じゃないんですよ」

「じゃあ、今チャールズが電話するのを止めたらいかが」

ツヴァイクが答える前にグレイが戻ってきた。嬉しそうで、そわそわしている。

「うまくいった。喜んで会うそうだ。すぐ出よう」

エドナが言った。「あなた、この話は事件でもなんでもないんですってよ、カールが。クリスマスイブに他人様《ひとさま》のお宅に飛び込むなんて……」

「いいんだ。久しぶりにタビーの顔が見たい。あの男にはいいクリスマスになる」

ツヴァイクが言葉を選びながら言った。「奥さんの言い分もわかるよ。たとえグスタフに前科が――ないとは思うが――あるにしろ、この国でのことじゃあるまい」

「いいから。コルブライトは我々に会うのを楽しみにしている。エドナ、きみも来るだろ」

「とんでもない。あちらに電話して、明日かクリスマスの贈り物の日《ボクシングデー》にうかがうとおっしゃいよ」

「だめだ。そんなことはできん。ともかくせいぜい一時間ほどいるだけだ」グレイはカーテンを少し開けて、外をちらりと見た。「うわ、ひどい雪だ。タクシーがつかまればいいが。電話で呼ぼう」

第三章

オールドブロンプトン通り（ロンドン中西部の通り）に降った雪は、車の往来で均《なら》されたり跳ね飛ばされたりしているが、レッドクリフスクエア（フラム近くの公園）の雪は、分厚く積もってきれいなままだ。ツヴァイクは防水靴《オーバーシューズ》をはいていなかったので、タクシーを降りると、たちまち足首まで雪まみれになり、これはいかんと思った。運転手が言った。

「足、一時間もすると凍っちゃいますよ」

ツヴァイクは腕時計の夜光文字盤に目をやり、自宅に戻ってうまいポートワインでも飲みたいところだと思った。タクシーの後部ランプがレッドクリフガーデンズへと消えてゆくところを、まるでウエストエンドとの最後のつながりが断ち切れたかのように、ツヴァイクは無念そうに見送った。風は強くて冷たい。顔を東に向けているのはつらかった。

ツヴァイクたちが呼び鈴を鳴らす前に正面の扉が開いた。明るいロンドン人の声がした。「早く入って、寒いでしょ」背の低い太った男が戸口に立っており、扉を押さえて、客が自分の横を通れるよう、わきに寄ろうとした。が、大きな腹がじゃましてなかなかうまくゆかない。男は紙製の帽子をかぶり、明るいオレンジ色の部屋着をまとっている。

「上着を預かりましょ……またお会いできましたね、サー・チャールズ。奥さんはお連れじゃないいんで？　残念。うぉお、なんて夜だ……」

家に入ると、クリスマス装飾用のモチノキやミンスミート（クリスマスの定番菓子）のにおいが快く鼻を刺激した。コルブライトは客二人を小さな部屋へ導いた。壁や天井が覆い尽くされんばかりに、モチノキやら紙で作った鎖やらが飾りつけられている。広くてがらんとした建物でも暖められるほど大きな暖炉のせいで、息苦しいような空気が漂っている。ツヴァイクがはいているズボンのすその折り返しについた雪が解けだし、靴下に染みてきた。少年と少女が二人でテーブルでヘビとはしご（すごろくの一種）をやっている。

「おかけなすって。にょうぼはだいどこです。しばらく来ません」

ツヴァイクは元主任警部コルブライトに紹介された。グレイは感心したように目を丸くして当主の部屋着を見つめた。「きみ……こりゃ……寒くないのか」

少年が言った。「違うよ、脱ごうとしないの。色が好きなんだって」

「娘がクリスマスにって、くれたんでさ」コルブライトが誇らしげに言った。「結婚してるほうの娘で。わりと目立つ色でしょ」

ツヴァイクはテーブルの向かい側に席を取り、背の高いおさげ髪の少女を楯にして、じかに暖炉の火に当たらないようにした。コルブライトが言った。

「さ、飲みましょうや。このカクテルを軽く一杯やりますか。〝ほろ酔い超えて《ツー・オーバー・ジ・エイト》〟（ほろ酔い機嫌を意味するワン・オーバー・ジ・エイトのもじり）ってんですよ。にょうぼがクリスマスだからって特別に買ってきましてね。強度六〇です」

「暖炉に近づけちゃだめだよ」少年が言い、あははと笑った。コルブライトが言った。「話しかけられるまで黙ってろ。でねえとお目玉を食らうぞ」

グレイをまじまじと見ていた少女がいきなり言った。「靴下留め《ガーター》はどこにしてるの」

なんのことだとばかりにグレイが相手の顔を見ると、少女は語を継いだ。「学校で習ったのよ、騎士《ナイト》はもうよろいかぶとを身につけてない、ただ靴下留め《ガーター》だけだって。おじさん、騎士《ナイト》でしょ（ガーターはナイトとしては最高の勲章で、左ひざの下につける）」

コルブライト夫人がミンスパイを載せた皿を持って現れたため、話は打ち切られた。夫人は夫に劣らず太っているが、背は三〇センチほど高かった。ツヴァイクが引き合わされ、ミンスパイを断ると、夫人がたずねた。

「アルバートになんのご用でしょ。仕事で外へ連れ出したいの？」

「え、おれも行っていい？」少年が言った。

「ちょっと違うんです、奥さん。犯罪や犯罪者に関する生き字引であるご主人に訊きたいことがありまして」

「ちょいと待って」コルブライトが言った。「酒を飲んじゃいましょうや」

グレイとツヴァイクはウィスキーを注いでもらった。子ども二人は、ほれ、もう寝ろ、ドアの向こうで盗み聞きするなよと言われた。グレイは問題の写真を取り出すと、グスタフの顔をコルブライトに示した。

「乾杯」コルブライトが言った。「クリスマスおめでとさん、みんなに幸あれ」写真をまじまじと見ながら、ウィスキーを口に含んで味わい、がぶりと飲み込んだ。「ううむ、こりゃメイドストン（イングランド南西部ケント州の都市）のやつでしょ」

グレイとツヴァイクは同じくとっさに身を乗り出し、同じような表情を浮かべた。

「誰のことだ」

コルブライトは腕をいっぱいに伸ばして写真を眺め、しかめつらをした。「そうだ、間違いようがない。メイドストンの射撃事件に出てきた私設看護師だ。もちろん、お二人は憶えておられないと思いますがね、一九三八年のことだし」コルブライトは物問いたげに客二人を見た。

「その事件のことを話してくれ」グレイが言った。「きみは関わっていたのかね」

「いいえ。でもこいつが問題なんですか」

「わからん。メイドストンの事件で撃たれたのは誰だ」

「おっさんですよ、名前は……ええと……名前が出てこない。スキンなんとか……アースキン、バスキン、ボールスキン」

ツヴァイクとグレイはテーブル越しに顔を見合わせた。部屋は暑いのに、頭皮と肩にはひんやりしたものが沁み込んでくるのをツヴァイクは感じた。

「たしかアースキンだったかな。とにかく調べりゃすぐわかりますよ」

「だからどんな事件なんだ」グレイが言った。そろそろ我慢も限界といった声音だ。

「自殺だと見られてたんです。でも妙な点が一、二あって。窓は開いてて、強盗って疑いもありました。凶器は散弾銃です」

「うちの人、すごい記憶力でしょ、アルバートさん」コルブライト夫人が言った。「テレビに出てみたらって、わたしよく言うんですよ」

「ほかに憶えていることはあるかね」

ツヴァイクも身を乗り出してたずねた。

「秘書の名前はなんですか」

「おっと、痛いとこを突かれた」

「ほかに細かい点を憶えてないか」グレイが食い下がった。

コルブライトは眉をしかめて壁を見つめていたが、やがてぼそぼそ答えだした。「ううん……窓が開いて……誰かが入ってきて……」さらに数分後、こう続けた。「すみません、サー・チャールズ、昔の話なんで。それにおれたち、そんなに深く関わってなかったし。この一件をあたしがちょっと耳にはさんだのも、あたしの義理の弟——最初の女房の弟でして——がメイドストン署で巡査部長をしてたからで。考えてくうちに記憶もよみがえるかもしれねえ……いや、こんなにうんうんうなりながら思い出そうとしなけりゃ、もうよみがえってたかもしれねえな……」

グレイが言った。「メイドストン署に訊いてみるのも手だな。当時の本部長は誰だ」

「ええと……名前は……のどまで出かかってるんだが……スコットランド人だったな——そう、マクファーソンだ。でも何年も前に退職しましたよ。もうこの世にいないかな」

「すまんが電話を貸してくれないか」

「そりゃもちろん。だけど、お気を悪くしないでくださいよ、クリスマスが終わるまで待ったほうがいいでしょうね。そんなに緊急の話ですか」

「わからん。わたしがメイドストンに連絡を取るあいだ、ツヴァイクから話を聞いてくれ。電話はどこだね」

ツヴァイクはてみじかに説明しようとしたが、興奮しているのと確信の持てないところがあるのとで、話が一貫しなかった。それでもコルブライト夫人は一言も聞き漏らすまいといったふうで、おりおりにうなずき、ツヴァイクに先を促した。おれも別室でグレイと並んで立っていたいのにと、ツヴァイクはひっきりなしに思った。この緊張は耐えがたい。この家には親子電話はあるのかと訊きたくてたまらなかったが、さすがにそれは失礼だろう。

ツヴァイクの話があやふやになったときですら、コルブライトは無表情で無言のまま話に耳を傾けた。ところが、「だからね、もしあなたの言うことが正しくて、グスタフ・ノイマンがこのメイドストン事件の秘書だったら――」とツヴァイクが言うと、コルブライトは口笛を吹いて応じた。「ほう」再び写真に手を伸ばした。だが写真を見つめても記憶はよみがえらなかった。

自分が目にしたグスタフのようすについてツヴァイクが語った内容の含意を、コルブライト夫人は捉え違えており、こんなことを言った。

「二〇年以上前に犯した殺人では人を裁くことはできないって法律はないのかしら」

コルブライトが応じた。「本人を見つけられたら、我々は新たな罪を裁く手がかりをつかめるかもしれない」

コルブライトが〝我々〟と言ったことに、ツヴァイクはなんとなくほっとした。万事がもっと明確になるのではないか。同時に、今回の一件が殺人犯追跡《マーダーハント》劇であることが証明されるだろうと、初めて自分でもわかった気がした。

電話の呼び出し音が鳴り、やがて受話器が元に戻される音が聞こえた。グレイが嬉しそうな顔で部屋に入ってきた。「運がよかった。当直の巡査部長はマクファーソンのもとで勤務していた」

ツヴァイクは思わず〝やった〟とばかりに友の手をつかんだ。どきりとするほど冷たい手だった。別室は火を起こしていないのだろう。

「何か情報はあったか」ツヴァイクがたずねた。

グレイはからだをかがめ、両手を暖炉の火にかざした。コルブライトからウィスキーのおかわりを注いでもらった。

「期待したほどじゃない。マクファーソンは今年のはじめに亡くなった。巡査部長も今回の一件にはたずさわっていない。当時は巡回中だったと。だがいくらか事情は知っていた。問題の老人ベンスキンは――」

「それだ！」コルブライトが声を上げた。

「……私設秘書をともなって外国からやってきた。どうやら昆虫か蝶類の研究者らしい。巡査部長はよくわからないらしいが。到着したときベンスキンは病を患っていてほぼずっと床についていた。マラリア病の後遺症だと秘書はみなに話していた。ある晩、秘書は医者から特別の薬剤――麻薬成分入り――をもらうために外出した。戻ってくると、ベンスキンは食堂の床に倒れて死んでいた。警察の調べでは、物音を耳にして、何かあったのかと、拳銃を手に階下へ降りてきたようだ。そして強盗と摑み合いになり、顔を撃たれたらしい」

「そうだった」コルブライトが言った。「今の話で記憶が戻りましたよ。強盗が押し入った痕跡が見つからなかったんです。そう、思い出した。庭師が何か関わってたんだ。はじめのうち、賊は裏庭に通じる通用門から入ったと警察は見てたんですが、庭師の話じゃ、あの界隈で強盗事件が多発してたんで、老人は内部に警報装置を取りつけたそうです。そしてなんらかの理由――なんだったかなあ――で、賊が建物の正面から忍び込まなかったのは把握できました。だから、秘書が手を下してアリバイ工作をしたんだろうと警察は見たんです。それからどうしたかというと……ええと……」

「地元の強盗が捕まった」サー・チャールズがあとを受けた。「というものの自分は現場には近づいていないことを立証した。だが、ほかの強盗の存在を自白した」

「そうです。だけど秘書を逮捕したんじゃなかったかな」

「違うようだ。死亡時刻には秘書は外出中だったことが検死で明らかになった」

ツヴァイクはもう興奮を抑え切れなかった。「その秘書……誰か人相を教えてくれないかな」

「ご自分が持っておられる写真の男に似てますよ」コルブライトが答えた。

「そうか、でも秘書は外国人だったのかな。名前はなんだろう」

グレイが首を振った。「確かめられなかった。何かわかったらこっちに電話をくれると巡査部長は言っていた。名前は忘れたそうだが」

ツヴァイクは深々と椅子に腰かけ、ふうっと息を吐いた。「じゃあ、まだ何もわからないわけだ。何も」

三人は腰を下ろしたまま顔を見合わせた。コルブライト夫人が口を開いた。

「メイドストンまで行ったらどうでしょ。事情に詳しい人がきっといますよ」

グレイが肩をすくめて答えた。「事情は警察の調書を見ればすべてわかる。わたしがまだ現役だったらなんの苦労もないんだが。ところが現実はこうだから切歯扼腕《せっしやくわん》しているわけだ。この一件は結局どうってことない話に終わるかもしれない。とにかく確実な材料がないんだ――あるのは推測ばかりで。わたしがまだ現役だったら、部下を何人かメイドストンへ送り込んで調べを命じて、自分でもマントンの事件について国際刑事警察機構《インターポール》に問い合わせるだろう。二件の関連がわかるかもしれない。それに、戦時中のノイマンの住所をチューリヒ警察が知っているかもしれないし。だが今の我々二人では――」

「三人よね」コルブライト夫人が夫にほほえみかけた。

「ふむ、そりゃご親切に……だがね、三人になっても、やっかいな問題はいろいろ残ったままだ……存在しないかもしれない殺人犯を追いかけて、せっかくのクリスマスを台無しにしていいものか」

　コルブライト夫人はこの発言に説得力を感じ、顔を曇らせた。

「延期できないでしょうかね……せめてクリスマスが終わるまで。クリスマスの日にやれることなんて、ありませんでしょ」

　みな押し黙ったが、やがてツヴァイクが口を開いた。「そうかもしれないな」

　グレイがゆっくり言いだした。「一方、もしわたしがすぐにロンドン警視庁《ザ・ヤード》と連絡を取り合えば、何人か警察官の応援を得て、クリスマスのうちにきみの教え子ノイマンの居所を調べられるかもしれない」

　書棚の時計が耳障りな音を発して一時を知らせた。ツヴァイクは家に帰って寝たかったが、口に出すのははばかられた。部屋の熱気のせいでまぶたが重くなってきた。自分がここにいても役立たずだし、何もできない気がした。終わってみれば謎一つないかもしれない謎めいた事態とは、腹立たしい限りではないか。どっちつかずの現状を打開するすべが自分にはない。ツヴァイクはコルブライトからグレイに視線を移し、次いでコルブライト夫人を見つめて、もうそろそろ帰るかと言うことにした。しかし、口を開いたところで、ある考えがひらめき、気づいてみればコルブライトに話しかけていた。「私設看護師の写真を見たのはどこですか」

「ええと……どこだったかな」コルブライトはあごを胸にうずめるようにうつむき、自分の後頭部に手を置いた。「新聞だったかも」

グレイが身を乗り出した。

「全国紙の記事かね」

「そうじゃなかったかな。あたしの記憶が正しけりゃ、翌日にはもう大した話題にもなってませんでしたよ」

「どの新聞に載っていたんだ」

「それがですね……当時あたしは《デイリーメール》と《デイリークロニクル》を取ってたんです。でもあたしと組んでたやつは《デイリーニューズ》でした。そのどれかかもしれません。それとも、新聞の記事じゃなかったのかな。義理の弟から写真を見せられたのか」

「調べる価値はあるな、いずれにしろ」グレイが腕時計を見て言った。「いつまでもきみを付き合わせちゃ悪いな。タクシーを呼びたいんだが。続きはわたしのフラットで——」「ぼくのところでもいい」ツヴァイクが期待を込めて言った。

グレイが立ち上がった。「電話でタクシーを呼ぶよ。待っているあいだ、《デイリーニューズ》について友人に問い合わせてみる。先方は夜間の代役要員だから」

＊＊＊＊＊＊＊＊＊＊＊＊＊＊＊＊＊＊＊＊＊＊＊＊

一〇分後グレイが部屋に戻ってくると、ツヴァイクが肘掛け椅子でうたたねしていた。コルブライト夫人は料理に専念しに行った。コルブライトは二階に呼ばれて、子ども同士のけんかを止めに行った。扉の呼び鈴が鳴った。グレイが言った。「お、タクシーが来たか」応対しに扉へ向かった。ツヴァイクは、なんとか居眠りしないようにと自分に活を入れた。開いた正面の扉から冷たい風が部屋に吹き込んで来た。コルブライトが戻って来た。ツヴァイクはコルブライトと握手したが、相手の名は忘れてしまった。グレイが言った。「タクシーが来た。奥さんにおやすみと言ってくれ、アルバート。仕事のじゃまをしちゃまずいから」

「《デイリーニューズ》で何かわかりましたかね」

「まだだ。友人は不在だった。だがほかの人間に書類を調べてくれるよう申し入れた。ところで、殺人が起きた正確な日付をぼくは知らないんだ。一〇月初旬だったな」

「あ、それならあたしでもわかりますよ。聖ミカエル祭（九月二九日）前の日だったはずです。義理の弟のテッドがいつも聖ミカエル祭用のアスターをうちのにょうぼに持ってきてたから」コルブライトは机の引き出しを開け、日記を取り出した。「九月二八日かそこらに違いない」

「あっぱれ。すごい記憶力だな。もう五分早く知りたかった。かまわん。また自宅から電話する」

客二人は凍てつくような夜の街へ出て行った。ツヴァイクは身震いしながら、タクシーの後部座席に倒れ込むように座ると目をつぶった。気がつくと七時からずいぶん飲んだものだ。運転手が行き先を訊いた。あれこれ考えもせずにツヴァイクは自宅の住所を告げた。グレイも乗り込んできてドアを閉めた。ツヴァイクは友の元気ぶりをうらやんだ。タクシーの車輪が雪の積もった道路で動きだし、空回りし、ようやく前に進みだした。運転手が肩越しにたずねた。「クラージズ街のどちらの端ですか」

「クラージズ街じゃない」グレイが言った。口を閉じてツヴァイクの顔を見た。「ともかく、もし

──」

ツヴァイクは居心地悪くなった。「もうくただだ。でもきみにとって、もしぼくが役に立つ──」

「ナイツブリッジ（ハイドパーク南側の高級商店街）だ」グレイが運転手に言った。「ウィルトンプレイスの少し先」ツヴァイクのほうを向いた。「ちょっと寄ってみないか。何か情報が我々を待ち受けているかもしれない。わからんがね。先方も《デイリーニューズ》に関して最小限度の人員を充てている」

ツヴァイクはひとときだが疲れを忘れ、冷え切ったほおを手でこすった。

「やるか。現状ではぼくにできるせめてものことだ」

「いいかねカール、あまり期待はできんが、ぼくの友人シド・ホプキンズが問題の秘書の写真を探し出してくれるかもしれない。そのときは、きみにすぐ写真を確かめてほしい。なぜだかわかるだろ。写っているのがきみの教え子ノイマンなら、今夜ぼくが副総監に電話して、殺人犯追跡《マーダーハント》劇を開始するのが正しいって気になれるんだ」

「もちろん、わかるよ」しかし、タクシーでフリート街（ロンドン中部の街）まで向かうことを考えると、ツヴァイクは疲れを感じて息苦しくなってきた。自分たちが正しいことをしているのかどうか、もはや信じ切れない。グレイの乗り気ぶりには少し面食らった。


****

グレイ家の食堂には誰もいなかった。居間の暖炉の火は消えかかっていた。「エドナは床についたんだな」グレイは言いながら、暖炉に薪をくべ、ふいごで火を起こした。

薪の下面が再び赤々と燃えてゆくさまに魅入られたような視線を向けながら、こんなことをおもしろがるのは、気持ちが疲れているせいなのだとツヴァイクは気づいた。目を閉じ、クッションに寄りかかって、頭と首の後ろ部分がやさしくなでられているような感触を味わった。グレイはいったん部屋を出て行ったが、すぐ戻って来た。ツヴァイクは目を開けなかった。グレイよ、おれが寝ていると思ってくれ。まぶたは閉じていながらも、炎の明るさが感じられた。グレイは暖炉になおも薪をくべながら、友を起こさないようにと、そっと薪の位置を直した。狸寝入りをしていたツヴァイクは、いつのまにか寝入ってしまった。まだ頭のどこかでは、起こされてしまいそうだなと思っているだけに、なおさら深く眠っていった。

夢のなかではグスタフとチェスをしていた。グスタフは一七歳の少年だ。チェス盤は目の大きな床で、ツヴァイクはグスタフと反対側の端に立って向き合っている。ツヴァイクはチェスの選手である一方、空中からチェス盤を見下ろしている。盤は部屋の床ではなく、細長い卵形の区画の一部だ。だが壁はない。ここを区切っているのは、くっきりした灰色の霧のかたまりだ。灰色の水晶にも似た霧。ツヴァイクが目を凝らすと、霧は何物にも止められることなく広がってゆき、床や盤を覆うと、小さな渦を巻いた。ときおり心もち退いているように見える。あるいはガラスの壁にぶつかり、跳ね返されているのか。

ツヴァイクは目を覚まし、向かいの肘掛け椅子に座っているグレイをグスタフだと一瞬思った。グレイは相手の動きに気づき、顔を上げて笑みを浮かべた。

「まだ連絡つかずだ。何が起きたかわからん。きみ、タクシーを呼ぼうか」

ツヴァイクはかぶりを振り、暖炉を見つめたが、やがて時計に目を移した。三〇分寝ていた。もう真夜中過ぎだ。グレイに見たばかりの夢のことを話そうとしたが、けだるくて口を利く気になれない。そこで、夢の中身や、自分に付きまとっていた妙に意味ありげな感じに想いを致した。グレイが言っていた。「きみはノイマンの敵を自認してるよな、チェスで戦っていて」だがこれは夢のなかではいちばん取るに足らない部分だった。霧の壁を見ているうち、抱いたある洞察こそ、ツヴァイクには忘れられないものとなった。向こうには何もなかった。意味もなく、価値もなかった。こちらには規則がある。遊戯の規則《ルールズ・オブ・ザ・ゲーム》が。遊戯は霧に囲まれた一見して正常かつ現実の小さな一画《アウト・ゼア》でおこなわれた。

電話が鳴った。グレイが飛び跳ねるように立ち上がって口を開いた。「おお、ついに」受話器を耳に当てて自宅の番号を言った。ツヴァイクははっと目を開けて耳をすました。「シドニーか……あ、シドニーじゃない。ロビン・デイビスか、もちろん憶えているよ。何が起きた……なるほど。すまんな苦労をかけて。でも重要なことなんだ。事件だったら真っ先にきみに知らせるよ……そうだ。我々は何をすればいいんだ。こっちに来られるのかね……だいじょうぶか。もちろん。いつだ……ほんとにだいじょうぶなんだな。いや。お世話さま……」

グレイは受話器を戻した。

「今から来るそうだ。写真を持ってだ」

フリート街に行ってくれと言われずにすんだツヴァイクは嬉しくて声を上げた。

「すごい！　どうやって説得したんだ」

「するまでもなかった。帰宅途中だそうだ。新聞や雑誌の切り抜きを外に持ち出すのは、厳密には規則違反なんだが、事件のにおいをかぎつけたんだろう」

「でも、その人は写真を持っていたのか」

「うむ。私設秘書の鮮明な写真を持っているらしい——ところで、先方の名前はバーンスタインだ」

ツヴァイクの興奮は一気に高まった。数分後には写真が見られる。これで事情が明らかになる。写真がすべての決め手だという気がする。被写体がグスタフでなければ、あいつは殺人犯ではないわけだ。ほかの証拠はどれも、たまたまそれらしく思えただけだ。その後、いきなりすっきりした頭に、新聞に載ったグスタフの写真を自分が手にしている姿が浮かんだ。ツヴァイクは冷水を浴びせかけられたような気がした。

「チャールズ……そいつがグスタフだとして、きみはどうする」

グレイは肩をすくめた。「やれることは一つしかない。手持ちの情報をすべて警察に差し出して、殺人犯追跡劇《マーダーハント》を始めるだけだ」

「今夜か?」

「そうだな。ノイマンが殺人犯であるのは疑問の余地なしだ。ともかくぼくの頭のなかでは。きみはどうだ」

「言うまでもない」ツヴァイクが答えた。声は淡々としていた。クリスマスの朝に警視庁で再び事情を説明している自分の姿をツヴァイクは想像した。

「出がけの一杯はどうだ」グレイが言った。

ツヴァイクが立ち上がった。「ありがとう。ブランデーのダブルをもらおう」

「それがいい。ぼくもそうするか。ところで、《デイリープレス》の友人に何を話すか、決めておこうか」

「大事かね、それ」

「いや、今の段階では。我々から話を聞くまでは、先方は何も記事にしないだろう。だが警察が捜査に乗り出すと、困ったことになりうる。ノイマンは姿を消してしまう恐れありだ」

「じゃあ、その人に何を言えば――」

正面の呼び鈴が鳴って、話が途切れた。グレイが口を開いた。「早いな」

＊＊＊＊＊＊＊＊＊＊＊＊＊＊＊＊＊＊＊＊＊＊＊＊＊

ややしばらくして、グレイが若い男をともなって部屋に戻って来た。男のレインコートは雪まみれだ。

「ロビン・デイビスだ。こちらはカール・ツヴァイク教授」

「はじめまして。お顔は存じています、もちろん」

「コートを預かるよ、ロビン。一杯やってくれ。このブランデーはどうだ。ポルトガル物の特製だぞ」

若い男は愛嬌ある丸顔をしていて、内気そうな話し方をする。若干どもる感じだ。「ご、ご親切にどうも、サー・チャールズ。喜んでいただきます」

「こっちが言いたい台詞だよ、ロビンくん。よくぞこんな役回りを引き受けてくれたね、クリスマスイブに――もうクリスマスか。何か食べたのか？　サンドウィッチぐらいなら作れるぞ」

「い、いいえ、ほ、ほんとにけっこうです。どうも。家に帰るところですから。妻には早く帰ると言ったんです」

「今までどこにいたんだね」

「セントオールバンズ（イングランド南東部の都市）です。川に遺体が浮かんだ事件で。数時間前に夫が自白しました」

「そうか。夫か……」

デイビスはブランデーをがぶりと口に含み、目を閉じてのどに流し込むと、さらに明るい口ぶりで言った。

「おお、まさにブランデーだ」デイビスは暖炉の火に手をかざした。ツヴァイクは咳払いして言った。

「ところで、写真だが――」

「あ、すみません。わたしのコートにあります」

ツヴァイクは身震いした。写真を手にしたとき、手が震えたら困る。友の緊張ぶりに気づいたグレイが、ブランデーを注ぎ足し、さりげなく言った。

「シドは問題の全容について説明してくれたかね」

「あまり。実を言うと、なかに入ったとき、あんまり寒い上に濡れてたんで、話をよく聞かなかったんです」デイビスが長い封筒を差し出した。「ベンスキン事件、一九三八年九月二八日」と書いてある。ツヴァイクがほっとしたことに、グレイが受け取り、ソファーに腰を下ろした。封筒を振って中身を出すと、しわを伸ばした。ツヴァイクが立ってグレイの肩越しに覗き込んだ。グレイが言った。

「これだ。グスタフかな」

ツヴァイクは半ば側面から撮った写真のひげづら男を疑わしげに見つめた。

「ううむ……どうかな。グスタフはひげを生やしていなかった」

先ほど燃えるたきぎを見ていたときのように、ツヴァイクはなすすべないように、ぼんやりと、写真に視線を落としている。グレイの声がしたときは肩の力が抜けた。

「言うまでもないが、このときだけひげを生やしていたのかもしれん。ともあれ、ノイマンに似ているのかね。どうだ」

わかりやすい写真だ。四隅が黄ばんでいる記事だが。だがツヴァイクには、〈クー・クラックス・クラン〉（アメリカの白人至上主義結社）と同じようなフードをかぶった男の写真という恐れもあったように思えた。目はカメラに向いていない。頭にはフェルトの中折れ帽が載っている。おれは男の正体を見極めたくないのだろうな、見極めたら必ずそのあとに起きるごたごたを避けたいからと、ツヴァイクはそんな気がした。だから、写真が自分にとっては意味ないものだと認めるのは気が引けた。

「きみが持っているノイマンの写真を見てみよう」グレイが言った。二人は二枚の写真を並べた。グレイがつぶやいた。「可能性はある」ツヴァイクの顔を見た。「どうだね、カール」

「わからない。ほんとにわからない。そうは思えない……だが違うとも思わない。なんとも言えない」

デイビスがおずおずと近づいて来て言った。

「できましたら……この集まりは極秘のものですか」

「いや、べつに。写真だってきみが持って来たものだし」

デイビスは二枚の写真に視線を落としながら語を継いだ。

「同一人物だと見てもおかしくないかな……でも間違ってる可能性も否定できない」

デイビスは封筒を取り上げ、なかを覗いて封筒を振った。たたんだ薄い切り抜きが床に落ちた。グレイがそそくさと切り抜きを開いた。頭の禿げ上がった初老の男のみが写っている。こんな説明が載っていた。「ウォルター・ベンスキン、殺害される数日前の撮影」日付は殺害の数日後だ。記事によると、ベンスキンが収集した希少種の蛾には数千ポンドの値がついており、強盗はこれを狙ったのではという見方も出ているという。自宅にはほかにめぼしい品はほとんどなかった。

　デイビスが言った。「この写真だと、もう死んでるように見えますね」実際そうだった。あるいは新聞印刷用紙に複製を載せたせいで、老人の表情が生気のないものになっているのか。気がつくとツヴァイクは老人の顔を食い入るように見ていた。殺される定めにある者の顔に思えるのは、自分の想像にすぎないのか。

「どんな事件ですか」デイビスがたずねた。「秘密ですか」

「そうでもない。この二人が同一人物なら、こいつはおそらく殺人犯だ」

「同じでないなら？」

「殺人犯の可能性はぐっと低くなる」

「どんな殺人ですか」

「財産目当てに老人を始末した」

「すごい話だ」

「安心したまえ。何かわかったら、まずきみに知らせるよ」

　ツヴァイクはベンスキンの死亡に関する記事に目を通した。見出しはこうだ。「強盗との格闘の末に男性死亡」記事の中身についてはツヴァイクもすでにおおよそ知っていた。ベンスキンは死のひと月前、南アフリカから帰国していた。メイドストンの自宅は、兄の遺産として譲られたものだ。ベンスキンがアメリカにいたとき兄は亡くなった。

グレイが肩越しに覗き込んでいる。ツヴァイクが言った。

「記事の書きぶりからすると、バーンスタインは看護師というより秘書らしいな」

グレイが言った。「クリスマスが過ぎたら、ぼくはメイドストンに行って、何か手がかりを見つけないといかんかな。秘書の国籍が知りたい」

「グスタフで一つ見逃せないことがある。あいつは外国語が達者だったんだ。フランス語とイタリア語が完璧に話せた。イギリス人でないとさえ思ってしまいそうだ」

「その点は心に留めておこう。だが警察は推薦状やパスポートなどの提示を求めたはずだ」デイビスが口をはさんだ。「あの、ご用件がおすみでしたら、わたしはそろそろおいとまします。切り抜きは持ち帰りたいんですが」

「よろしい。もう見なくてよさそうだ。ところで、この一件で追跡記事が出ないのが驚きだな」

「どうなんですかね。記事のしまい場所を間違えたこともありうるし。もちろん、あの……」デイビスはあくびを嚙み殺した。「すみません……あの、追跡記事はなかったかもしれません」

デイビスは自分の外套にそそくさと腕を通した。

「教授、車で近くまでお送りしましょうか」

「いや、けっこう。我が家は百ヤードしか離れていないから」

デイビスが立ち去ると、ツヴァイクも自分の外套に手を伸ばした。

「で、証拠はないわけか。きみの夜のひとときを無駄にしてしまったな」

グレイが言った。「どうかね。実はふと気がついたんだが、ぼくは以前あのノイマンの写真を見たことがあるんだ。そして、あれはメイドストン事件の秘書だと、コルブライトもすぐ思った」

「そうだね。なぜかな」

「さてな……ほら、コルブライトは人の顔を憶える点ではとてつもない才気の持ち主だ。犯罪歴の分析にかけては指折りの警察官だった。不鮮明な写真や一つの証言にもとづいて指名手配者を特定できた。だから、ひげのない秘書の写真を見たにしろ、またはひげのある別の写真を見たにしろ、きみが示したノイマンの写真よりずっと役立った」

「そんなことありうるかね」

「うむ。きみも気づいたかもしれないが、新聞の写真の角度は最悪だった。撮影者は少しかがんでいたんだろう。だからひげは下から見えていて、かなり目立っていた。あれがもし短かった――伸ばしてから二週間ぐらいとか――としても、あの角度から撮れば目立って見えるはずだ。逆に頭の上から――または男がうつむいているとか――撮れば、ほとんど目につかないね」

ツヴァイクは疲れていた。グレイの言葉は音の流れさながらに耳を通り過ぎて行った。こんな想いが湧いた。おれも年を取ってきた。ふつうなら数時間前に寝ているところだ。もうぐったりだ。口を開いた。「もう帰るよ、チャールズ。目を開けているのがつらい」「一緒に歩こうか。それともタクシーを呼ぶか」

「いや。歩けば目も覚める」

＊＊＊＊＊＊＊＊＊＊＊＊＊＊＊＊＊＊＊＊＊＊＊＊＊

雪はやんでいる。肌を刺すような冷気。ツヴァイクはけっこうと断ったのに、グレイはツヴァイクに付き添って歩いた。それにしても風が冷たすぎて口を動かすのもつらい。積もった雪が固まった表面を一歩ごとにさくさく音を立てながら二人は進んだ。ハイドパークの広々とした土地は、人っ子一人いないなかで妙に美しく見え、ツヴァイクにはベルリンのブランデンブルク門のことが懐かしく頭に浮かんだ。無表情のツヴァイクの全身にも寒さが染み入ってくる。とはいえ、家に帰れば暖かい床と湯たんぽが待っていると思うと、嬉しさが込み上げてくるほどには頭は働いていた。翌朝に早起きしてハムステッドまで出向くなんぞうんざりだった。一一時まで床のなかにいて、昼食が始まるころ着くようにすればいいだろう。

クラージズ街のはずれでツヴァイクが言った。

「なあチャールズ、ほんとにもう帰ってくれたまえ。自宅まであと二〇ヤードのところで、まさか転んで首の骨を折ることはないよ。楽しい夜のひとときをありがとう。奥さんによろしく。明日またぼくに用事があれば、ハムステッドの妹宅に電話してくれ。ぼくは明日、戻るのはおそらく夜遅くなるから」

「メリークリスマス。そのあいだにこっちはメイドストン警察に連絡しておく」

ツヴァイクがフラットに入ると、時計が一時を打った。考えてみれば、クラブへ行くためにフラットを出てからまだ六時間も経っていない。ずいぶん前のことのような気がする。

外套を脱ぎもせずに、ツヴァイクは電気湯沸かし器に水をたっぷり注ぎ、プラグをコンセントに差し込んだ。まずは湯たんぽだ。次いでツヴァイクは外套と上着をハンガーにかけ、寝室のたんすに吊るした。さらに上着の内ポケットから写真を取り出すと、書斎に持ってゆき、まだ机に載っていたアルバムにそっとおさめた。ツヴァイクはグスタフの写真を長いこと見つめてから、前の頁に戻り、母親のひざに座っている六歳時のグスタフの写真を見た。母子は目を見張るほどそっくりだ。感じやすそうな顔、カメラを見つめる黒い瞳。母親とは、亡くなる最後の年に、ツヴァイクは何度か会った。ヒューゴ・ウルフやロバート・フランツの歌が大好きな穏やかな女性だったのを憶えている。いったいどうしたわけで息子は殺人犯になったのか。ツヴァイクはひげづらの秘書の写真のことを再び思い浮かべ、まじめな顔の幼児に目を向け直すと、ふといぶかった。グスタフを多重殺人犯だと疑うなんて、なんたる気の迷いだろうか。

ツヴァイクはアルバムを小脇に抱え、寝室へ行った。窓の内側についた結露は霜に変わっていた。ツヴァイクは指のつめでそれをはがした。この部屋はフラットのなかで最も暖かい。浴室からお湯のパイプが通っているからだ。ツヴァイクはゆっくり服を脱ぎ、自宅に戻ってきたんだ、また一人になれるんだと歓びをかみしめた。

ツヴァイクは消灯前に数分でも何か読むのを常としていた。今夜はまたアルバムを開いて頁をめくっていった。戦闘服姿の自分の写真を見ながら、おれも老いたものだ、生きられるのもせいぜいあと一〇年かなと思うと、にわかには信じがたい気持ちになった。四〇年間が夢のように過ぎ、振り返れば何をかたちとして残せただろうか――いくばくかの思い出、いくばくかのなしとげたこと。目前に広がる霧の壁は、幼少期と同じように謎めいている。不思議だ、おれの現実感はこれほどに変わったのか。若いときは、何もかもが現実すぎるものだ。終わりに近づくと、何もかも現実らしくなくなる。

ツヴァイクはアルバムの頁をぼんやりめくっていった。もはや何かに注意を払ったり、写真に興味を抱いたりすることもない。最後の見返し頁《フライリーフ》が開いている。補強紙でできた小袋に、しわになったり傷がついたりした写真が何枚か、それから捨ててしまうには惜しいが、整理してどこかの頁におさめるほど大切でもない写真が何枚か入れてある。そのなかの一枚がツヴァイクの注意を引いた。正装して晩餐の席を囲んでいる一〇人余りの者が写っている。アロイス・ノイマンはカメラから遠いところにおり、顔がわかりづらい。この写真をツヴァイクにくれたのはノイマン自身だ。どんな場面の写真だったかも、ツヴァイクはよく憶えていない。市民の宴会だったか外科医の社交の場だったか。自分は同席していない。ほかに知っている人物も写っていない。

それでも、見覚えありそうな顔が一つ目に留まった。ツヴァイクが視線を注いでいるのはこの顔だ。アロイスのとなりに座っている男だ。眺めてゆくうちに、見覚えある感じが消えてゆき、写りの悪さがあらためて気になった。だが少し離して見てみると、やはり記憶があいまいになった。男は中年らしい。ほぼ禿げている。まぶたは、見た感じからすると、大きくて垂れている。ツヴァイクの考えでは、記憶は脳細胞によって起こされたある種の電気のおかげで作用し、いったん底に沈められたら、再び浮かび上がらせるには多大の電流が欠かせない。ツヴァイクは「バッテリーが上がってる」と思わず声を発すると、枕元の電気を消した。どうでもいいことだ。自分は疲れている。

ツヴァイクが眠りかかったとき、写真の像に別の顔が重なるかたちで浮かんだ気がした。ツヴァイクははっと目を開け、横になったまま暗闇を凝視した。それからからだを起こすと、電気をつけ、またアルバムを開いた。男の顔が誰だか思い出された。ほんの一時間前に新聞の写真で見たばかりだった。メイドストンで殺された老人、ウォルター・ベンスキンだ。

それでも、光を当ててみると、ツヴァイクはまたわからなくなった。アロイスのとなりにいる男がベンスキンなら、すぐグレイに知らせないと。だが、はたして本当に確実だと言い切れるのか。自分は疲れている。寒い夜だし。寝室はフラットのなかで最も暖かいところだ。写真を見つめながら、ツヴァイクは理屈を立てていった。新聞の写真は当てにならないものだ。二五年も前のぼやけたスナップ写真など頼りにならない。さらに、もうあの元警部は切り抜きを持って帰宅し、床についているだろう。これは証拠にはならない。グレイだって、こんな時刻に起こされたら怒るだろうし……。

＊＊＊＊＊＊＊＊＊＊＊＊＊＊＊＊＊＊＊＊＊＊＊＊＊＊＊＊＊＊＊＊

ツヴァイクは横たわって電気を消した。頭に想いが浮かんだ。バカげてる。おれは眠いだけだ。だがすぐに、眠くはないと気づいた。暗闇に目を凝らし、考えた。そうか、グスタフは殺人犯だ。と考えたとたん、歓喜と紙一重の興奮を覚えたことに我ながら驚いた。なぜグスタフが犯人だと喜ばしいのか。おれは興奮を歓迎するぐらいもうろくしているのか。いや、ツヴァイクはかつて自らが関わったいくつかの殺人事件に思いを馳せた。妻を殺して家に火を放ったカリフォルニアの男。だがこいつはヒステリー患者だった。ハノーファー出身の連続殺人犯フリッツ・ハールマン（一八七九―一九二五）を診断しにゆくアロイスに、ツヴァイクは同行したことがある。ハールマンの性的倒錯ぶり、無学で粗野な人間の賢しらぶりに嫌悪を覚えた。キュルテンについては――殺人犯というのはみな――頭のなかでうまい言い方を手探りし、一つ見つけた。おのれの犯罪の被害者だ。誰の台詞だったか。アロイス？いや、グスタフだ。最後に会った夜にそう言っていた。ツヴァイクがグレイ夫妻にこの夜のことを語ったとき、グスタフの顔は、どうにか思い出したもののぼやけていた。だが今やグスタフははっきりと存在している。この部屋に立っているかのように。発する声もレコードのごとく正確に再生できる。

「キュルテンのような殺人犯は自分の犯罪の被害者だ。この行為の恐ろしさは、殺人犯と被害者との区別のあいまいさにある。でも自分の行為から離れている殺人犯の存在を想像できるだろうか。これは自由意志の究極表現ではなかろうか――関与なき殺人」

とはいえ、グスタフがかくもはっきり胸中を吐露したからこそ、あの男に殺人が犯せるはずはないとツヴァイクは思うほかなかった。金目当てで老人を殺すことに人生をかけられる者は、おのれが愚者にして被害者であるに違いない。これがツヴァイクの歓びの源だったのか――グスタフも敗者の一人だと思うことが。あるいは一種の望みなのか。

ツヴァイクはもうグレイ宅に電話する気をなくしていた。アロイスと付き合った日々を懐かしく思い出しているうちに、快い眠気を覚えた。薄れゆく意識のなかで、一九一七年ツヴァイクはベルリンで休暇を取っていた。二月のどんよりした寒い日で、アロイスと二人でシュナップスが飲めるカフェを見つけた。高い割に水で薄めたような味だった。二人は未来のことや、戦勝後に伸《の》し上がりそうなドイツのことや、この国での自身の役割のことを語り合った。未来は明るい、勝利は近いと感じながら。ツヴァイクはカント以後のドイツにおける最大の思想家になるつもりだ。アロイスは脳と意志力との関係についての理論を磨いて、心理学に革命を起こすつもりだ。アロイスはシュナップスの残りを互いのグラスに注ぎながら言った。「ぼくらがここで同席しているのも妙だな。でも時代を問わず偉大な人間は手を結び合うものだ……」

うとうとしながら、ああ四〇年前のことかとツヴァイクは思った。喪失感に襲われて胸が苦しくなり、もう耐え切れそうになくなったところで、その感じが消え去り、気がつくとベッドに横たわっていた。頭に想いが浮かんだ。「おかしなものだ、人生の悲しみのほうが夢のなかの悲しみよりずっと耐えやすいとは」グスタフの姿も浮かんだ。ツヴァイクは今回の一件を初めて全体として見返せるに至った。どうしてグスタフを絞首台に送ろうという気になれるだろう。どんななりゆきで、すべてはグレイの考え一つで決まるということになったのか。五時間前にはグスタフが殺人犯だとは信じられなかった。ウォルター・ベンスキンに似ている男の写真を見つけたとき、なぜ自分はすぐグレイに連絡しなかったか、やっとわかった。疲労や怠惰のせいではなく、ノイマン父子に対する理屈抜きの情のせいだ。

　ツヴァイクは悔やんだ。チェシャムホテルの前にいるグスタフを見つけたとき、なぜタクシーから飛び出て声をかけなかったのか、なぜこの件をグレイに話してしまったのか。だけど、グレイに話していなかったら、今でもあやふやだっただろうな、はたしてグスタフがさっ……だめだ、とても最後までは言えない。自分には確かなことが何一つない——チェシャムホテルの前にいた男がグスタフだったかどうかさえ。手にしている証拠の連鎖も、紙の鎖だと思い知らされるかもしれない。が、一つのことだけははっきりしていた。なんとかグスタフに接触する方法を探らねばならないことだ。でもどうやって。どうすればいい……ここでいきなり眠気に襲われ、ツヴァイクは意識を失ったが、目覚めてみると、霜に覆われた窓を通して、灰色の昼の光が射し込んできた。

　誰かが扉をノックした。ツヴァイクが「どうぞ」と叫ぼうとからだを起こすまもなく、グレイがコーヒーを載せた移動式配膳台《ダムウェイター》を押しながら入ってきた。

「おはよう。よく眠れたかね」

「ぐっすりと」ツヴァイクが答えた。あ、ベッドわきのテーブルにアルバムを載せたままだ、隠さないといかんと思ったが、手遅れだった。「何時かな、今」

「一一時過ぎだ。チェシャムに行って来たぞ」

ツヴァイクはからだを起こし、あごの無精ひげを手のひらでこすった。

「何かわかったかね」

「何もないな。タクシーに応対したドアマンと話をしたんだ。運ちゃん《キャビー》のことは知らないし、ナンバーも憶えていないそうだ」

グレイは二つのカップにコーヒーを注いだ。ツヴァイクは床にいることが気恥ずかしくなり、部屋着をまとってガスヒーターをつけた。

「あっちの部屋に行ったらどうかね。ここより暖かいよ」

「まだ目が覚めてないんだ」目をこすりながらツヴァイクが応じた。ふとアルバムのことを思い出し、語を継いだ。「そうだな、行こうか」だが立ち上がる前に、グレイが言った。「これがアルバムだな。グスタフの写真がもっとあるのかね」

「数枚かな」嘘をつく意味がない。

「見ていいかな」グレイはすでにアルバムを手にしている。ツヴァイクは自分のカップに砂糖とクリームを入れながら言った。「役に立つものはないよ」暖炉の近くの肘掛け椅子に座り、燃えるたきぎを見つめた。グレイの顔を見たくないからだ。グレイがアルバムを元のところに置く音が聞こえた。

「ほかに知らせたいことがある」グレイが言った。「メイドストンの一件でグスタフが秘書だったとは思えないな」

「ん？　どうして」

「捜査の責任者だったエドウィン・スティーブンスに電話してみたんだ。バーンスタインはスコットランド人ではないか、だとさ——名前はそれらしくないが」

「確証はあるのか」

「多少なりと。ほんとにグスタフはスコットランドなまりでは話せなかったのかね。そんなにいくつもの言葉に通じていたんじゃないよな」

ツヴァイクがゆっくり答えた。「いや、言葉を操るのは得意だった……しかし——」

「よし。そんなに得意でもないと。英語を母語のように話す外国人の存在について聞いたことはあるが、いまだ会ったためしはない。たとえばきみが使う英語は、文法の点では完璧だが、短い綴りの言葉をはっきり口にするとき、ちょっと破裂音のようになるね」

ツヴァイクは身を乗り出した。自分の英語には自信があるからだ。

「どんなふうにだ。自分としては、w《ダブリュー》がv《ヴィー》とならないように、v《ヴィー》がf《エフ》とならないように、苦労しているんだが」

「うまく説明できないがね。イギリス人の話し方は、なんて言うか……すんなりしている。言葉はすべてつながって聞こえる。外国人の英語の話し方を聞いていると、まるで言葉の最後にちょっとした障害物があって、それを乗り越えなけりゃならんと思っているかのようだ……すまん、うまく言えないが」

「まあね。でも、かまわんよ。グスタフについては、きみの言うことはわかる。ぼくとしては一つだけ異論がある。スコットランドなまりはドイツ語やイタリア語のアクセントに少し似ているね」

「そうかね」

「カルーソー（一八七三―一九二一。イタリアのオペラ歌手）が英語で歌っているレコードを聞いたことがあるんだが、スコットランド人と間違われることもありそうだ」

グレイは自分のコーヒーを見つめている。おれはなんでこんなことをしゃべっているんだと、ツヴァイクはふと思った。グレイが言った。

「だがグスタフはそんなに言葉の名人だったのかね」

ツヴァイクは苦笑いして肩をすくめた。

「いや」

「よし。率直なところ、ぼくには例の秘書がグスタフだとは思えないんだ。コルブライトの追跡は出発点からして間違ったんだな」

「だがきみの元同僚は男に身分証明書の提示を求めなかったのかね」

「うむ。ともかく、あいつは男に、身元を証明しろとは言わなかった。あのバーンスタインて男は逮捕されたがすぐ釈放されている。厳密には逮捕されてもいなかったんだ――署内にいて、警察に力を貸していただけだ。ところで、エドウィン・スティーブンスの見立てだと、秘書は殺人には無関係だそうだ。あれは事故死だろうとさ。死んだ男はぴりぴりしていた。物音を聞いて、銃を手に階段を駆け下りたが――銃が暴発してしまった」

「開いた窓の件はどうなんだ」

「スティーブンスが言うには、内側から開けられたらしい。死んだ男が自分で開けたんだろうと」

グレイが語るあいだ、ツヴァイクはアルバムの見返し頁の小袋に入れた写真のことを考えていた――アロイスの横に被害者が座っている写真だ。ツヴァイクとグレイの付き合いはもう長い。何事によらず、いつも互いに腹蔵なく言い合うようにしてきた。ツヴァイクとしては、その習慣を破るのは難しかった。グレイが語り終わると、二人ともしばらく黙ってコーヒーを飲んだ。やっぱり写真のことを話そうとツヴァイクは決めた。が、気づけばこんなことを口にしていた。

「つまり、グスタフ犯人説は崩れたわけかね」

「とも言えん。まだ殺人犯という可能性は残っていそうだ。都合がつき次第、ぼくは警視庁に連絡して、インターポールに問い合わせてもらうつもりだよ、グスタフが容疑者として挙がっているかどうか」

グレイはカップを盆に返して立ち上がった。

「もう帰らないと。きみは着替えをしたいだろ。とにかく、メイドストンの一件について、きみの心を落ち着かせてやろうと思って来たんだ」

電話が鳴った。ツヴァイクが言った。

「うちの妹だな……」

「じゃあ、帰るよ。何かあったら電話するから」

ツヴァイクは寝室の扉まで友に付き合った。

「来てくれてよかったよ、チャールズ。助かった」

ツヴァイクが電話に出るのをじゃましてはまずいなと思いながら、グレイは足早に立ち去った。

ツヴァイクが電話に出た。「もしもし。どちら様ですか」

聞き覚えのない声が流れた。「ツヴァイク教授ですか」

「そうです」

「おわかりじゃありませんかね。チェシャムホテルの支配人です。ゆうべ食事に見えたお二人のことで、当方にお訊きなさったと存じますが……」

「うむ」

「そのお一人が今朝またおいでになったようです。当方は少し事情をご説明できます。お役に立てるかどうかは存じませんが」

　ツヴァイクは考えるまもなく、ちょっと待ってくれと支配人に言い、階段を下りてゆくグレイに声をかけた。グレイはまだ外に出ていなかった。と、この瞬間、先ほどグレイに対して口にしなかった気持ちが固まった。ツヴァイクは電話口で言った。

「ちょっと待って。二〇分でホテルに行くから。きみはまだいるんですね」

「はい。当方の秘書ともお話しなさってください。食事の注文を受けたのは秘書なので」

「それは幸いだ。ご親切にどうも。すぐうかがうよ」

「ありがとうございます」

＊＊＊＊＊＊＊＊＊＊＊＊＊＊＊＊＊＊＊＊＊＊＊＊

　ツヴァイクはコーヒーを注ぎ足し、ベッドに腰かけた。アルバムは枕に載っている。ツヴァイクは座ったままアルバムをぱっと開けた。アロイスと一緒に兵士姿の自分を撮った写真がある。一九一六年、バーデンでのことだ。これを目にして、動揺が多少ともおさまった。ある前兆のような気がした。ツヴァイクは着替えをしながら独り言をつぶやいた。「いや、チャールズに話すのは、本人のためになるまい……警察官だから。動くのは職務になる……だがアロイスとグスタフはおれの友人だった……」

　ツヴァイクは電話でタクシーを呼んでから、厨房に入って種なしパン《マッツォー》にバターを塗った。気が高ぶりすぎて腹もすかないが、朝食も摂らずに家を出るのは危ないとわかるぐらいには分別があった。なぜおれはホテルへ駆けつけると言ったのかなと、自らに問いかけた。そうだ、支配人が話しているとき、まだグレイが外に出ていなかったからだ。おれはこんな口実を考えたのかと、ツヴァイクは思わず苦笑いした。食べたくもないビスケットをボリボリかみくだき、水でのどに流し込んだ。この一件で自分が動く動機は、グレイ相手に認めたほどご立派なものでないのはちゃんと自覚している。言い訳になるが、グスタフとの友情と市民の責務とのはざまで自分は苦しんでいるのだ。とはいえ実のところツヴァイクは、いよいよ殺人犯追跡《マーダーハント》劇の開始かという気分の高まりと、だが自分の生活はずいぶん乱されそうだなといういらだちとのあいだで揺れていた。グスタフに対する親愛の情は、ほとんどない。あの男の敬意を欠いた態度には昔から少し腹が立っていた。二五年経った今も、腹立ちというよりいらだちが消えずに残っている。ともあれ、高ぶる気持ちといっても、それは犯罪の観念にひそかに魅せられている者の病的な執着心ではなかった。グスタフはそんな観念に魅せられてはいない。もしグスタフが第二のランドリュ（一八六九－一九二二。フランスの大量殺人犯）だったら、自分はがっかりするし、悲しいだろう。気持ちを高ぶらせているのは、自分でもなんとも言いようのない見通しだ。なぜなら現実とはおよそ思えない内容だから。だがそれはハイデルベルクでのグスタフとの最後の会話に関わっていた。

第四章

ツヴァイクがホテルに入るなり、支配人はすぐ気づいて、笑みを浮かべながら近づいてきた。中年過ぎの小男だ。感情表現が大げさなのは、内気な性格を隠すためか。

「おはようございます、教授。メリークリスマス。何かお飲み物をお持ちしましょうか」

食堂に入ろうとしている女性の一団がツヴァイクを見つめた。なかの一人が、あの方テレビに出てたわねと言った。こんなふうに気づかれると、ふだんのツヴァイクは鼻高々になった。だが今朝は、はいている靴が水浸しになったかのごとく不愉快になった。ツヴァイクは女たちから目をそらして口を開いた。

「朝食はすませたばかりで……まあ、ともかくありがとう」

「必要ございませんか？　クリスマスのシェリーもございますが。わたくしの執務室までお越し願えませんでしょうか」

栗色のワンピース姿のぽっちゃりした女性が二人のあとに続いてなかに入った。支配人が言った。

「当方の秘書のウェスト夫人です。三〇年前から勤務しております。きみもシェリーを飲むだろ、ウェストさん」

「ありがとうございます、ギャスコインさん。いただいてもかまいません、クリスマスですからね」

立っているツヴァイクは居心地悪くなった。タクシーを待たせているんだとは言いづらい。支配人は二つのグラスに酒を注ぎながらツヴァイクを見やった。

　ツヴァイクが言った。「じゃあ、少しだけもらおうか」

「はい……補佐役のチェンバーズから聞きましたが、ご友人のことでお問い合わせに見えたとか。とはいえ、本人は五時から勤務についたので、存じ上げないと申しております。電話に出てお食事の予約を承ったのはウェスト夫人でした」

「先方の名前はわかりますか」ツヴァイクが夫人にたずねた。

「年かさのお方なら存じております。サー・ティモシー・ファーガソンというスコットランドの男爵でございます。戦前は定期的にお見えでした――お父さまとご一緒に」

「助かるなあ！」ツヴァイクは日記帳を取り出し、聞いた名前を綴った。「その男爵について、ほかにわかることはあるかな」

「名士録《フーズフー》に出ていることぐらいでして」支配人はそう答えて、テーブルから名士録を持ってきた。すでに頁を開けてある。「ここにございます」

　ツヴァイクは前かがみになり、さっと目を通した。「第三代准男爵……陸軍少将サー・ケルビン・ファーガソンの子息……救護院経営委員会座長……スコットランド造船研究協会……パース（スコットランド中部の町）。パース？　オーストラリアの町じゃないのか？」地理はツヴァイクにとって昔から何より苦手だった。支配人がにんまりしながら秘書を見た。頭のなかでは早くも自分の妻に言っている。この人、〝馬のことは馬方に訊け《アスク・ザ・エキスパーツ》〟派か。パースの所在地も知らないとはな。「スコットランドにもパースはございますよ、教授」

「あ、そうだ、思い出した。字を読むときはいつもめがねをかけているんだが……」ツヴァイクは住所と電話番号を日記帳に書き留めた。「実に助かる。あとでこの番号に電話して、ご当人がどこにお住まいか訊いてみよう」秘書に視線を移した。「先方がどこから電話してきたか、わからないでしょうね」

「存じません。かけてこられたのは秘書の方でした。お探しの方ではございませんでしょうか」

「いや。なぜ秘書だとわかるのかな」

「お電話でそうおっしゃいました」

「ほう。でもどこに滞在しているかは言わなかったんだね」

「必要ございませんから。お食事のご予約をお申込みになられましたので。こちらは承りますとお答えしました……きっとご友人の方々とご一緒なのだろうと存じます」

ツヴァイクはシェリーを飲み終わった。くつろいだ気分になってきた。支配人のことさえ好ましく思えてきた。

「お骨折りいただいて実に助かりましたよ、ありがたい」

「恐縮でございます、教授。ご出演の番組は欠かさず拝見しております。あの、よろしければ、わたくしの甥のサイン帳に一筆願えますでしょうか。甥はまだ八つで……」

ツヴァイクは飾り文字で名前を書き、息子のためにという夫人の求めに応じて紙切れにもサインしてやった。書き終わると、二人と握手を交わしてこの場を去った。待たせてあったタクシーに乗り込みながら、知名度が高いと、いいこともあるものだなと思った……。

第五章

一時間後、ツヴァイクは妹宅のベッドに腰かけて、スコットランドへ長距離電話をかけた。呼び出し音も鳴らぬまま長く待たされたあと、交換手の声が聞こえた。「申し訳ございません。応答がなくて……あ、少々お待ちください」また沈黙の時が流れてから、同じ女の声がした。「つながりました」

ツヴァイクが声を発した。「もしもし、サー・ティモシー・ファーガソンのお宅でしょうか」

こもった声がそうだと答えた。

「カール・ツヴァイク教授と申します。サー・ティモシーの友人ですが」

声が答えた。「サー・ティモシーはご不在でございます」

「あなたはどなたですか」

「家政婦でございます」

「今ロンドンにおられるはずなんだが。どこに――」

「イギリスにはいらっしゃいません」そっけない声だ。

「そう。いつからご不在なのかな」

「もう二カ月になります。今はケルンに」

「それは違う。ゆうべロンドンでお見かけしたんだ」

長い沈黙が生まれた。

「どんなご用件でしょうか」

「サー・ティモシーのロンドンでの住所を知りたくてね。ご本人からお聞きしようと思っていたら旅立たれたので……」

「それは何かのお間違いかと存じます。サー・ティモシーはいつもイギリスにお戻りになる前には電報をお寄こしになります。それにクリスマスはロンドンではお過ごしになりません。まっすぐこちらへお戻りになります」

ツヴァイクは大きく息を吐き、どなりつけたいのをこらえた。「いいかね、サー・ティモシーが今ロンドンにおられるのは確実なんだ。どこにご滞在か、見当はつかないか」

相手はお待ちくださいと答えた。果てしなく続くかに思える時をツヴァイクは待った。ピッという音が二度鳴った。交換手の声が流れた。「まだお話し中ですか」ツヴァイクはどなった。「そうだ、切るなよ」交換手のいらついた声がした。「お声はよく聞こえますよ」また長い沈黙が生まれた。

家政婦の声がした。

「お待たせして申し訳ございません。ご住所録は見当たりませんでした。サー・ティモシーは、サウスケンジントンのペラムプレイス七四番のフラットにおいでだと存じます。そうでなければ、クロムウェル通り二〇〇番のジョウゼフ・アソル・ガードナーさま宅においでかもしれません」

家政婦は住所を繰り返し伝えた。ツヴァイクは手帳に記し、たずねた。

「ペラムプレイスのフラットは電話が通じますかね」

相手は番号を伝えてから言い足した。

「もし通じましたら、恐れ入りますが、わたくしにお電話していただき、今何をなさっているのかお知らせるくださるようお伝えくださいまし。わたくしはミセス・カーカップと申します」

ツヴァイクは請け合って電話を切るなり、後ろの壁に寄りかかって目を閉じた。外の通りから子どものはしゃいでいる声が聞こえてくる。ツヴァイクは顔をしかめた。オットリーの子どもたちのことは好きだが、今はいても嬉しくない存在だ。

扉が開き、ツヴァイクの妹が入ってきた。兄より一五歳若い。一〇年前に結婚するまで、兄の身の回りの世話をしていた。オットリーは兄と同じく意志の強そうな目鼻立ちとくっきりした口元をしている。ぴんと張った赤いほおは、エナメルを塗ったかのようだ。二人はドイツ語でやりとりした。オットリーのほうはいまだ故郷の村の方言が残っている。

「疲れてるの？」

「少しな」妹とは昔から近い間柄だった兄としては、秘密は隠そうにも隠せなかった。「今日は考えることが多すぎた」

「クリスマスの日ぐらい忘れたら？」

「いや、できないね。深刻なことで。グスタフ・ノイマンて憶えているだろ」

「殺人犯？」早くも一九三六年にはオットリーもグスタフの件を知っていた。兄がアメリカで何度か語るのを聞いている。兄と同じくオットリーも今まで深く考えてこなかった。

「うむ、犯罪者の巨頭。ロンドンにいるかもしれない」

「そうなの。でも兄さん、何か気になることでもあるの」

「ある老人がらみでね」

「へえ」

「わからんかね」ツヴァイクは妹を見つめた。

オットリーは笑い声を上げげた。「グスタフが老人を殺すって言いたいのかしら」

「ありえないと思うかね」

オットリーはまさかという顔で兄をまじまじと見た。

「本気なの」

ツヴァイクは言い訳するように答えた。「いけないかね」

「だって……」妹は肩をすくめ、脱ぎ捨ててある服を拾い上げて引き出しにしまった。「まさか兄さんがそんな説を信じてるとはね。そりゃあ、ありえないわけじゃないでしょ。でも……」

「おれがこの話を警察の友人に話したのはなぜだと思う」

「話すに値するからよね。それに、兄さんがわたしをその刑事に嫁がせたかったからでしょ」

なるほどそうだった。ツヴァイクはすぐ話題を変えた。

「あいつのロンドン宅の電話番号がわかったんだ。さっそく連絡しようと思う」

「悪いわよ、グスタフの遺体処理作業のじゃまをしちゃ」

オットリーは部屋を出て行った。ツヴァイクは受話器を取った。オットリーがやってくる前は、ツヴァイクもペラムプレイスのフラットに電話するつもりはなかった。だが妹に疑い深い顔をされて、自信がなくなった。自分は刑事ごっこをしていて、常識を見失っているのでは、という気になった。といっても、べつに迷惑行為ではない。逆にもしグスタフがサー・ティモシー・ファーガソンを殺すつもりなら、自分のおせっかいで食い止められるわけだ。また、もし取り越し苦労なら、元教え子と旧交を温めることができるではないか。

電話は何度か妙な音を発した。やがて交換手の声がした。「どちらへおかけですか」

ツヴァイクは先方の番号を告げた。

「その番号はつながらないようです」

「いつから」

「わかりません。問い合わせの部署に回しましょうか」

無駄だろうなと思いつつも、ツヴァイクはそうしてくれと応じた。問い合わせ担当者を相手にまた一〇分待たされたあげく、おたずねの電話は一年前に取り外され、新たには取りつけられていないと言われた。ツヴァイクはたずねた。

「先方には別の電話はありませんかね」

「電話帳で調べることもできます。お話しなさりたいご加入者はいらっしゃいますか」

「いや。ただ友人と連絡が取れるかどうか知りたくてね」

「申し訳ございませんが、それはできません。お話しになりたいお相手をお伝えいただかなければ、番号はお伝えできません」

「サー・ティモシー・ファーガソンがどのフラットに住んでいたか、教えてください」

「はい。地下です」

「じゃあ、一階に電話があるなら教えてください」

「すみませんが、ご加入者のお名前をご存じなければ、それはできません。加入者保護の点から――」

ツヴァイクは電話をがちゃんと切った。オットリーが入ってきたが、ツヴァイクは悪態を吐き続けた。オットリーが他人事《ひとごと》のように言った。「イギリスの電話交換手ってみんなそんなものよ」

ツヴァイクは人差し指のつめをかんだ。オットリーが語を継いだ。「昼食の用意ができたわよ」

「どうするかな……電話してみるか、この男……ガードナーに」

「昼食をすませてからになさい」

「今のほうがいい。ガードナーの家にいるかもしれない。クロムウェル通りはペラムプレイスから目と鼻の先なんだ。ファーガソンが在宅かどうか、やつは確かめに行くかもしれない」

「今日はクリスマスなのよ！　どうしてグスタフが？」

ツヴァイクはすでに電話をかけている。オットリーは立ち上がって兄を見つめている。女の声が聞こえた。ジョウゼフ・アソル・ガードナーを出してくれとツヴァイクが言うと、相手が答えた。

「本日ガードナーご夫妻はご不在です。ご伝言はございますか」

「いや。でも、ちょっと教えてもらいたいんだが。ガードナーさんは今日サー・ティモシー・ファーガソンと会われたかどうか」

「いいえ、わたしが知る限りでは。サー・ティモシーはロンドンにはいらっしゃらないでしょう。いらっしゃれば、わたしにはわかるはずです。いつもこちらで長くお過ごしになりますから」

「ほう。それはどうも。明日またお電話します」

「え？」オットリーが言った。

「いっそタクシーで行ったほうがいいかな。サー・ティモシーはロンドンにいないだろうと先方の女中が言っている。つまり、サー・ティモシーは自分の居場所を秘密にしたがっているかもしれないわけだ」

オットリーは肩を丸めて、祈りでもするかのように両手を組み合わせた。妹として、この兄はいかんともしがたい、という思いを示すしぐさだ。ツヴァイクは昔から一家の〝思想家〟であり、自分は実務派だったので、ときに兄をぐずな子ども扱いしてしまいがちだった。妹のこういう態度に、ツヴァイクはむっとした。妹だって自分と同じぐらいよく間違えるではないか。それでも、ツヴァイクは妹の言い分を聞くのも悪くないと思うことにし、立ち上がって言った。

「わかった。昼食がすむまでこの件はお預けにする」

「明日までになさいよ。クリスマスにやれることなんて何もないんだから。今は何かも忘れて楽しみなさい」

こんな次第でツヴァイクは、おもちゃのクレーンを組み立てるというオットリーの長男の手伝いをしてやり、クリスマスの午後を過ごした。夜になると、ソーホーでレストランを営むデュッセルドルフ（ドイツ西部の都市）人や、スイスの土木技師や、義弟の同僚を相手に、西ドイツに関する政治談議を交わした。また、ソーホーのシュナイダー氏提供の極上ラインワインを少なくとも二本飲み干した。だから、グスタフのことが頭に浮かんだとき、ぼんやりした幸福感に浸り、ワインのみならず食物のせいもあるほろ酔いぶりを味わうなかで、それはどうでもよくなった。午前二時、義弟に自宅まで車で送ってもらった。車はざらめ雪の上をセカンドギアで走った。寝入る数分前、グスタフの記憶がいくぶんなまなましくよみがえった。一二時間ほかのことをいろいろ考えたせいだ。新たに少し距離を置いて見てみると、グスタフは犯罪者であるはずがないと、不意にはっきり思えた。犯罪者とは運なき人間だ。グスタフは自らの運命観にとりつかれた夢想家だ。こう思うと、ツヴァイクは気が休まり、慰められ、眠りへと誘われた。

第六章

九時半のこと、物音がしてツヴァイクは目が覚めた。通いの家政婦が朝食を用意してくれていた。ツヴァイクはからだを起こし、目をこすって眠気をさました。

「火を起こしましょうか、先生。今日はおでかけになりますか」

ツヴァイクとしては、起きたばかりのときに物事を決めたりするのはいやだった。「これから考えるよ」

「今朝は燻製ニシン《キッパー》をお食べになりますか」

「それはいいね」

ツヴァイクがまたうとうとしかかったとき、電話が鳴った。

「サー・チャールズ・グレイからお電話です」

小声でぶつぶつ言いながら、ツヴァイクは部屋着を手早くまとい、電話のところまで歩いて行った。グレイの声が流れた。

「起こしてしまったら失敬。大事な用件なんだ。二〇分後にうかがっていいかね」

「前から言っているだろ、いつでもかまわないよ」

「そうだったな。でも今回は同伴者が一人いてね——ジョン・スタフォード＝モートンという精神科医だ」

「けっこうだ。きみの都合のいいときに来てくれ」

ツヴァイクは家政婦に声をかけた。「火を起こしてくれるかな。サー・チャールズがもうすぐお見えだ。大きいポットでコーヒーを沸かしてください」

寝室が寒くて着替えがはかどらない。ツヴァイクは火を起こし、書斎から一九五一年版『名士録』を持って来て、またベッドにもぐりこんだ。ジョン・スタフォード＝モートンとは何者か聞いたことはなかったが、記載事項から、重要人物であるのは明らかだった。名前に続いて、二行分の文字が並んだ。文学修士《MA》、化学学士《BCh》、王立外科医学院特別研究員《FRCS》（英国）、国際外科医大学特別研究員《FICS》など様々な精神医学関連の病院での役職や、『常習犯の精神構造』や『神経障害と犯罪』など多数の著作も。

家政婦が入って来た。「お客さまがお見えの前に朝食をおすませになったほうが」

ツヴァイクは心ここにあらずの体《てい》で口を動かしながら、『名士録』の記載事項を見続けた。なぜグレイは自分にこの男を会わせたがるのか。意味がない気もするが。しかし、だからツヴァイクは落ち着かないわけではなかった。グレイに会う前にペラムプレイスの住所へ足を運んで、グスタフと語らう機会を探ってきた。今は、これまでに知りえたことをグレイに話すべきかどうか、再び決断を迫られる次第となった。グレイに例の写真を見せまいという決断よりも難しい決断だ。ツヴァイクがチェシャムホテルの支配人に問い合わせたことを、グレイがいつなんどき知るか、わからないからだ。なぜ自分は機転を利かして、二時間後に来てくれとグレイに言わなかったのかと、ツヴァイクは自分に腹が立った。いっそ自宅を飛び出して、ペラムプレイスまでタクシーで行き、グレイとスタフォード＝モートンに少し待ってくれと伝えようかと思った。ツヴァイクは二人の顔を思い浮かべた。自分は部屋に入ってこう言うのか。「グスタフを紹介しますよ。我々が殺人犯じゃないかと疑っている者だ……」

このとき、正面の扉の呼び鈴が鳴り、ツヴァイクははっと我に返った。浴室に入り、鏡に映る自分のひげづらを見て、着替えをしてもしようがないなという気がした。と思いつつも、首に絹のスカーフを巻いて結び、古くさいニットの部屋着を脱いで、着心地は劣るが少しは新しく見える部屋着をまとった。

グレイが言った。「カール、すまんなこんな時間におじゃまして。スタフォード＝モートン医師は今日これから忙しいそうなんだ」

＊＊＊＊＊＊＊＊＊＊＊＊＊＊＊＊＊＊＊＊＊＊＊＊＊＊

ツヴァイクは精神科医と握手するなり、ぴんときた。こいつは何かいやなやつだな。スタフォード＝モートンは五〇歳という年齢より若く見えた。しかし、顔つきは青白くて、世の中はおれのことをきちんと評価していないぞと、いらついている感じだ。声は高くてつっけんどんだ。

「あなたのことはよく存じてます。前からお会いしたかった。今日は残念ながらお互い仕事の話で——」

「コーヒーはいかがですか、ご両人」ツヴァイクが言った。

「こんな時刻に二人して押しかけて来た理由を説明するよ、カール。ぼくは警視庁のミットフォードと話したんだ。グスタフ・ノイマンを追跡するのは大仕事だろうと先方も言っている。すべての署に人相書きなどを送って、たっぷり手間をかけて捜査をおこなうことになるわけだ。一〇人余りの捜査官を数週間も駆り出すかもしれない。おまけに、ノイマンが殺人犯だという物証が我々にはないと先方は思っているようだ。そこでぼくはこのスタフォード＝モートン医師と話したわけだが、やはりこれはおそらく見込み違いではないかという点で――」

スタフォード＝モートンが口を開いた。「わたしはそこまで断ずるつもりはありません。でもミットフォードの言わんとするところはわかる。ずばりと言わせてもらうとですね、教授、グレイから聞いた話によれば、どうもそのグスタフ・ノイマンなる人物は殺人犯には思えないんですよ」

ツヴァイクはくすぶっている火を見つめた。位置が遠いからほとんど熱を感じない。「なぜそう思われるんですか」そうたずねた。

「サー・チャールズから聞いたところでは、ノイマンは一種の反逆者のような知識人で、偉大な犯罪者にならんという考えに取りつかれてるとか。わたしの経験では、そういう人間は犯罪には手を染めません」

甲高い声としゃきしゃきした口ぶりは大学講師のおもむきがある。ツヴァイクは不快感を隠すべく、相手とは目を合わせようとしなかった。

「犯罪行為について講釈する文人は、おのれの講釈の内容を実践することなど決してない。マルキ・ド・サドやロートレアモンを見れば明らかです。フランス革命期の恐怖政治時代、サドは自分の敵どもに復讐する機会を得たのですが、寛大にも容赦してやりました」偉そうな言い方に聞こえたかなと危ぶんだのかどうか、精神科医はいったん口を閉じたが、すぐ言い足した。「もちろん釈迦に説法のたぐいですが」

ツヴァイクにとって、今の話は我が意を得たりというところだが、それでもなお言い返したいというひねくれた気持ちは消えなかった。重々しく応じた。

「さはさりながら、文人は犯罪者にあらずというのは正しくない。詩を書ける犯罪者だって昔からずいぶんいましたよ、たとえば――」

「ええ、かなりね。でも出来がよかったためしはない。まさかウェインライト（一七九四―一八四七。イギリスの犯罪者）やラスネー（一八〇三―三六。フランスの犯罪者）を〝文人〟とは呼べないでしょ、控えめなほめ言葉で使うならまだしも。いいですか、詩人と犯罪者とでは、人生態度が対照的です。詩人はあまりに自分本位なので、我が身をおとしめてまで社会を欺いたりしません。おのれは正しく社会は誤っていると無意識にも見なしてます。犯罪者のほうは――」

「同じく自分本位です」ツヴァイクがさえぎった。

「もちろん。ですが種類が違う。犯罪者はささいな利己主義者、わがままな動物です。犯罪者にとって、社会はいつも正しい側にある。社会には自分を糾弾する権利がある。詩人はどうかといえば、自分には社会を糾弾する権利があると思ってます」

ツヴァイクはふと気づくと、相手の理論にいつのまにか聞き入っていた。先ほど寝入るまぎわに自らぼんやり考えていたことを敷衍《ふえん》した中身だ。そうであれ、スタフォード＝モートンに同感の意を表すのは、とてもできない話だった。

「しかし、サー・チャールズからお聞きになりませんでしたかね、自分には人間を糾弾する権利があるとグスタフ・ノイマンは信じていると。犯罪はこの糾弾の自然な表現だと、あの男は思っていたんです」

精神科医はなおさら甲高い声で憤然と言い返した。「しかしですね教授、それこそわたしが言っていることなんです。犯罪はすべて恐怖の表現だ。劣等感によるノイローゼの自然な表現です。教え子のノイマンは劣等感の悪性症状だとお考えですか」

グレイが口をはさんだ。「どうなっているんだ、カール。昨日きみも言っていたじゃないか、ノイマンは必ずしも犯罪者型の人間とはいえないと。ひと晩明けると、まるで反対の説を信じたいかのような口ぶりだ」

「ぼくが何を信じたいかという問題じゃない。スタフォード＝モートン先生の説が正しければ、そりゃあいいさ。だが、もし間違っていたら、人ひとりの命をだめにするかもしれないんだ」

スタフォード＝モートンは今やいらだちをあらわにしていた。「ほかに無視しちゃいかん命がたくさんあるでしょ。警察はイーリング（ロンドン西部の地区）の児童殺害犯の逮捕に向けて捜査官を最大限動員してます。それにドリスヒル（ロンドン北部の地区）の警備員の一件もある。その上で、警察があなたの教え子まで追跡するとなると、またどこかで幼い子が殺されるかもしれない」

ツヴァイクはこう言い返してやろうと思った。「ノイマンは探すまでもないんだ。所在はわかっているんですよ」だがそれより早くグレイが口を開いた。

「要するにこういうことだな。ノイマンは犯罪者型でないという説が間違いだと、スタフォード＝モートン医師にわかってもらえれば、医師はミットフォードに捜査を開始するよう助言してくれる、と。ぼくとしては、医師の説は筋が通っていると思えるがね」

ツヴァイクが言った。「よし、チャールズ、きみの言い分が正しいとしよう。当面ぼくは一人でグスタフの捜査を続けるつもりだ」

グレイも引き下がらなかった。「医師の説は正しいと、ほんとにきみは思っているのかね。そこがよくわからん。きみはノイマンを知っている。我々は知らん。医師が見立て違いをしているなんて、ありうるかね。ノイマンの人となりについて、何か重要な点を見落としているなんて」

ツヴァイクは不意に、この場をお開きにしたくなった。胸にたまった不満が膨れ上がり、表に出てきそうだ。ツヴァイクはすくっと立ち上がった。

「わかった。なるほど。これから着替えをする。そして――」

「何がわかったんだ」グレイが問うた。本人としては抑えているつもりのいらつきが声に出た。

「警察に動いてくれと頼んでも無駄だってことが。グスタフはぼく一人で探せると思う」ここまで口にするつもりはなかった。ツヴァイクの目に唖然としたグレイの表情が映った。「どうやって。警察でさえできないなら――」

ツヴァイクは笑みを浮かべた。「いくつか考えがある。あとで必ず話すよ」

「今ここで話したほうがよくないかね。三人寄ればなんとやら、だ」

ツヴァイクが言った。「二時間後に電話するから」

スタフォード＝モートンが立ち上がった。「ともかくわたしはもうおいとましないと」

口ぶりからすると、ツヴァイクに嫌われていることに気づいたのが明らかだ。精神科医はよそよそしいふりと気難しい顔をしてみせた。別れの挨拶を交わすとき、グレイは精神科医をなだめようと、ことさら愛想のよさを示し、また電話するからと声をかけた。こわばった顔で会釈するツヴァイクに見送られて、スタフォード＝モートンは帰って行った。扉が閉まると、グレイが口を開いた。

「きみ、あんたは招かれざる客だと、あの男に言ったも同然だったな」

「すまん。いらつかされたから」

「なぜ。なるほど向こうの態度もあまりほめられたものじゃなかったが、あれはおそらく内気なせい――」

ツヴァイクが言った。「あの男のおかげで、サンタバーバラにいる近代史の教授を思い出したんだよ、やはりイギリス人だが……」ツヴァイクは自分の発した言葉に驚いた。スタフォード＝モートンの話を聞きながら、いつのまにかカリフォルニア大学の教授と目の前の男とを重ね合わせており、元同僚に対する嫌悪感をそのまま精神科医にも抱いていたとは。そう思うと、ツヴァイクは落ち着かなくなった。グレイに変な目で見られていると気づいて、言った。「そうだね。こういう愚かしい要因に我々がどれほど影響されるものか、考えると妙なものだ」スタフォード＝モートンが立ち去った今、自分たちの個性のぶつかり合いから生まれる特有の風味をツヴァイクは忘れており、進んで寛容になろうとした――ともかく頭では。

友の頭にどんな想いがよぎっているか気づかぬまま、グレイが言った。「きみがあの男を嫌っているのは残念だな。先方はきみにぜひとも会いたがっていたんだ。きみの著書をすべて読んだらしい。きみのことを現存する最も重要な哲学者だと見ているよ」

これを聞いて、ツヴァイクは自分が恥ずかしくなった。

「どうもぼくには、あの男がろくに知りもしないことをしゃべっているように思えたんだ。きみ、次に会う機会があったら、ぼくの代わりに謝っておいてほしいね。自分のかつての教え子が殺人犯かもしれないと考えて、ふつうではいられなかったと伝えてくれたまえ」

「まあ、まあ」グレイが応じた。一瞬ほかのことに気を取られているようすで、ポケットのなかを探ってパイプを取り出した。自分にとって興味ある話題に移りたいことを表すときの小道具だ。「それで、電話の件だが――」

「電話?」ツヴァイクが言った。ぴんときてはいたが。

「きみ、二時間後に電話をくれると言っただろ。どんな思惑があるんだ」

ツヴァイクはハハハと笑い、コーヒーの残りをカップに注いだ。グレイはパイプにたばこを詰め、黙っているのはべつにきみを追い詰めるためではないよ、という顔をした。たばこを吸うつもりはないのだが。ツヴァイクはほかに手がないかなと頭を働かせていた。だがどう考えても、結局は同じ結論しか出なかった――グレイには隠し事をしない。ツヴァイクはためいきをもらしながら言った。

「わかったよ、きみには話したほうがいいな。グスタフの居場所はわかっているつもりだ」

グレイは目を丸くした。「へえ。どうしてまた」

ツヴァイクとしては、友が驚いてくれたのでひそかに嬉しかった。説明して、期待をしぼませてしまうのは申し訳ないのだが。

「ほら、昨日きみが帰るとき、電話が鳴ったね。チェシャムホテルの支配人からだったんだ」

ツヴァイクは語りだした。チェシャムホテルへ足を運んだこと、スコットランド人の家政婦と電話で話したこと、ジョウゼフ・アソル・ガードナーのフラットの家政婦とも電話で話したこと。グレイが言った。

「いやはや、ぼくを抜きにしていろいろやったんだな」

自分を難じるような口ぶりを感じ取ったツヴァイクは、さらに熱っぽく語を継いだ。

「だが、きみ、なぜだかわからんのかね。いいか、チャールズ、グスタフが殺人犯だなどと、ぼくは思っていないんだ。今後あいつと会えたとき、ぼくはなんと言えばいいんだ。きみを追跡する警察に手を貸したってか？　とにもかくにも、これぐらいは言いたいもんだ。『状況からすると、きみが犯罪者である可能性もうかがえる。だがぼくはまったくそう思っていない』とね」

グレイが言った。「それは大いにけっこう。だがな、ほんとに下手人だったらどうする。国の反対側の端まですぐ逃げろとグスタフをけしかけるようなものだぞ」

「意味がわからないな。もし実際グスタフが殺人犯だったら、我々に疑われていることを早く知れば知るほどいいわけだ。ファーガソンなる男の命が救えるかもしれないから。それから、もし殺人犯でなかったら……」

グレイはパイプに火をつけようとしたところで思い直し、パイプをたばこ入れに押し込んだ。

「グスタフに会ったら何をするつもりだったんだ」

「調べられる限りのことを……」

グレイはしかめつらで敷き物を見ながら炉棚まで歩いた。

「ううむ、わからんね。会っても害はなかろうが」

ツヴァイクにはグレイの胸中が察せられた。急いで口を開いた。「あるわけない。ぼくの話はグスタフにはさもありなんと思えるだろう——ぼくがホテルから出てきたあいつの姿を目に留めて、連れの老人の身元を突き止めて、フラットまで追いかけたことだ。きみはこれからどうするつもりだと、あいつにさりげなく訊くこともできる」

ツヴァイクは写真の件を思い出すと、気持ちを固めていった。一瞬グレイに写真を見せようかと思ったが、それは無理だと悟った。ツヴァイクはグスタフを殺人犯だと見ているのでは、というグレイの疑いをますます強めるだけにすぎまい。ツヴァイクは腕時計を見て言った。「もう着替えないと――ぼくがグスタフのもとを訪れたほうがいいときみが思うならばだが――」

「意味があるとも思えんがね」

話が続けられるようにと、ツヴァイクは寝室の扉を開けたまま着替えをした。

「一緒に来るかね」

「いや。きみが一人で会いたいならやめておく。きみが出てくるのを外で待っているなら行ってもいいが」

「時間がかかるかもしれない」

「あるいは行っても誰もいないとか」

「そのときはどうしようか」ツヴァイクが問うた。

しばしの沈黙のあと、グレイが言った。

「そのときはインターポールに伝えて、ケルンでファーガソンが何をしていたか調べてもらうのがいい。ファーガソンがノイマンを知っていたかどうかも」

「もちろん知っていたさ」

「そうは言えない。我々の手元にある材料は、雪の夜に二〇ヤード離れたところから男の姿をきみがちらりと見たことだけだ。それだってきみの見間違いかもしれない」

「給仕の証言もあるぞ。男の名はグスタフ――」

「ああそうだったな。忘れていた。ともかく、このペラムプレイスの住所まで足を運ぶほうがいいな。ぼくが電話でタクシーを呼ぶよ」

第七章

ペラムプレイスでは、歩道の雪は厚く積もって解けていなかった。グレイが言った。

「探偵活動には好都合な天気だ。地下室まで続く足跡が残っているかどうか気をつけよう」

ツヴァイクとしてはグレイを外に待たせておくのは後ろめたかった。冬の太陽に照らされた雪がまばゆい光を放っているが、風はいつになく冷たい感じだ。ツヴァイクが言った。

「きみもなかへ入ったらどうかね」

「いや、寒くてたまらなくなったら、道の向かいのレストランで待つから。きみは早く行け」

正面の扉につながる小路はしっかり踏み固められている。石段が左側に曲がり、通用門まで続いている。しかし、正面の扉につながる石段と同じく雪かきはなされている。石段の底にごみ箱が置いてあるので、雪かきの理由がわかる。ツヴァイクは、通りの向かいに立っているグレイに目を向け、首を振った。地下室の扉の前にある場所も雪は取り去られている。石段を下りながら、正面の窓のカーテンがぴくりと動くことにツヴァイクは気づいた。老婦人の白い顔がちらりと目に入った。

ツヴァイクは扉を叩き、応対を待った。返事はない。呼び鈴の押しボタンがある。ツヴァイクは親指でボタンを押したが、家のなかで呼び鈴の鳴る音は聞こえなかった。ツヴァイクは腕時計に目をやった。もう正午に近い。家人は昼食に出ているかもしれない。格子をはめた窓のカーテンは引かれている。

グレイが声をかけた。「あいにく、か」ツヴァイクも首を振った。グレイは正面の門から入ってきた。二人は正面の扉に通じる石段の底に立った。グレイが言った。

「おれは無関係だって顔をしても意味ない。あの窓からバアさんが顔を見せてぼくに気づいた。とにかくやれることをやろう」

直後に正面の扉が開いた。若い女が言った。「何かご用ですか」

「サー・ティモシー・ファーガソンを探しているんだが。ここがお住まいですか」

別の扉から老婦人が出てきた。

「すみませんね。三〇分違いでご家族にはお会いできません。タクシーで外出なさいました」

「いつ戻られるかわかりますか」

「しばらくお戻りじゃないでしょう。荷物をお持ちでしたから」

グレイがつぶやいた。「ちきしょうめ」

ツヴァイクが言った。「お世話さまです。お手数をおかけしました」

ツヴァイクが振り返ろうとしたとき、グレイが言った。

「失礼ですが、少しお話しできますか。あなたはこちらのお宅の持ち主ですか」

「そうです。何かご用件でも?」女は杖を突きながら近寄ってきた。若い女は失礼しますと言ってなかへ入っていった。

「サー・ティモシーのことで。我々としては、どちらへ行かれたかぜひ知りたいんですが。一緒にいた男はおわかりですか」

「ノイマンさん？　ええ」

互いに目を合わせまいとしている。グレイが穏やかに問うた。「どこに行けば会えますかね」

「さあ。サー・ティモシーのスコットランドのお屋敷においでかしら」

近づいてくる相手の顔には、この人、どこかで見た顔だわと言いたげな表情が浮かんでいるのにツヴァイクは気づいていた。

「こちらはサー・チャールズ・グレイです。わたしはツヴァイク――カール・ツヴァイク教授」

この発言はツヴァイクの思惑どおりの効果を生んだ。女は笑顔になって言った。

「ああそうだわ！　今どなたか、わかりました。お顔は拝見したことがあると思いました」

グレイが言った。「ちょっとなかにおじゃましてもかまいませんかね」

「けっこうですとも。どうぞこちらへ……サー・ティモシーのお友だちだとは存じませんでした、教授。お聞きしていなかったもので……」

グレイとツヴァイクは互いにちらりと目を合わせた。明らかにこの女はファーガソンと近しい存在だ。ツヴァイクが言った。

「親しいほどではないが」

女は二人を玄関の間に導いた。グレイが言った。

「我々もサー・ティモシーに電話してみたんですが、交換手からつながっていないと言われました」

「そうでしょう。電話は一年前に取り去ってございます。サー・ティモシーがおっしゃるには、半年に一度しか使わないのだから、電話代を払ってまで取りつけている価値がないと。お電話なさるときは、わたしの電話をお使いになります」

この女にどの程度まで事情を話してよいものか、ツヴァイクは考えていたが、判断をグレイに任せることにした。グレイが問うた。

「サー・ティモシーとはよく会われますか」

「あまり。あの方には格安で階下のフラットをお貸ししているんですが、一年に二度ほどしかお使いになりません」女は背の高い肘掛け椅子に腰を下ろし、両ひざで杖をしっかりはさみ、男二人を見上げた。「あまりお力にはなれそうにありません。あの方はスコットランドへいらしたのかもしれない。それともどこかほかのところへ。行き先は重要ですか」

グレイが言った。「わりに重要です。ノイマン氏と会われたことはありますか」

「いいえ。サー・ティモシーは数週間前にドイツでお会いになられました」

「なるほど。サー・ティモシーからノイマン氏のことを何かお聞きですか」

「ええ……でもなぜですか。なぜお知りになりたいんでしょう」

「座ってもかまいませんか」グレイはテーブルから椅子を引き寄せ、女の正面に座った。「あのですね、奥さん、我々はサー・ティモシーの身の安全を心配していまして」

「警察の方ですか?」いきなりそう訊かれたので、ツヴァイクはどきりとした。だがグレイは動じないようだ。

「はい。ですがこれは警察の用件ではない。むしろ個人的な問題で」

「怪しいのは誰ですか。ノイマン?」強い好奇心もあらわに女の目がぎらりと光った。

グレイは言葉を選びながら答えた。「ノイマンを疑う理由が何かおありなのですか」

「いいえべつに。でもサー・ティモシーが問題でないなら、きっと秘書だと思っただけで」

「ええ、ノイマンなんです、我々が追っている――」

「あの人は何をしたんですか」

「何もしていません、今のところ知る限りでは。ただ、この男の人相が、我が国に不法入国しているドイツ人の信用詐欺師に合致しているんです。もし同一人物だったら、国外退去処分になるわけで……」

ツヴァイクは感心しながら聞いていた。よくもまあ、もっともらしい話をぺらぺらとでっちあげられるものだ。グレイが語を継いだ。

「ですが、我々はひどい見込み違いをしているかもしれない。だから慎重の上にも慎重を期さないと。やたら人をそしって回るわけにはいきません。ですから、少しでもお力添えいただければ助かるんですがね」

老女はツヴァイクを一瞥して問うた。

「ツヴァイク先生は顔をご存じなんでしょうか――その信用詐欺師のことですが」

いかさまに加担したくないツヴァイクが答えた。

「や……いえ。わたしが聞いた話では、サー・ティモシーは人相書きにそっくりの秘書と一緒にロンドンにおられたと……」

ツヴァイクが口ごもったところで、グレイがさっと割り込んだ。

「秘書について、何かお話しいただけることはありますか。サー・ティモシーからお聞きしていませんかね」

「とくには。今回のご旅行のことでは、お話しくださるおひまもなく。ふだんですと、わたしとよくお話しくださるんですが」

「二人はいつこちらへ来られましたか」

「クリスマスイブの前日です」

「サー・ティモシーは裕福ですか」

老女は肩をすくめた。「そういうことは、わたしの口からはなんとも。サー・ティモシーはお人柄もよくておやさしい方ですが、お金の話は嫌っておいででした」

ツヴァイクは文脈と無関係《ノン・セクィトゥール》な発言に飛びついた。

「つまり、お金を使いたがらない方なんですか」

「まあ……はい。あまりわたしは詳しくないことですが。いつもご自分で家賃を払っておいででした」

「なぜ秘書が必要なのかな」

老女はほほえんだ。「必要ございませんよ。その男をただ秘書と呼んでいらっしゃるだけで。実はお医者というほうが近い人です」

「サー・ティモシーは病気なんですか」

ここで老女は声を上げて笑った。この会話の一つ一つを楽しんでいるのが、ツヴァイクには見て取れた。

「そう思っておいでです。ほんとにご病気なのかもしれません。心配性のお方で。いつもお具合が悪くていらっしゃいます。何よりお弱いところは胃でして——お食事のあとは必ずお具合が悪くなります。それから腸もよろしくないと存じます——もちろんわたしにはお話しくださいませんが」

ツヴァイクは部屋に入ったときから感じていた疑問をぶつけた。

「クリスマスのあいだも病気でしたか」

「いいえ。逆に、あんなにお具合がおよろしく見えたのは初めてです。ノイマンという男が信用詐欺師なら、きっと医学の知識もあるのでしょう」

「さようで。この前お会いしたときより、ずっとお元気そうだったと思われますか」

「前回ごらんになったのは八月――だったかしら――九月かもしれない。憶えておりません。とにかく、とてもお悪く見えました。珍しい腸のご病気にかかったとお思いでした。だからケルンにいらしたんです――専門医の診断を受けるために」

ツヴァイクが問うた。「専門医の名前はおわかりですか」

「存じておりましたが……何度かお聞きしましたから……忘れてしまいました」

「ヴェルトハイマーですか」

「そうです！」

「きみ、知っている人間なのか」グレイがたずねた。

「少しは。ヨーロッパで最も優れた胃腸病の専門医だ。グスタフの父親の友人だった」

「そうか。とすると、ノイマンとサー・ティモシーとの接点はそこだな。解決の糸口になるかもしれない。ねえ、奥さん、サー・ティモシーがその新たに雇った秘書について、あなたにどんなことを話していたか、正確に教えていただけませんか」

「あまり詳しく話してくださるお時間がございませんでした。ここへ一度だけお見えになりまして。お着きになった日でしたが。ご自分の健康に奇蹟を起こしてくれるすごいお医者を見つけたよと、おっしゃっていました。お顔を拝見して、そのようでございますねとわたしは申し上げました。血色がよくて、目にも力がございました——二〇歳はお若く見えました」

「治療については何かお聞きになりましたか」

「いいえ。ただ、このご旅行のことでは、あまりわたしに話すこともないだろうとのことでした。横になっている時間が多いからと。これは少しおかしいと思いました。お具合はとてもよろしく見えましたから」

「ノイマンに関してですが——会われたことはありますか」

「一度か二度。とても感じのいい方でした。なぜ名医のようにふるまえるか、わたしにもわかります」

「なぜですか」

「なぜ？　だって……そう、だってとても……話に説得力がありますから。魅力があって……温かくて。といっても、外見だけでは人は判断できませんね。あの人、ほんとにいかさま師なんですか」

グレイが立ち上がり、椅子に座り直すと、ゆっくり言いだした。

「人相は合致しますが、人相書き自体が間違っていることも大いにありうる。ともかく、奥さん、とても参考になりました。サー・ティモシーたちが戻ってきたら、わたしのところへお電話していただけますか、この番号ですが」

老女はがっかりしたような顔で名刺を受け取った。まだこの二人を帰したくないからだ。「またいらっしゃいますか」

「それはなんとも。まずはサー・ティモシーを探さないと。どこにおられるか、あなたはわからないとおっしゃいましたよね」

「お二人でパースのご自宅に向かわれたような気がします。ご住所はわかりますが」

「それはこちらも知っています。でも、サー・ティモシーはイングランドに別宅をお持ちじゃありませんかね。フラットとか——別荘とか——どこかで」

「なさそうですね——お人柄からすると」

「なぜ」

「節約家でいらっしゃるので。だから電話も取り外されました」

「なるほど、そうですね。まあともかく、ありがとうございました」

雪の積もる外に出ると、グレイが言った。「カール、きみに謝らないと」

「なんだね」

「我々がきみの言うとおり動いていたら、サー・ティモシーたちの出発から三〇分後にここへ来るなんて、へまをしでかさずにすんだ」

「いや、運が悪かったのさ。これからどうするかね」

「もう一人のなんとかって男のほうを——名前はなんだったかな」

「ガードナーか？　ジョウゼフ・アソル・ガードナー」

「その名前はぼくも知っているんだ。はて、どこで聞いたか」まだ何か言いかけたグレイはいきなり叫んだ。「タクシー！」タクシーが急ブレーキをかけ、解けかかった雪の上を滑ってゆき、二人のズボンに泥を跳ね飛ばした。ツヴァイクはどうにか車に乗り込むと、口を開いた。

「記憶違いかもしれないが、ガードナーから何かの件で手紙をもらった気がするんだ……」ツヴァイクは運転手に行き先を告げた。タクシーは地下鉄サウスケンジントン駅を通り過ぎた。「きみがあのばあさんをあしらったお手並みは見事だったよ。信用詐欺師の話はさもありなんという感じだった。ガードナーについても同じ手が使えそうだ」

「それは場合によるな。まずは手早く相手の人物評価をするのが大事なんだ。あのばあさんに真実を話していたら、今夜中にはロンドン全体に広まっているさ。今このときも、ばあさんは電話にかじりついているんじゃないかな」

「だが、我々がグスタフを殺人犯だと疑っていることを、誰かに伝えたほうが得策じゃないかね」

「どうかな。かもしれんが」


****

タクシーがアールズコート通り（ハイドパーク西南を縦に走る通り）そばのフラット群の前で停まろうとした。このあたりは雪はすっかり解けており、道には砂利が敷き詰められている。

グレイは玄関にかかっている表札に次々と目を走らせていった。財産や地位や名声のほどがうかがえるような名前がほとんどだと、肩越しに視線を送りながらツヴァイクは思った。

「四階だ」グレイが言った。

扉を開けた若い女が言った。「どなたにご用件でしょうか」

「あなた、昨日わたしが電話で話した方ですね」ツヴァイクが言った。「ガードナーさんにお会いしたい」

女はまゆをひそめた。

「少々お待ちいただけますか。ガードナーさまはこの時間にはたいていお仕事です。お名前をもう一度」

男二人は閉まった扉を見つめながら立っている。グレイが言った。「偉そうなやつだな」言い終わるや否や、扉が開き、ツイード服を着た軍人を想わせる長身の男が現れ、口を開いた。

「これはこれは、光栄です……」男はグレイを見て驚いたようだ。ん、おれの見立て違いかなとツヴァイクは思った。前に会ったような気がしないからだ。

「わたしはカール・ツヴァイク教授です。こちらはロンドン警視庁のサー・チャールズ・グレイ」

「元警視庁」グレイが言った。

「すごい。すばらしい。どうぞなかへ」男はそわそわしながら揉み手をした。「妻は出ておりましてね。お会いできないのでがっかりしますよ」あまりに大げさな喜びように、ツヴァイクは面食らった。思い当たる理由といえば、この男がテレビ出演する自分の〝ファン〟だということだけだが、そんなわけでもなさそうだ。男に通された部屋にはテレビが見当たらない。大きな部屋で家具がそろっている――ツヴァイクにとっては、グレイ宅を含め幾多のフラットとおおよそ同じだ。おもな違いといえば、テーブルや棚や壁の飾り棚の風変わりで荒々しい装飾の数だ。一瞥したところ、おもにアフリカの記念品がいろいろあるように思えた――暖炉の上には、かなり大きな彩色楯が一つと、交差したやりが二本かかっている。だがよく見ると、エジプトやインドや日本の品々であることがわかった。部屋のすみの戸棚には大きな石像――高さ二フィートほど――が置いてあり、ケルト語のものらしき碑文がついている。ガードナーがツヴァイクに言った。

「お約束のとおり、そちらに届いた手紙をもとにいろいろ調べてくださってるんですかねえ。一年半待って、わたしはあきらめましたよ」

ツヴァイクは〝おっ〟と思い、苦笑いしながら肩をすくめて言った。

「ずいぶん前の話ですね、ちょっと……」

グレイが妙な目つきでツヴァイクをちらりと見ながら言った。「お互い連絡を取り合っていたとはね」

ツヴァイクの戸惑いは重々わかっており、グレイは内心おもしろがった。人の顔や名前に対する自身の記憶力には自信がある。

「そうなんですよ」ガードナーが応じた。「『プロテスタント神学』第二巻が出たあと、何通か手紙のやりとりをしました。ケルト神学の救世主に関するツヴァイク教授の脚注にわたしは興味を惹かれまして。ウェールズ人はイスラエルの滅びた一〇支族（旧約聖書「列王記」下 第一六―一七章）の一つだという確実な証拠をわたしは持ってます」

記憶がよみがえり、ツヴァイクはほっとすべきか戸惑うべきか迷った。グレイにほほえみかけながらも、まゆをぴくりと動かして救いを求めた。グレイがさりげなく言った。「それはすごい。でも実のところ、わたしたちがお宅へうかがったのは、べつにケルト神学論議をするためではなくてね――ツヴァイクくん個人がどんな動機を胸に秘めているにしろ」グレイは咳払いし、うつむいた。おれの顔を見て、にやりとしないためだなと、ツヴァイクはぴんときた。「ご友人のサー・ティモシー・ファーガソンについてお訊きしたくてうかがいました」

「なるほど、なるほど。おかけになりますか。飲物は何を。ウィスキーかシェリーか」

二人ともシェリーを頼んだ。ガードナーは二人に半分ほど酒の入ったタンブラーを手渡し、水差しに中身を入れるために席を立った。ツヴァイクが低い声で早口に言った。

「気づかなかったが、あの男は狂っている。ピラミッドがドルイド教徒の埋葬場所だというのが持論なんだ」

「だがきみは愛想よく対応してやったはずだぞ」

「たしかに。あなたの理論に心を打たれましたぐらいのことは言ったかもしれない。でも、まさか――」ガードナーが部屋に戻って来たので、ツヴァイクは声音を変えて語を継いだ。「今このグレイくんに、あなたの発想はすばらしいと話していたところです。でも、その発想を裏づける確たる証拠が見当たらないと」

ガードナーがなじるようにツヴァイクの鼻先で指を振った。「ふふん、お手紙にそう書いておいででしたね。そこでわたしは言いましたよ、こちらへ来ていただければ、喜んで必要な証拠を示しますと」ツヴァイクはタンブラーの中身を口に含みながら、これのほうが当主の理論よりうさんくさくないなと思った。ガードナーが言った。「そうだ、ティム・ファーガソンについておたずねでしたね。まずこれをすましてしまいますか。そしたら大事な疑問点について議論ができる」三人は席についた。ガードナーの靴底は厚さ一インチ以上のクレープゴムだとツヴァイクは気づいた。ガードナーが言った。「今はたしか、ケルンにいるはずです」

「失礼だが違うようです」グレイが言った。「一時間前まで、ロンドンにおられました。今は列車のなかか、列車に乗ろうというところか」

「それはありえない。ロンドンに戻ってきたときは、必ずわたしに会いに来ます。わたしどもは長年セイロンで過ごしたんです」

「その点も我々の気になるところでね」グレイが話を続けた。「我々が確かめたところでは、サー・ティモシーはクリスマスをペラムプレイスの自宅フラットで過ごされています。ご自身が秘書と呼んでいる男と一緒に」

「お話がよくわかりました。もっと具体的にどうぞ」

「わかりました。サー・ティモシーの秘書を自称する男が犯罪者ではないかという疑惑があります。ケルンからこの男の手紙が届きませんでしたか」

「いいえ。お互いめったに連絡を取り合いません。どんな犯罪なんですか」

「信用詐欺です。サー・ティモシーは裕福ですか」

「そりゃあもう。富豪でしょう。秘書が食わせ者だと考える根拠はなんですか」

「確実なものではありません。ですが、ドイツ警察から追われているある男と人相が合致していまして」

「なぜそれがおわかりなんですか。ご自分は元ロンドン警視庁の方だとおっしゃいましたよね」ガードナーという男、宗教の信条は異常ながら、ほかの点では頭が働くなとツヴァイクは見て取った。グレイを相手に、まゆをひそめて話を聞いたり見つめたりするようすからすると、決してあなどれない男だ。

「ええ、そこも問題でしてね。今のところ、これは個人的な一件です。何か犯罪がおこなわれたとか、もくろまれているとかいう確証はありません」

ガードナーが言った。「事の発端からお話しいただくほうがよくありませんかね」

グレイがツヴァイクのほうを見た。ノイマンが殺人犯の可能性ありという見方が広まるのをツヴァイクが嫌っているからだ。ツヴァイクが肩をすくめて言った。

「べつに悪くもないでしょうよ」ツヴァイクはガードナーのほうを向いた。「しかし、慎重の上にも慎重に取り扱ってほしい問題なんですよ」

ガードナーは無言でかすかにうなずいた。目の前の二人から視線をそらそうとしない。

グレイが言った。「いいでしょう。ノイマンという男が殺人犯だという可能性は否定できないと我々は思っているんです」

「秘書が、ですか」

「ええ。サー・ティモシーの医者役もしているようでね」

「ドイツ警察に追われてるんですか」

「いや、我々が知る限りでは。ノイマンが殺人犯かもしれないという見方が浮上したのは、ほんの二日前なんです――しかも妙な偶然で。あとはカールが――」あとは頼むというように、グレイはツヴァイクに手ぶりで示した。ツヴァイクとしては、もう三度も繰り返したことなので、一〇分ほどの話にまとめることができた。聞き終わるなりガードナーが言った。

「明々白々ですね――殺人犯だ」

「ですかね」グレイが言った。

「そのノイマンて男の所持品はお持ちじゃありませんよね」ガードナーが問うた。

「いえ。なぜですか」

「残念。わたしならたぶんわかるかな……」

「わかるって、何が」

「ティムがここに残してった手袋があるんです」ガードナーは呼び鈴を押した。やってきたメイドに言った。「サー・ティモシーが置いてかれた手袋を持って来てくれ」

ツヴァイクとグレイは顔を見合わせた。グレイはいわくありげにまゆを上げた。

「古代ケルトの予言の方法を試してみますかね」ガードナーが言った。「何か手がかりがつかめるかもしれない」

ほかに行くところがあるんだよと、グレイは思わず言いかけたが、ぐっとこらえた。憤慨しながらも好奇心に負けた。客二人の目の前で、ガードナーは食器戸棚から刻み目のある細長い棒を何本も取り出し、次いで靴を脱いだ。ツヴァイクが言った。「失礼ですが、なぜそんなに底の厚い靴をはいておられるのかな」

「はは、靴底に注目されてましたね。室内の電流と関係あるんです」

「電流?」グレイが点火プラグをちらりと見ながら言った。

「様々な物質から発せられるエーテルみたいに弱い電流です。いいですか、ツヴァイク教授がおっしゃるとおり、強力な感情――とくに宗教上の感情――と関連するあらゆる物体は、接触する人間の隠された力を捉えます。わたしがこういう物体を扱うとき、この電流の一部がわたしのなかに流れ込むんです、わたしが接地《アース》しない限り。それから、もしほかの物体に触れると、わたしは二つの互いに相入れない電流を得ます。いいですか、こういう対象が代表する各々の信条は、激しく対立し合う場合が多いんです。ですから、分厚い底の靴をはいてないと、いわば心霊的な感電死の危険に陥るわけです」

ツヴァイクが問うた。「我々はどうなりますかね」

「ああ、ご自分がそういうことに敏感であるか否かによりますね。あなた方は伝導体ではないかもしれない。でもわたしはそうです。うちの妻は霊媒《ミディアム》なので、わたしは妻をひどく痛めつけてしまう恐れありってわけです」

ガードナーは部屋のすみにあるケルトの像の前に席を移した。戸棚の下の段をテーブル代わりにして、ガードナーはここに棒をすべて置き、二つの山に仕分けると、肩越しに話しかけた。

「この手順はおわかりでしょ、教授」

「易経《イージン》を使うときの中国人の方式に似ている感じだ」

「そのとおり。よく似ている。さて、手袋を……」ガードナーは像の足元に手袋を置くと、手を伸ばして、棒の一部を自分の背後の床に置き、ほかの棒を一つの山から別の山に移した。この作業を続けて五分後、山は一つのみになった。ガードナーはその棒を一つずつ手に取り、ためつすがめつ見てからようやく口を開いた。

「おかしい。ティムが危機に瀕してると占いに出てるようだが、物理的な危機ではない」ガードナーは手にしている棒をにらみながら立ち上がり、いまいましそうに言った。「こんなの狂ってる」グレイはさっと顔をそむけた。友の顔に露骨な笑みが浮かんだのをツヴァイクは見逃さなかった。自分も吹き出してしまわぬように、声を発した。

「何が狂っているんですか」

「言えるのはそれだけです。ティムは精神的な危機には陥ってない……そんなやつだ」

グレイは落ち着きを取り戻して言った。

「ガードナーさん、わたしがふつうの一警察官であることをおわかりいただきたい。東洋で魔術信仰の場面を目にしたことはありますが、このロンドンのど真ん中でそんな場面を再現してもらおうとは思いません。失礼な言い方ながら、あなたのお線香には大した意味は見出せません」

「お線香じゃないんだ、あんた。これ、燃やしてみなさい」ガードナーはグレイの話をろくに聞いていなかったようだ。まだ棒をにらんでいる。語を継いだ。「間違ったことをやったはずはないが……」肩をすくめると、棒を山に投げ返した。「致し方ない。ともかくティムは物理的な危険には遭ってないようだ」

グレイが皮肉交じりにたずねた。

「その棒がサー・ティモシーの居場所を教えてくれるんですかね」

ガードナーが大まじめに答えた。「いえいえ、それはありえない。この道具には限られた数の象徴しかない。うちの妻は、入神状態《トランス》になれば、力を貸してくれるかもしれない。でも、いちばん力を出すのは夜なんです」

ツヴァイクは、今度はウィスキーをがぶりとやって、ほおのゆるみを抑えなければならなかった。

「サー・ティモシーの居場所はどこか、思い当たりませんかね」

「さあて……」ガードナーは物思いにふけった。かぶりを振ると、またグレイに目を向けた。「失礼。そうですね……どこにいるのか。あの人はおもしろいおじさんだから。イギリスに三つか四つ潜伏場所を確保してます」

「たしかですか。家主の女性によると、そんなことはなさそうですが」

「なぜですか」

「サー・ティモシーは住んでもいないところの家賃を払うような人ではないと」

「ああ、それはそのとおり。金を使いたがらない人です。ですが別荘の家賃を払うまでもありません――自分の所有物だから。ティムは屋敷を安値で買うのが好きなんです。かつてコーンウォールでご一緒したことがあります。あの人が別荘を二カ所、それぞれ一〇ポンドで確保してたときでして。その片方に管理人を置きました。つまり自分の別荘を裸にしたわけですよ。妙なおじさんなんです、サー・ティムは。そのうちあなたにもわかります。昔、父親が管理人に自宅を売却されてしまいましてね。わたしが思うに、いくつも別荘を所有することで、安心感が得られるんでしょう」

グレイがためいきを吐きながら言った。「おかげで問題が込み入りますね」

「でしょうね。ちょっと考えてみますか。サー・ティムが別荘を持ってる場所は、コーンウォール、ウェールズのアバガヴェニー近く、湖水地方のコニンストン湖近く、バーミンガム近くのどこか……」

グレイがいきなり口を開いた。「うっかりしてたな、おれも。なんで気づかなかったか。サウスケンジントン駅近くのタクシー乗り場でたずねればよかった」

ツヴァイクはぼんやり問うた。「なぜ」

「ノイマンが電話でタクシーを呼んだはずはない。呼んでいたら、あの老女に声を聞かれただろう。電話は老女のいる正面の部屋にあっただろ。電話でタクシーを呼べば、先方は必ず客に行き先を訊く。となると、ノイマンは五〇ヤード先の角を曲がって、乗り場からタクシーを使ったんじゃないかな」

「話は簡単だ」ガードナーが言った。「うちの車が外にあります。確かめに行きましょう」

「ご心配なく」グレイがあわてて言った。「タクシーかバスで行きますから」

「何をおっしゃる、お手伝いできることはやりますよ、ほかには何もできないから」ガードナーは客二人を玄関前広間へ導くと、大声で呼びかけた。「マーガレット、奥さまがお帰りになったら、ぼくは一〇分もしないうちに戻ると伝えてくれ」鳥打帽をしっかりかぶった。「さ、行きますよ」ツヴァイクは外に出るとき、グレイの表情に気づいた。グレイの目は〝やれやれ〟とでも言いたげに大空を見つめていた。

＊＊＊＊＊＊＊＊＊＊＊＊＊＊＊＊＊＊＊＊＊＊＊＊＊＊

ガードナーの愛車、灰色のローバー90がフラット群の前に停まった。頭上に駐車禁止の掲示がある場所だ。なぜかツヴァイクには、ガードナーは赤いコンバーティブルのスポーツカーを運転する男のような気がしていた。このローバーに乗ることで、フラットにいたときには感じられなかったが、ガードナーの人となりにも偉いところがあるように思えた。フロントガラスには解けかかった雪がびっしりついていて、車は今日までほったらかしにされていたことがうかがえたが、キーが一度ぐいと回ると、エンジンはかかった。ガードナーはまるで運転のために調整でもするつもりか、口ひげの両端を順にぎゅっと引っ張ると、口を開いた。「いやあ、今年はおもしろいクリスマスを過ごせそうな気がしたんだ。ぼくの直観はいつも正しい」車は交通の流れに乗り、ワイパーが音もなく動いた。「今、一時だ」グレイが言った。「サー・ティモシーたちの乗ったタクシーが一一時半に駅へ行ったとすれば、運転手は一二時半までに戻ってきているはずだね、行き先がパディントンかセントパンクラスかヴィクトリアなら。だからこちらとしては、運転手がまた車を走らせるかどうか待たないと……」

ガードナーはタクシー乗り場の向かい側に車を停めた。すでに三台のタクシーがある。ガードナーが車を停めると、先頭の一台が動きだした。グレイが車から飛び出し、相手の車に走り寄った。運転手に声をかけている。ほどなくグレイは札入れを取り出して札を一枚渡すと、こちらへ戻って来た。

「おお」ガードナーが言った。「何かわかったな」グレイの顔に浮かんだ笑みからそれは明らかだ。

グレイが後部ドアを開けて乗り込んだ。

「いや驚いた、ついてるぞ。今の男が運転手だった。サー・ティモシーたちを一一時半にペラムプレイス七四番で乗せて、キングスクロス駅まで運んだ。客たちが乗ろうとしていた列車はわからなかったが、急いでいるようには見えなかったと。若いほうの男は一一時二五分ごろここへ来たらしい――黒い目、黒い髪のやつだ」

ガードナーが言った。「キングスクロスか。つまりパースへ向かう可能性ありだ。あるいはベリーセントエドマンズ（イングランド東部サフォーク州の都市）か」

「そう言えば――ファーガソンが別荘を買った土地だ。まずあそこのことを考えるべきだった。決まってる、スコットランドに戻るなら、ともかくあそこに立ち寄るはずだ」

「これからやるべきは」グレイが言った。「キングスクロス駅に電話して、一二時と一時のあいだに出発した列車を聞き出すことだ」

「その必要はない。わたしの家へ戻って、列車時刻表《ブラッドショー》で調べればいい」ガードナーは有無を言わさず車のエンジンをかけた。数分後、三人が車から出たところで、グレイがツヴァイクに耳打ちした。

「こんなはちゃめちゃな殺人事件を扱うのは初めてだ」

ガードナーが言った。「お、よかった、妻が帰ってる」ローバーが停まっていたところに、クリーム色のスポーツカーがある。グレイが言った。「駐車違反の切符、切られたことないんですか」

「車はどこかに停めなきゃならない」ガードナーが穏やかに応じた。「いずれにしろ、地元警察の方にはご理解いただいてます」ツヴァイクのほうを向いた。「妻がぜひお会いしたいと。あなたを尊敬してます――大ファンでしてね」

「歓んで」グレイから目をそらしながらツヴァイクが応じた。

「妻の歓びはその倍以上ですよ」ガードナーが心から言った。「ところで、お二方には拙宅で昼食をご一緒いただきたい」

　相手の二人はとっさに断ろうとした。が、すでに三人ともエレベーターに閉じ込められているありさまだったので、ガードナー夫妻と昼食をともにするのは前から決まっていたことなのかな、という感じをツヴァイクもグレイも抱いた。このガードナーという男、気難し屋といった面持ちだが、どこか押しつけがましいところがあるなとツヴァイクは察した。

＊＊＊＊＊＊＊＊＊＊＊＊＊＊＊＊＊＊＊＊＊＊

　三人がなかに入ると、ガードナーが声を上げた。「おーい《クーイー》、ナターシャ！」開いている寝室の扉から、やさしげだがはっきりした声が聞こえた。「どならないで、ジョウゼフ。下品よ」

「ごめんね」ツヴァイクたちにすれば、ガードナーがおどおどしているように見えたのは初めてだ。自分自身、すでに姿の見えざる女性を好ましく思っていることにツヴァイクは気づいた。

「きみ、どなたをお連れしたと思う？」ガードナーが言った。

「どなたとご一緒かはわかっているわ」声が答えた。ツヴァイクの耳はかすかな外国なまりを聞き取った。「マーガレットから聞きました」女が寝室から出て来た。ツヴァイクたちが思っていたよりずっと若い。二五から四〇のあいだか。ロシア人ふうの顔立ちで、ほお骨が高く、目が吊り上がっている。髪は長くて黒い。ぴっちりしたウールのワンピースも色は黒だ。ほんのり塗った口紅を除けば化粧気はなく、黒い髪や服とは対照的な青白い顔は、はっとするほど美しく思えた。が、ツヴァイクが言葉を交わしながらよく見たところ、実はそうでもなかった。鼻はわずかながらかたちが崩れていて、あごは先が少しとがっており、第一印象は消えていった。

「ようこそおいでくださいました、先生」なんだか先方がわざわざ自分のために会いに来てくれたとでも言いたげな顔で、夫人はツヴァイクと握手した。ガードナーがグレイに妻を紹介した。夫人が言った。「お飲み物をどうぞ。お食事は一〇分後に参ります。外はさぞお寒かったでしょう」ツヴァイクの顔を見た。「なんと申し上げてよろしいやら。もう嬉しくて」熱っぽくて人を惹きつけるしぐさの持ち主だ。男に媚びる感じはないものの、親しげでさえある。それでもツヴァイクはさほど心を奪われなかった。六五歳の今でも、はたちのころと同じく多感な男だが、自分にとっては、明るい色の髪で目が青くて、無邪気な顔つきの女が理想像だった。これまでの人生で、そんな女とは三人——最後の一人は教え子のスウェーデン人学生——出会った。欲求は健在だ。無垢であること——またはそんな容姿であること——が重要なのだ。自分の主たる関心は観念にあるので、強い個性のある女にはたいてい退屈した。そんな個性など、見どころある精神を欠くがゆえのひきょうな代替物ではないかと、ツヴァイクは感じていた。

ガードナーは何かぶつぶつ言いながら鉄道時刻表《ブラッドショー》をくまなく見ている。ツヴァイクとグレイは夫人にウィスキーを注いでもらった。ガードナーがいきなり声を上げた。「あった。きっとこれだろう。ノリッジ行きの列車が一二時二五分にキングズクロス駅から出ている。可能性ありだ。それとも、二時半発のエジンバラ行きかな」

「ノリッジに行くつもりなの、あなた」夫人がたずねた。物柔らかな声だ。皮肉めいた響きはない。

「かもしれない」ガードナーは自分のタンブラーにウィスキーを半分ほど注ぎ、ソファーにどっかり腰を下ろすと、客たちを見てにこりとほほえんだ。

「妻は霊媒なんですよ。ノイマンて男の持ち物がうちにはなくて残念だ。もしノイマンが犯人なら、妻はすぐ指摘できるんですが」

「名字がノイマン？　その人の名前は？」

「グスタフだ」

＊＊＊＊＊＊＊＊＊＊＊＊＊＊＊＊＊＊＊＊＊

ガードナー夫人は身を乗り出し、暖炉の火を見つめた。ガードナーが言った。「妻はよく名前からひらめきを得るんです。いつも正しいとは言えませんが、命中率は驚くほど高い」

夫人は夫の言葉には取り合わぬままゆっくり言った。

「ノイマン。殺人犯という印象はない。単なる観念の連合《アソシエーション・オブ・アイデアズ》かもしれない……でも神経と、または脳かしら、そういうものと関係している人の姿が見えるわ」ツヴァイクの顔を見た。「精神科医か脳外科医かもしれない」

ツヴァイクはぞくっとするほど驚いた。鳥肌が立った。

「まいったな、そのとおりだ。ノイマンの父親は脳外科医だった。父親の名前を聞いたことがあるんじゃないかな。アロイス・ノイマンです。脳に関する権威で著名人」

「さもありなんだわ。わたしは子ども時代を大陸で過ごしました」

若い女が部屋に入って来て、食事の用意ができたことを告げた。ガードナーが言った。「まずは顔を洗って、さっぱりしていただきましょうか。浴室はそこです。洗面台が二つありますから、同時に入っていただいてかまいません」

客二人は話し合う口実ができたのでしめたと思った。ツヴァイクがそっと扉を閉めて、ひそひそ声で言った。

「ガードナー大先生には、これ以上この一件に関わらないでくれと話さないとまずいな」

グレイが、外套を脱ぎながら、声をひそめることには内心忸怩《じくじ》たる思いを抱きながら言った。

「正直なところ、いかさま師なのか、ただの変わり者なのか、どうにも判断しかねる。きみ、あの男からへんちくりんな手紙をもらったと言っていたな」

「狂気の沙汰だ。あの男、神学者は呪術や古代神話学の専門家たるべきだと考えているようだ。ぼくの神学の原点は言語に対するこだわりだってことを説明する気にもならなかった」

二人は横に立ち並んでいる。洗面台に置かれた薄紫色の石鹸が、二人にはかいだことのない妙な香りを放っている。

「あの奥方のことはどう思う」グレイがたずねた。

「変わっているな。髪もぼさぼさの、ずんぐりむっくりの女を予想していたが。しかし、ほんとに霊媒なのかな」

「なぜだ」

「自分にとって都合いいように、亭主の考えを導いているんじゃ……」

「つまり、金目当てで亭主を操っているのでは、ってことか。ありうる。国籍はどこだろうな」

「ロシアかハンガリーか。でもそれだけじゃない、どうも女優の経歴がある気がする——あるいはモデルか」

「女優だな」グレイが言った。「あの声だったら映画業界でひと財産築けそうだ」

ツヴァイクが洗った手を拭きながら言った。「正直なところ、ガードナーがベリーセントエドマンズまで我々に同行したいと言いださないか心配だ」

「たしかに。まあ、ようすを見よう」

互いに相手が服を着るのを手伝ってから、二人は食堂に入った。席についているガードナーが、顔を上げると、お待ちしてましたとばかりに、にこりと笑った。さっきの会話を思い出した客二人はばつが悪くなった。ガードナー夫人がツヴァイクにすっと近寄ると、両手で相手の手を取り、猫なで声で言った。「先生、ちょっと一緒においでいただきたいの」ツヴァイクは思わずはじかれたように立ち上がり、この親しげな誘いに応じた。ガードナーに目を向けると、亭主は気にするそぶりもない。ほぼ絶えることのない何かに入れ込んだような表情を顔に浮かべて、グレイと言葉を交わしている。ツヴァイクは夫人のひんやりした手に誘われるまま、出入口へ向かった。二人は分厚い絨毯を敷いた通路を横切った。

＊＊＊＊＊＊＊＊＊＊＊＊＊＊＊＊＊＊＊＊＊＊＊＊＊＊＊＊＊＊

夫人は自室の扉を押し開けた。なかに入ったツヴァイクは、どきりとするとともに少し嬉しくなった。ここは寝室ではないか。夫人はまだツヴァイクの手を取ったまま部屋を横切った。ベッドのシーツは折り返してある。黒のナイロンのネグリジェがふわりと枕にかかっている。夫人は書棚を指さした。

「ね。わたしが先生のことをどの著述家よりも尊敬申し上げているのは、冗談ではないと知っていただきたかったんです。翻訳された先生のご著書はみんな持っています。寝るときの友ですわ」

そのとおりだった。ざっと見たところ、ツヴァイクの著作がすべてそろっている感じだ。夫人の手が一瞬ツヴァイクのそでに軽く載った。

「一冊だけ別で……いつも枕元に置いてあります。『性行為の創造性』ね」

いたたまれなくも、顔がほてっているのをツヴァイクは自覚した。咳払いして口を開いた。「初期の著作です」言い訳でもしているような気になり、ツヴァイクはなおさらいたたまれなくなった。

「ご著書のなかでも、とりわけ底が深くて美しいものだと思います。ご迷惑でなければ……」夫人は相手の手を取り、ベッドに近づいた。おいおいまさかと、ツヴァイクは夫人の意図を誤解した。頭のなかで爆弾が炸裂した気がした。だが夫人は枕元の一冊を取り上げ、万年筆のキャップを外した。ツヴァイクは、頼むぞ、震えないでくれと願いながら両手を伸ばして本を受け取った。一方、夫人は相手を見上げた。そのいたずら好きの子どものような笑みを目にして、ツヴァイクは思わずよろめいた。

こんなひどい字で読めるかなと危ぶみながら自著に名前を走り書きし、夫人に返した。夫人は相手の顔を見つめたまま本を受け取るなり言った。

「主人に笑われてしまうの。女子学生みたいな入れ込みようだなって」

「光栄です」ツヴァイクはほっとした。男らしい男にふさわしい乾いた声を出せたからだ。

「わたしたち、もう行かなきゃ」まるで今まで二人で逢瀬を楽しんでいたかのような口ぶりだ。夫人は再びツヴァイクの手を取り、部屋の外へ相手を導いた。「いつか、おひまなとき、ご著書に全部サインしてくださいね」

「もっと時間がかかりますよ」

「もっともっとたくさんね」


****

ガードナーはまだグレイ相手に熱弁を振るっていた。インドネシアの神話学を話題にしている。夫人が言った。

「お席はわたしのとなりです」夫人はいまだ手を離さぬままツヴァイクを椅子へ導いた。夫の反応など気にもしない夫人のようすに、ツヴァイクは面食らった。まるでおれを自分の持ち物みたいに扱ってる。これじゃ、おれはこの女の新品のおもちゃだ。そう思ったことで、ツヴァイクはむしろ少し冷静になれた。スープを飲み始めたとき、腕時計の時刻が目に留まった。一時二三分だ。最後に腕時計を見た場所は浴室で、ツヴァイクは洗面したあとまた手首にはめた。そのときは一時一九分だった。

ガードナー夫人は、わずか四分間でツヴァイクを籠絡したわけだ。

しばらくのあいだ、みな黙って口を動かしているうち、ガードナーが言いだした。

「妻にはてみじかに状況を説明しました。妻の意見では、今日の午後に我々はベリーセントエドマンズへ行ったほうがいいと」

グレイがそっけなく応じた。「その必要はないでしょう」

ガードナーはグレイをきっとにらんだ。「なぜです」

グレイは咳払いしてから答えた。

「そうですね……誤解されては困るのですが、わたしたちはお力を貸していただいたことには感謝しています。こうして歓待していただいたことにも。ですがね、ご存じでしょうが、これは殺人犯追跡《マーダーハント》劇になるかもしれないんです。こちらの人数が増えれば増えるほど、成功の確率は減っていく――」

「そうでしょうかね、サー・チャールズ。結局のところ、把握されてる事実にもうほんの少し確信があれば、ロンドン中の警察の半数が応援してくれてるはずですよ」

「いや、話の要点がおわかりでないようだ。これは犯人を発見して逮捕するという問題ではないんです。むしろ――どう言えばいいか――追いかける、見張るといった問題なんです……ツヴァイク教授も同意見でしょ」

ツヴァイクは、今の自分には何よりスープこそ大事だという顔をし、どっちつかずの声を発した。ナターシャ・ガードナーをともなって、ベリーセントエドマンズにおもむくってのはいい話じゃないかというのが本音だった。夫人が言った。

「はっきりおっしゃってください、サー・チャールズ。この問題にどう取り組んだらいいか、おわかりじゃないんでしょ。ティモシーの別荘のありかがどこかさえ。そこが見つかったら、どうなさるおつもりなのかしら。ご自分は相手を二人ともご存じない。それにツヴァイク教授がいらっしゃれば、手の内を明かしてしまうことになります」

ここは角を立てないようにしながらも口を出すところだとツヴァイクは察した。

「そうかもしれないよ、チャールズ」

グレイが機嫌よく応じた。「そのようですね。今後どうすべきか、さっぱりわからないんです。状況を確認する口実が何か見つかるだろう。わざわざ別荘の玄関を叩くまでもない。あたりが暗くなってから、周囲を見回ればいい。要するに、自分が監視されていることをノイマンに思い知らせてやればいい。そのあいだに、こちらはインターポールに連絡して、逮捕できるだけの証拠が得られるかどうか調べよう」

「わたしたちの方法はもっと単純です」ナターシャも負けなかった。「いいですか。別荘の前に広がる野原の反対側に、誰も使っていない別荘があるんです。以前うちが借りようかと思ったところです。ですから、ジョウゼフとわたしにとっては、あの地域を歩き回るのは何もおかしなことじゃないんです。わたしたちは北部のどこかから自宅に戻る途中で、そのもう一つの別荘のようすを見に来たというわけです。そうしたら、ティモシーの別荘から煙が立ち上っていたので、自然に別荘へ立ち寄ると。必要あらば、もう一つの別荘を何週間か借りてもいいし。わたしたち夫婦がいれば、そのノイマンて人だって何もしでかそうとはしないでしょう。それにまだ、警察に追われていることも気づいていませんよね。ツヴァイク先生は、おひまなときに、ノイマンの前科を調べることができます」

ツヴァイクは感嘆したように夫人をまじまじと見た。今の発言で、グレイは論破されたし、ガードナー夫妻は貴重な盟友であることがはっきりした。グレイはゆっくりうなずくと、自分の皿をにらみつけた。ツヴァイクにはグレイの胸の内が手に取るようにわかった。軍人の規律遵守本能――楽しいながらも危ういこんな仲間は排除しろ――と、ナターシャの計画が単純にして有益至極だという認識とのはざまに、この男は置かれているのだ。ツヴァイクが穏やかに言った。

「奥さんのお説どおり、グスタフには自分が監視されていることを悟らせないほうがいいのかもしれないな」

グレイがふと気づくと、若い女が自分のスープ皿を片づけようと待ち構えていた。お、スープを飲み終えていないのはおれだけだ。グレイは笑いながら言った。

「わかりました。もしお二人が退屈や不便など意に介さないと言われるなら、こちらは喜んでお力をお借りします」

「そりゃあいい」ガードナーが言った。「景気づけにワインを一本開けましょう」

「わたしはけっこうです、どうも」グレイが言った。「午後にベリーまで行くなら、頭はすっきりしていたい」

ガードナー夫人が言った。「ジョウゼフ、あなた車を運転するなら、もう飲まないほうがいいわよ」

「車？」グレイが言った。「こんな天気のもとで、得策ですかね」

「目的地に着ければそれが最善の策です」ガードナーが応じた。「でないと、すべてが台無しだ。列車でベリーセントエドマンズまで移動するわけにもいきませんよ。わたしは自動車協会に電話して、道路状況を確認します」

第八章

三時間後、ツヴァイクはまどろみから目覚めて、車の窓から外を見やった。もう夕暮れ時だ。口を開いた。「ここはどこですか」

ガードナーが答えた。「サドベリーというところです。あと三〇分もしないうちに着きますよ、道路がだいじょうぶなら」

「まずはホテルにチェックインしてから動きだしたほうがいいと思うんだが」グレイが言った。

ツヴァイクが言った。「それはどうかな。グスタフがここに来てるというのが我々の見立て違いだったらどうする。今この瞬間、スコットランドに向かっているとしたら。今夜はロンドンに戻るほうがよくはないかな。一夜をなじみのないホテルで過ごすって考えは、グスタフ好みじゃないね」

「それは難しそうですよ、教授」ガードナーが言った。「道路はあと数時間で凍ります。今のうちに走っておかないと」

ツヴァイクは暗い顔で雪景色を見つめ、あくびを嚙み殺した。ナターシャが、からだをよじってツヴァイクを見てほほえみ、言った。

「ご心配なく。わたしたち二人で、先生の思想についてひと晩語り明かしましょうよ、部屋のかたすみで」

ガードナーが穏やかに言った。「教授を独占しないでくれよ。ぼくだって話したいんだ」

「お二人と語らいたいところです」ツヴァイクが当たり障りなく応じた。また目をつぶるなり、羊皮のひざかけを下肢にぎゅっと巻きつけた。今のやりとりのおかげで気分が明るくなった。白昼なのに、熱いまなざしをした顔が自分の顔に近づき、女らしい香りを放つさまを夢見ながら、ツヴァイクはまた寝入るところまで来た。が、ガードナーに起こされた。「別荘はあそこです、ほら右手のほう。でも、まずはホテルを見つけるのがいいかな」

＊＊＊＊＊＊＊＊＊＊＊＊＊＊＊＊＊＊＊＊＊＊＊

数分後、ガードナーが言った。

「くそ、また雪が降ってきた。到着間近なのは幸いだった」

「ぼくは嬉しいな」グレイが言った。「降りやまないでほしい」

「なぜです」

「足跡の問題が。別荘近くまで行けば、こちらは必ず足跡から馬脚を現してしまう。雪が降り続ければ、それを消してくれる」

車はのろのろ急勾配を上っている。と、凍った道で車輪が空回りしだして、やがて停まった。ガードナーが言った。「いったん降りて、チェーンを巻いたほうがよさそうだ。運が悪いな」

「ふもとまで戻って、道の反対側からまた上ったらどうですかね。向こうのほうが雪が少ない」

「わたし、お茶が飲みたい」ナターシャが口をはさんだ。

「やってみましょう」ガードナーが言った。車は後ろ向きで斜面を下り始めた。ふもとの区画では、木々に守られていて、道路に積もる雪の量はわりに少ない。これからタイヤにチェーンを巻く作業に駆り出されるのかと思うと、ツヴァイクは早くもうんざりして気持ちも暗くなった。あたりも暗くなっている。ガードナーが外を見られるようにと、ツヴァイクは後部の窓を覆う霜を手で拭った。車は木々の下で停まった。それからガードナーは車を道路の右側に寄せ、ギアをセカンドに入れて、アクセルを目いっぱい踏み込んだ。ツヴァイクがほっとしたことに、タイヤが上滑りすることもなく車は斜面を上っていった。ガードナーが言った。「よーし、やったぞ」夫人が声を上げた。「気をつけて」別の車が丘のてっぺんから下りてきた。降り続ける雪を通して、相手のヘッドライトがこちらに向かってぎらついた。一瞬これは衝突するかと思われたが、双方がハンドルを切り、ほぼ並んで停まった。ガードナーがウィンドーを開けて叫んだ。「失礼。反対側は上がれないんだ、雪がひどくて」

「ほら、こっちは後ろ向きに滑ってるよ」グレイが言った。

こちらのヘッドライトが向きを変えて相手を照らした。ガードナーが車の向きを立て直そうとした。相手はタクシーだとツヴァイクは見て取った。同時にナターシャが叫んだ。「まあ、あれティムよ」ツヴァイクの目に、後部座席の窓からこちらを覗いている白い顔が映った。

「急いで」グレイが言った。「下がって向こうの車を先に通らせてくれ。こっちの近くに停まらせちゃだめだ」ツヴァイクのほうを見た。「カール、窓の下まで身をかがめろ、相手のヘッドライトに内部を照らされたらまずい」

ツヴァイクは上体を倒し、頭をグレイの外套につけた。ガードナーが言った。「もうだいじょうぶ。向こうは行きました」

「この車、サー・ティモシーに気づかれたかな」グレイが問うた。

「いやあ心配ない。これを買ったのは数カ月前だから」

車はいったん斜面の底まで下りなければならなかった。が、今度は無事に頂上を越えることができた。一〇分後、ガードナーはベリーセントエドマンズのジョージホテルの前で車を停めた。グレイが口を開いた。

「さっきのこともちょっとした僥倖だったな。サー・ティモシーたちはあのあとの列車に乗ったに違いない。ホテルで一泊するだろうとぼくは思ったんだが」

「驚いたわ、ホテルに泊まらなくて」ナターシャが言った。「ティムはほんとに神経質なぐらい冷気や湿気を嫌うんです。管理人に電報を打って、別荘の準備を命じたかもしれない」

「管理人はどこに住んでいるのかな」

「二〇ヤード離れた別の家です。それもティムの所有物です」

＊＊＊＊＊＊＊＊＊＊＊＊＊＊＊＊＊＊＊＊＊＊＊＊＊＊

ホテルのフロント係が四人にたずねた。「長期のご滞在ですか」

「ひと晩だけだ」ガードナーが答えた。「雪がひどくなったら、もう二、三日いるかもしれないが」

ツヴァイクとグレイは隣り合った別々の部屋を取った。ガードナー夫妻の部屋は同じ階のもっと奥だ。

「お車は駐車場に回しましょうか」

「いや、それはいい」ガードナーが言った。「あとでまた乗るかもしれない。後ろの車輪にチェーンを巻いてくれないか」

「かしこまりました」

四人はラウンジでお茶を飲んだ。ホテルにいる客は自分たちだけかもしれない。大きな石炭暖炉のそばに座り、ビーフサンドウィッチの皿を目の前にして、ツヴァイクは気分が晴れてきた。給仕が遠ざかると、ガードナーが問うた。

「さて、これからどうしますか」

ナターシャが言った。「まずは暖かいお風呂に入って、服を着替えたいわ」

「一つだけ気になることがある」グレイが言った。「あなたがあのタクシー運転手に声をかけたとき、ノイマンはあなたの顔を見たか、または声を聞いたかな」

「なぜです。それが問題ですか」

「こっちの車にあなた方以外の者が乗っているとノイマンが気づけばね。それに、あなた方は北部から戻る途中だと言えないことになる」

壁に貼った地図のそばに立っているガードナーが言った。

「どうですかね。ケンブリッジからの道を間違えて、南に来すぎたと言えばいい。いずれにしろ、ノイマンて男がこっちの顔を確認したとは思えない。かなり暗かったし、雪も降ってるから」

ナターシャがたずねた。「別荘を見に行くのは何時ですか」

「早いほうがいいかな」グレイが応じた。「でも奥さんがいらっしゃるには及びません。別荘のまわりを見て回りたいだけですから。ホテルに残ってお風呂に浸かられたらいかがですか」

ナターシャがためいきまじりに言った。「いいえ、ご一緒いたします。わざわざこんなところまで来て、ホテルにこもるだなんて！」

ガードナーが言った。「教授と二人で残ったらどうだ。二人がついてきても意味ない」ツヴァイクが笑みを浮かべた。最高の提案じゃないか。グレイが友の笑みに気づいて、そっけなく言った。

「ツヴァイクには来てもらわないと。ノイマンがいるとすれば、本人確認が欠かせない」

「じゃあみんなで行きましょ」ナターシャが言った。「でもその前に、わたし、髪をとかして、靴下も変えなきゃ。伝線してるから」

「暗いなかで誰も気づきゃしないよ」夫が言った。

「わたしは気づいたわ」妻が言い返した。

＊＊＊＊＊＊＊＊＊＊＊＊＊＊＊＊＊＊＊＊＊＊＊＊＊＊＊＊＊＊＊＊＊＊＊＊＊

ナターシャが二階に上がると、三人の男は暖炉に近寄った。ツヴァイクは葉巻に火をつけた。グレイとガードナーはパイプを吸った。ツヴァイクは少年さながらにうきうきした。からだも暖まり、腹も満たされたところで、さあ追跡が始まるぞという興奮が再び沸き起こった。オークの羽目板がはまったラウンジの壁が、クリスマスの飾りつけのせいで本来の渋みが消えているのを見て、男性社会にも似た点があるなとツヴァイクは思った。共通の目的を持った構成員から成り立つ場ならなおさらだ。女にはなかなかわからないだろう。同席しているほかの二人は暖炉の火を見つめながら、物思いにふけっている。そんな二人を見つめていると、ナターシャだけはロンドンに残ってくれたほうがよかったなと、ツヴァイクはそんな気にもなりかけた。だがナターシャのことを想うなり、ツヴァイクの頭には、ベッドの端に腰を下ろして、靴下をはいている女の姿が浮かび、幸福感はますます高まった。ツヴァイクの内面で、ややしばらく二つの歓びは別々にあったが、しまいには交わり、若いときを想わせる活力となっていった。

グレイが言った。「風が強くなってきたようだな」

窓は閉まっているが、風のせいでカーテンが乱れた。ガードナーが言った。

「こんな天気が続くなら、あの二人、朝までには別荘のなかで雪に埋もれてしまう」

「奥さんが戻って来られたら、すぐ我々も動きだそうか。雪のなかで立ち往生するのはごめんだ」

「戻ってくるまであと三〇分ですね。したくにはいつも四五分はかかるんです」

「だったら、ぼくもさっぱりしてくるかな」

ツヴァイクと二人になると、ガードナーが言った。

「好人物ですね、お友だちは。長いお付き合いですか」

「数年かな。とてもいい男ですよ」

二人は黙ったまま五分ほどたばこを吸った。ツヴァイクがたずねた。

「立ち入ったことで恐縮ですが、奥さんはロシアの方ですか」

「ロシアとハンガリーの混血です。家族はマーテーサルカという土地に家を持ってました」

「読書好きなんですかね」

ガードナーがそっけなく答えた。「ああ、高等教育を受けてます。本物の知識人でね。大方の知的女性と同じく、これぞという人の話に、すぐころっとまいってしまうんです」

ガードナーは皮肉らしき色を浮かべた目でツヴァイクを見つめた。ツヴァイクは葉巻の吸いさしを暖炉に投げ込むと立ち上がった。

「荷物を解いてこようかな」

「わたしは車にチェーンを巻いてもらったかどうか見に行きます」

ツヴァイクが自室で顔を洗っていると、グレイが入ってきた。

「おいカール、ずっと考えていたんだがね。ノイマンにはきみの存在を知られないほうがいいんじゃないかな」

「向こうにかぎつけられるかもしれないね。ぼくはここで何をすればいいかな」

グレイがベッドに座った。

「それをぼくも考えていたんだ。おそらく、ガードナーの奥方がきみの名を出したところをサー・ティモシーは聞きつけただろう。向こうはきみの仕事ぶりについて話し合ったかもしれない。まあとにかく、我々はみなイングランド北部でクリスマスを過ごしたことにしよう——北部のどこか、きちんと決めておかないと。これからロンドンに戻るところってわけだ。ぼくはもう一つの別荘を買う気でいて、ガードナー夫妻に連れられて実物を見に来たと。もっともらしいだろ。きみがたまたまノイマンを知っているのも、世の中じゃよくあることだ」

「うまい作戦かもしれない。ガードナー夫妻にどう思うか訊いてみよう」

第九章

フロント係が言った。「今お出かけではございませんよね、お客さま」

「そのつもりだ」ガードナーが言った。「とにかく、これ以上この雪が積もっては困るんだ」

「わたくしならあまり遠くへは参りませんが。風が強いので、どこへ吹き飛ばされるかわかりません」

ガードナーがバーにいる三人のもとへ戻って来た。外套の肩にかかった雪の粒が解けている。

「今はたして外に出るのがいいのかどうか。わたしは車のところまで行って来たんですが、天気がひどい。でも思い切って行きましょうか」

「ええそうよ、ここは思い切って」ナターシャが応じた。二杯目のウィスキーを飲んでいて、顔が赤い。

グレイが腕時計に視線を落とした。

「あと一時間で夕食だ、だから出発したほうがいいな。もし道路が悪ければ、戻って来ないといけない。距離はどれぐらいですか」

「約五マイルです」

ナターシャは耳を覆うような赤いウールの帽子をぎゅっとかぶると、ツヴァイクの顔に浮かんだ笑みに気づいて言った。

「見栄えより暖かさのほうが大事です」

「見とれてしまいますよ」

ナターシャが言った。「さあ、お三方。いざ夜の街へ」グレイの目に抑えた不満の色が浮かんでいることにツヴァイクは気づいた。この女、ピクニックにでも行くつもりなんじゃないかと、グレイは見るからに感じている。ナターシャが語を継いだ。「さ、先生、車まで連れて行ってください」ツヴァイクの手を取った。二人が出てゆくなか、ガードナーが首を振っていることにグレイは気づいた。

グレイが声をかけた。「奥さんは意気軒昂ですね」

「そうじゃないんです」ガードナーが応じた。「ツヴァイク崇拝者なんですよ――現存する最大の思想家だと思ってる。それと同時に、ツヴァイクさんにかわいいところを見せて、おてんばな女子高生みたいにふるまいたい気持ちを抑えられないんだ」

「いやになりませんか」グレイがたずねた。ガードナーはこのたぐいの問いを受けつけない男ではないと、なぜかグレイにはそう思えた。

「いやあ、とんでもない。ああいう姿は見あきるほど見てきた。あの人はそうでないことを望むばかりですよ」

グレイが笑みを浮かべて言った。「ツヴァイクなら、それはないでしょう」

ホテルの正面の出入口が閉まった。ツヴァイクとナターシャは外に出たが、吹きつけてくる夜風のせいで一歩も前に進めない。風に渦巻く雪のせいで、物もろくに見えない。二人がぴたりと寄り添って、なすすべなく立ちすくんでいると、ガードナーが外に出て来て言った。

「車をそこの舗道わきにつけてある。行こう」

二〇フィートも離れていないところにある車は、ぶつからんばかりに近づいて初めて三人の目に入った。ナターシャがやっとのことで後部座席に腰を下ろすと、あとを追うように多量の雪がどっと入ってきた。ナターシャは歯をガチガチいわせながら声を発した。「ド、ドア閉めて、早く」ガードナーはワイパーを動かした。だが雪のせいで車は動かず、四人のからだは冷え切った。ナターシャが泣き声を出した。「あなたが早めに乗り込んで、なかを暖めてくれればよかったのに」

言われた夫はよろめきながら雪のなかへ出てゆき、手袋をはめた手でフロントガラスを拭った。だがワイパーが動きだしても、ガラスは不透明なままだ。氷にびっしり覆われている。ガードナーはエンジンと霜取り装置を動かした。一〇分後、車のなかは心もち暖かくなり、フロントガラスの透明度が増して、四ヤード先まで見えた。ガードナーが言った。「殺人にはもってこいの日だ」ほかの者は黙りこくっていた。

車は時速五マイルで街を走った。オレンジ色の霧灯がついているが、ツヴァイクの目には雪の向こうに何も見えない。風の響きがエンジン音を消し去っている。セコンドギアでもだめだ。だがガードナーは道順を頭に入れているらしく、一五分後にはギアをトップに入れて言った。「目抜き通りに出ました。思ったほど道は悪くなさそうだ」

「なんだかひどいわよ」ナターシャが言おうとしたが、口から出たのは「ひっどわよ」だった。

「いや。この風は雪を生け垣に面した片勾配《バンク》に吹き飛ばしてるから、道路にはあまり雪が残ってない」

車内の寒さは和らいできた。ナターシャは再びツヴァイクの手を取り、互いのあいだのわずかな隙間にぐいと押し込んだ。ナターシャの腕やからだは、冷たさに抗するかのようにこわばっている。ツヴァイクは快い夢見心地でナターシャのことを想った。男としての自分の魅力のほどにはなんのうぬぼれもない。いまだ男前であるにしろ——実のところ、年輪を重ねたことで、あたかも石を刻んで生まれたかのごとき新たな見どころが加わったが——声は聞きどころのないものだと、自分でわかっていた。女とも間違われそうな抑揚をしているからだ。しかも身長が低すぎる。ナターシャの目には、自分はどう見ても父親のようなものとして映っている。どうもナターシャは多少とも父親の存在を欲しているようだ。ガードナーは妻よりも、一五歳か、あるいはもっと年上ではなかろうか。ツヴァイクは、そういう面で、ガードナーより好ましい人物だった。ガードナーより一〇歳年上だし、ナターシャにすれば以前から人生の師に見立てている思想家なのだから。このナターシャのあこがれには色恋沙汰の意味合いがないことは、夫が嫉妬するようすのないのを見てもわかる。ともあれ心の父という役どころは、ツヴァイクとしては嬉しくなくもなかった。他人の目にはわからない親密ぶりや、互いのからだのさりげない触れ合いや押しつけあいも期待できる。こういうあいまいな間柄と比べると、あからさまな愛人関係は下卑て見えそうだ。ツヴァイクの夢見がちな恋愛観は、秘めやかな不倫というフランス流の伝統には反発していた。

積もった雪の上でタイヤをきしませながら、車は左に曲がった。グレイが言った。「チェーンを巻いていてよかったな。どこを走っても上滑りするところだった」

ナターシャがいらついた声を発した。「まだ着かないの?」

「あと二マイルほどだ」

グレイが言った。「別荘の窓からなかを覗いてみるのがよさそうだ。今夜は面会を求めるまでもない。こんな天気のなかじゃ怪しまれる」

「窓から見えなかったら？」

「どうするかな。ほかの手を考えますか」

「このまま家に戻れなかったら？」ナターシャが問うた。「どうしたらいいの——ティムに頼んで空いている部屋を見つけてもらうとか」

「それも悪くない。とにかくまず別荘を探すことだ。何も先が見えない」

ガードナーが車を停め、ウィンドーを下ろして言った。

「たしか、あそこだ。道路から二〇ヤードほど入ったところ。ここで降りて歩いたほうがいい」

＊＊＊＊＊＊＊＊＊＊＊＊＊＊＊＊＊＊＊＊＊＊＊＊＊

四人は深い雪のなかへ這うように出て、車の陰に入って風をよけようとした。ガードナーが叫んだ。

「みんなぼくのあとに続いて。からだを寄せ合うんだ、道のわきは避けて。みぞがある」

道はどこまでで尽きて、みぞはどこから始まるのか、ツヴァイクにはわからなかった。あたりの土地はたいらで、木や生け垣もほとんどなく、道は方向を問わず果てしなく続いていてもおかしくなかった。手袋をはめたナターシャの手をしっかりつかんで、ツヴァイクはナターシャのほうへもがきながら進んだ。視界は皆無だ。顔を上げると、風に吹かれた雪が目に飛び込んでくる。グレイの叫び声が聞こえた。「ツヴァイク、どこにいる。見失ったぞ」ガードナーが言った。「みんな、鎖みたいに手をつなぎ合おう。でないとはぐれるぞ」それから五分、四人は手を取り合って前に進んだ。グレイが叫んだ。「あんた、ほんとにこの方向でいいのか」ガードナーが「わからん」と叫び返して立ち止まった。ほかの三人がまわりを囲んだ。ガードナーが言った。

「あそこに明かりが見えますか」

「見える」グレイが答えて、右方向を指さした。ナターシャが言った。「そう。きっとあそこよ。木立ちに見憶えがあるわ」

「これからどうしようか」ガードナーが問うと、妻が叫んだ。

「ちょっとようすを見てからホテルに戻りましょ。お腹がすいたわ」

ガードナーが言った。「ぼくから離れるなよ、ナターシャ。二人で先に行こう」

雪はほとんどやんでいるが、風がまだ強いので、状況は同じだ。分厚い外套を着ていてもツヴァイクは裸でいる気がした。グレイが言った。「行くぞカール。裏手に回ってみよう」

ガードナー夫妻の姿はもう見えない。ともあれ二人は深い雪道から遠ざかっていった。ツヴァイクとグレイは踏み越し段《スタイル》を乗り越え、原っぱの角を過ぎた。明かりはもう目の前だ。別荘の輪郭が見えた。グレイがツヴァイクの耳に顔を寄せて言った。「もっと先へ進んでから近づこう。すぐわかるような足跡をべたべた残したくない」

二人は鶏舎用金網と思われるところを乗り越え、リンゴの木立ちのあいだを通り抜けた。ツヴァイクは小枝に顔を切られたが、皮膚が冷え切っているので、傷ついたかどうかもわからなかった。もがくように進むなか、うっかり何かに足をぶつけ、ガンという乾いた音が響いた。グレイが言った。「気をつけろ、ごみ箱があるぞ」同時に扉が開き、一条の光が雪の上に伸びた。声がした。「誰かいるのか」グレイが声をひそめて言った。「伏せろ」二人は木々の根元に身をかがめた。ツヴァイクがささやいた。「グスタフだ」二人が話していると、左手からガードナーの声が聞こえた。「すいません」

二人がそちらに目を向けると、ガードナー夫妻が庭の通路沿いに近づいていた。

男の大声がした。「誰だ」

「サー・ティモシー・ファーガソンはおられますか」ガードナーが応じた。

「ええ。どなたですか」

「ガードナーといいます」

別荘のなかから、別の声がした。「どうも！　お入りなさい」ほどなく、扉がガードナー夫妻の背後で閉まった。

グレイが立ち上がった。「行くか」

「どこへ」

「車に戻るんだ。ここで待っていても仕方ない」

＊＊＊＊＊＊＊＊＊＊＊＊＊＊＊＊＊＊＊＊＊＊

五分後、二人は車の前部座席についた。エンジンがかかり、ヒーターがツヴァイクの靴の雪を解かしている。ろくに暖かくなってはいないが、風を受けずにすむだけでもぜいたくな気分だった。ツヴァイクはごみ箱にぶつかったことを謝った。「雪にすっぽり埋まっていたんだ」

「気にするな。むしろいい結果を生むんじゃないかな。ガードナー夫妻もあたりを警戒するだろうから」

「車をもっと近づけなくていいかね」

「いや。ノイマンにエンジン音を聞かれたらまずい。きっと耳が鋭いんだな、ごみ箱のふたの音を聞きつけたんだから」

手足の感覚がゆっくり戻ってきた。グレイが言った。

「サー・ティモシーは歓迎しているようすだったな」

二人は黙って座りながら、同じことを思っていた。この犯人追跡は間違いだったかもしれない。サー・ティモシーは物理的な危機にはないとガードナーが言ったときから、ツヴァイクの頭にはこのことがひっかかっていた。ガードナー宅にあったケルト像やガードナーの占いの仕方に、自分が惹かれたなどとは認めたくもないが、ガードナーの意見には自分の意見が補強された。ノイマンは犯罪者ではない。

グレイが言った。「また雪がひどくなってきた。二人が早めに戻ってくれればいいんだが。このままだと道が通れなくなる」

「我々も一緒になかへ入ったほうがよかったかな」

「いや、まだだめだ。いざとなったら、別荘のドアをがんがん叩けばいい——我々はガードナーから車に取り残されたってな。とにかくもう一〇分待ってやろう」

グレイはワイパーを再び動かした。カチカチいう単調な音を聞いているうち、ツヴァイクは眠くなってきた。と、そのとき、車のドアが開いて、ツヴァイクははっと目を覚ました。ガードナーの声がした。「申し訳ない、お待たせして」

＊＊＊＊＊＊＊＊＊＊＊＊＊＊＊＊＊＊＊＊＊＊＊＊＊

ツヴァイクが座席の背を乗り越えて後ろに移った。

「何か収穫は」グレイがたずねた。

「少し。今話します」ガードナーが答えた。車は危なっかしくカーブを曲がった。道は狭く、みぞは雪に覆われている。ナターシャが口を開いた。

「たばこをちょうだい。あの男の人、変な感じだったわ」

雪の降るなかでも、ガードナーは時速二五マイルで車を走らせ、身を乗り出すようにしてフロントガラスの向こうを見つめた。ツヴァイクはナターシャのたばこに火をつけてやりながら、ほおの血の気のなさに目を留めた。誰もが黙りこくるなか、車はサドベリーの大通りに出た。グレイが口を開いた。

「ツヴァイクも来ていると、先方に話しましたか」

答えたのはナターシャだ。

「いいえ。ただお友だち二人も一緒だと言っただけです。それから二人は今ホテルに戻っているって。あなた方がいらして、ドアをノックなさらなかったからほっとしました」

「こんな夜に訪れたことを先方にどう説明したんですか」

「ティムが別荘にいるはずだわと〝第六感〟が働いたんですと、ナターシャは言い張ってましたよ、ノイマンは疑ってたなあ」

「万事がふつうだと見えましたか」

「必ずしもそうとは。あとはホテルに着いたら説明します」

＊＊＊＊＊＊＊＊＊＊＊＊＊＊＊＊＊＊＊＊＊＊＊＊＊＊

二五分もかからぬうちにホテルに戻れた。その間ナターシャはずっとたばこを吸い続け、前方を見つめていた。その緊張ぶりがツヴァイクにはわかった。四人は夕食に三〇分遅れた。戻って来た四人の姿を見ると、フロント係はほっとしたようだった。「雪のなかで立ち往生なさっているのかと思いました。ダイニングルームへそのままいらっしゃいますか」

食堂にはほかに客が二人しかいなかった。男三人は席についた。さっそくスープが目の前に置かれた。ガードナーが言った。

「先にすませてしまいましょう。ナターシャのしたくはいつまでかかるかわかりません」

スープをスプーンで口に運ぶあいまに、ガードナーは別荘でのようすを話した。

「ツヴァイクさんがごみ箱にぶつかったとき、わたしたちは姿を見せたほうがいいと思ったんです。相手が外に出てまわりに目をやれば、足跡は見つかりますから。だからこちらは作り話をしたわけです――ケンブリッジでクリスマスを過ごすって。何かもかもまったくふつうだと感じました。ティムはわたしたちと会えていかにも嬉しそうだったし。食事をしてってくれと言われましたが、あなた方がホテルで待ってると答えました。ウィスキーをみやげにもらいましたよ。ノイマンはとても親しみやすそうだった」

「わたしはあの人、嫌い」ナターシャが言った。ちょうど席についたところだ。ワンピースに着替えている。

グレイがたずねた。「お二人が現れて、ノイマンに変わったところはありましたかね。後ろめたそうだったとか、うさんくさそうだったとか」

「いいえ、全然。沈着冷静でした」ナターシャが吐き捨てるように答えた。

ガードナーが言った。「妻の気持ちはわかります。わたしはそう嫌いでもなかったが、何かこう――傲慢なところはありましたね」

「サー・ティモシーはどうですか。満足そうでしたか」

ナターシャが思案ありげに答えた。「とてもほがらかな感じ……でも――」

ガードナーが妻を止めた。「かつてなく元気そうでした。でも一つ妙な点があるんです。お話ししたとおり、ティムが別荘にいる気がしたんだとナターシャが言いました。で、わたしたちはティムのロンドンの住所――大家の女性――にホテルから電話したと言ったんです、ちょっとようすを知るためにと。そのとき、ティムの顔がこわばった気がしました。それからナターシャがノイマンに言いました。『あなたはきっと名医なんですね。こんなに健康そうなティムを見たのは初めてだわ』するとノイマンは即座に言いました。『すみませんが、ぼくは医者じゃない。ただの秘書です』わたしは言ってやりました。『でも大家の女性は電話でおっしゃいましたよ、あなたは医者だと』するとティムが口をはさみました。『それはわたしの間違いだ。わたしと医者の話をしていたから、あの人は取り違えたんだ。頭のなかは医者ばかりの女性だからね』そこで話は終わりました」

赤ワイン《クラレット》ひと瓶とともに主菜が運ばれてきた。疲れ切ったあとに、部屋が暖かいのと腹が満たされてきたのとで、ツヴァイクは眠くなりながら言った。

「それは変なことでもない。いずれにしろ、グスタフが医者でないなら、自分は医者だと言い張るわけもないでしょ」

グレイが言った。「今朝の大家の口ぶりだと、たしかな話に聞こえたぞ。ぼくが思うに、自分がファーガソンになんらかの医療を施していることを、人に知られたくないわけがあるんじゃかないかな」

ツヴァイクが問うた。「どうして自分たちが別荘に来たのか、先方は言いましたか」

「ええ。ティムによると、回想録を書きたかったのと、どこかで一人になりたかったからだと」

「回想録を書くつもりだと聞かされたことはありますか」

「いいえ。正直なところ、それは信じられません。あれほど文学畑とは縁遠い人もそういませんよ」

「でも、ノイマンから別荘に行くことを強いられたという印象はなかったんですね」

「はい、まったく。強いられはしなかったでしょう。その点は確信できます。ティムはノイマンを心から信頼してます」

グレイがナターシャのほうを見た。

「ノイマンの印象はどうですか」

「ううん……わかりません。別荘に入ったとき、はじめのうちはあの人のこと、わたしたちは誤解していたのかしらと思いました。とても若く見えるから、一九三〇年にハイデルベルクにいたはずはないって。でも、もっと明るいところで顔を見たとき、やっぱりおかしいとわかりました。ああいう若々しさは、以前にも、一つの目的を持つ男性のなかに目にしたことがあるんです。狭い考え方しかできない人ですね」

「偏執狂ですか」グレイがたずねた。

「いいえ。ある種の理想主義者」

ツヴァイクがどうだとばかりに笑い声を上げてグレイに顔を向けた。

「ほらな、ぼくが言ったとおりだろ。あいつは犯罪者型じゃないんだ」

ナターシャがゆっくり言った。「どうかしら」

「と言うと?」

「たしかに犯罪者型じゃありません。でも、手段より目的をもっと気にかける人なんです。何かの目的を果たすためなら、犯罪に手を染めそうな感じ」

「金のためかな」グレイがすぐ応じた。

「ええ、もしお金が大きな目的に必要なら」

ガードナーは感心したように妻の顔を見た。

「妻は人物評価に関してはほとんど間違ったことがないんですよ。わたしよりはるかに深く見えている」

「ノイマンについては奥さんのご意見に同感ですか」

「そうですね。あの男におかしなところはないと見ました。好人物です。恐ろしく頭がいい。でもちょっと人間らしくない」

グレイがナターシャにたずねた。

「あなたの見るところ、サー・ティモシーはノイマンから何かされる危険がありますかね」

「わたしは――そうは思えません。わたしは……」夫人は困り顔で自分の皿を見つめながら言うことを探した。「ノイマンからってことはないような。あの人、わたしたちが思っていたような人とは――」

「我々はどう思っていたかな」

「わたしがどう思っていたかは自分でわかっています。ノイマンは良心も道徳観もない正真正銘の世をすねた《シニカル》悪党だと。人間らしい感情がないから殺人もやる男だと。わたしが言っていることは、おわかりですわよね、サー・チャールズ。犯罪者型です。社会の水準では青年期にある男――」

「ええ、おっしゃる意味はわかります。で、ノイマンは違うと？」

「そうですね。あの人が殺人鬼なら、ヒトラーと同じ型です――殺人が目的に対する唯一の手段だという人物」

ツヴァイクは口いっぱいにワインを含み、のどを詰まらせそうになったが、なんとか飲み下し、咳き込んだあとに言った。

「それはありえない。グスタフがユダヤ人だってことをお忘れですね。あいつはヒトラーの支配下で苦しめられたんです。ヒトラーは狂信者だ、ゴビノー（一八一六－八二。フランスの小説家、人類学者）やギュンター（一八三〇－一九一四。イギリスに帰化したドイツ生まれの動物学者）の戯言《たわごと》を信じ込むぐらいの。グスタフの知能はそんな代物じゃない」

ガードナーが言った。「妻が言ってるのは、そういうんじゃないと思います。理想主義者というのは、歴史上のあらゆる犯罪者よりも、人の死に対して責任があるってことでしょう」

「たしかに。でも、グスタフの理想って何かな。ハイデルベルクで会ったとき、あいつは犯罪者の巨頭になるなんて狂った考えを持っていた。あれは理想じゃない――青年期特有の妄想だ」

グレイがグラスを干して言った。

「要するに、我々はいまだ暗闇のなかを手探りしているわけだ、一つ妙な手がかりがあるにはあるが――ノイマンは単なる秘書だと人に思われたい、と」

「それは納得できる。きっとあいつの治療法は心理学流なんだろう。でもおそらく、あいつは心理学者として仕事をする資格を持っていない」

「べつに違法じゃないよ、にせの看板を掲げていなければね。ノイマンはなぜ人目を気にするのか」

ツヴァイクが肩をすくめて言った。「理由はたくさんありうる」

「わたしは一つだけ思いつく」ガードナーが言った。ツヴァイクは応じなかった。ガードナーが何を言いたいのかはわかったが、それについて考える気にはならず、ウェイターに身ぶりで合図し、もうひと瓶ワインを頼んだ。

グレイが言った。「ぼくが別荘のなかに入って、ようすを調べられたらいいんだが」

「何が見つかるとお思いですか」ナターシャが問うた。

「まず、治療法が心理学流だというカールの見立てが正しいかどうか」

「ノイマンがサー・ティモシーに薬物を飲ませているとお思いですか」

「それはなさそうだ」グレイが答える前にガードナーが口を開いた。「薬物のことはあまり詳しくないが、その影響は少し見たことがある。ティムはどう見ても正常で健康そうだった」

ツヴァイクが言った。「それなら我々は明日ロンドンへ戻ったほうがいいな」

「そんな気がしますね」ガードナーが応じた。夫妻やツヴァイクはグレイの顔を見た。グレイはかぶりを振った。

「ぼくは反対。ご夫妻は帰って、ツヴァイクとぼくだけ残ればいいじゃないか。お二人にやれることはべつにない」

「これから何をなさるつもりですか」

「別荘を見てみたい。たしか、以前あなたが借りようと思った別荘が近くにあるって話でしたね。位置はどこですか」

「五〇ヤード先です」

「サー・ティモシーの別荘はそこの窓から見えますか」

「ええ、たぶん。でも、なんのために」

「あの二人はいつか外に出るはずだ。そこですかさず内部を調べてみたいんです」

「容易な話じゃありませんよ。管理人の小屋がほんの一〇ヤードのところにあるから。すぐ見つかりそうだ」

グレイは自分のコーヒーに角砂糖を一つ入れた。

「となると、ほかに取るべき手は一つのみ。ノイマンは殺人犯の可能性ありとファーガソンに伝えることだ」

「どうやって」ガードナーがたずねた。

グレイはツヴァイクの顔を見た。「きみ、やってくれるか」

ツヴァイクは言葉を選びながら答えた。「当然だな、きみが必要だと思うなら。でもきみはほんとに必要だと思うのか。たやすいことじゃない。成功の鍵は、サー・ティモシーを一人にできるかどうか、またはこちらの言い分を伝えられるかどうか――」

「またはガードナーさんと一緒に別荘まで行って、ファーガソンにはっきり語れるかどうか――ノイマンの前で、だね、必要とあらば」

ツヴァイクはまゆをひそめた。「必要なのかね——露骨だ」

「もし我々がロンドンに戻って、ご夫妻を残しておくつもりなら、ほかの手は見当たらない」

ツヴァイクは空になった自分のワイングラスを見つめたのち、語を継いだ。

「ぼく一人でグスタフと話してみたい」

「きみは洗いざらいしゃべってしまうかもしれない」

「わかっている。でもきみの口ぶりでは、あいつが金のために人を殺す男だとして、ぼくに動いてくれってことだろ。それは難しいよ」

グレイがためいきをつきながら言った。

「わかった。今の話は忘れてくれ。ほかに取るべき手としては、ぼくが残ってあの二人を見張ることだ」ガードナーのほうを見た。「手はずを整えていただければ、明日ぼくはもう一つの別荘に入ります」

「造作ないことでしょうが、あまり居心地はよくありませんよ。所有者は地元の農夫ですが。今夜、先方と電話で連絡を取ってみます」

ナターシャが言った。「あなた、あそこは家具もないし暖房の設備もないわよ」

「火を起こすことはできますよ」

「だったら」ガードナーが言った。「わたしも行って、一緒に見張ろう」

「みんなで行ったほうがいいわ」ナターシャが言った。

「そこはあとで決めればいい。ともかく別荘が使えるかどうか確かめないと。今その農夫に電話していただけますか」

「お望みなら」

ガードナーが電話しているあいだ、グレイたちは黙って座っていた。ツヴァイクはほかの二人にワインを勧めた。二人に断られると、残りのワインを自分のグラスに注いだ。ホテルに戻ってから、つきまとわれている心の重苦しさを和らげようと酒を飲んでいるが、効果なしだった。この一件全体に、どこか捉えどころのない点がある。あまりに複雑であり、かつあまりに単純な問題だ。

ナターシャが言いだした。「一つ考えがあるの。地元警察に頼んだらどうかしら。別荘へ行って、ノイマンに身分証明書の提示を求めてほしいって。警察が自分に興味を持ってくれるのかと思えば、ノイマンは何かしゃべるかもしれない……」

グレイの顔がほころんだ。

「それは悪くない案だ。村の警察官ならやってくれるだろう。何もかも問題なしと確認するために調査に来たと言えるわけだ——それでファーガソンの財産やら何やらを守れる。ノイマンのパスポートも見せてくれと言えるし」

「狙いはなんだ」ツヴァイクが問うた。

「ノイマンをぴりぴりさせることさ」

ナターシャが言った。「今夜わたしたちが訪れれば、そうなるでしょう」

「そう願いたい。ノイマンには疑念を抱いてほしいね——猜疑心と警戒心を持たせたい」

＊＊＊＊＊＊＊＊＊＊＊＊＊＊＊＊＊＊＊＊＊＊＊＊＊＊＊＊＊

ガードナーが戻って来た。両手を擦り合わせ、嬉しそうな顔で言った。

「さてさて、夏の別荘を確保したぞ」

「まさか買ったりしないわよね」

「いや。心配ないさ。ずいぶん前から買おうと思ってたんだ。明日の朝、あそこに移ってく口実がほかに思いつかなくてね。とにかくすべてまとまった。先方は明日の朝八時に、火を起こすための薪をどっさり持って別荘へ行ってくれる。家具もある程度は備わってるそうだ。そんな顔するな。値段も高くなかった」

グレイが笑いながら言った。「やることが徹底していますね」

「こうなったら、ほかにやることはない。我々はラウンジに行ってブランデーで祝杯でも挙げるか」

ナターシャはあくびをし、謝った。「わたしはお先に失礼して休ませていただかないと。目を開けていられないわ」

「それがいい」夫が言った。「ぼくも七時までには起きないと。フロント係にモーニングコールを頼んでおこう」

「わたしは九時まで寝るわ」ナターシャが顔をしかめて言った。

「いいだろう。ぼくはグレイさんと二人で別荘を片づけておく。あとでお二人さんを迎えに来よう」

ガードナーはグレイの肩をぽんと叩いた。「ブランデーもひと瓶持って行く。今いっぱいやりますか」

「ちょっと待って」グレイが言った。「まずは地元の警察本部長に電話しないと」

「え、なんのために」

ナターシャが苦笑いしながら言った。「ノイマンにモーニングコールをしてくれる人を手配なさりたいのよ」

＊＊＊＊＊＊＊＊＊＊＊＊＊＊＊＊＊＊＊＊＊＊＊

翌朝九時半、ツヴァイクとナターシャはともに朝食を摂り、次いで街のようすを見に出かけた。嵐が過ぎ去り、空は雲一つなかった。雪は解けていて、湿った空気は早くも春のにおいがした。二人は車内での疲労から立ち直っており、ツヴァイクが抱いていた重苦しさや前途の危うさはきれいに消えていた。二人きりになれたので、ナターシャはもはや夫の嫉妬心を掻き立てかねないふるまいをしなかった。親密さをいざなうようなしぐさも目つきも、どこかへ消えた。にもかかわらず、親密感はなぜか増していった。まだ知り合って一日も経っていないとは、ツヴァイクにはぴんとこなった。まるで二人は長年の友人同士であるかのような気分をナターシャは味わわせてくれていた。

一〇時になると、ガードナーが電話してきて、別荘に落ち着いたと言った。今日はこのままこちらにいるだろうと。もう一つの別荘の居住者は、日光を浴びたり、思わぬほど暖かなそよかぜに吹かれたりしたいという誘惑に抗しがたいだろうと、ガードナーは踏んでいるようだ。だから別荘内を捜索する機会も訪れるだろうという。またガードナーは妻にこんなことも勧めた。興味深い修道院の遺跡が一つと一五世紀の教会が二つあるよ、ツヴァイクを誘って散歩がてら行ってみたらどうだ。ナターシャとツヴァイクはその勧めに従うことにし、ホテルでガイドブックを見つけて、午前中は解けかかった雪道を歩き回り、エドマンド一世や同二世、シゲベルト一世や同二世の歴史を学んだ。年老いた教区委員から受けた修道院の破壊についての説明が、微に入り細にうがっていたので、もう二〇世紀に戻って来たんだと、そう我に返ったとたん、二人は少しばかり妙な気分を味わった。このとき教会の時計が鳴り、あと一〇分で昼食なのに、ホテルまで二マイル歩かねばならないことを思い出した。

＊＊＊＊＊＊＊＊＊＊＊＊＊＊＊＊＊＊＊＊＊＊＊＊

ナターシャがフロント係にたずねた。「何か伝言はあるかしら」

「いえ、ございません。ですが男性がお会いしたいと言っておられます」

「男性？」ナターシャはぽかんとした。「どこにいらっしゃるの」

「ラウンジでお待ちだと存じます」

ナターシャはツヴァイクに言った。「お先にレストランへどうぞ。わたしはどなたか見て来ます。ジョウゼフの伝言を持って来られた方だと思いますけど」

「待ってますよ」とツヴァイクは応じた。なぜこう言ったといえば、ほかでもない、一緒にエレベーターで部屋まで上がり、五分後に夫人の部屋の扉をノックして、もう用意はできたのかと訊くというひそやかな親しい場面が頭に浮かんだからだ。

「わかったわ」ナターシャはフロント係にたずねた。「どの方だか教えていただける？」ラウンジは誰もいないように見えた。フロント係が言った。

「変ですね。またお席を外されたのか」

そのとき、出入口から逆向きになった背もたれの高い肘掛け椅子から、一人の男が立ち上がって言った。「おはようございます、ガードナー夫人」それから、夫人のかたわらに立っているツヴァイクに目を向けた。「おはようございます、教授」

たじろぐようすなどみじんも見せずにナターシャが言った。「ああ、あなたなの」ツヴァイクのほうを向いた。「ノイマンさんのことはご存じないでしょ。サー・ティモシーの秘書さんです」

****

ノイマンが言った。「逆です、わたしたちは旧知の仲です。こちらはぼくの恩師ですよ」ツヴァイクに声をかけた。「ぼくを見ても驚いておられませんね」

ツヴァイクはナターシャの強固な自制心がうらやましかった。顔が赤らんでいるのが自分でもわかり、一瞬どう応じようか迷ったが、いくぶん口ごもりながら声を発した。

「これはまあ！　びっくりした。ここで何をしているんだね」ツヴァイクはノイマンに近寄り、手を差し伸べた。ノイマンはその手にちらりと視線を落とし、場違いな代物をおもしろがるように、わずかながらほおを緩めた。それから自分もさっと手を伸ばして目の前の手をさりげなく取ったが、すぐに離した。ナターシャに話しかけた。

「こんな間の悪いときにうかがってすみません。ご夫妻と少しお話しできればと思ってました」

「夫は今いないんです。別荘にいて――」ナターシャは口を閉じた。ツヴァイクは頭のなかであとの台詞を続けた。「あなたのことを追跡してるのよ」ナターシャはすぐ思い直したように語を継いだ。

「ここへいらっしゃる途中で主人の姿は見かけませんでしたか」

「いえ。残念だなあ。わかってたらここまで来る手間も省けたのに。ぼくは別方向から来たんです、ベイトンを通って。だけど実際もう来てしまったし、時間も遅いから、ぼくにお昼をおごらせていただけますか」

ノイマンはナターシャ相手に、まじめにていねいに話しているものの、同時にツヴァイクに対しては透明人間扱いしているふうを巧みに表していた。ツヴァイクは唖然とするばかりで、無視されているのを憤ることもできなかった。その場に立ちつくし、なすすべもなくノイマンの横顔を見つめていた。ノイマンのことを考えながら過ごして数日経ったのち、こうして邂逅するのは唐突すぎた。さらにいえば、目の前でナターシャと話している男は、自分の記憶にあるグスタフ・ノイマンとはまるで違っている。往時のおもかげは留めている。この点ではノイマンはほとんど変わっていない。ところが、旋回軸《ピボット》に乗った重い岩さながらの、この沈着ぶりたるや、とうてい予想もできないものだった。

ナターシャはいらだちを隠そうともせずにノイマン見つめている。ツヴァイクよりも沈着な性格ながら、ツヴァイクにすれば戸惑いが先に立って気づきもしていないノイマンの態度に、ナターシャは憤っている。慇懃無礼とも思える声音でこう言った。

「すみませんが、もうツヴァイク教授とお昼の約束をしてございますの」

「それは残念」ノイマンの対応ぶりはさりげなくも型どおりで、礼儀と無関心との平衡を保ったものだったので、第三者が見ればナターシャの反応には驚かされただろう。ノイマンの話し方にはドイツなまりが消えていることにもツヴァイクは気づいた。もしかすると目の前の男は、この日の二〇人目の依頼人と話しているイギリス人弁護士で、いい加減あきてきたところをお義理に興味ありそうな顔をして、胸の内を隠しているだけなのではあるまいか。

ナターシャは腕時計に視線を落とした。「もうお二人の時間に遅れているわ」

「でしたら、あつかましいかもしれませんが、ぼくとご一緒してもよろしいでしょうか」

ノイマンには下手に出るよう仕向けたことで機嫌を直して、ナターシャはツヴァイクに顔を向けたが、強気な態度は崩さなかった。

「ツヴァイク教授がよろしければ……」もし教授が断れば、あなたには一人で食べてもらいますよと言いたげな口ぶりだった。ツヴァイクの存在を無視するなんて許さないぞというナターシャ流の駆け引きだ。ツヴァイクは、せっかく持ち上げてもらったのに、自分の立場を活用しそこねたまま、あわて気味に言った。

「もちろん、もちろん。けっこう」だがナターシャの苦い顔が目に入り、おれも少しこの人を怒らせてしまったのかなとツヴァイクは察した。

ナターシャが肩をすくめて言った。「わたし、自分の部屋に[illegible]ませんと。お二人で席につかれたらいかがかしら」ツヴァイクに言い足した。「ドライシェ[illegible]でおいてください」

＊＊＊＊＊＊＊＊＊＊＊＊＊＊＊＊＊＊＊＊＊＊＊

あとに残されたノイマンは、やはり社交の礼儀に則る落ち着[illegible]りを示しながら、ツヴァイクにほほえみかけた。

「まさかここでお会いできるとは。ダイニングルームへ行きましょうか」ツヴァイクのために入り口を開けながらノイマンが言った。「何か食べたいな。街のようすをご覧になりましたか」

「あ、いや……というか、うむ、修道院は――」

「帰る前にぼくも観ておこう」ノイマンが言った。二人は食堂に入った。両者の声音は、ちょっとした顔見知りで、べつに話すこともない者同士の間柄を想わせた。

ウェイターがやってきた。ノイマンが言った。「ドライマティーニをもらおうか――うんとドライのやつ。同じものにされますか。そう？　マティーニ二つとドライシェリー一つ」

ウェイターが立ち去るなりツヴァイクが言った。「英語の話し方に、なまりがないね」ノイマンに打ち解けてもらおうと、ほめたつもりだった。だがノイマンはまったく他人行儀にこう口にしたのみだった。

「ご自分の英語もお見事です」目の前に開いてあるメニューには目もくれずに、ノイマンは室内を鋭く見回した。あなたはぼくにとって赤の他人ですよと、そうツヴァイクに思い知らせようという心根がありありだった。ノイマンのつつましさが内気のせいだとしたら、メニューに見入ることで取り繕おうとしたかもしれないが。

ツヴァイクがたずねた。「きみ、まだドイツ国籍かね」

ノイマンは相手に冷ややかな目を向けた。

「ええ」無礼な質問だとでも思ったのか、ノイマンはさっと目をそらしたが、すぐ付け加えた。「実は今日、警官がぼくのもとにやってきて、身分証明書の提示を求めたんです。ぼくの住所を知りたがっているようでした」

「ほう」ツヴァイクが応じて、メニューを開いた。中身に目を走らせるふりをするなか、頭のなかではいくつも問いが湧いた。グレイとガードナーはどこにいるのか。こいつはわざとあの二人を避けたのか。もしそうなら、こちらをどこまで疑っているのか。

ノイマンが言った。「カキを食べてみようかな」

「いいね、わたしも付き合うか」

間が空いた。変なこと言ったかなとツヴァイクはとっさに思った。メニューの項目を見た。カキは載っていない。「こっちのメニューにはカキはないな」

にやりとしたノイマンの笑みに、あからさまな皮肉が浮かんでいた。ツヴァイクが言った。「お、いかん、見間違えた」

＊＊＊＊＊＊＊＊＊＊＊＊＊＊＊＊＊＊＊＊＊＊＊

ささいな一件ながらツヴァイクはどきりとした。自分がメニューなど読んでいないこと、ただ時間稼ぎで目を走らせていたにすぎないことをノイマンに見破られていた。同時に、こいつはおれの心が読めるんだという迷信めいた恐怖が全身を突き抜けた。直後にナターシャが合流してくれたのでツヴァイクはほっとした。ナターシャは男二人の一方から他方へと視線を移して気がついた。自分が五分前に席を離れたときからずっと、ツヴァイクの顔色がさえない。そこで、ことさら無邪気で快活な口ぶりで言った。

「お二人で古き良き昔を語り合ってらしたんでしょ」

ノイマンが苦笑いした。「まだそこまでは。はたして話し合うようなことがそんなにあるかどうか」

「そう?」ナターシャは目を丸くした。「なぜ」

「ぼくの経歴なんて、いたってつまらないものでしてね。教授と比べれば、胸を張って進歩だ発展だなんて言えやしません」

なんだ、遅まきながらおれをほめたつもりかとツヴァイクはいぶかった。「わたしの近著を何か読んでみたのかね」

「何冊かは。テレビでお姿を拝見してました」あからさまな冷笑ではなかったが、その含むところは明らかだった。ここでナターシャは、ことさら人の心をくすぐるような笑みを浮かべて言った。

「ツヴァイク教授の教え子時代から今まで、どんな活動をなさってきたかお話しなさって」

マティーニが目いっぱい入ったグラスを、ノイマンはそうっと持ち上げながら言った。「そんな退屈な話、お聞かせしようとは思いもしませんよ、ガードナー夫人」

三人は食事を注文した。ノイマンの顔をじっくり見る機会が再びツヴァイクに訪れた。かつてとおよそ変わっていないのは驚くばかりだ。口つきはいまだこまやかだし、ひたいにはしわが寄っていない。目はツヴァイクのアルバムの写真にある鋭さを保っている。口のまわりのしわは弱さやもろさの印には見えない。これは横柄な若者の顔だ、中年の男ではない。それでもツヴァイクの目には、好感の持てる顔だった。だからこそノイマンのわざとらしいそっけなさに、戸惑ったし傷つけられた。

ナターシャはノイマンに、サー・ティモシーを相手にどんな作業をしているのかたずねた。ノイマンの答えはこうだ。サー・ティモシーの自伝執筆を手伝っていること。また、パースに着いたらご老体の一族の様々な書類を精査し分類するつもりであること。もっともらしい話しぶりだった。一族の書類ってなんのことなのとナターシャから問われると、ノイマンはこう答えた。エリザベス朝時代に生きたサー・ティモシーの祖先の一人が、せっせと日記や書簡を記してました。また、のちの時代の祖先がクリーヴィ（一七六八―一八三八。イギリスの政治家。大量の日記や書簡を遺した）やバーニー（一七五二―一八四〇。イギリスの小説家、日記作家）と書簡のやりとりをしてました。微に入り細をうがつ説明なので、作り話には思えなかった。食事が始まり、みな無言で口を動かしていると、ナターシャがいきなり問うた。

「あなた、ツヴァイク教授と再会したのにどうして驚かないの。教授がここにいらっしゃるのをご存じだったの？」

ノイマンは牛肉ひと切れをじっくり咀嚼《そしゃく》してから答えだした。

「ぼくは何事であれ驚かないようにしてます。それに、ツヴァイク氏が奥さまごひいきの著述家だと、サー・ティモシーがたまたま言っておられたので、奥さまはサー・ティモシーをご存じなんだろうと思いました」

あからさまに無礼を働いたりせずに、相手を軽んじていることはそれとなしに伝えるノイマンのふるまいには、狡猾さが感じられた。先生とも教授とも呼ばずにツヴァイクの話題を出すのは、一種の敬意の示し方だったかもしれない――誰もショーペンハウエル教授だのニーチェ教授だのとは言うまい。だがツヴァイクはだまされなかった。自分のことを奥さまの〝ごひいきの著述家〟と呼んだのには、ナターシャは教養面では道楽者だという意味も込められているようだった。とはいえ、お二人には失礼のないようお相伴にあずかりたいと言わんばかりに、ノイマンはツヴァイクとナターシャにほほえみかけた。

ナターシャが不意にたずねた。

「わたしに会いたいって、どんなご用件かしら」

ノイマンはスープ用のスプーンをいったん置いた。

「サー・ティモシーのことです。でも少し慎重を要する一件なので、ご主人が同席なさった場でお話しします」

「サー・ティモシーのことといっても、ご本人のいないところで、それもお互いあまりよく知らない方と話し合うなんて、夫もわたしもよくないと思います」

「やはりそうおっしゃいますか。でも事情をご説明すれば、ご見解も変わるかもしれません」

ナターシャは肩をすくめた。「じゃ、今夜お食事が終わったあと、夫も交えてお会いするのがよさそうね」

「ご主人は昼食にはお戻りじゃないんですか」

「ええ。夫婦で購入した別荘を使えるように作業しているの」

「なるほど」

三人はスープを飲み終えると、口を開かなくなった。もう話題を変えないと会話は続きそうもない。ノイマンはゆったりしたようすだ。ウェイターがカラフ入りのワインを持ってきた。ノイマンは無表情でワインを口に含みながら、隣席の客たちを見つめた。ナターシャが不意に言った。

「お二人はどこで知り合ったのかしら」ノイマンの過去に話を戻そうというもくろみだ。ツヴァイクが応じた。

「グスタフの親父さんがハイデルベルクでぼくの一番の親友だったんです。それにぼくはグスタフの哲学の指導教授でした」ここで初めてツヴァイクがノイマンをグスタフと呼んだ。ナターシャは待ってましたとばかりにたたみかけた。

「じゃあお互いによく知る仲なのね」

「まあまあ、それは」ノイマンがやはりあいまいな口ぶりで答えた。

「でもそんなに昔の話じゃないでしょ――一九二〇年代の終わりごろかしら」

「そうです」ノイマンが言った。

「だったら」ナターシャはツヴァイクを見てほほえんだ。「お互いほとんどお話しすることもなさそうですわね」

＊＊＊＊＊＊＊＊＊＊＊＊＊＊＊＊＊＊＊＊＊＊＊＊＊＊

沈黙の時が流れた。ツヴァイクはノイマンの顔を見ている。おれも奥さんの問いに答えてほしいなと言いたげなまなざしだ。ノイマンがためいきをもらした。

「ガードナー夫人、昼食をご一緒させていただいて、ご親切さまでした。できれば避けたい話題がいくつかありました。奥さまはツヴァイク博士の仕事ぶりを尊敬しておられる。ぼくは必ずしも同感しません。諸事情をかんがみると、自分の言いたいことを胸に留めておかずにいるのは、無礼で忘恩のおこないとなるでしょう」

「バカなことを」ナターシャが言った。「あなた、はじめから好き放題おっしゃっているじゃないの。ツヴァイク教授は気になさらないはずよ」

「まったく」ツヴァイクが応じた。

「教授のご本はたくさんお読みになったの？」ナターシャがたずねた。明らかに挑発だ。ノイマンは笑みをたやさず答えた。「基本概念をつかむぐらいには」

「その基本概念には反対のお立場なのかしら」

食事が運ばれてきた。だがノイマンはナイフやフォークに目もくれず、もっと大事な問題にけりをつけないといかんとばかりに、向かいのナターシャをじっと見つめている。やがて静かに言いだした。

「奥さまはぼくに遠慮するなとけしかけておられる。よろしい。お気に障ったら失礼。かつてドイツには、国に留まってナチスを支え続けたからと批判された哲学者や芸術家がいたんです――ハイデガーとか。その一方で国を出て、殉教者として名を上げた者たちもいて――」

ツヴァイクがさえぎろうとした。「だがね、グスタフ――」

「最後まで聞いて。あなたはアメリカへ行って人道主義の象徴となった面々の一人だった。だからあなたがキリスト教徒を自称したとき、驚いた人はそう多くなかった。でもぼくは忘れてませんよ、あなた、うちの親父に言いましたよね、今の時代にキリスト教徒たりうるのは馬鹿者か与太者か弱虫だけだと」ノイマンは冷酷な敵意を隠そうともせず、ぎらりとツヴァイクをにらんだ。「でも当時ぼくはあなたの発言に同感だった。今でもそうです。一つだけ知りたいことがある。その三者のうち、ご自分はどれになったと思いますか」

ノイマンはツヴァイクから目をそらして、目の前のステーキをていねいに切った。ツヴァイクは返す言葉が見つからぬまま、ノイマンにちらりと目をやった。誹謗にしても突飛にすぎると思えたので、ツヴァイクは驚くほかなかったが、気持ちが慣れてくると、頭に血が上ってくるのを感じた。すまし顔でステーキを切っているノイマンのようすに、怒りはなおさら増した。こいつはおれのことを、馬鹿者か与太者か弱虫だと言い放った。ツヴァイクはうぬぼれ屋ではないが、人から偉いと思われることに慣れていた。しかも、何はともあれノイマンは自分の教え子だった。頭に浮かんだ返事は、結局これしかないというものだった。「キリスト教徒になるのと殺人犯になるのと、どっちがいいんだ」しかし、そう口にする前に、ナターシャがびっくりしたように声を発した。

「あなた、そんなに失礼なこと言う必要あるかしら」

ノイマンは顔を上げた。浮かべた笑みには残忍な気味もうかがえた。

「教授にはおわかりいただけますよ」

「逆だね」我ながら、のどを締めつけられていそうな声だなと思いながら、ツヴァイクが言った。

「きみのことはどの点からもわかるとは言いかねる」言葉を選んだ物言いだった。グスタフ・ノイマンについて知っていること、推し測っていることが頭にあったからだ。

ノイマンは笑みを浮かべて言った。「じゃあもう、ぼくは何も言わないほうがよさそうだ」さあ今からこいつが相手だとばかりに、皿のものを口に運び始めた。

「ちょっと手遅れじゃないの」ナターシャが言った。

ツヴァイクが腹立たしかったのは、自分の誠意をノイマンに疑われたからではない。こんなかたちで疑われたからだ。自分が理を分けようとしたのに、取りつく島もない態度ではないか。わざとこちらをいらつかせるつもりか。ツヴァイクの心に芽生えたのは、もちろん怒りだった。同時に、このままでは、あとで悔いるようなことを口走ってしまいそうな気がした。自分を挑発するのがノイマンの目的なのだろうか。ツヴァイクはどうにかグラスのラガービールをのどに流し込み、流し込みながらビールの表面に視線を向け、泡の模様に目を凝らした。おかげで気持ちが落ち着いた。そこでツヴァイクは、別の解釈をしてみた。つまり、ノイマンは一九三〇年以来のおれの仕事ぶりに憤っているだけなのかもしれない。まさかとは思うが、しかし、自分の憤りを抑える効果はあった。ツヴァイクは再び皿のものを口に運び、そこでいったん会話が途切れたように見えた。ツヴァイクが再び話し始めたとき、感情を抑え、相手に興味を示し、愛想がよさそうにも思える声音になっていた。

「きみ、今の意見に揺るがぬ想いを抱いているようだな、グスタフ。しかし、キリスト教徒になるのはそんなにひどいことなのかね」

ノイマンはツヴァイクを見すえた。敵意を隠していない顔つきだ。

「あなたの場合はそのとおり。ハイデガーがナチス党員になったのと似たり寄ったりです」

ツヴァイクは自制心を取り戻した。

「だがハイデガー自身はナチス党員だったことを否定している。ともかく、きみは人種間暴力の信条と愛の信条とを同等に扱うかね」

ノイマンはゆっくり応じた。「どちらの場合も、自分の知的誠実を安全確保のために売ったわけです。あなたはかつておっしゃいましたね、愚者や卑怯者は決して相手にするなと――とりわけ相手にしていけないのは、神話や情念や救世主に自分の理性を従わせる者だと。そういうやからには目もくれずに独自の道を歩めと語っておられた」

ツヴァイクがたずねた。「きみは独自の道を歩んできたのかね」

「そう思ってます。でも今はそこが要点じゃない」

「要点たりうるよ」ツヴァイクが言い返した。およしなさいな、というナターシャのまなざしに気づいたものの、話をやめなかった。「妥協することが必ずしも弱さの表れだとは思わない。いくつかの点において、わたしも妥協してきたかもしれないのは認める。それでも重要な問題では違う。きみは同じことが言えるかね」

ノイマンが冷ややかに言葉を選びながら応じた。「ですから、そういうことはこの場のやりとりにはふさわしくないと思います」

もぐもぐ口を動かしていたナターシャが言った。「つまりあなた、自分で決まりを作るってことなの?」

「つまり、この場で話題にしてるのは、妥協云々のことではなく、欺瞞と卑怯の中身です」

ナターシャが皿から顔を上げぬまま言った。「なぜそんなにけんか腰なのかしら」

ノイマンは苦笑いし、いったん置いてあったナイフとフォークを手にした。「すみません。こんな話なんかしたくなかった。あなたが遠慮するなとおっしゃるから……」

「でも失礼なのはだめよ」

ノイマンはすまなそうな顔をしたが、これも芝居だろうとツヴァイクは見た。

「はっきり申し上げておきますが、ぼくだって知らないわけじゃありませんよ、ツヴァイク教授の思想の魅力や著作の説得力を——テレビ出演者としての人気度も。奥さまがあこがれておられる理由はわかる。いろんな女性団体がこの方を偉大な哲学者だと見なしてるそうですね。その理由もわかります。でもぼくは女じゃないので、この方の思想の中身を批判する権利は与えられてしかるべきだと思いますが……」

ナターシャの顔が紅潮した。ツヴァイクは初めてナターシャの怒った顔を目にした。怒ると若く見えるなと思った。ナターシャが少しのどを詰まらせたような声で言った。「ノイマンさん、あなたがここから出て行かないなら、わたしが出て行きます」

ノイマンは子どもの言い分を聞いているような笑みを浮かべた。

「なんとも残念ですね、奥さまがそんなふうに思うとは。ぼくがけんか腰じゃないことはツヴァイク教授が教えてくれますよ」一件落着とばかりにノイマンは食事に戻った。ナターシャは、まるでわたし、バカみたいじゃないのと思いながら、ノイマンの顔から目を離さなかった。この男、退室するか、もうけっこうよというぐらい謝罪するかしてくれるだろうと思ったのだが。逆に自分を子ども扱いした。こんなに人を蔑んだような言い訳を受け入れれば、叱責の言葉を受け入れるのも同然だが、あまりこちらがこだわれば、ヒステリーのように思われてしまう。ツヴァイクが言った。

「ガードナー夫人に対して礼を失する必要はないと思うがね」

「おまえは無礼たらんとしてるなとおっしゃるなら、ぼくとしてはもう処置なしですね」

三人は黙って口を動かした。ナターシャがステーキを食べ終えて立ち上がった。

「部屋に戻ります」男二人が反応する間もないほど、ナターシャはさっとからだを翻して立ち去った。

ノイマンがすぐ食事に戻りつつ言った。

「崇拝者の女性を怒らせてしまってすみませんね」

自分の気持ちを抑えつつ、こんな腹の探り合いをやる意味はないじゃないかと、ツヴァイクはふと思った。

「なぜきみが我々と食事をともにしたがったのか、わけがわからない。人を辱める機会を狙っていたなら別だが。ひどい態度だったな……」

ウェイターの咳払いでツヴァイクは振り向いた。

「奥さまはお戻りになられるでしょうか」

「いや。もう食事は終えた」

「デザートは何になさいますか」

ノイマンとさらに一〇分も付き合うなんてとても耐えられない。ツヴァイクは席を立って歩きだしたかった。が、好奇心に引き止められた。

「コーヒーをもらおう。ブランデーも少し」

ノイマンが言った。「同じものを」

ノイマンは食事を終えて皿をわきへ押しやると、ウェイターが持ち去った。しばらく沈黙が続いたが、ツヴァイクが口を開いた。

「なぜここへ来たんだ」

「好奇心からですよ」

「何が知りたいんだ」

ノイマンはすかさず答えた。「まず、こちらの問いに答えて。あなたはここで何をなさってるのか」

ツヴァイクは深く息を吸い込み、自分の指のつめを見つめた。どれも尖っていなくて四角い。手入れをしないと。こいつ、変な言い逃れをしやがってと腹が立った。しかし、想いをぶちまけたらどんな結果になるのかは予想がついた。ツヴァイクは笑みを浮かべて言った。

「お互い話がちぐはぐだね」

「そうですかね」ノイマンはわざとらしくぽかんとした。「どういうことか、ご説明ください」

「わかった。察するところ、きみがここに来たのは何か情報を得るためだ。いいだろう。何を知りたいか話してくれ」

ノイマンはぼんやりした目で部屋の奥を眺めていたが、やがて笑みを浮かべた。

「ずばりときましたね。でも、どう答えればいいか。こう言いましょうか――手始めに――なぜあなたはキリスト教徒を自称なさるのか」

ツヴァイクはどきりとした。まさかそんなことを訊かれるとは。ツヴァイクは肩をすくめた。

「よろしい。きみが真剣なら」話の始め方が難しい。ふまじめな口ぶりは禁物だ。ツヴァイクはすうっと息を吸い、ノイマンの存在を忘れようとした。「ニーチェを読んだたいていの若者と同じように、わたしはまず始めに、弱者の手で広められた神話だとしてキリスト教を拒絶した。初期の著作で扱ったのは、もっぱら世界における人間の立場の問題だ――自由の欠如、無力ぶり。わたしが創り上げようとしたのは、おのれの苦境を客観視できる人間の能力にもとづく自由の哲学だった。初期の著作はきみ自身の概念にいくらか影響を与えたはずだがね。その後、ナチスの擡頭があった。わたしの友人たちも弾劾《だんがい》されていった。きみの友人ゲオルギ・ブラウンシュヴァイクの身がどうなったか、わたしも知っている」なんらかの反応を予期しながら、ツヴァイクはノイマンの顔を見すえて言った。ノイマンはあいかわらず部屋の奥のほうを見つめている。無表情だ。ウェイターがコーヒーを持ってきたところで、ツヴァイクはいったん口を閉じてから、淡々とした口ぶりで語を継いだ。

「諸々の状況からすると、人類は頭がおかしくなっていると感じざるをえなかった。ある日――ニューヨーク行きの船の上で――答えが不意に浮かんだ」ノイマンの目はツヴァイクに向いていたが、表情は読み取りがたかった。「哲学者は誰一人として、人類を真に変革しうることを言ってこなかったとわたしは悟った――〝汝を知れ〟のソクラテスでさえ。歴史――人間の精神史――を変えたのは、ただ宗教関係の教師たちのみだった。そうして次第にわかってきたんだ、汝の隣人を汝のごとく愛せよというキリストの教えほど重要なことを、ほかの誰も言ってこなかったと。これはナチスの残虐性に対する情緒的反応だときみは評するだろう。わたしも否定はしない。が、今でも正しいと思っている」

先ほど一瞬ノイマンは興味ありげな顔をしたものの、今はまた目をそらしている。「結局、多くの事柄が収まるべきところに収まったんだ。わたしは人間における自由の欠如、人間の無力ぶりという観念に執着していた。これは原罪の別称だとわかった。人間の苦境、苦痛や死に対する人間の服従についても同じことが言えた」

ツヴァイクから目をそらしたままノイマンが言った。「罪のあがないについては？」

「それは難しくなかった。わたしは贖罪という概念を受け入れられなかった。人は他者の罪をあがなうなどできないと思えたからだ。我々はみな自身の牢獄の奴隷で、個々に脱出しなければならない。とはいえ、ふと思ったんだ、キリストは愛の福音で人類史に計り知れぬ影響を及ぼしたのだと。言っていることがわかるかね。キリストの死以来、愛は人類史における能動的要素であり続けた」

「ナチスの存在とは無関係に？」

「ナチスの存在とは無関係に。キリスト抜きの人類史を想像してほしい。ナチスばかりになってしまうだろう。人間の自然法則は利己心だ。利己心は、知性によって変容させられない限り、サディズムと破壊に通じる。利己心を抱くソクラテス一人一人に対して、百万の利己的なゲーリング（一八九三－一九四六。ナチス時代の国家元帥、ゲシュタポの創立者）やヒムラー（一九〇〇－四五。ゲシュタポ長官）がいる。人類は知性によって救われねばならないと、わたしは信じていた。そして、知性がいかにたやすく狂信者に破壊されうるかを目の当たりにして、絶望を感じた。だがそれから、愚劣と残虐性という悪に抗しうるほど強いのは愛だけだと悟ったんだ。キリストはそんな愛の概念に形態と表現をもたらした――歴史における一つの力にしたんだ。キリストに救い主の称号を与えることを否定しうるかね」

ノイマンが穏やかに言った。「救い主か、まあね。でも神の息子ってのは？」

「我々はみな神の息子ではないかね」

「あなたははぐらかしてばかりだ。キリストは独特の意味で神の息子だったと、キリスト教徒は信じてますよ」

ツヴァイクが肩をすくめて言った。「いいだろう。ならばわたしはまったくキリスト教徒ではないかもしれないな」

「なるほどね」ノイマンはにやりと笑いながらコーヒーを口に含んだ。ツヴァイクは自信を取り戻した。ノイマンの顔をこちらに向けさせてやると思いながら言った。

「わたしが立場を変えるに至った理由がもう一つある。アメリカに着いて数週間後、きみのお父さんから手紙を受け取ったんだ。自分が息子と休日を過ごしていたとき、友人ゲアハルト・ザイフェルトがスイスで自殺をしたと書いてあった」

ノイマンはツヴァイクに顔を向けている。ザイフェルトの名が出ると、かすかに笑みを浮かべた。ツヴァイクが語を継いだ。

「きみが犯罪者の巨頭になると語ったときのことをわたしは憶えている。そこで思ったんだ――はたしてザイフェルトの死は本当に自殺なのか」

ノイマンが言った。「なるほどね」つまらぬ説明を受けているかのような顔で、そっけなく応じた。

ツヴァイクはコーヒーを飲んだ。もう冷めていた。ノイマンには無理にでも返事を求めたかった。心の葛藤どころか、興味さえも示していない顔を見せつけられて、気がつくとツヴァイクはノイマンの沈着ぶりに感嘆していた。そうしてまたもや、こんな防壁を突き破らねばならない、腕時計に目をやりウェイターを手招きしている男と、もっと心の距離を縮めたいと思った。

ノイマンが言った。「自分の分は払わせてください」

「きみはお客さまだよ」

「ご厚意はありがたいのですが、お受けするなど思いも及びません」ノイマンがウェイターに軽くうなずいた。ウェイターは遠ざかった。「お気持ちに沿わない客でしたでしょうね」

ツヴァイクは抑えつつも怒りを帯びた声で言った。「グスタフ、なぜわたしの問いに答えないんだ。なぜ昼食に加わりながら、ろくに口を利こうとしないんだ。何を隠そうとしている」

ノイマンはツヴァイクの顔を見すえた。その相手の目に、冷ややかないらつきの色がちらついていることにツヴァイクは気づいた。

「ぼくは何も隠してない」ノイマンがことさらゆっくり答えた。「お好きなだけ詮索していただいてけっこう。何も出てきませんよ」

ツヴァイクが言った。「なぜわたしを敵視するんだ」

ノイマンは相手をさげすむような声音で応じた。

「その答えはご存じのはずですが」

「いやはや――」ウェイターが戻って来たのでツヴァイクは口を閉じた。ノイマンはトレーに一ポンド紙幣二枚を置き、札入れをポケットにしまってから言った。「食事の席に加えていただいてありがとうございます。ガードナー夫人が中座なさる用事がおありだったのが残念でした」ノイマンは自分の椅子を後ろに押しやり、立ち上がろうとした。

ツヴァイクが言った。「グスタフ、ちょっと聞いてくれ」ノイマンはお義理のように座り直した。「きみと腹を割って話をしたい。だがそれが無理だってことはきみもわかっている」ツヴァイクは言うつもりもなかったことまで口にしているが、かまわず話を続けた。「この一件では、わたしはきみの友人たらんとしたことをわかってほしいね」

「で、ガードナー夫人は——夫人もぼくの友人てわけですか」

「ガードナー夫人とは、わたしはきっかり二四時間前に知り合ったばかりだ。ただの顔見知り同士だよ」

「あなたにそんなことを言われたら、夫人も心穏やかじゃないでしょ」

「なぜそこまで夫人を敵視するんだね。夫人がきみに何をした」

ノイマンは穏やかに言った。「おたずねですからお答えしますが、何も。もしぼくが何か我知らず——いらだってるとするなら、夫人があなたに何をしたか気になるからです」

ツヴァイクは目をむいた。「なぜ」

ノイマンはテーブルに両ひじをつき、ぐっと身を乗り出した。

「あなたはキリスト教徒になった事情を説明された。でもほかの妥協点についてはだんまりだ。なんの妥協点のことかはおわかりでしょ。ガードナー夫人はその妥協点の象徴だ。なるほど愉快な女性です。あなたの仕事ぶりにあこがれてる。あなたにあこがれてる。自分の持ってるものをすべてあなたに与えたいと思ってる……」

「何が言いたいんだ」

「べつに何も。きっとあなたは誠実かつ純精神的な友情《プラトニック・フレンドシップ》をはぐくまれるでしょう。夫人はあなたを慕うでしょう。自分主催の晩餐会には、つねにあなたを賓客として招くでしょう。あなたの著作をすべて読み、友人たちに勧めるでしょう。ですが、その著書の一語でも夫人が理解してると、あなたはお思いですか」

ここは怒るところだと、ツヴァイクにはわかっていた。だができない。ノイマンの発言を丸ごと信じたい思いにかられた。ツヴァイクは肩をすくめた。

「よろしい。そのとおりだとしよう。だからって、わたしの思想となんの関係がある。わたしは老人だ……しかもときには、まだ仕事を始めてさえいない気にもなる。これまで自分が書いてきたものはすべて、本当の仕事に向けての単なる準備だという感じがする。もしガードナー夫人が進んで友情を示してくれているなら、なぜそれをわたしははねつけなければならないんだ」

「夫はどうなんです」

「何を言っているんだ、きみは」ツヴァイクはいらだちをあえて抑えなかった。

「夫はジョウゼフ・アソル・ガードナーですよね。『アトランティスの真相』はじめ、いろいろ珍しい本を書いた人間だ」

「知らんね。読んだこともない」

「ドイツではとても人気がありますよ。周知のとおり、ドイツ人は奇妙な概念が大好きだから……あの人と組んで、一書をものしてみたらいかがですか。大成功をおさめますよ」

ツヴァイクが言った。「その気になったらそうするよ。きみの意見は関係ない」

「きっとなりますって」ノイマンが立ち上がろうとした。

ツヴァイクが語を継いだ。「もうほかに言うことはないのか」

「あなたのご機嫌をさらにそこねずにすむようなことは何も。でも一つ言っておきますよ、教授」ノイマンは動作を止め、相手を見下ろした。「ゲアハルト・ザイフェルトは自殺したとき胃癌を患ってたんです」自分の勘定書きをポケットに入れた。「ではよい午後を」わずかに頭を下げ、立ち去った。ツヴァイクは遠ざかってゆく背中を見つめながら、追いついて別の問いをぶつけたくなったが、ちらちら二人を見比べるウェイターの目つきに気づいて我に返った。ノイマンがホテルの回転ドアに消えてゆくのを見たところで、ツヴァイクは引き上げた。

＊＊＊＊＊＊＊＊＊＊＊＊＊＊＊＊＊＊＊＊＊＊＊＊＊＊＊＊＊＊

ツヴァイクはナターシャの部屋の扉を叩いた。応答はなかったが、なかに入った。ナターシャは窓辺に座り、通りを見ていた。振り返ったその顔は化粧を落としていることにツヴァイクは気づいた。目のふちは赤かった。

「泣いておられたんですか」

「なんでもありません。なんだか、失礼な人たちに会うと、いつもいやな気分になるんです。自分ではどうにもできない感情がいろいろ湧いてきて、そういう人たちを殺したくなるの」夫人は笑みを浮かべた。「何かあったんですか」

「中座なさったあとですか？　ぼくも出て行きたくなりましたよ。はたしてあのまま残っていたのがよかったかどうか……」

「なぜ？」

「あの男に話をさせようとしたんです。のらりくらりとかわすばかりで。しまいには、きみがゲアハルト・ザイフェルト——最初の老人です——を殺したんじゃないかと、ぼくは疑っていると言ってやりました」

「あの人、なんと言いましたか」

「何も。でも立ち去る前にこんなことを言いました。『ザイフェルトは自殺したとき癌で危篤でした』と」

「それを信じてらっしゃるの？」

「なんとも。我々にあとをつけられていることは、向こうも明らかに感づいていますね。ご主人の著書についても詳しく知っている。ファーガソンから教えられたのかもしれない。しかし、あの男の態度は理解できないな。好きなだけ嗅ぎ回ればいいが、何も見つからないよと言っていた」

「あの人にはどこまでおっしゃったの」

「大したことは。ザイフェルトにまつわるわたしの疑念は別ですが。ほとんどの時間を使って、わたしはキリスト教に対する自分の姿勢を説明しようとしました。あの男の口を開かせようとしたんです。でも向こうは、自分の腹は見せないで、こちら側の情報をつかもうとしていた」

ナターシャは鏡に映る自分の顔を見た。

「ひどい顔。こんなに怒りが込み上げてきて自分が弱いと感じたのは久しぶり。あんなにわたしを挑発した男なんて、今までの人生でもあまり会ったことがないわ」

「あれはわざとやったんだ。我々を怒らせて口を滑らせようとしたんです」

ナターシャは口紅を塗った。

「一つだけ不幸中の幸いがあるわ。あの人はティムには手を出そうとしないでしょう。ともかく事が公になっているから」

「だといいが」

「警察官が今朝あの人のもとへ行ったのかしら」

「うむ。あの男が言っていました」

「だったらホテルに来た理由も説明がつきますね。今朝ジョウゼフとサー・チャールズが別荘に着いたところを見たのね。だからここへ探りに来たんでしょ」

「でもどうやって姿を見られずに別荘を出たのかな」

「それは簡単です。あの人、ベイトンを通ったと言いました。つまり別荘の右側に曲がったんです。人の目には触れない――」

電話が鳴って、二人ははっとした。ナターシャが言った。「ジョウゼフかしら」その声が苦々しそうにも思えたので、ツヴァイクは嬉しくなった。

受話器を耳に当てていたナターシャが言った。「お電話ですよ。ロンドンから」

「わたしに?」ツヴァイクが受話器を受け取った。「ツヴァイクです」

「ツヴァイク教授ですか?　バート・コルブライトです」

「どなた?」

「コルブライトです。お忘れですか。こないだの晩お会いしたでしょ」

「ああ、そうだった」

「サー・チャールズと接触しようとしたんですが、不在だと言われましてね。レディ・グレイからあなたの滞在先をお聞きしました」

「何か見つかりましたか」

「まだそこまでは。でも手がかりはありましたよ。ベンスキン事件のころの秘書と会った男を見つけました。サムズってやつです。秘書の顔は憶えてるそうですよ。そこで、ノイマンの写真を送ってもらえますか」

「それは無理だな。ロンドンのわたしのフラットにあるから。サムズって、どんな男ですか」

「〈メイドストーン・クーリア〉のカメラマンでした——秘書の写真を撮ったやつです」「ノイマンはひげを生やしていないと伝えてくれましたか」

「ええ、でもいずれにしろ、サムズは写真を見ればわかると。やるだけの価値はあります。そちらは何かありましたか」

ツヴァイクがノイマンとの昼食の件についてでてみじかに語った。コルブライトが言った。「よく見張ったほうがいいですよ。のらりくらりの御仁のようだ」

グレイがホテルに戻ったらそちらに電話しますよとツヴァイクは言って受話器を置いた。ナターシャが目を閉じてベッドに横たわっていた。ツヴァイクはたずねた。

「教えてください、のらりくらりの御仁ってどんな意味ですか」

ナターシャはツヴァイクの顔を見た。

「つかみどころのない人間のことです。なぜ？」

「グスタフがのらりくらりしていると言うんです」ツヴァイクはナターシャの横に腰を下ろした。

「誤解だと思う。グスタフには妙にのらりくらりしていないところがあるんだ」

「どういうことですか」

ツヴァイクはゆっくり言いだした。「説明しづらいな。ともかく、あいつは自分というものが確立できている男なんです。たとえば今日だって、わたしと話をしたとき……わたしから何かを隠している感じだった……といっても、犯罪者が隠し事をしているのとは違う。ある意味では、ずっとわたしのことを嘲笑っていたんです」

ナターシャが言った。「おっしゃること、わかるような気がします」

「そうですか？　あいつはあなたを怒らせたのに？」

「わたしが腹を立てたのって、あの人がこちらをおとしめようとしている気がしたからです。まるでわたしを棒切れで突いているようでした」

ノイマンがあなたのことをなんと話していたか教えましょうかと、ツヴァイクは危うく言いかけたが、思い直した。

「ご主人の著書がドイツで有名だったとは知りませんでした」

「ええ、そうなんです。著書はいろんな言語に翻訳されていて」

「あなたは興味をお持ちですか」

「そうですね、でも……わからないわ、主人が心からまじめなのかどうか。不まじめだってことじゃありません。とにかく熱い人なんです。物事に流されやすいの。わたし、主人には先生のご本を読ませようとしています」

「なぜ？」

「ああ、それは……地に足をつけてほしいから。違うわ、そういうんじゃない。もっと真剣になってほしいんです」ナターシャはやや顔をしかめながら、ツヴァイクの背後にじっと視線を向け、語を継いだ。「もうどうでもいいようなことですけど」ツヴァイクはナターシャの顔を見つめた。ナターシャは笑みを浮かべた。「つまり……主人と話してみてください」

建物の外では、すでにあたりが暗くなってきた。ツヴァイクが言った。「もうおいとましないと」

「なぜ？　何かなさるおつもりなの」

「新著に取り組んでいてね。ハイデガーの『存在と時間』の解説を書いているんですよ」

「じゃあ、ここでなさって。わたしは休みます」

＊＊＊＊＊＊＊＊＊＊＊＊＊＊＊＊＊＊＊＊＊＊＊＊

ツヴァイクがブリーフケースを手にして自室から戻ってくると、床上スタンドランプ《スタンダードランプ》がついていた。ナターシャのワンピースが椅子の背にかけてあり、本人はベッドの羽根布団をかけて横になっていた。絹の靴下をはいた片足が外に出ている。ナターシャはすやすやと寝息を立てていた。ツヴァイクは、いろいろ書き込みをしてある『存在と時間』と、強力な紙ばさみでまとめた自分の原稿を取り出した。ボールペンで書きなぐったような各頁には、線を引いて消したり、言葉をさしはさんだり、余白に新たな文を斜めに書き込んだりしたところが数え切れないほどあった。ツヴァイクははじめから目を通し、最終頁の最終段落まで来た。「いかなる意味で、人は無限の自由を有すると言いうるのか。人は空を飛べない。肩をいからせて不快な気分を追い散らすこともできない。退屈な責務から目をそむけて、その責務をないものとすることさえできない。ならば、いかなる意味で人は自ら意識しないほどの自由を有するのか」静かながら強い歓びが全身を駆け巡った。長い冬が過ぎて牧場に放たれた馬さながら、頭脳が前へ前へと駆けだした。最後に原稿を見てから過ごした五日のあいだに、扱う諸問題を見る目が鋭くなり、さらにしっかりつかめるようになったのが嬉しかった。ノイマンのことはどうでもよくなった。ついさっきまで、下着姿のナターシャが羽根布団をかけただけで寝ていると思うと、気が散って仕方なかった。ところが今ナターシャは別の街にいるような感じだ。羽根布団がベッドから滑り落ちたとしても、ツヴァイクは何も考えず布団をかけなおしてやり、すぐ作業に戻っただろう。

ツヴァイクは椅子の肘掛けに原稿を置き、途切れることなく書き進めていった。一時間後、ガードナーが部屋を覗くと、まだツヴァイクはペンを走らせており、ナターシャは寝たままだった。

ツヴァイクは唇に指を当てながら、忍び足で部屋を出ると、そうっと後ろ手に扉を閉めた。グレイは廊下の反対側でツヴァイクの部屋の扉を叩いていた。

ツヴァイクがたずねた。「あの男と会いましたか」

ガードナーが顔をしかめた。「はあ」

ツヴァイクは自室の扉を押し開けると二人をなかへ招き入れた。ナターシャの部屋にいたことはべつに釈明するまでもないと感じた。ともあれ、ガードナーも不自然なことだとは思っていまい。

「どこで会いましたか」

ガードナーがベッドに腰を下ろした。

「一時間前、こちらを訪ねてきたんです。タクシーがうちの別荘の前に停まりました。あなたと話をしたと言ってましたよ。どこまで話をしてやったんですか」

「何も」

グレイが口を開いた。「やつは狡猾な悪魔だ。まずは不意打ちのように別荘までまっすぐやってきた。ぼくはかろうじて窓から離れて双眼鏡を隠せたよ。そうして、これは偵察用の訪問だなと我々が察したそのとき、やつはきみやナターシャと昼食をともにしたと言った。きみ、ぼくのことは話したのか」

「きみの何をだ」

「まあ、ぼくがどんな人物か、とか」

「いや、なぜだ」

「やつは知っていた。ふむ、いったいどこで情報を仕入れたんだろう」

ガードナーが物思わしげに言った。「それは難しいことじゃない。わたしだって、あなたとお会いするずっと前に、あなたがツヴァイクさんの友人だと知ってましたよ。どうして知ったのかな……新聞か何かに載ってたのか……」

「わかった」グレイが言った。「風刺画だ。クラブのバーにあった絵だよ。ファッション誌などの光沢紙の雑誌に載ったんだ」

「そのとおりでしょう」ガードナーが言った。「そういうたぐいのものだった気がします」

扉が軽く叩かれた。ナターシャが顔を覗かせた。なかに入るなりあくびをした。だがツヴァイクの目には、そのほかに今まで一時間もナターシャが寝ていたようすは見えなかった。

「たばこを吸っていいかしら。何を話してらしたの」

「情報交換を始めたところだ」

ナターシャはベッドに乗り、壁に寄りかかってからだを伸ばし、今日ようやくありつけたと言わんばかりにたばこをうまそうにくゆらせている。その間ツヴァイクはノイマンとの対話の中身をてみじかに語り、コルブライトからの電話について話して締めくくった。

グレイが言った。「もうなんらかの行動に出るときのようだな。コルブライトがノイマンをベンスキン事件の秘書だと証言してくれれば、ぼくはロンドン警視庁で事情をすべて話すつもりだ」

ガードナーが不安げな顔をした。

「そんなにとんとん拍子に行くかどうか。あの男はこちらをだましたのかもしれませんよ」

「わかっています」グレイが応じた。

「一つ救いなのはね」ナターシャが言った。「あの人がティムに手を出そうとしていないことよ」

「そうだ」グレイが窓の外を見ながら考えもせずに答えた。ツヴァイクは、部屋を横切り、意見の対立から生まれる緊張を和らげなければと感じた。いくつかの話題について同時に語らなければならない。だが実際に口にしたのはこれだけだった。

「その点はわからないよ」

「きみ自身はノイマンをどう思ったんだ」グレイがたずねた。「ふつうの人間て感じだったか」

「どんな意味で」

「きみの見るところ、ファーガソンに何かしでかしそうかね——ある種の虚勢から。ぼくの感じでは、我々を怒らせようとしていたよ、我々をあからさまにさげすんでいた。あの手の犯罪者は何人か見てきた——みな捕まえたが。ああいう連中は捕まえやすいんだ、自信過剰だから。しかし、捕まえるのは犯罪のあとだ、前じゃない……」

ナターシャが言った。「それはおかしいと思います。あの人が犯罪者だとしても、そういう型じゃないわ。あんなに偉そうなのは、わたしたちを怒らせて、何かを吐かせようとするためだったのよ」

みな座ったまま黙り込んだ。室内はすでに煙がたちこめており、息苦しい感じだ。グレイが問うた。

「ファーガソンに接触する気はありませんか」

「なぜですか」

「我々としては現在やれることはやりつくしたからです。ノイマンはこちらの狙いを知っている。どこまで深くかはわからんが。こちらはもう時を待つしかない。ただし、あなたがファーガソンに会って、我々のもくろみの一端を示してくれれば別ですが」

「でも、わたしたちは何を待つんですか」

「コルブライトがここに来るのを。証言者を連れてね——ノイマンの顔を知っている男です。わたしはこれからコルブライトに電話して、次の列車に乗れるかどうか訊きます」

「今夜ノイマンが逃げるつもりならどうします」

ガードナーが腕時計を見た。

「それを探る手が一つだけある。ノイマンは駅に電話してタクシーを頼むか、地元のハイヤー会社の車を雇うしかないだろう。タクシーかハイヤーに乗ろうとするところを押さえられるように、わたしは行って来ます。今からね」

ナターシャが言った。「でもあの人、今夜動くのかしら。そんなことしたら、罪を認めるようなものでしょ」

ガードナーが妻に問うた。「ノイマンが犯人だと思うか?」

ナターシャは目を閉じた。表情からは意識の集中がうかがえた。ほどなくグレイが言った。

「おそらく奥さんの見方は、我々の見方と同じく、とくに根拠もないのではないかな」

「いや」ガードナーが妻を見つめながら言った。「妻は時々、人間に対してぱっとひらめくような洞察をするんです。巫女ですから」

ナターシャは目を開けて、男たちに囲まれていることにびっくりしたかのような顔をした。ガードナーが言った。「どうだ」

「わからないわ。こんなに迷わされる人に会ったためしがないの」

ガードナーが笑いながら言った。「きみをそんなに迷わせるなら、あの男の中身はきっとばらばらなんだな」

グレイが立ち上がった。

「コルブライトに電話して来る」

ツヴァイクが問うた。「コルブライトが証言者のカメラマンを連れて来られなかったらどうする」

「そのときは……わからんな。きみはロンドンへ戻ればいい。ぼくも付き合わないといかんかな。だが誰かが残ってノイマンを見張らないと」

「ジョウゼフが残ります」ナターシャが言った。「わたしがお二人をロンドンまで車で送ります」

グレイとツヴァイクがガードナーの顔を見た。ナターシャの夫は肩をすくめて言った。「ぼくはきみの好きなように動くよ」

「まずぼくはコルブライトと話をしないと」グレイが言った。

ツヴァイクが言った。「ほかに取るべき手が一つある」

「なんだそれは」

「今夜ぼくがグスタフと会うのを認めてくれ」

「なんのためにだ。そんなことしてどうする」

ツヴァイクは、いらつきをどうにか抑え込んでいるような顔で、灰皿に葉巻の吸い殻を投げた。

「次に進むための手がかりを与えてくれるかもしれない。なあ、お互いはっきり言い合おう。グスタフは我々に疑念を持たれていることを知っている。同時に、こちらには証拠がないことも知っているんだ」

「なぜそう断言できる」

「こちらに証拠があれば、警察がグスタフに事情聴取をするだろ。違うかね。よろしい。だからこちらには証拠がないんだ。コルブライトに連れて来られる男が、グスタフをメイドストン事件の秘書だと認めたとして、どうなんだ。何が証明されるんだ」

グレイが応じた。「たしかにそうだな、カール。だが、我々には証拠を見つけられないと、なぜ言えるんだ。インターポールに事件の捜査を依頼すれば、何か新しくわかるかもしれない。およそ二〇年前のメイドストン事件以来ノイマンは何をしてきたと、きみは思うんだね。老人を一〇人ほど殺したかもしれないいんだぞ。とにかく何かを探らないと」

「そうかもしれない。でもインターポールが捜査しているあいだ、我々には何もしようがないんだ。今夜遅くぼくがグスタフに会えば——単独でね」

「やつは自分からは何も言わずにきみから話を聞き出そうとするさ」

「そうだな。そこで、あいつが欲しがっている情報をぼくが与えてやったらどうなる。洗いざらい話してやったら——」

「明日の今時分には国外へ逃げているだろう」

「そんなに心配することかね。あいつは姿を消せないよ、ひとたび警察が動きだせば。わからんかな——もしあいつが逃げだせば、罪を認めたことの証になる。だいいち、どこへ逃げられるんだ。あいつがどうやって国を出たか、どこへ行ったかなんて、警察にはすぐ調べがつくよ」

グレイは扉のほうに歩いた。もう我慢ならんという動作だ。口を開いた。

「とにかく、まずコルブライトに電話するから。あとでまた話し合おう」

第一〇章

ツヴァイクには、夜の時間の過ぎるのがいやに遅く感じられた。コルブライトは証言者のカメラマンと連絡がついたら電話をかけ直しますと言った。かけてきたのは九時過ぎで、翌日午後に証言者を連れてそちらに行きますと告げた。待つ側は食事前のひとときをラウンジで一杯やりながら過ごしたが、ツヴァイクは酒を飲む気になれなかった。気持ちもからだも疲れを感じた。自室で執筆しようとしたが、思考の筋道を見失っていた。夕食の席では、一人で辛口白ワインをひと瓶飲んだ。だがなぜか酔えず、気分もさえなかった。同席者たちと一緒にいるとうんざりしてきた。みな口を開けばノイマンのことばかりで、ほかの話題には興味が持てないようだ。ナターシャは、夫の面前では、ろくに話すこともなさそうだ。食事がすむとガードナーが言った。別荘までまた車を飛ばして、ノイマンがまだいるかどうか確かめて来ようか。ツヴァイクが自分も行くと応じた。ナターシャとグレイがあとに残った。ツヴァイクたちを乗せた車は凍った道をゆっくり走った。雪は解けて、凍った。風はあいかわらず吹いている。そのヒューヒューいう音を聞くとツヴァイクは気持ちも暗くなり、助手席でからだを丸めながら、ロンドンの自宅フラットに早く戻りたいと思うばかりだった。

ガードナーが言った。「ねえカール——カールと呼んでもいいでしょ——ノイマンについて仮説を立ててみたんですよ。あれはぼくに言わせればワヒマ型だな」

「何型?」

「ワヒマ。ほら、ぼくの手紙を憶えてませんかね——去年あなたに出したやつ。そのなかで説明したんだけど……」

「あいにく記憶力が悪くてね」ツヴァイクが言った。ガードナーからもらった二〇頁の手紙は、最初と最後の頁に目を走らせただけだった。

「一九二八年に初めてアフリカへ行ったとき、ぼくはルワンダにいたんですよ、ヴィクトリア湖近くの。住民はたいていバントゥー族ですが、支配層はワヒマという巨人族なんです——身長が九フィートぐらいある。妙な連中だ。とにかく、このワヒマが残忍な下劣野郎どもで、バントゥー族が反乱を起こしたわけですよ、王さまに対して——これがミュージンガってやつで、ぼくはここから関わったんです。でもワヒマは不思議な集団でした。ぼくの見るところ、連中は第三紀系種族だ」

「なんだって?」

「だからね——人類に先立つ巨人族ってこと。手紙にも書きましたよ。いずれにしろ、何が要点かと言えば、こういう者どもが社会組織の基盤としてるのは残虐性だってことだ。インカ族とかアステカ族と違って、儀礼上の残虐性というだけじゃなく、本物の——正真正銘まがうことなきサディズムだ。それでも連中の知能は高い。想像するに、連中の祖先は我々とも比肩しうる本物の天才だったかもしれない。ともあれ、あなたの友人ノイマンと会うなり、ぼくは驚いたんだ——これはワヒマ型だと。頭のかたちも同じ、顔立ちも同じ、長身なのも同じ。こういうところからぴんときたんです」

「グスタフはサディストだと思いますか」

「必ずしもそうとは。でもね、こういう古い人種には我々の場合とは違った判断基準があるんです。

連中は我々を有象無象のヤフー（スウィフト『ガリバー旅行記』に出てくる人間の姿をした獣）扱いしてる……いやまったく、こんな連中がまだいるんだ」二人はカークフィールドを通り抜けて、別荘に通じる斜面の頂上に来た。ファーガソンの別荘の明かりがはっきり見える。「降りて行って確かめよう」

二人を乗せた車が別荘を過ぎるとき、ツヴァイクの目に、厨房に向かうノイマンの影がブラインド越しに映った。ガードナーが言った。

「もっと先まで行って曲がります。怪しまれるとまずい……さっきも言ったとおり、あなたの話からして、我々が向かう相手はふつうの悪党じゃない。たとえばナターシャはね、一マイル離れたところからでも、ふつうの悪党のにおいをかぎつけられる。ノイマンにはその鼻が利かない」

ツヴァイクが咳払いした。

「あなたのノイマン評が正しいとしよう――いったいどうやって堅気のユダヤ人夫婦がこの世に送り出せるんだ、その――ワヒマとやらを」

「ワヒマね。簡単だ。何も変なことはない。ユダヤ人には第三紀系種族の混合種がいた。聖書をごらんなさい、いたるところに古い種族の巨人に関する記述がある。ゴリアテ（ペリシテ族の巨人戦士。旧約聖書「サムエル記」Ｉ第一七章第四八–五一節）はその一人だったに違いない。サムソンもだ。異種族混交ってわけだ……」

****

二〇分後、二人がホテルに戻ると、ガードナーはツヴァイクを相手に熱弁を振るい始めた。宇宙の破局に関するわたしの説をホルビガーやベラミーの説と一緒にしないでくれ。ウェールズ語とヘブライ語との類似性に関する解釈を練り上げる手立てをわたしは発見したんだ云々。

グレイとナターシャはまだコーヒーを飲んでいる。グレイが立ち上がろうとすると、ガードナーが言った。

「こういう話には興味がおありでしょ、サー・チャールズ。これも真相究明対象ですよ、規模ははるかに大きいが——証拠の一部は何百年も前から隠されたままだ」

ツヴァイクは当惑顔で話を聞いた。ガードナーの論立てには傷がありすぎるので、あげつらうのも面倒だ。こんなことが三〇分も続いたところで、グレイが言った。

「もうぼくの頭ではとてもついていけそうもない。そろそろ床につこうかな」

ナターシャも退散するのではとツヴァイクは期待した。夫のご高説になんの興味も示していなかったからだ。だがナターシャは新たなたばこに火をつけると、指のつめに視線を落とした。

＊＊＊＊＊＊＊＊＊＊＊＊＊＊＊＊＊＊＊＊＊＊＊＊＊

一〇分後、ガードナーが退室すると、ナターシャが言った。

「ほんとのことを教えて。今の話、バカげていたけど、実際バカげてるの？」

「はっきり言わせてください」ツヴァイクが応じた。真情を披瀝する機会を得てほっとした。「ご主人の頭脳はまるできたえられていない」ガードナーが戻ってくるかとばかりに、出入口に視線を投げてから語を継いだ。「お互い建設的な話を始めることさえできない。ご存じのとおり、わたしは学界の伝統にはろくに敬意を抱いていない——とはいえ、とにかくその伝統ゆえに、共通の言語、共通の研究方法が保証されているわけだ。ご主人も才能のない人には見えません。あの人を見ていると、考古学者のエドワード・トムソンを思い出す。トムソンはご存じですか。勇敢な男でね、一種の神秘主義者でした。マヤ族文化に関する研究は多大の価値あるものだった。しかしながら、自ら発見した事物に対して、まじめな解釈をしなかった――想像力がありすぎてね。きっとご主人も偉大な考古学者になれ――」ツヴァイクはきまり悪くなって口を閉じた。ガードナーがまた入室してきたように思った。いまだ二人だけだとわかると、ツヴァイクは言った。「わかりますか」

「申し分なく」ナターシャが答えた。皮肉めいた笑みをもらしている。「つまりジョウゼフは変人だということかしら」

「わたしは……」

「さあ、わたしを相手に遠慮なさることないでしょ。わたしなら耐えられますから」

「よろしい」ツヴァイクは息を大きく吸い込んだ。「こんなふうに言わせてもらおうかな。わたしの同僚の大半なら、なんのためらいもなく変人呼ばわりするでしょうね」

「でも、ご自分は大学の同僚とは少し違うでしょ。主人の考え方に何か見出せますか」

ツヴァイクはもじもじした。ガードナーがいたら、口をはさんでくれただろうに。しかし、もはや沈黙を続けて時間稼ぎをすることはかなわなくなり、ツヴァイクは切り口上で応じた。

「はっきり言うほかない。ぼくは無理だな……ご主人が解説した中身に共感するのは」

そう吐き出すと、ツヴァイクはほっとした。ナターシャが言った。

「主人には重要な概念が把握できていないとお思い？　あの人いつもわたしに言うんです、おれの説はいつか学界を揺るがすだろうって。単なる思い込みかしら」

今度こそツヴァイクは迷いなく答えられた。

「ええ。そうですね」

「ほんとにそうお思い？」

ナターシャと知り合って初めて、ツヴァイクはいらだちを抑えなければならなかった。夫の理論が愚かしいことにこの女が気づかないのはありえないはずだが。ツヴァイクが言った。

「遠慮なく言えば、世評の高い考古学者で、ご主人の理論をいっときでも考慮する者は皆無でしょう。理論が誤りだというわけじゃありません。わたしの知る限り、一部は正しいかもしれない。ですが、教授たちの面前で、さっきわたしに話してくれたように自説を述べれば、病院で精神異常という診断書をもらえと言われるでしょう」

「わかりました。ありがとうございます」

二人は黙って席についていた。たばこを吸いながら、ガードナーが戻ってくるのを待った。しびれを切らしたようにナターシャが言った。

「もう一つだけうかがっていいかしら。わたしたち夫婦がロンドンに帰ったら、わたしたちを避けるおつもりですか」

相手が何を言いたいかツヴァイクにはわかった。

「避けたいとは思わないな。でもご主人と近しい仲でいようと思えば、本人にはほんとのことを言わないといけない。でなければ無理だ」

「じゃあ、今そうなされば——主人が戻ってきたら」

一瞬ツヴァイクの心がぞくっと寒くなった。思わぬほどの嫌悪感で顔がひきつった。

「今夜はやめておこう。ずいぶん……時間がかかりそうだ」

ガードナーが部屋に戻って来ると、ツヴァイクは何やら救われたような気になった。とはいえ、ガードナーの口から出た言葉はこうだった。

「男根崇拝にまつわる三位一体に関する持論を手紙にしたためて、マーガレット・ミード（一九〇一―七八。アメリカの文化人類学者）宛に送ったら、なかなかおもしろい返事をもらってね――」

ナターシャが言った。

「そのお話はあとでカールになさいな、あなた。カールはお疲れだわ」

「疲れてますか？　失礼。そうか、てみじかにするけど、きっと興味津々になりますよ」

ツヴァイクは暗い気分で耳を傾けた。氷塊に閉じ込められたような心境だった。新たな葉巻に火をつけようとしたが、思い直した。のどがひりひりする。話は聞いてるよと訴えるように、ツヴァイクはうまく間を置いてうなずいたりうなったりしたが、あくまでもせいぜい気持ちを駆り立てて話に共感できる程度までのことだった。頭のなかで消そうにも消せない問いがあった。いったいこの話がおれの思想とどう関係するんだ。

ガードナーの次の発言で、一つ区切りがついた。「マレクラ島で石器生活をしてる住民に関する解釈を主題として小論文を書いたんです。読んでみますか。ぼくの部屋にあるんだが――」

ナターシャが言った。「カールにお渡しして、ひと晩かけて読んでいただきなさいよ、あなた。今はお疲れなんだから」

ナターシャの気遣うような口ぶりや、自分の名前だけ挙げてくれたことには、ツヴァイクは嬉しさを感じた。ガードナーが言った。

「それがいい。きっとお疲れですよね……」

ツヴァイクは立ち上がった。

「なぜ疲れているのか自分でもわからない。自宅から離れているとすぐ疲れてしまうのかな」

「かまいません。ロンドンにいると、こういうことについて議論する機会はもっと生まれますよ。一〇日にささやかなパーティを開くんです、もしよろしかったら――」

「お招きはあとになさい」ナターシャがきっぱり言った。

「ロンドンにいたら、喜んでうかがいますよ」ツヴァイクが応じた。「では、我が友グレイの例にならって、お先に失礼するかな……」

＊＊＊＊＊＊＊＊＊＊＊＊＊＊＊＊＊＊＊＊＊＊

二階に上がりながら、ツヴァイクは我ながらよく抜け出られたなと思った。一〇日にオックスフォードへおもむくのはわけないだろう。ナターシャの顔が頭に浮かぶと、ツヴァイクはがっかりした。自分を気遣ってくれたのは、接待役としての役目の一部で、大物に取り入るには慎重を要するとわかっているからではなかろうか。

ツヴァイクの部屋はたばこの煙が立ち込めてむっとした。ツヴァイクは窓を開けて身を乗り出した。ひんやりした夜の空気が心地よい。隣室――グレイの部屋――の窓の明かりはすでに消えている。風はやみ、通りの氷が月明かりを照り返している。月明かりが当たる屋根のあたりのようすを見ていると、非人情、自由といった文字が心に浮かんだ。自分の意識の端にまつわる精神の嘔吐感から自由でいられるということだ。廊下からガードナーの声が聞こえ、夫妻の部屋の扉が閉まる音がした。ツヴァイクは我に返ったように外套を手にすると部屋を出た。まだ床についていないのはなぜかと、言い訳しなくてもいいように、夫妻の部屋の前を避け、右へ曲がって職員専用階段を下りた。

歩いているうちに、ツヴァイクの頭のなかで問題がはっきりしてきたが、心はすっきりしなかった。ツヴァイクとしては、本来ノイマンを敵視することなどできない。ガードナーを心から友人と見ることもできない。地面にじっと視線を落としてゆっくり歩を進めてゆくうち、こんな内面の葛藤を経験したのは長年なかったことだと気づいた。真夜中まではあと三〇分あるが、通りは人っ子一人いない。風は空白地帯や原野から吹いてくる感じだ。巨大な動物のような風。人間の存在に気づいたにしろ、人間を蔑視するのみであろう動物。何かに閉じ込められている存在、つまり人格という殻のなかで息を詰まらせている人間に対して、何にも閉じ込められていない存在が向けるさげすみのまなざし。こんなことを想っても、何も楽しくない。自分の満たされぬ想いを強めるだけだ。気がつくとツヴァイクは腹立たしげにこう考えていた。「なぜおれはグレイに打ち明けてしまったんだ」続いて、自分を責めても空しいことを思い知らされた。

我に返るとツヴァイクは駅の向かいに立っていた。タクシーが一台だけ停まっている。何も考えず、何も動機を咀嚼せず、そちらのほうへ歩いた。運転手はたばこを吸っていた。ツヴァイクが声をかけた。

「カークフィールドまで行ってくれますか」

「すまんね、だんな。列車の到着を待ってるんですよ。電話をかけて別の車を捕まえてください」

「そうか、どうも」ツヴァイクは向きを変えてホテルのほうへ戻った。グスタフと話したいという気持ちはすでに失せつつある。よく考えたら無意味なことだ。コルブライトが連れて来るカメラマンに確かめてもらうまでは、グスタフとは話をしないとグレイと約束していた。それでも、今もし別荘に向かうタクシーに乗っていたら、こんな約束は退けていただろう。グレイでさえ〝あいつら〟の一部だった。すでに自分がグレイとガードナーとをほとんど区別していないことに気づいて、ツヴァイクは我ながら軽く驚いた。

＊＊＊＊＊＊＊＊＊＊＊＊＊＊＊＊＊＊＊＊＊＊＊＊＊

ツヴァイクが二階に上がると、時計が真夜中を知らせた。もう疲れは抜けた。それどころか、ワインを一杯やりたくなった――緑の脚のついた大きな丸いグラスに注いだ冷えた辛口白ワインを。ハイデルベルクの行きつけのカフェで出される一品だ。あるいはライン川とモーゼル川の合流地点にある小さな村でも。あの村では極上のワイン半パイントが六ペンスほどで飲めた。ひと瓶持って来てくれとフロントに電話してもいいかなあ。

ツヴァイクが廊下を自室に向かって歩いていると、ナターシャが浴室から出て来た。緑のキルトふう部屋着をまとってスリッパをはいている。ツヴァイクがすまなそうに声をかけた。「少し外の風に当たっていました」

ツヴァイクは自室の前で立ち止まり、鍵を取り出そうとした。ナターシャが言った。

「ちょうどよかった。なかでお話ししたいことがあるの」

「今？　ご主人はどうしてますか」

「寝ています」

「だったら幸いだ」

ナターシャの髪はかすかに湿っている。肩にかかったようすは女生徒を想わせる。ナターシャはバスタオルを手にし、青いプラスチックの入浴具入れの取っ手を持って振り回さんばかりにしている。

室内は冷え切っていた。ツヴァイクは窓を開け放したままだった。たばこのにおいは消えていた。ツヴァイクは窓をがたんと下ろし、カーテンを引いた。ナターシャが言った。「何か飲んでらしたの」

「べつに」

「わたしのところにウィスキーがあるの。持って来ましょうか」

「ご主人を起こしてしまわないかな」

「気にしなくていいわ」ナターシャは出て行った。ツヴァイクは洗面台にかかった鏡の前に立ち、手のひらであごの白い無精ひげをこすった。自分を見返している鏡のなかの顔を見ながら思った。父親扱いされるのも無理ないな。


****

「あの人まだ起きてたわ」ナターシャが言った。「でもウィスキーはほしくないって」

ジェイムソン（アイリッシュウィスキー）の瓶の口についている鉛の箔を取った。ツヴァイクは歯みがきコップ二つを洗い、テーブルに置いて言った。

「どこに座りますか」

「ベッドに。足が冷たいの」

ナターシャはスリッパを脱ぎ捨てるとベッドの上掛けを返した。「ああ、よかった。湯たんぽがある」枕を背中にあてがうと、上体を後ろにそらし、毛布をのどのあたりまで引っ張り上げた。ツヴァイクは二つのコップにウィスキーを注いだ。

「水は？」

「たっぷり、お願い」

ツヴァイクがコップを手渡して言った。

「ジョウゼフが探しに来たらどうするの」

「あの人、気にしてないわ。するわけない。とにかく来ません」

「信頼しているのかな」

「あなたのことをね」

「ガウンの下に何か着ているの」

「着られやしないわ。お風呂から出たばかりだったんですから」

「ほかの男の部屋に妻がいて、ご主人はいやじゃないのかな」

「たいていの男のことはね。でも先生は別。今あの人が気にしているのって、イスラエルの滅びた一〇支族に関する自分の説に、どうして先生が論評してくれないのかってことだけ」

「ふうむ」ツヴァイクはまとっている部屋着のひもを結び、スリッパに足を突っ込み、肘掛け椅子にゆったり座った。ナターシャが言った。「なぜ今夜はそんなに気になさるの」

ウィスキーの味が快い。ツヴァイクは二口で半分ほど飲んだ。

「わかったかね」

「あからさまだったわ」

椅子の肘掛けにコップを置いたままツヴァイクは立ち上がった。内心ほっとした。ウィスキーのおかげではない。寝具の背後からこちらを見つめているナターシャの顔のおかげでもない。ナターシャに対する自分の愛着が戻ったからだ。この女を独り占めしたい想い、好きなだけこの女と話ができるという想い。まるで自分の娘のように、ツヴァイクはもはやナターシャには肉体的欲望を感じなかった。

ツヴァイクが言った。「正直なところ、ぼくはグスタフのことが気がかりなんだ」

「なぜ」

「我々はまるで――」

ナターシャがほほえみながら言った。「ネズミを追うネコ？」

「そうも言える。なんだか……この一件に関わりだしたとき、ぼくは予見していなかった事柄に手を染めたんだ」

「今日ノイマンに会ったあとでも、まだそう感じるの？」

「うむ。今日が過ぎてもね」

「でもなぜかしら。ノイマンて、不愉快で皮肉っぽい男って印象だった。偏見じゃないと思うわ、失礼な人だったから。ゆうべはとても礼儀正しかったけど、同じことを感じたし」

「わかってないな、ナターシャ。きみは若すぎる……」

「なぜ。これでも三二よ」

「きみにはわからないんだ、どんな力が働いてグスタフのような男を――」肩から重荷を振り落とさんばかりにツヴァイクは肩をすくめた。「虚無主義者《ニヒリスト》に変えうるかを」

「わたしにはわからない？」

「いいかね、第一次世界大戦後のドイツについて、いくらか理解しないといけない。世界が新時代に入ったように思った者が大勢いた。我々はみな平和主義者だった。自分たちのまわりにはヨーロッパの残骸があった。だがこのことで、誰も新たに戦争など起こさないことが保証されたかに見えたんだ。ジュネーブは理性と協同にもとづく新世界の象徴になるだろうとみな信じた。大学も各地に新設されてね――ハンブルクとかフランクフルトとか。わたしの友人エルンスト・カッシーラー（一八七四－一九四五。ドイツの新カント派哲学者）はハンブルクにおもむいた。わたしはフランクフルトに行き、そこからハイデルベルクに移った。カッシーラーはわたしと似ていた。つまり、理性と啓蒙の時代到来を信じたんだ……」

ツヴァイクは窓に背をつけて、ラジエーターに腰かけている。椅子の肘掛けに載せていたウィスキーを取ると、自分のかたわらに移した。ナターシャになんとか理解を求めたい欲求が、発動機《ダイナモ》さながら自分のなかで回転しだした。

「こういう動きは、哲学者によく見られる楽観主義――何もかもが最善をめざして動くだろう――とは違うことを把握しないといけない。そんなのよりずっと深いものだった。カッシーラーはユダヤ人だった。若かりしころ、人種を理由に大学の就職を退けられた。人間は牛や馬のようにはっきり二種類に分けられると我々は思っていた――かたや自分の情念や偏見を抱える分別なきけだもの、かたや学識の人、知性の人だ。一九一四年前には、学識の人がある日けだものの暴動で命を落とすはめになるのかと、我々はときにいぶかったものだ。人間に絶望を感じたこともあった。人間は信じがたいほど残虐で愚劣なため、救済の価値もないかに見えた。わたしなど、もし自分が神なら人間という種を絶滅に至らせるつもりだった。それから戦争が起き、ありとあらゆる破壊がおこなわれたせいで、人間は一気に自分の邪悪を清められ、汚れなき存在になったかのようだった。カッシーラーと過ごしたベルリンでの一夜のことが思い出されるな。あの男がハンブルクに行く直前のときで、象徴形式《シンボリックフォームズ》に関する自論や、この思想が哲学にとっての新たな鍵、つまり芸術と科学との懸け橋になる予想について語ってくれた。新時代の始まりだとね。我々は語り明かした。古代アテネのごとき、しかも卑怯者や暗殺者がおらず、腐敗もつまらん国家主義《ナショナリズム》もないヨーロッパを二人とも見通していた。それは我々の信念、我々の確信だった。みなそういう認識を持っていた――フッサールも、ヤスパースも、わたしも、アロイス・ノイマンも。あの戦争は人間精神にとって一種の善悪最終決戦《ハルマゲドン》（新訳聖書「ヨハネの黙示録」第一六章第一六節）で、これから新たな啓蒙時代が始まると考える者たちもいた。が、そのあとにヒトラーが登場したんだ。ローマを侵略したバンダル族さながら、いきなりの、信じがたいことだった。シュペングラー（第二章で既出）の出現もあったね、文明とはいずれ枯れる花のごとき代物だから、西洋は没落しつつあると主張していた。そんな説など我々はろくに信じていなかった。そうして夜が再び訪れた。我々の信念は、女たらしの甘言にだまされる乙女心のごとき、まことに子どもじみた妄想であるかのようだった。だがね、そう悪い話でもなかったんだよ、我々にとっては――カッシーラーやわたしやヤスパースやバルト（一八八六－一九六八。スイスのプロテスタント神学者）のような者たちにとっては――ともかく我々には、燃えさしのごとき信条は残っていた。最も大きな打撃を受けたのは、グスタフのような青年層だ。世界は理性と平和を受け入れる準備ができていると、未来を楽観してよいと、そう教えられていた者たちだ。この世代にとってはなおさら悪い事態だった。なぜなら自分たちは二度裏切られたと感じたから――まずは軍国主義者に、次いで教師に。青年の一部がなぜニヒリストになったか、なぜ自らの心底からの信念を根元《ねもと》から引き裂いたかわかるかね」

ナターシャはゆっくりうなずいた。「ええ。わかるわ。でも、だからって、一人の男を冷酷な殺人鬼に変えてしまうほどのことなのかしら」

「わからない。ぼくには誰のことも審判を下せない。自身がもがき苦しんでいた。そうしてふとわかった気がしたんだ、憐憫と愛情が世界を救いうる唯一の価値だと。憐憫や愛情を信頼してなかったが。おそらくグスタフたちもそんな感情には不信感を抱いて、抹殺しようとしたんじゃないか。ぼくの教え子の一部はナチスに入党した。そのうちの一人は強制収容所長になってね、四万人のユダヤ人を殺害したとして、ニュルンベルク裁判で死刑を宣告された。自分はユダヤ人だと主張した者もいる――結局うそだったが」

ナターシャが言った。「あの、ユダヤ人を殺した教え子を弁護するために、先生はニュルンベルクへ行こうとなさったの？」

「そんなつもりはなかった」

「じゃあなぜグスタフ・ノイマンに哀れみを感じたの」

「ああ」ツヴァイクは苦笑いし、自分でウィスキーを注ぎ足しに行った。「答えづらい問いだが、やってみよう。今夜、旧約聖書の一〇支族やヒンドゥー教徒の男根崇拝に関するご主人の見解を聞いていて、かつて今と同じ気分を抱いたことがあったなと思ったんだ。あるナチス党員がアルフレッド・ローゼンベルク（一八九三―一九四六。ナチズムの理論家）の説を引用して、ユダヤ人と黒人《ニグロ》はサル並みの下等人種であることを証明しようとするのを聞いたときだが」

ナターシャは仰天した。「そんなひどい見解かしら」

「ずけずけ言って申し訳ない。今の話は、きみをガードナー夫人だと見てのことではない――」

「わたしはガードナーの妻としてお話を聞いていませんから」

「そりゃよかった。じゃあわかってほしいね、わたしはご主人に対して、シュトライヒャー（一八八五―一九四六。ナチスのジャーナリスト、政治家）やローゼンベルクに劣らぬ狂気の持ち主だと難じているわけじゃない。彼の見解は絶滅収容所にはつながるまい。それでもぼくはふと思ったんだ、どんな価値観にもとづいて、自分はグスタフ・ノイマンを追いかけているんだと。もし本当に世界が二つの人種、すなわちけだものと賢者に分裂しているなら、賢者には殺人を犯すけだものを糾弾する権利があるだろう。ところが、我々にはグスタフが殺人を犯したという証拠がない。さらにグスタフは、理想主義者たることをやめたか否かにかかわらず、けだものでは決してない」ツヴァイクはいったん間を置き、ウィスキーをゆっくり口に含むと、すまなそうな笑みを浮かべてナターシャの顔を見た。「そして、ガードナー氏とサー・チャールズ・グレイは、どう考えても賢者ではない」

ナターシャが言った。「あなたは何をなさりたいの」

ツヴァイクが応じた。「今夜グスタフと話しに行きたかったんだ、コルブライトが来る前に。ぼくの問いにざっくばらんに答える機会を与えてやりたい。言っておくがね、もうずいぶん前、犯罪者の巨頭になるという狂った考えを持っていたとき、グスタフはわたしにそれを伝えに来たんだ。当時あいつはわたしを敵視していなかった。だが今日、あいつが我々と昼食をともにしたとき、ぼくは敵になっていた。ぼくのせいだったのかな……」

「あの人が殺人犯だとしても？」

「うむ。もしグスタフが逮捕され、裁判にかけられ、処刑されるとすると、これは必要なことだとぼくは察するだろう。ちょうど、ヘルマン・デンケがニュルンベルク裁判で処刑されたとき、これは必要なことだと察したのと同じく。それでもぼくとしては、わけははっきり言えないが、つねに感じざるをえなかったんだ、罪の一部はおのれ自身の罪であり、ぼくはグスタフを人間として見捨てたと」

「だったら、行けばいいでしょ——明朝？」

ツヴァイクが沈んだ声を出した。「今夜行こうとしたんだ。三〇分前、駅の近くで、タクシーに乗ろうとふと思った。幸い一台すでに客を待っていた」

「今そこへわたしを車で連れて行っていただける？」

どうやらナターシャは本気らしいものの、それは突飛な考えだとツヴァイクは思った。「いや、悪いが今はだめだな」

ナターシャは寝具をはねのけてベッドから出た。部屋は暖かくなっている。ナターシャは裸足でツヴァイクに詰め寄った。

「あなたのことがよくわからないわ……でもわかり始めてきた」

「それは大事なの？」

「ええそう。大事なの」

ナターシャはツヴァイクのかたわらに立ち、ラジエーターに両手を置いて身を乗り出した。まとっていた部屋着の前がはだけて、小さな胸の輪郭まで見えているが、そのしぐさには何もこちらを誘うところがないのはツヴァイクにもわかった。自分のあらわな姿にナターシャは気づかぬまま言った。

「あなたのせいで、ふと思ってしまったわ、わたしって……バカみたい」

「バカ?」

「いえ、そういうんじゃない。安っぽいってことよ、まるでこの二四時間のために自分をあなたに投げ売りしてるみたいで」

ツヴァイクは胸をときめかせながら言った。「そうなの?」

「ある意味では。たぶん女は誰もが具えているのね——実用向きの本能、自己主張したいという欲求を。でも今、わたしはあなたのせいで感じたの——うまく言えないけど。わたし、金鉱の権利を主張しているみたいね。あなたの哲学のことはよくわからない。わかろうとはしている。わかりたい。だけど、ほとんどわたしの頭じゃついていけない。それで、今あなたのせいで、ふと感じてしまったのよ——わたしって、はすっぱ姉ちゃんみたいだなって」

「とんでもない」ツヴァイクは仰天した。

ナターシャはかすかにうつむき、はだけた胸に目を留めると、さっとボタンをかけた。ツヴァイクが言った。

「ねえナターシャ、ぜひ信じてほしい。何がって——この二四時間、ぼくはとても楽しく過ごしたってことを。口では言えないぐらいに。きみに好きなようにされたって全然かまわない。まさかだんなが気にもしないってことはないだろうが——」

「あの人は気にしやしないわ」

「ならばこのままぼくを好きにしてくれ」

「本気なの」

「もちろん」

ツヴァイクはナターシャに自分の腕を取られるままにした。が、ナターシャにその手を持ち上げられて口づけされると、はっとして言った。「だめだ」ナターシャは笑みを浮かべて言った。「わかったわ」ツヴァイクの口元に口づけし、こう言った。「やだ、ちくちくする」

ツヴァイクは我知らず、ナターシャの頭越しに鏡を覗き込み、しわの寄った自分の顔を目の当たりにして思った。一〇歳老けた感じかな。もっとかもしれない。

ナターシャが言った。「もう帰ります。お休みになって」

ツヴァイクは引き留めたかったが、無駄だと察して言った。

「そうだね、もう疲れた。ウィスキーをありがとう」

「残りは置いていきます。おやすみなさい、カール」

「おやすみ、ナターシャ」

扉が閉まると、ツヴァイクは再びカーテンを開けて通りを見た。顔は紅潮しており、目も充血している。ベッドにもぐりこむ前に、ツヴァイクは鏡で顔を見直し、のろのろ言った。「愚かなジジイめ」とたんにナターシャのからだが振りまいていった熱気を感じ、その熱気に身が包まれるままにしていると、その熱気と自分の意識が混ざり合い、ツヴァイクは眠りに誘われた。

＊＊＊＊＊＊＊＊＊＊＊＊＊＊＊＊＊＊＊＊＊＊＊

翌朝の食事の席でグレイが言った。

「今日はみんなで別荘に戻ったほうがいい」

ナターシャが言った。「意味があるのかしら」

ガードナーが言った。「あると思う。まず、うちの別荘だ。きみは見たくないのか」

ナターシャが苦笑いした。「こんな天気の日じゃ。家具も入れてないのよ」

「それでも我々はあそこにいたほうがいい。行かないと、ノイマンは昨日やっぱり我々に探られてたと感づくよ」

どんよりして寒い朝だ。天気予報では雪はやまないという。四人を乗せた車が別荘に近づくと、ナターシャが言った。「この家、だんだん嫌いになってきたわ。ロンドンに戻れたら嬉しいんだけど」

「それは今日中にできるはずだ、雪があまりひどくなければ」

居間の湿気は外の東風より冷たい感じだ。別荘の壁は漆喰塗りの分厚いもので、扉の位置はどこも低すぎた。この別荘は労働者の小さな家屋二軒を一軒にまとめたところだと、一目見てわかる。居間の床には粗末な棕櫚《しゅろ》のむしろがかかっている。ナターシャは一つだけある肘掛け椅子に腰かけ、浮かぬ表情で縮こまっている。グレイが庭の奥に目を向けると、腐った木の根っこがあった。ガードナーがそれを斧で二つに割ると、黒い蜂の群れが巣からのろのろ出てきた。男たちは丸太の切り株を居間まで引きずってゆき、幅が六フィート近くもある暖炉に投げ込むと、灯油をたっぷりかけた。起こされた火が熱かったので、みな部屋の中央まで下がらざるをえなかった。

窓辺からグレイが言った。

「向こうの別荘の煙突から煙が出ているようすがないな。もちろん大したことじゃないが。電熱装置があるから」

暖炉の火にあたって、ナターシャは一気に活力を取り戻し、となりの部屋を覗きながら声を上げた。

「あなた方、このドアの鍵をかけないの？」

「鍵がないんだ」ガードナーが言った。「でも、なかからかんぬきをかけるから、開けられないよ」

「じゃ誰かが開けたのね」

ガードナーとグレイがなかに入ってようすを見た。木のかんぬきは上がっており、扉は外から押せば開くようになっていた。

「誰かがなかにいたんだ」グレイが言った。「昨日、我々がここを出る前に、ぼくがドアのことは確かめたんだが。外側に足跡がないかな」

ガードナーが扉の外の通路に目をやった。

「何もない。でもあの男が家に近づいても、雪を避けられますよ。ほら」

屋根の張り出しや道具小屋の壁のおかげで、家のまわりの小道には雪がかかっていない。グレイがかんぬきをかけようとした。

「固くて動かないな。ここへ来たやつは、立ち去るときにドアを叩いて、かんぬきが下りていると思っただろう。ほらここ、ドアをこじ開けようとしたナイフの跡がある」

ガードナーが言った。「いずれにしろ、何も見つけられなかっただろう。何を探していたのかな」

ナターシャが半泣きしているような声を出した。「みんななかに入ってドアを閉めてよ。暖かい空気がどんどん外へ逃げていく」

グレイが言った。「向こうはみすみす機会を逃すような、御しやすい手合いじゃない」

ガードナーが思案ありげに応じた。「向こうの別荘のなかを探りたいな……」

ツヴァイクがテーブルの席につき、自分の原稿に目を通している。別荘に来たのは時間の無駄だなと思ったが、ホテルにナターシャと残っていたいと言う気にもなれなかった。そこでツヴァイクは、不本意ながらもこの機会をせいぜい生かして、午前中を原稿の見直しに使うことにした。笑みを浮かべて言った。「たぶん今グスタフはホテルのあなたの部屋に入り込んで、書類を調べているだろうね」

「かまいませんよ。何も隠すものはない」ガードナーはまた窓辺に立ち、双眼鏡で外を眺めているうち、いきなり言った。「おおい」

「どうした」

「おお。向こうの別荘の前にタクシーが停まってる。外出するのかな」

ほかの者も窓辺に駆け寄り、原っぱの向こうを見つめた。グレイが言った。

「だとするとやっかいだな。コルブライトが歯ぎしりするだろう」

ガードナーが言った。「向こうが荷物を持って出てきたら、わたしは駅まで追いかけますよ。行き先がどこか確かめる」

グレイがガードナーから双眼鏡を受け取って言った。

「荷物を運ぶつもりはないだろう。運転手が出てこない。荷物を運ぶなら運転手は手伝うはずだから」

「じゃあいったい何をしようというのか」

「現れたぞ」グレイが言った。「荷物を持ってない」

「二人とも出てきた。よし。車が見えなくなったら、すぐ向こうの別荘を調べます」

グレイが暖炉に戻り、曲がった木の根っこを炎に投げ込んで言った。

「どうもわからん。我々がここにいることをあの男は知っているよ、煙突の煙が見えるから。タクシーも停まっている。だから我々が別荘を調べようとしていることも知っているはずだ」

ガードナーが言った。「よし、ナターシャ、向こうの車を停めに行こう」

「なぜよ」

「ティムが無事かどうか確かめたいんだ」

夫妻は玄関を開けたまま外に出た。ツヴァイクとグレイは窓から夫妻のようすを見つめた。停まっている車の横にタクシーが来たところで、ガードナーが手を振って相手に停まるよう示した。後部座席の窓が開き、老人が顔を出した。夫妻の耳に老人の声が届いた。「やあ、ジョー、いたずらオヤジめ。何してるんだ」

ツヴァイクが言った。「元気いっぱいって感じだ」

ガードナーがタクシーのかたわらに立ち、座席の者に言葉をかけている。ほどなく二、三歩下がって手を振った。タクシーが走り去った。ナターシャが部屋に戻って来るなり、暖炉に手をかざした。

「お元気そうだわ。一緒にベリーセントエドマンズで買い物するんですって」

ガードナーがあとを受けた。

「何も怪しいところはなさそうだ。買い物をしてお昼を摂ると。別荘を見に行きましょうか」

グレイが肩をすくめた。

「あなた一人で行ってもらおうかな。元警視庁の大幹部が不法侵入で捕まるのはよろしくなかろう」

「ぼくも行くよ」ツヴァイクが言った。

グレイとガードナーが目を丸くした。

「なぜ」

「べつにわけはない。グスタフの持ち物をちょっと見てみたいだけだ」

「なかに入れたらの話だが」ガードナーが言いだした。「たしか、ドアは二つとも頑丈な鍵がついてる。まあ行ってみましょう」

グレイが言った。「タクシーがいきなり戻って来るようだったら、車の警笛を鳴らすから。しかし、見つからずに逃げられるかどうか。だからきみらは何かもっともらしい言い訳を考えておかないと」

ツヴァイクとガードナーは足跡を残さないように、道の真ん中をまっすぐ歩いた。ガードナーが言った。

「向こうが急に戻って来ても別に驚きませんよ。どうせ何か忘れ物をしたとかなんとか言って、こっちが別荘に入り込んでるところを押さえようとするんだろうが」くすくす笑った。「新聞の見出しが目に浮かぶな。有名教授、押し込み強盗で逮捕」

ファーガソンの別荘から五〇ヤード離れたところに別の家があった。煙突から煙が立ち上っている。ガードナーが言った。

「管理人の小屋だ。気をつけないとあそこから見られてしまう。幸いぼくはあの男とは知り合いだから、いざとなったら黙っててもらえばいい」

別荘の玄関までの通路は雪かきされたばかりだ。雪は両側に積まれている。ガードナーが門を押し開けて言った。

「足跡を残すなと言わんばかりだ。助かる」

二人は窓の外で立ち止まった。

「まずはドアから入れるか確かめよう。まさか鍵をかけてないことはなかろうが……おお、なんだこりゃ」

ガードナーが正面玄関を押してみると、開いた。二人は恐る恐るなかを覗き込んだ。ガードナーがノックしながら呼びかけた。「誰かいますか」返事がないのでツヴァイクを呼び入れた。二人は壁で靴をけるようにして、こびりついた雪を落とすと、ドアマットでていねいに足を拭った。ガードナーが言った。「おかしな気がしてきた。事がうまく行きすぎる」

＊＊＊＊＊＊＊＊＊＊＊＊＊＊＊＊＊＊＊＊＊＊＊＊＊

ツヴァイクは気がつくと暖かくて居心地のよい居間にいた。がらんとした暖炉のなかで電熱装置が赤く光っている。灰色の分厚い敷き物がふんわりして足に心地よい。この別荘にはかなり金がかかっている。家具はしゃれた新品ばかりだ。

「まず二階からやりましょう。管理人に見つかるとまずいから急がないと」

二階には二部屋あり、階段の両端で扉が向き合っていた。

「あっちを見てください。わたしはこっちを」ガードナーが言った。

自分がいるのはサー・ティモシー・ファーガソンの部屋だとツヴァイクは気づいた。灰皿には葉巻の吸い殻があり、枕元のテーブルにはウィスキーのデカンタがあった。テーブルに置かれた革のスーツケースにはT・Fという頭文字がついている。

ツヴァイクはスーツケースを開けてなかを覗いた。汚れたシャツが一枚とペーパーバックの犯罪小説が二冊あった。ツヴァイクは不快感をこらえながら手際よく引き出しのなかを調べた。ガードナーが声をかけた。「何かありますか」ツヴァイクが応じた。「今のところは何も」そう言いながら手を動かしていると、引き出しの裏にある箱に当たった。ツヴァイクが箱を開けると、皮下注射器が一本あった。ツヴァイクはガードナーを呼び、ねじを緩めて注射器を取り外すと、においをかいでみた。無臭だ。ガードナーが言った。

「妙な代物だが、手がかりにはならないかな。カプセルか丸薬でもありませんかね」

「いや。引き出しはくまなく調べた」

ガードナーは衣装戸棚を開けてなかを掻き回しながら言った。

「何もないな、調べた限り……なあんにも」

ツヴァイクは向かいの寝室に入った。ファーガソンの部屋と似ているが、居心地は劣る。床にスーツケースが一つあり、ベッドにはパジャマが一着あった。それを除けば人の気配はまるでない。

ツヴァイクは衣装だんすを開けた。スーツが一着と靴が二足ある。扉を閉めるときスーツがはさまれ、ツヴァイクはまた扉をこじ開けようとした。すると、たんすの上から何かが裏へ落ちた。ツヴァイクが後ろの隙間を覗くと、本が一冊見えた。ツヴァイクはたんすを前にずらし、裏に手を伸ばして本を取った。題名はドイツ語で記されていた――『催眠術による犯罪とその露顕《ダス・ヒュプノーティシュ・フェアブレッヒェン・エントデックング》』。ツヴァイクは本をベッドに置くと、椅子を探し、たんすの上を見てみた。別な本が一冊と雑誌が数冊あった。後者は、『月刊・犯罪心理学と刑法改正に向けて《モーナツシュリフト・フューア・クリミナールプスュヒョロギー・ウント・シュトラーフレッヒツレフォルム》』の各号で、一九三六年から三八年にかけて発行されたものだった。本のほうは、バーナード・ホランダー（一八六四―一九三四）の『非行の心理学、悪徳と犯罪』だ。

ガードナーが入ってくるなり言った。「どう、何かありましたか」ツヴァイクが本を差し出した。

「催眠術《ヒプノシス》？　どこにあったんですか」

「衣装戸棚の上に」

「ほう、驚いた」ガードナーは本の見返し遊び紙《フライリーフ》を開けた。署名がある。Ｇ・ノイマン、コペンハーゲン、一九五八年。ガードナーは雑誌を指さした。「こっちはなんですかね」

「犯罪心理学に関するどこかの学会の機関誌だろう。この二冊の本も見つけたんです」

「なんて本ですか。ドイツ語ができないもので」

「催眠術を用いての犯罪とその捜査」

「わからないな」ガードナーはベッドに腰かけ、本に視線を投げた。「かなり古い――一八八九年だ」

ツヴァイクには相手の胸の内が察せられた。「たしかに。催眠術を使っての犯罪はもはや不可能ですね」

「だったら――ノイマンがこんな妙ちくりんなもので何をしようっていうのか」

「もっと気になるのは――なぜたんすの上にこれを載せたのか、だ」

「隠したってことですか。またどうして」

ツヴァイクは雑誌をぱらぱらめくって言った。「ほら。グスタフが書いた文章が載っている」

「どんな内容かな」

「これは『サラ事件における証拠の検証』って題だ」

「なんだそれは」

「これから中身を調べる」

通りから車のエンジン音が聞こえた。二人は窓辺へ駆け寄った。車は郵便局の赤いバンで、隣家の前に停まっていた。

ガードナーが言った。「もしノイマンたちが戻ってきたら、こちらは一巻の終わりですね。姿を見られず逃げられるわけがない」

「もう引き上げたほうがいいのかな」

「一つの案ですが——」

「もう数分待ってほしい。この本を調べてみたい」

「けっこう。わたしは階下を見てみます」

一〇分後ガードナーが戻って来ると、ツヴァイクはまだ本を読んでいた。

「何か見つかりましたか」

「実におもしろい。妙な話だ」

「大事な箇所ですかね。もう外へ出ないと」

「いや。この内容は大英博物館か心理学研究所へ足を運べばわかる。ぼくはもう十分ですよ」

ツヴァイクは椅子の上に立ち、衣装だんすの上に本を返した。ガードナーはベッドを直した。

「一階《した》には何かありましたか」

「これだけです」ガードナーは小さなガラスのアンプルを取り出した。「ごみ箱にありました。皮下注射を打ったときの中身が入ってたんでしょ。見たところ空っぽですが、化学者なら中身が何かわかるかな」

ガードナーは窓の外を見た。

「誰もいない。もう行きましょう」

「残念だな。もう数時間ここにいたいものだ。本や雑誌にすべて目を通したい」

ガードナーは黙っていたが、二人で帰り道に出たところでまた口を開いた。

「なぜおもしろいとおっしゃったんですか」

「グスタフの論文の主題が、犯罪者集団を意のままに操るために催眠術を使った男の事件だったからです。この事件は一九三六年にスウェーデンのサラで起きました。同じ雑誌の別の号にも、グスタフは催眠術を用いた犯罪について一文を書いています。こちらの事件は同じ年にハイデルベルクで起きました。一人の女性が知らぬ間に催眠術をかけられて、盗人と娼婦になるよう仕向けられたと」

「そんなことありえますかね。作り話みたいだ」

「信じがたい話だとぼくも言うほかない。とはいえ『月刊・犯罪心理学と刑法改正に向けて』は世評の高い出版物です」

二人はややしばらく黙って歩いていたが、ガードナーがいきなり問うた。

「ありえますかね」

「でしょうね」

「そのことじゃない。何を言いたいかおわかりでしょ」

「わかります。記事を読んでから、ぼくもずっと自問してきたことですよ」

＊＊＊＊＊＊＊＊＊＊＊＊＊＊＊＊＊＊＊＊＊＊＊＊

二人は別荘の玄関まで来た。グレイが扉を開けてやった。

「収穫は？」

「どうですか」ガードナーがテーブルにアンプルを置いた。「ごみ箱で見つけました。なんの意味もないかもしれないけど」

ナターシャが言った。「あの方、ホルモン不足を補うために何かよく注射していたわ」

「そうだったな。ほかにも――」

ツヴァイクが引き取った。「衣装だんすの上に本や雑誌を何冊か見つけたんだ。どれも犯罪と催眠術を主題としていた。グスタフがその主題で何本か記事を書いていたよ」

ガードナーがグレイにたずねた。「現役のころ、催眠術関連の事件を扱ったことがありますか」

「一度だけ。医者が患者の一人に催眠術をかけて誘惑した事件だ。患者の女が誘惑されたがっていたと弁護側は主張したんだ、催眠術にかかっている人間に対して、目覚めているときにはやるはずのないことをやらせるのはできないと」

「わたしもそう言ったんです」

ツヴァイクが言った。「グスタフの論文によると、スウェーデンのある催眠術師は、術にかかった者を自殺に追い込んだそうだ」

みな押し黙ったが、ナターシャが声を発した。「なんてこと」声にならないような声だ。「そんなことが起きた証拠でもあるんですか」

「グスタフの一文では、催眠術で犯罪者集団を意のままに操った男が当事者だそうだ。サラの警察から記録を取り寄せることもできるだろう。その男は相手の集団の一人と同性愛の関係にあってね、そのころスウェーデンでは同性愛は違法だった。相手が他人に秘密をもらしてしまうのではと男は恐れて、催眠術をかけてピストル自殺に追い込んだ」
ガードナーが窓下の腰かけに座って言った。

「みなさんはどうかわからないが、わたしは一杯やらないと。ナターシャ、ウィスキーをくれないか」

グレイが言った。「みんなで少しずつやりますか」ナターシャはホテルに入れてもらった詰めかごを開けて、ウィスキーの瓶一本とグラス四つを取り出すと、タンブラーに瓶の中身をいくらか注いで夫に渡した。ガードナーはひと息に飲み干した。

グレイが言った。「とにかくだ、この件については我々は冷静にならないと。正直なところ、どうもぼくには現実離れした話に思える。まずとにかく、自分の意志に反して催眠術にかかる者はいないと、ぼくは昔から聞かされてきた。そういう説はとっくにくつがえされていたわけだ」

「スヴェンガーリ（ジョージ・デュ＝モーリエの小説『トリルビー』〔一八九四〕に登場するあくどい催眠術師の名）やらなんやらで」と、ガードナーが言った。

「ぼくは催眠術にはあまり明るくないが、このマーチモント事件――催眠術をかけた女を強姦した男の一件――の法廷でどんなことが言われたかは憶えている。男の刑期はわずか半年だった。これは強姦事件ではないと法廷が判断したからだ。言いかえると、女は催眠術にかかっていようがいまいが、自ら進んで誘惑されたというわけだ。夫に対する不貞の口実がほしくて、自ら進んで催眠術にかかった。で、きみはまさか言うまいな、人間が催眠術にかかって自分の頭を吹っ飛ばすなどと――」

「自殺したがってたなら別ですがね」ガードナーが言った。

「たしかに」

ツヴァイクが言いだした。「同感だ。なるほど、催眠術師は抵抗している相手にも影響力を行使しうるという説をフロイトも否定している。しかし、グスタフが紹介した一件では、被験者がどこまで抵抗していたかわからない。自殺した男は、グスタフの表現を借りれば、〝長期間の暗示〟を受けていた。たとえば観衆を集めて舞台の上で催眠術をやった場合、その相手を自殺に追い込むことはできまい。だがもし相手と隣り合って暮らしていれば、〝長期間の暗示〟をおこなえる立場にあるわけだ。相手の信頼を勝ち得ていればなおさら」

　ガードナーは部屋を行ったり来たりしながら、気が立ったように言った。

「なんたることか、ありうるわけだ。なぜノイマンはティムの医者だと知られるのをいやがったんだ」

　グレイが抑えたような声で応じた。「どうも思考が勝手に独り歩きしているようだな。我々が見つけたのは、犯罪と催眠術に関する出版物数冊のみだ。ノイマンの興味の対象が心理学と犯罪だということもわかった。だからって、ノイマンが催眠術で殺人を犯したとは証明できんが」ツヴァイクに問いかけた。「ノイマン自身が催眠術をやっていることがわかる記述があったかね」

「いや、まったく」

「きみは知っているのか、やつが催眠術をやろうとした例を」

「ぼくの知る限りではないね」

「となると、どうも信じがたいな。こちらに対する偽の手がかり《レッド・ヘリング》として、やつはわざと本などを置いたんだろう」

「だとすると、なぜ隠していたんだ」

「どこに隠していた。衣装だんすの上か。いかにも見つかりやすい隠し場所じゃないか。ほんとに隠したければ、ベッドの敷き物の下にでも忍ばせればいい。あるいは薪小屋のなかとか」

ナターシャが言った。「わたしにはティムが催眠術にかかっていたようには見えなかったわ。かかった人は目が死んでいるでしょ、魚みたいに」

「必ずしもそうじゃない」ツヴァイクが言った。「四六時中、術にかかっていなくてもいいんだ。とはいえ、ぼくも同感だな。信じがたい感じだ。その一方で、実に妙な特徴がいくつか認識できそうだ」

ナターシャが言った。「さ、召し上がって」テーブルの上で詰めかごを開けた。キジ二羽分の冷肉やブルゴーニュ産赤ワインの瓶一本、それにいくらか果物も入っている。四人はテーブルのまわりに一人用腰掛け《スツール》を引っ張ってきた。ガードナーがウィスキーのおかげで赤い顔をしながら言った。「まずいことに、もしあの男が老人たちを催眠術で自殺に追い込んだとしても、有罪にしようがないんだ」

「必ずしもそうではない」グレイが応じた。「逆に、状況証拠が強力なら、催眠術説は証拠の鎖を丸くつなぐ最後の一つになるかもしれない。カールが言うように、それで何もかも説明がつく。スイスの老人の一件を例に取ると、名前は……」

「ゲアハルト・ザイフェルト」

「ふむ、きみが説明してくれた証拠にもとづけば、ノイマンは老人を殺せたはずがないな、完璧なアリバイがあるから。だが自殺するよう言いくるめたことはありうる」

「どうやって法廷で証明するんですか」キジ肉を口いっぱいほおばりながらガードナーが問うた。

「その点はぜったい必要というのでもない。浴槽の花嫁事件（第二章にて既出）では、犯人スミスが妻を次々と浴槽に沈めていたのを誰も証明できなかった。物を言ったのは状況証拠だ。しかし、繰り返すが、わたしはノイマンを催眠術師だと決めつけてはいない。理由はうまく言えないな、どうもしっくりこないとしか」グレイは自分のグラスにワインを満たし、味わうようにちびちび飲んだ。「で、別荘に入るときは苦労しましたか」

「いいえ、まったく」ガードナーは食べるのをやめ、顔をしかめて皿を見つめた。「何をおっしゃりたいかわかりますよ。一から十まで楽だったから、ちょっと驚きました。それはともかく、なぜティムたちはわざわざドアに鍵をかけるのかな。この付近じゃ、こっそり忍び込むような人間はいないし、管理人もすぐ近くにいるのに」

グレイが言った。「催眠術説は事を進める上でいい足がかりになる。こちらの説得力を強める材料だ。ノイマンが催眠術を使えるかどうか確認するようインターポールに依頼しようか。でも先方からの返答は決定打ではない気がする」

ナターシャが言った。「じゃあ何が決定打だとお思いなの」

「まず、これから来るはずのカメラマンが、ノイマンをバーンスタインと同一人物だと証言すること。そうなると、いよいよ次の段階に進める」

「コルブライトはいつ着くのかな」

「二時一五分——今から一時間後だ」

「どうやってノイマンに会ってもらうつもりですか」

「簡単だ。サー・ティモシー宅を訪れるんですよ、わたしがカメラマンを連れて行く。あるいはあなたに連れて行ってもらうか」

ツヴァイクが言った。「ぼくは今からでも大英博物館に行って、グスタフの持っている本の中身を調べたいな。通読できれば、この催眠術の問題について見解をまとめられる」

「図書館に本はあるのかしら」ナターシャが言った。

「あるはずだ。もしなくても心理学研究所に行けば見つかるでしょう」

「どこにあるか教えてやろうか」グレイが言った。「ジョン・スタフォード＝モートンの屋敷だ。犯罪心理学に関する膨大な文献がある」

ツヴァイクが顔をしかめた。「わざわざおじゃまするのは気が引けるな」

「わかった。だがそれは考えすぎだな。あれはすばらしい人物だよ。ぼくだったら催眠術説についてすぐ問い合わせるだろう」

ツヴァイクは笑みを浮かべたが、何も言わなかった。

第一一章

二時間後、ツヴァイクとグレイが駅のプラットホームに並んで立っているところへ、ロンドン発の列車が入って来た。雪がまた降りだしている。ツヴァイクはうんざりしている。列車の到着は一時間遅れで、からだは寒い。ガードナーによると、もし雪が降り続けば、この日のうちにロンドンへ戻るのは無理だろうという。

「あそこにいるぞ」グレイが言った。

コルブライトがホームの端から二人に手を振った。かたわらに、ちょびひげを生やした小柄な男がいる。地方の銀行支配人のような風貌だ。コルブライトは明るく呼びかけた。「ひゃあ、やっと着いたか。おお教授、お元気ですか」きびきびと握手を交わした。「ったく、ここに着くまでビール一本買えなかった」

「我々のホテルで一杯やってください」

「いいですね。こちら、テリー・サム、カメラマンです」

「わざわざおいでくださって、どうも」小柄な男と握手しながらグレイが言った。サムズ氏はにやりと笑った。

「こちらこそ。バートにゃこれまで何度か世話になってね」

みなで歩いてホテルに戻るあいだ、グレイが簡潔に計画を説明した。コルブライトがたずねた。

「つまり、あなた方は何食わぬ顔でドアをノックして、二人を対面させるってわけですか。ちょっと危なくないかな。先方としては、テリーの顔を憶えてれば、猟犬がすぐそばまで来てると察するわけだ」

「向こうがやれることはあまりない。もし国外脱出を図れば、こちらは警察に引っ張って事情聴取することもできます」

ツヴァイクがサムズ氏に話しかけた。「向こうはあなたのことを憶えていますかね」

「わからねえな。憶えてねえんじゃ。だからこちとらは一張羅を着てきたわけで。バートの発案なんですよ。おれの服装は——以前はちょいとざっくばらんだった」

ツヴァイクの目に、自分たちの行く手を阻むように通りを渡ってくるナターシャの姿が映った。落ち着かないようすで、手を振って男たちの注意を自分に向けようとしている。ツヴァイクはナターシャの視線の先に目を向けた。ノイマンとサー・ティモシーがホテルの前に立っていた。ノイマンはタクシーに向けて傘を振っている。ナターシャが言った。「来てくださってよかったわ。あの二人、ホテルで昼食を摂っていたの」

グレイがコルブライトの腕をつかんだ。

「急いで。サムズ氏と向こうへ渡って、あの男の顔を確かめてください。早くしないと車に乗ってしまう」

ノイマンの姿は見えなくなった。ノイマンの前にタクシーが停まったため、視線がさえぎられたからだ。サムズとコルブライトは通りを渡り、タクシーのほうへ駆けていった。ツヴァイクが言った。

「手遅れだ。乗り込んでしまった」

「まだだ」グレイが言った。サムズはタクシーのドアをつかんで再び開けると、身を乗り出してなかの誰かと話している。が、すぐに頭を外に出してドアをばたんと閉めた。タクシーはすぐ走りだした。サムズたちは通りを渡って、ホテルの前にいる男二人に近寄った。サムズがさも嬉しそうに笑いながら言った。

「あいつでした。間違えっこない」

「確かですか」

「ぜったいだ。おれがタクシーを停めたから乗り込もうってふりをしたんです。で、あいつの顔を見ながら言ったんですよ。『あ、失礼、おたくが停めたの?』って。向こうは言いました。『そう、ホテルから電話で呼んだんだ』とね。向こうが口を利いたとたん、わかりましたよ。だからこっちはすぐ取り繕った」

「向こうは気づいたかな」

「さあ。でもそれはなさそうだな。なにしろおれなんて、二〇年ぶりに会った他人《ひと》さまからすぐ思い出してもらえるタマじゃねえから。ましてこんな一張羅を着ててさ」

「ご立派!」グレイが言った。「気の利いた対応でしたね。運はこちらに味方している。あの男はほんとにバーンスタインでしたか」

「百パーセント間違いなし。ひげがねえからちょっと感じが変わってたが、あの声はどこにいても聞き分けられる。おれの親父がひいきにしてた役者の声をちょいと思い出すなあ」

「ぜひ一杯やってくださいよ。その資格十分だ」

＊＊＊＊＊＊＊＊＊＊＊＊＊＊＊＊＊＊＊＊＊＊＊＊＊＊

ツヴァイクがたずねた。「何があったんですか」

「もうバカみたい。わたしたち、もちろん昼食はいらなかったんです——別荘で食事したから。だからダイニングルームにも入らなかった。入っていたら、ティムたちが食べているところを見たでしょうね。幸い、手紙が来ていないか確かめようと、ジョウゼフが二階から下りてきたとき、フロント係が電話をかけていて、ティムの名前でタクシーを呼んでいたんです。だからジョウゼフがあの二人と言葉を交わして時間を稼いでいるうち、わたしはあなたたちを探しに外へ走り出たんです」

ガードナーが玄関広間に立っていた。「何か収穫は？」

グレイがうなずいた。「やはりノイマンだった。さ、一杯やりに行こう。ぼくは飲みたい気分だ」

「わたしたちの部屋にたっぷりありますよ。サンドウィッチも注文しておきました。ノイマンて、無礼な野郎でしょ。わたしはあいつらと必死に会話して時間を稼ごうとしたが、ノイマンはほとんどわたしを無視してましたよ」

みな意気盛んになった。ガードナーがみなにウィスキーをふるまいながら言った。「成功を祈念して乾杯」窓辺に立っているツヴァイクだけがグラスをかかげなかった。気がつけばナターシャに見つめられている。ナターシャが近づいてきて、チキンサンドウィッチを載せた盆を差し出した。ツヴァイクが一つつまむと、ナターシャはそっと言った。

「がっかりしてらっしゃる？」

ツヴァイクは苦笑いした。ほかの者の話し声で、二人の声は掻き消されがちだ。ツヴァイクが言った。

「がっかりはしてない。グスタフがメイドストンで秘書だったのはわかっていた」

「そう？　どうして」

ガードナーが近づいてきたので、ツヴァイクは早口で言った。

「あとで話す」

ガードナーが言った。「今夜はロンドンで過ごせるよ、きみ」

「なぜ」

「グレイさんが警視庁に行きたいんだと。ぼくはコルブライトとメイドストンに戻って、何か探ってみるよ」

「でもティムとノイマンはどうするの」

「ノイマンは今のところ逃げられない。逃亡する気配があれば、地元警察から警視庁に連絡がいくよう、グレイさんが手配してくれるさ。とにかくノイマンは遠くへは行けない。当面ティムは安全だよ、ノイマンだってバカなことはしないさ」

こう言ってガードナーが立ち去ると、ナターシャがツヴァイクにたずねた。

「先生はロンドンに戻れて嬉しくないんですか」

「嬉しいよ。でもね――こんな気分には浸れない」ツヴァイクはほかの者たちを指さした。コルブライトは自分のグラスにウィスキーを注ぎ足し、サムズを見ながら満面の笑みを浮かべている。グレイとガードナーは生き生きと語り合っている。「きみのだんなはこの状況を楽観視している。きっとご立派な探偵になれただろうね。ぼくときたら、頭にあるのは――」

「グスタフのこと?」

「すべてのことだ」

サムズが近づいてきた。

「教授、ちょいとお願いがあるんですがね。うちの女房がサインをいただきたいと」

「喜んで」ツヴァイクは万年筆を取り出した。よい香りのするピンク色の頁に大きく名前を記していると、サムズが顔を近づけてきた。

「あともう一つお願いが。ここをおいとまする前に時間が取れれば、教授とサー・チャールズの写真を撮りたいんですが」

「けっこうですよ、でもどうして」

「それが……あの……役に立つかもしれませんから。もちろんお許しをいただかないうちは、やたら使やしませんがね。今回の一件が明るみに出たとき、スクープを物にできれば幸いってわけです。でかでかと見出しが載りましてね。ツヴァイク教授、探偵に変身。けっこうな話題になりますよ、ね」

ツヴァイクはあきれた。「でもきみ、誤解してもらっちゃ困るな——ぼくはそんな役割を果たしてない」

「そうですかね」サムズはうさんくさそうに眉毛を上げて相手を見返した。「バートからはそんなふうには聞いてないが。あいつ、教授が火をつけたと言ってましたぜ」

「それはそうだが、しかし——それだけだ」

「まあいいですよ、教授」サムズは意味ありげに目くばせした。「正当な意味で知名度が上がるのは、誰にとっても悪いことじゃない。ほら、日が射してきた。光があるうちに写真を撮っちゃいましょうや」

第一二章

　ツヴァイクは後部座席でナターシャとグレイにはさまれて座っている。サムズとコルブライトは助手席にいる。こちらの二人は、同じウィスキーの瓶を手渡し合いながら、うるさいほどの声で談笑している。ツヴァイクはナターシャのぬくもり——二人の脚には同じ旅行用ひざかけが載っている——を心地よく感じながらも、話をする気にはなれなかった。両手をひざかけの上に出している。ひざかけのなかに入れたら、ナターシャがその手をつかんでくるとわかっていたからだ。ナターシャの気持ちに応じてやれないのは、ガードナーやグレイに対して後ろめたいからではない。もっと込み入った心の動きのせいだった。

　ナターシャが言った。「とてもお静かね」

「自分の著作について考えているから」グレイに聞かれているので、ツヴァイクはそう言い訳した。

　グレイが言った。「今夜はどうするつもりだね」

「とくには何も。クラブで食事してから床につくかな。きみは？」

「警視庁《ヤード》ですぐブレイドンに会うつもりだ。インターポールの人間だから」

　車がチェルムスフォードを通るなか、コルブライトは眠っていた。ガードナーはラジオをつけた。ワーグナー音楽がいきなり大きく流れた。ツヴァイクのからだがこわばったのに気づいてナターシャは顔を上げた。

「ワーグナーはお好きじゃないのね」

「むしろ逆だ——かつてはひいきの作曲家だった」

「わたしもそう。これ、『ラインの黄金』ね」

フル編成オーケストラが雷雨の主楽想《モチーフ》を繰り出し、耳をつんざく最高潮に近づくと、ラジオはバリバリという音を発した。ガードナーが肩越しに話しかけた。「ワーグナーは別に好みじゃないんです。まあ、うるさいし、ドイツ人だし——こんな言い方は恐縮ですがね、教授」

「全然。ぼくはオーストリア人だ」

みなが黙っていると、アナウンサーの声が流れた。「お聞きいただきましたワーグナーの『ラインの黄金』最終幕からの抜粋は、昨年バイロイト（ドイツ南東部の都市）で録音されたものです」

ガードナーが言った。「誰にもワーグナーみたいな面があると思うなあ。わたしは一八歳のころ好きだった」

「わたしは今でもワーグナー好きだわ」ナターシャがそう応じて、ツヴァイクの顔を見た——自分の嗜好を弁護してほしいとばかりに。ツヴァイクの視線は、そのナターシャを通り過ぎて夜の闇へと向かった。ツヴァイクは口を開くと、今の話など聞いてもいなかったように言いだした。

「一九一〇年に我々はゲッティンゲン（ドイツ中部の都市）で小さな勉強会を開いたんだ——ニーチェの会でね。集まった六人が超人について語らった。会にはワーグナー・オペラのピアノの楽譜が全部そろっていて、アロイスとわたしが開会の宣言代わりに、デュエットでワーグナーを弾いたものです」

「ピアノをお弾き《プレーする》になるとは知らなかったわ」

「ぼくは何年も遊んでない《ノット・プレード》」コルブライトがいきなり鼻にかかった声を出すと、はっとしたようにツヴァイクたちを見て、また目を閉じてサムズの肩を枕代わりにした。「我々の好きな曲は、『ラインの黄金』の雷雨のところだった」

「ギルバートとサリヴァン（ヴィクトリア朝における劇作コンビ）の域にはとても及びませんが」サムズがそう言いながら、歌いだした。『おお我が名はジョン・ウェリントン・ウェルズ……』（ギルバートとサリヴァンの合作オペラ『魔法使い』〔一八七七〕の劇中歌）。空っぽのウィスキーの瓶で拍子を取っている。ひざかけの上を這ってきたナターシャの手に手をつかまれたのをツヴァイクは感じた。コルブライトはすやすや寝息を立てている。

第一三章

ホテルを出る前にツヴァイクは管理人に電話しておいた。七時半、クラージズ街の端でガードナー運転の車から降りた。帰宅すると、書斎と居間の暖炉には火が入っていた。

ツヴァイクはソファーに外套をふわりと投げると、グラスにシェリーを注いで暖炉の前に座った。フラットのようすが少し変わった気もする。なんだか静かで、がらんとした感じだ。ナターシャのことが頭に浮かび、失敗したかなとツヴァイクは思った。ガードナーがサムズをメイドストンまで車で送るつもりなのはわかっていた。ナターシャが自分に対して、電話してほしい、この夜を自分と過ごしてほしいと願っていることも。が、それには応じるまいと早々に決めた。夫に嫉妬されるのではないかなどとは、もはや気にもしていなかった。ここ二日のようすで、そんなことがないのはわかっていた。むしろ、出口の見えない何事かに巻き込まれてしまうのではと、そんな恐れがあったのが大きい。ナターシャにますます頼ってしまいそうな現状が不安だった。自分自身に正直たらんとしても、安心することはできなかった。なるほど自分は、ナターシャの肉体には欲望を抱いていない。しかし、ナターシャに対する感情の源が「性」とは無縁だというふりをするのも、同じように愚かしい。ノイマンは〝純精神的な友情《プラトニック・フレンドシップ》〟ということを口にしていた。つまり、ナターシャは晩餐会でみなに自慢したいがゆえに、ツヴァイクの心を惹きつけておきたかったのだと暗に述べていた。そんなわけないとツヴァイクは思っている。なぜかは不明――推測するほかない――ながら、ナターシャは、ナターシャに対する自分の想いと同じぐらい、自分のことを熱く想ってくれていた。だからとて、何か結果に結びつくものでもない。自分はナターシャと恋仲になるには年が年だし、傷つくのもいやだ。ナターシャが夫と別れるはずもない。自分たちの関係をくまなく振り返ってみると、気持ちがめげる。それでもなお、自分のからだにはナターシャの体温が、手にはナターシャの手の感触が残っており、電話の受話器を取ってガードナー宅の番号を回したくなった。

ツヴァイクはシェリーの残りを飲み干し、外套を急いで着ると部屋を出た。階段を半ばまで下りたところで、電話が鳴りだした。ツヴァイクは振り返ろうとして、そのまま迷ったが、結局そのまま階段を駆け下りた。出口まで来たところで守衛に言った。「もし電話があったら、わたしはクラブにいると伝えてくれ」

＊＊＊＊＊＊＊＊＊＊＊＊＊＊＊＊＊＊＊＊＊＊＊＊＊＊＊＊＊

クラブのなかに入るなり、ツヴァイクは気分がよくなった。会員はそれぞれ手を振ったりうなずいたりして迎えてくれた。ツヴァイクはダイニングルームへ直行すると、やはりシェリーを頼んだ。ウェイター頭が言った。「お待ちしておりました、教授」

「今日もよろしく」

ツヴァイクはさらに気分がよくなった。食事の際にはペリエ水を飲むつもりでいたが、思い直して辛口白ワインのハーフボトルを頼んだ。

「本日はサケがお勧めでございます」

「そうか。ではサケにしよう。アンチョビバターもつけて」

ツヴァイクはグラスを口に運び、室内を見回しながらしみじみ思った。女がいないと、男の人生は面倒くさくないなあ。今や、ここ三日間に起きたことは、まるで何週間も前に過ぎ去ったかのように、ぼやけて感じられる。書きかけの原稿が自宅で待っている。まだスーツケースに入れたままだ。帰って二時間ほど仕事をしてから床につきたい――ナターシャから電話がかかっても出なくてすむように受話器を外して。ふだんどおりの日常生活の大切さが心底わかったことの手始めとして。ツヴァイクはぱちんと指を鳴らして、そばを通り過ぎようとするウェイターを呼び止めた。「酒のお代わりを頼む」

ツヴァイクは辛口白ワインを飲もうとはしなかった。九時半になると、コーヒーと哲学季刊誌の最新号を持って喫煙室に入った。お気に入りの肘掛け椅子には誰も座っていなかった。ピエール・テイヤール・ド・シャルダン（一八八一―一九五五。フランスのカトリック司祭、思想家）に関する記事を半ばまで読み進めたが、いつのまにか文字をしっかり目で追うより、抽象的で複雑な内容を大づかみするほうに意識が向かっていた。ツヴァイクは目を閉じて、とくに難解な主張のくだりについて考えていたが、やがて眠りに落ちた。

声をかけられてツヴァイクは目を覚ました。「すみません、教授、雑誌を落とされましたよ」どこで会った男だったか、思い出そうとした。その細面には、何か相手に不快感を抱かせるようなところがあった。ツヴァイクは雑誌を拾って言った。「これはどうも、ご親切に……」

「スタフォード＝モートンです。憶えておいでですか」

「もちろん」

「ちょっとお話ししてかまいませんか」

ツヴァイクは姿勢を正し、眠気をさまそうとめがねを拭いながら言った。「ここの会員ですか」

「いえ。同僚と食事していたんです。とにかく、ここであなたとお目にかかれるんじゃないかと思って。サー・チャールズ・グレイから二、三時間前に電話をもらいましてね」

ツヴァイクはよそよそしく応じた。「そうですか」目はすっかりさめ、気持ちがしっかりしてきた。

「グレイが言うには、わたしならあなたのお力になれるんじゃないかと――心理学の専門誌を探しているという話でしたが」

「もうだいじょうぶです。大英博物館に行けば見つかるでしょうから」

「かもしれませんが、確かではない。どんな雑誌ですか」

「一九三七年と三八年の『月刊・犯罪心理学《モーナツシュリフト・フューア・クリミナールプスュヒョロギー》』です」

「だったら、お力になれますよ。すべて持っていますから」

このとき、グレイから聞かされたことをツヴァイクは思い出した。スタフォード＝モートンはきみのことを現存する最も重要な哲学者だと見ているよ。そういえば、この男と最後に会ったときは気まずかった。ツヴァイクは笑みを浮かべて言った。

「そう言っていただいてまことにご親切さま。お手をわずらわせてしまっては申し訳ないけれど」

「こちらこそ楽しみです」

ツヴァイクが言った。「何かお飲みになりますか。コーヒーかブランデーか」

「いえ、けっこう。あっちで少しやりました。ただあなたにご挨拶したかっただけで」精神科医は腕時計をちらりと見た。「今夜、雑誌をごらんになるおつもりなら、わたしは一一時ごろ帰宅しますが。

ご希望の号をご自宅へお持ち帰りいただけますよ」

「遠くにお住まいですか」

「ハーリー街（リージェントパーク南の、有名医が多く住む地域）です」

「やはりそうですか」ハーリー街なら近くて好都合だ。しかも申し出はありがたい。「でしたら、ご一緒にうかがいたい」

「それはよかった」スタフォード＝モートンは立ち上がった。「では一五分後に出ましょうか」

第一四章

車がリージェント街に入るまで、両者とも無言だったが、ここでスタフォード＝モートンが口を開いた。

「グレイが言っていましたよ、何か驚くべき進展があったとか」

「内容についてグレイは説明しましたか」

「あなた方がノイマンを見つけたと」

「ええ」

「ノイマンと言葉を交わされましたか」

「ええ。昼食を摂りました」

「で、まだノイマンを殺人犯だとお思いですか」

矢継ぎ早の問いを、ツヴァイクはすげなくあしらわないようにどうにか努めた。この精神科医のそっけない態度には、なんとなくいらつかされる。やはりどうしても、サンタバーバラの近代史教授のことが思い出されてしまう。あの教授のせいで、自分の学究生活には多少とも支障があったわけだが、こんな理由だけで相手の問いに答えぬわけにもゆかない。ツヴァイクは応じた。

「わたしが知っているノイマンからすると、ずいぶん人が変わった感じでした――悪いほうに。それでも、この点はご承知いただきたいが、わたしはあの男を殺人犯だとは思いたくありません」

「そりゃあそうでしょう。こちらも少しご説明しておかないと。わたしとしては十分わかっているつもりですよ、先日あなたが抱いておられた――そう――わたしとの会談でのいらだちの理由を。しかし、わたしはあのときの口ぶりから思われたほど、気まぐれなやつでもないんです。何より知りたかったのはですね、ノイマンが――ううむ――殺人を生業《なりわい》にしえていると、なぜあなたが思ったのかなんです。サー・チャールズの話では、ノイマンがある理論にもとづいて殺人鬼になったと、あなたは感じておられるようだ。わたしの経験では、理論のために殺人を犯す者はいません」

「わかります。わたしが提示しないといけないのは、別の理論ということになりそうです」

「それが何か、恐縮ですがお話しいただけますか」

「その前にこちらから一つ質問を。人を犯罪者に変えるために催眠術が使われた例をお聞き及びですか」

「ううむ――ええ。あると思います」

「あなたは信じますかね、人を催眠術にかけると、完全な覚醒状態ではやりもしないことをやるよう仕向けるのは可能だと」

「いえ、信じません」

この男はそう答えるだろうと、ツヴァイクにはなんとなくわかっていた。

「一九三七年に出た『月刊・犯罪心理学』に、グスタフ・ノイマンが載せた論文を読まれたことはありますか」

「いえ。ほう、ノイマンが何か書いていたとはね。実は同僚が亡くなったとき、わたしは『犯罪心理学』の製本版を買ったんですが、きちんとは読んでいないんです。どんな内容ですか」

「犯罪と催眠術の関係。ノイマンの説では、催眠術は他人を完全支配する力を得るために使いうると――抵抗する相手に対しても」

「ああ、そういう説はずいぶん聞いてきました。わたしの同僚にも、一九三九年に出た『異常心理学紀要』に論文を載せた者がいます。わたしも論争に加わりました。同僚は毒ヘビを入れてガラスの仕切りがしてある箱を持っていました。仕切りは目立たなくされていて、催眠術をかけられた人々は箱に手を突っ込むよう言われました。一部の者はそのようにやりました――が、もちろんガラスの壁に手は阻まれました。そこで同僚は結論を下したわけです、術にかかった人に対しては、自らの命を脅かしかねないおこないをするよう仕向けることができると」

「あなたは賛成なさらなかった?」

「ええ。箱のなかにガラスがあることは、催眠術にかかった人もなぜか知っていたんです。術にかかった人の五感は、目覚めているときより鋭いかもしれない。それどころか込み入ってさえいるかもしれない。催眠術師に対する一種の子どもめいた信頼感、自分に対する道徳的責任を催眠術師に負わせてやりたいという意志。たとえばまた、わたしの同僚たちは、催眠術をかけた者に対して、硫酸入りのフラスコを他人の顔に投げつけるよう命じる実験をおこなったことがあります。このときも、実害が出ないよう、透明なガラスの壁を立てておきました」

「被験者は硫酸を投げたんですか」

「そうです」

「しかし、だとすれば、催眠術にかかった者は犯罪をおこなうよう仕向けられると、そう証明されることになりませんか」

「いや。ですから、術にかかってもなんら害を及ぼさないと、なぜか被験者にはわかっているとわたしは思っているんです。術をかける側がこう言ったとします。『通りに出て、おまえが出くわした最初の人間を殺せ』すると言われた側は、たちまち目を覚ますでしょう。実験の条件次第で、事柄全体が結果を欺きます」

「なるほど」

車はハーリー街で停まった。二人で車から出る前に精神科医が言った
「もう一つお訊きしたい。催眠術の話はどこから出ましたか。まさかノイマンが催眠術をかけられて、人を殺すよう仕向けられたとお考えじゃないでしょ」

「ええ。でもノイマンは催眠術をかけて人を自殺に追い込むこともできるだろうか、とは考えましたよ」

スタフォード＝モートンはさもおかしそうに笑い声を上げた。

「とんでもない、ありえませんよ、あなた――教授。とても無理ですね」

玄関広間で外套を脱ぎながら、精神科医はまた言いだした。

「だってさっきの話は、人間に対して行使可能な影響力に関する究極の実験になるでしょ。誰だって本心では死にたくない。自殺者の大半は頭が混乱していて、自分が何を望んでいるのかわからないんだ。ノイマンが老人たちを殺したというあなたの説は以上ですか」

ツヴァイクはなんとかいらだちを声に出さないようにした。

「わたしの説じゃない。わかっていただきたいんだが――」

「どうも失礼。わたしは皮肉を言っているわけでは——」

「グスタフ・ノイマンの部屋に、犯罪と催眠術との関係を扱った書物が数冊あったんです。『月刊・犯罪心理学』にノイマンは論文も載せています。そのなかの一本では、スウェーデンの犯罪集団の親玉がある男に催眠術をかけて、ピストル自殺に追い込んだと述べてある」

スタフォード＝モートンは相手をとりなすように言った。

「じゃあ、その論文を読んでみましょうか」

精神科医の部屋に入ったツヴァイクの目には、これは典型的な独身男の居場所だなと映った。きちんとしてはいるが、なんともわびしい感じだ。周囲の壁には床から天井まで本が並んでいる。茶色の絨毯の一画を覆っている敷き物は紺青色で、肘掛け椅子の色は赤っぽいから、どうにも色合いが悪い。

「雑誌はあそこです。ブランデーはどうですか」

「ほんの少しでけっこう」

ツヴァイクは灰色の布装製本の一冊を抜き取り、くだんの論文を開いて言った。「ここがその箇所です」

「なるほど。どうも」

スタフォード＝モートンが記事に目を走らせているあいだ、ツヴァイクは雑誌記事総索引を見つけて、「ノイマン」の項目を調べた。記事は四本載っている。最初のは一九三五年掲載で、アメリカ警察による自白薬の使用に関するものだ。

精神科医が笑みを浮かべながら記事から目を上げた。

「ノイマンは、もしほんとに殺人犯だとなったら、犯罪史に残る実に特異な存在ですな。犯罪心理学の定評ある機関誌に論文を載せる殺人犯なんて、ほかに考えもつかない」

ツヴァイクがぼそりと応じた。「そう願いたい」ツヴァイクは一九三五年版を取り出し、目当ての論文を開いた。読み始める前に雑誌の最後の頁を開き、寄稿者欄の説明文に目をやった。ノイマンの項目にはこう書いてあった。「本誌の常連寄稿者である著名な脳外科医を父に持つ。一九一一年生まれ。ハイデルベルク大に通う。一九三二年からはスイス在住。現在、父アロイス・ノイマンと共同で、『脳生理学』の第三巻を執筆中」

スタフォード＝モートンが言いだした。「率直なところ、この男の文体は正視に堪えないな。こういう文章は科学論文では場違いだ。『人間の意志と、脳に対するその依存の本質に関する問題は、フロイト派心理学者たちに黙殺されてきた。この変な沈黙のわけはなんだ』英訳しながらゆっくり読み進めた。「どうですかこれ、権威ある雑誌に載って当たり前の文ですかね」

「イギリスでは違う」

「どこの国でもだ。これもちょっと聞いてください。『問題は意志を習慣による反射作用から切り離すことだ』この男、いったい何が言いたいのか」

スタフォード＝モートンは黙って読み進めたが、ときおり受け入れられんと言わんばかりにうなった。ある箇所まで来て口を開いた。「つまりね、この男の書きぶりは哲学者なんですよ、科学者じゃない。だったら哲学雑誌に発表すればいいだろうに」

スタフォード＝モートンが読み終えたあとも、ツヴァイクは活字から目を上げない。「何を読んでいるんですか」

「自白薬の使用に関する記事です。人間の意志を習慣による反射作用から切り離すという文の意味がわかった気がする」

「でしたら、説明してもらえると嬉しいな」だが精神科医の口ぶりから、この求めがお義理のものであるのは明らかだった。

ツヴァイクが言った。「索引にはノイマンの記事がもう二本載っています」

ツヴァイクはさらに読み進めた。スタフォード＝モートンがしびれを切らしたように言った。「だからね、ニーチェ哲学を心理学に応用した記事が、こうして載ってるんだから。まったく、ドイツの出版物ってのは！」

ツヴァイクは応じなかった。一〇分後、自白薬に関する論文を読み終わったとき、精神科医のほうはまだじっくり活字を追っていた。ツヴァイクが苦笑しながらたずねた。

「おもしろい代物ですか」

「え、なん……あ、ええ、そうですね。ありえない内容だよ、もちろん。でも興味深い精神の持ち主ですね、あなたの弟子《プロテジェ》は。そこが困ったところだ。精神の暴走を止めようともしていない」スタフォード＝モートンは製本をひざに載せた。「一〇代のころ、わたしもこんな考えを抱いたことがあって――」

「ニーチェについてですか」

「そういうわけじゃ。心理学の新たな基礎についてでしてね――社会的歴史的見地から神経症を解説するために。こいつ、キリスト教の道徳観ゆえに神経症が起きると言っている」ふふんと笑った。

「悪くない考えだ」

「そうですかね」ツヴァイクは驚いた。

「自分には回復する権利があるとは考えてもいないような、自己犠牲を事とする型の患者ほど、いらつく存在はない。昨日そんな患者を診ましたがね。その女には言ってやりました。『あんたの家族なんかクソくらえ、あんたの責任感もクソくらえ。思い切りわがままになるんだ、そうすりゃそのうち症状もよくなる』と」

「じゃグスタフ・ノイマンの意見に賛成ですか」

「いやいや。全然。ノイマンは笑止千万の域にまで達している。とはいえ、何かつかんではいますね。キリスト教徒こそ当代で最も未熟かつ発達の遅れた人間だと述べるなかで、ニーチェを引用している。『本来キリスト教徒は受難者なので、幸福で平穏な状態にあると不安にかられる』ここにはいろんな意味が含まれている。わたしの患者に、心から幸せであることに後ろめたさを覚えがちな者が何名かいます。こういう患者は治癒が困難です。しかし、ノイマンはその先まで論じている。宗教こそ現代のあらゆる病の原因だと考えているようだ。こう言っていますよ、信心深い人間は偉大たりうる自らの潜在力とあえて向き合おうとせず、それを自らとは切り離し、分裂した人格を育てると。あるいは、この一文を聞いてください。『気高き人間たち——預言者、詩人、大犯罪者——のふるまいを見ると、この人々は自らよりも高みにある力に操られていることが証されていると、信心深い人間は信じたがっている。自らこそ高みにある力なり、という思想に目を向けようとしない』ここまで愚にもつかない話を聞いたことがありますか。何より、詩人や大犯罪者に関するこのくだり——青臭いロマン主義……」

「見せてくれますか」ツヴァイクは興奮を隠そうともせず製本に手を伸ばした。精神科医は相手をいぶかしげに見た。ツヴァイクは何分か無言で読んでから顔を上げた。

「これ、ノイマンがわたしに語っていたことの比じゃない」

「どんなふうに」

「犯罪の正当化だ」

「まあ、わたしはそこまでは言いますまい」

ツヴァイクが言い返した。「そうですよ、間違いようがない」

「ブランデーのお代わりは？」

「いやけっこう。お許しいただければ、家に帰ろうとかと思います。少し疲れました」

「どうぞ。タクシーを呼びましょう」

スタフォード＝モートンが電話を切ると、ツヴァイクがたずねた。

「ここにある製本、お借りできますかね」

「ああもちろん。いつまででも、お好きなだけどうぞ」

「すみません」ツヴァイクとしては、スタフォード＝モートンに頼み事をするのは楽しくない気分だった。冷淡すれすれのそっけない態度に応じるのは、いやいやながらのことだった。「そんなに長くかからないので」

精神科医は自分のグラスにブランデーを注ぎ足した。

「あなたの主張のほうが正しいかもしれないな、もちろん――ノイマンたちは事件に関係するのかもしれない。だが、どうかな。わたしからすると出来すぎた話のようだ」

ツヴァイクがいきなりたずねた。「スコポラミン（鎮静剤、睡眠剤の一種）を使った経験はありますか」

「スコポラミン？　毒薬ですね」

「アルカロイドの毒薬です。少量なら自白薬として用いられる。中枢神経組織の機能低下を引き起こします」

「どこでそんなに調べたんですか」

ツヴァイクは『月刊・犯罪心理学』の一冊を指さした。

「ノイマンの論文からです。それによれば、スコポラミンはモルヒネと併用すると、意識がもうろうとなり、被験者はうそをつくことができなくなるらしい。さらにこの状態では、被験者は暗示に対して異様に敏感になる――催眠術にかかったかのごとく、と」

精神科医はまゆをしかめた。「なる……ほど。起こりえますかね、自然界に――植物にってことですが」

「ええ。シロバナ種チョウセンアサガオでは」

精神科医は黙り、カーテンを開けて窓の外を見ていたが、ほどなく言った。

「タクシーが来ましたよ」

「お世話さまです」

スタフォード＝モートンは『月刊・犯罪心理学』の三巻をテーブルに積み重ねて言った。「お話ししたほうがいいかな……どう考えればいいか、わたしはわからないんです。あなたのお説は、スヴェンガーリ（第一〇章にて既出）やメスマー（一七三四－一八一五。オーストリアの医師。初めて医療として催眠術を実践）をめぐる昔の話に負けず劣らず突飛だ――催眠術による殺人、薬物云々――」

ツヴァイクが話をさえぎった。「わたしは何も怪しい話をしているわけじゃない。証拠を検討したいだけです」

精神科医は意外にもにやりと笑い、『月刊・犯罪心理学』の三巻を手に取った。と、そのとき電話が鳴った。

「わかりました。とにかくあなたはこれを持ち帰って、証拠をじっくり調べてください。わたしはわたしでよく考えてみます」受話器を取って言った。「よろしい、ありがとう」受話器を置いた。「わたしが言いたいのは、こうです。ノイマンを法廷に送り込むつもりなら、この場で出た説はむしろやっかいな代物になりますよと。判事は一笑に付すでしょうね」

ツヴァイクは当主のあとに続いて階段を下りた。相手が不安顔であるのに気づいて嬉しくなった。さりげなく言った。

「かつてグスタフは優秀な化学専攻学徒だった。ナス科の有毒植物からアトロピンを抽出して、ネズミの実験に使用しました」

「へえ、それは」

相手が自分の前を歩いていて、ほくそえむ自分の顔を視野に入れていないので、ツヴァイクは満足した。

ツヴァイクはタクシーに乗り込んだ。スタフォード＝モートンはツヴァイクのかたわらに三巻を置いた。

「ではお借りします。お世話になりました」

「いえ、こちらこそ」精神科医は首を振った。「実におもしろかった。しかし──確信に至るまでの証拠はね」

「あなたには確信していただきたくない、かな」相手が目を丸くするところを見たくないので、ツヴァアイクは前を向いたまま運転手に住所を告げた。そうして、タクシーが走りだすと、手を振った。あとに残ったスタフォード＝モートンはじっとそのさまを見ていた。

第一五章

ツヴァイクは自宅に着いた。たちまち疲れが吹っ飛んだ。真夜中の一二時半だ。グレイに電話をかけたかったが、やめておいた。相手はたぶんもうベッドのなかだ。ツヴァイクは電気毛布のスイッチを入れ、ブランデーをグラスに注いだ。暖炉の火は消えているので、寝室のガスヒーターをつけて、その正面に座り、自白薬に関するグスタフの一文を読んだ。一〇分後、誰かと話をせねばという気持ちから、また電話の受話器を取った。ナターシャにかけてみようと心を決めた。呼び出し音が二度鳴っても応答がなければ、寝ついているのだろうから、電話を切るつもりだ。しかし、呼び出し音が二、三秒続いたとき、ツヴァイクは心底がっかりして、追い立てられるように受話器を元どおり置くほかなかった。寝室に戻り、ブランデーの残りを一気に飲み干すと、二杯目をグラスに注いだ。頭のなかは微妙に焦点のずれた顕微鏡のようなありさまだ。『月刊・犯罪心理学』所収の一文が提起した問題はぼやけており、どんなに頭を働かせても輪郭がくっきりしない。と、そのとき、ある音楽の主題が頭のなかで鳴り響き、ツヴァイクは思わず口笛でその旋律を吹いた。『ラインの黄金』における雷雨主楽想の第六旋律だ。一瞬、心像がくっきりしたが、すぐにまたぼやけた。ツヴァイクは『月刊・犯罪心理学』の一九三六年版を開けて、自殺の心理学に関するノイマンの一文を読んだ。冒頭の一節はこうだ。「自殺という行為は制約に対する抗議だ。自殺は人生を牢獄視している」

ツヴァイクは居間に行き、スーツケースを開けた。そうして自分のハイデガー論の原稿を持って寝室に戻ると、各頁に目を走らせた。第三章の書き出しはこうだった。「人間の世界経験は基本的に制約経験だ」思わず「驚いたな」と声に出した。直後に玄関の呼び鈴が鳴り、ツヴァイクは後ろめたそうにはっとした。立ち上がって寝室の扉をじっと見た。自らの戸惑いや、呼び鈴が鳴ったあとの水を打ったような静けさをしみじみ味わうと、部屋を出て行った。ナターシャが玄関に立っていた。

「よかった。まだ起きてらしたのね」

「かわいいナターシャ。ここで何をしているんだね」

「家に帰るところなの。お宅の守衛が勝手になかへ入るなって言うのよ。わたしのこと、娼婦だと思ったみたい」

「だんなはどこにいる」

「メイドストンに。わたし、あの人の伯母さんと食事していたの――いやなバアサン。三〇分前にこちらへ電話したんだけど、誰も出なかったわ」

「ぼくもきみに電話しようとした」

「そう、よかった」ナターシャはヒョウ柄の外套を肘掛け椅子にかけた。のど元をぴっちり包む黒いワンピースを着ている。ツヴァイクの目には、ナターシャの顔が青白くて疲れているように映った。「この通りの端を過ぎたところで、先生が帰っているかどうか確かめずにいられなくて。どこにいらしたの」

ナターシャと話しているうち、お互い相手の言うことなど聞いてもいないなとツヴァイクは思った。部屋の外で第三者が二人の話に聞き耳を立てているかのように、一種のアリバイとして言葉は発せられていた。ナターシャがここへ来るのをツヴァイクは望んでいたし、ナターシャもここへ来たかった。両者ともにそのことを悟っていた。

「ここ寒いわ。あのブランデーを少しいただいていいかしら」

ツヴァイクに酒を注いでもらいながら、ナターシャは寝室にちらりと目をやった。

「あ、ヒーターがあるのね。なかへ入りましょ」ツヴァイクは思わず苦笑いした。ナターシャは語を継いだ。「わたしたちって、お互いの寝室で大半の時間を過ごしている感じね」ツヴァイクの枕を引っ張り出してベッドの裏に立てかけると、ベッドに座ってひざを崩した。ツヴァイクは肘掛け椅子に戻った。ナターシャは製本を指さした。「何を読んでるの」

「グスタフの論文が載っている。ぼくはある偶然を発見したよ」ツヴァイクは自殺に関するくだりを、次いで自身の一文を示した。「人間の世界経験は基本的に制約経験だ」ナターシャはたばこに火をつけた。

「何がそんなにすごいのか、あまりぴんとこないわ。ただ言葉遣いが似ているってだけで」

「いや、いや。そんなものじゃない。我々が言わんとしているのがここなんだ。ぼくはモートンて男にも話したんだが――わかってもらえなかった」ツヴァイクは立ち上がると、部屋のなかを行ったり来たりした。「いいかね、なんら確定した中身じゃなくて、ある感情、直観なんだ。何か重要なものが見えてくる気がする――だが何かは説明できない。制約の概念と関連するんだ。自然の見地……」

「自然の何？」

ツヴァイクは答えなかった。自分の脚に視線を落としながらゆっくり歩いた。ナターシャは答えを待って相手を見つめた。ツヴァイクは歩きながら口笛を吹いた。ナターシャが言った。「『ラインの黄金』ね」ツヴァイクははっとしてナターシャを見た。「先生、また『ラインの黄金』の主題を口笛で吹いているのね」

「そうだ。頭にひらめいた」ツヴァイクは指を髪に突っ込むようにして頭をかいた。「今日の午後、きみたちに話そうとしたね——我々の勉強会のことを。我々は何時間も超人や人間の自由について語り合った……。そして今、このグスタフの論文を読むと、考えてしまうんだ……」ナターシャは続きをせかさず黙っていた。こいつ、なんのことだかわかっていないなと察したツヴァイクは捲し立てた。「いいかね、我々は自由の必要性を実感したんだ。それが真の問題だったたんだよ、単なる言葉遣いの話じゃない。このグスタフ論文を読むと、内心——忸怩《じくじ》たるものがある。グスタフも同じことを感じているんだから。まさに、そこに存在するんだ」こぶしで製本を軽く叩き、肩をすくめて話を続けた。

「ぼくはもはや老人だ。歯痛《はいた》を感じるように自由の必要性を感じるなんて、どんなものなのか、もう忘れてしまった」

ナターシャがそっと言った。「おかしいわ」

「そうだね。でも——グスタフに関して、何か把握できていないことがある。一つ——鍵がある」ツヴァイクは指をぱちんと鳴らした。「この記事にね。自殺。これが一つ問題だ。グスタフは問うている。なぜ人は自殺するのか。そしてぼくの論文の一つを引用している。『自殺は人間の経験として愚行の最たるものだ。百万長者が餓死するのを恐れて自殺するようなものだ』わかるかね。ぼくは教え子たちに、ぼくの村の牧師にまつわる話をした。牧師は説教のはじめに、好んでこんなことを語っていた。天国には、地上に生まれたいと思っている魂が何百万もあります——何百万もの魂が列をなして、人間のからだを手に入れる機会を待っている。残念ながら、人間のからだは百万の魂につき一つしかない。大半の魂は、待って待って待ち続けねばならない。ときには百万年も。だから子どもたちは生きていることをつねに喜びます——生まれるにはどれぐらい待たねばならないのか、みな今でも忘れていない。そうして成長し、倦怠や不満を覚えていくのです——わかるかね、この牧師——アイヒバウム博士《ドクトア》——によると、我々は生きていることにもっとありがたみを感じるべきだと。いいかな。だからぼくも教え子たちによく言ったものだ、自殺は究極の愚行だと——何百万年も列を作っていた魂が、取り乱して、この世から逃げ出したいと、自らの心根を錯覚してしまう。自殺者は人生の重みを測り、生きる価値もなしと決めつける。この愚かぶりを考えてくれ。自殺者の大半は、縦に並んだ数字を合計することもできない。なのに自分では人生全体を要約できると思い込んでいる。これが哲学の真髄なんだと、ぼくは解明しよう。まさに哲学だ——あらゆる人間存在を要約する巨大な計算器を創り出そうという試みだ。人は計算器に問いかけるわけだ。人生は生きるに値するや、と。次いで、おのれの情報——あらゆる人間的な歓びや苦しみ——を食《は》む。それから人体の入手を待つ何百万年——」ツヴァイクの足元で、どんどんと何かを叩くような音がした。ツヴァイクはぎょっとして下を見た。ナターシャが言った。「どうしたの」ツヴァイクが応じた。「うへ、ぼくはやたら歩き回って、ご近所の眠りをじゃましてるんだ。もっとそうっと歩かないとな。階下《した》のやつ、天井を叩きやがった」靴を脱ぎ捨て、椅子に座った。

ナターシャが言った。「発言をみんな書き留めてくださいね」

「ああ、もちろん」ツヴァイクの口ぶりはそっけなく、いらつき気味にも取れた。「ぼくのハイデガー解説書に記しておく。しかし、ぼくを悩ませているのはその点ではない。ぼくが考えているのは——グスタフの活動の鍵についてだ」ツヴァイクは口を閉じ、ガスヒーターを見つめた。

「よくわからないわ。ノイマンの論文て、あなたの見立てを証明しているようなの？　この人、自殺と催眠術について書いていているわね……」

ツヴァイクはうなり声を発し、首を振った。

「いや、きみはわかってない」

「わかってない？」

ツヴァイクは立ち上がり、またあたりをうろつきだすと、うつろな顔で雷雨主楽想の第六旋律を口笛で吹いた。「アロイス・ノイマンはなぜ自殺したのかな」

ナターシャはツヴァイクをまじまじと見た。「なぜ？」

「ほかの者については、まあわかる。ほかの者はグスタフが殺したのかもしれない。しかし、なぜ父親が」

「父親が真相に気づいたとしたら？　絶望から自殺したのかも」

「いや。アロイスはそんな男じゃない」

「じゃあ、ノイマンが父親を殺したとしたら――父親に真相を知られて」

「いや。それもありえない。アロイスが我が子を警察に売るはずなど――」

「じゃあ、なんなのよ」両手を後ろに組み、しかめつらをして窓辺へと歩くツヴァイクの背中をナターシャは見つめた。ツヴァイクは振り返り、ベッドわきの『月刊・犯罪心理学』の製本を指さした。

「答えはそのなかにある。ぜったいだ」

「ほんと？　ほんとに、ただの偽の手がかり《レッド・ヘリング》じゃないと言い切れる？　ジョウゼフはそう思っているけど」

「いや。グスタフは、ぼくに見つけてほしくて、わざとあそこに置いたんだ。でもおそらく、じっくり読破してほしいんじゃないかな——そして理解してくれと」

また床を踏みならす音が室内に響いた。ツヴァイクが言った。「お、いかん。床が古くてきしむんだ。だから下の住人を起こしてしまう。ほかの部屋へ行こう」ナターシャは黙って立ち上がり、靴を脱いだまま部屋を出た。居間は寒かった。ツヴァイクはヒーターを入れ、寝室の扉をそうっと後ろ手に閉めた。ナターシャは書斎まで行き、明かりをつけた。「ここで仕事なさっているのね」ナターシャは書棚を見回し、一冊の本を手にして言った。「ひどい埃。掃除のおばさん、いないの?」

「いるよ」

「じゃあ、仕事がへたなのね。明日わたしがお掃除してあげます」写真のアルバムが机に載っている。ナターシャは椅子に座ってアルバムを開けた。

「これ誰?」

「死んだ妻だ」

「あら——ごめんなさい。とてもすてきな方ね」

ツヴァイクがナターシャの背後に立ち、覆いかぶさるように顔を近づけると、アルバムの最後の頁を開けて写真を一枚取り出した。アロイスとウォルター・ベンスキンを撮ったものだ。ツヴァイクはそれをナターシャの目の前に置いた。

「今日の午後に話したとおり、グスタフがメイドストン事件で秘書だったのはぼくもすでに知っていた。これが根拠だ」ツヴァイクは写真を指さした。「アロイス・ノイマンのとなりに座っている老人はウォルター・ベンスキンだ、殺されたよ」

ナターシャは写真をまじまじと見た。「いつからご存じなの」

「クリスマスから」

「でも、なぜグレイさんには言わなかったの」

ツヴァイクは肩をすくめた。「なぜ？　さあ、なぜかな。おれはグスタフだけじゃなくアロイスも裏切っていると、ふと思ったからかな……」

「でも……わからないわ。グスタフに捕まってほしくないなら、なぜベリーセントエドマンズにいらしたの」

「ぼくがグスタフに捕まってほしくないというのは、正しくない。あのときも今も、感じていることは同じだ。これは単純な殺人事件じゃない。ぼくはグスタフと二人だけで話す機会を待ち望んでいたんだ、真実を見極めるために」

「そういう機会は得たでしょ」

「うむ。あいつはぼくを裏切り者扱いした。そのとおりかもしれない」

「つまり、あなたはグスタフに逃げてほしいのかしら――ほんとに殺人犯だとしても」

「いや。ただ、事情を理解したいだけだ」

ナターシャはすくっと立ち上がり、ツヴァイクの顔を見すえながら静かに言った。「それはそうよね」

「ここは寒い。あっちの部屋に戻ろう」電熱線一本だけの暖房器では、居間の室温にはほとんど意味をなさない。ナターシャは震えながら肘掛け椅子に座った。ツヴァイクは浴室へ行き、緑のニットの部屋着を手にして戻って来た。

「これを着なさい」

「ありがとう」

ナターシャが座っている椅子の肘掛けにツヴァイクは腰を落ち着けた。

「自分が何をすべきか、心が決まった。明日ベリーセントエドマンズまで列車で行って、グスタフに会うつもりだ」

「それはよい判断なの」

「わからない。でもあいつと話をしないと」

「どんなことを」

ツヴァイクは相手の顔を見てにやりと笑った。「自殺について」

「まさか……」ナターシャはツヴァイクの顔を見つめた。「グスタフに自殺してほしいわけじゃないでしょ」

「とんでもない。きみ、ぼくがあいつに拳銃でも渡すと思っているのか。カードゲームでいかさまを見破られた警察官じゃないぞ、あいつは」

ナターシャが言った。「そういう結果になったりして」

「バカな。いいかね」ツヴァイクは浴室へ行き、『月刊・犯罪心理学』を手にして戻って来ると、肘掛けに再び腰を下ろし、開くべき頁を探した。「どうだ、この文章が自殺しそうな人間の手になるものらしく聞こえるかね」音読しだした。「不快なおこないながら、自殺には諧謔めいた面がある。人生の評価として、泣き虫少年の気質に通じるところがある」ツヴァイクは製本を閉じた。「今のが最後の一節だ。父親が自殺したあと、グスタフは今のくだりを書いた」

ナターシャはツヴァイクの顔をまじまじと見返した。「異様ね。それって……」

「ん？」

「わたし、こう言おうとしたの。狂気の沙汰か天才の所業だって。でも、ほかのことじゃないとも言い切れないわ――ふつうの意味での冷酷」

ツヴァイクはゆっくり言った。「はたしてグスタフは冷酷だったのかな――いや」

書斎の扉からツヴァイクがナターシャを振り返って見ると、ナターシャはツヴァイクを妙な目つきで見ていた。

「なんだね」

ナターシャは笑った。「なんだろう。あなたのことがまるでわからない気がする」

ツヴァイクが言った。「それは大したことじゃない」『月刊・犯罪心理学』の一巻を軽く叩いた。「こっちのほうがもっと大事だ」肘掛けに座り直すと、気の向くままに手をナターシャの肩に置いた。

「わたし、ドイツ語があまりよくわからなくて。その文章に、なぜそんなに感心してるの」

「ああ」ツヴァイクは、ぴりぴりしたような、お手上げだと言わんばかりのしぐさをし、首を振った。「うまく説明できればなあ。いいかね――ここに問題の人物がいる。グスタフ・ノイマンだ。自殺の観念、暴力的な死の観念に取りつかれている。たしか、あいつの好みの作家はロシアのアンドレーエフ（一八七一―一九一九）だった。数回も自殺を図った男だよ」

「ああ、そうね。読んだことあるわ」

「それから、アロイスの書棚に、法医学に関する本が一冊あった。これには妙な自殺者の写真がたくさん載っていた。たとえば、自分の頭蓋骨に六インチの釘を打ち込んだ男とか、家中の家具を積んで、その上に寝転がって火をつけた女とか……。グスタフはこの本に夢中になった。冗談めかして言っていたことがあったな、こういう写真を載せた哲学論文を書いてみたいと。自殺の話をよく持ち出していたしね。あるときは車を盗んで、崖から下ったこともあったし……。すべてがつながる。しかも、偉大な犯罪者になるという考えも抱いていた。さて、そうしてどうなったか。五年後、この論文を書き、うつのような病的状態はすっかり消えた。なぜか。いいかな、ぼくの知っているグスタフだったら、自殺には諧謔めいた面があるなどと書けるわけがない

「まだよくわからないのは――」

「待って」ツヴァイクはいきなり立ち上がって、相手の話の腰を折った。「じゃあ、偉大な犯罪者になりたいというあいつの思想はなんなんだ。なんのつもりだ」どうだとばかりにナターシャを見て笑みを浮かべ、部屋を端から端までドカドカ歩いた。もうおまえには反論できまいと言いたげだ。ナターシャはそんな相手をぽかんと見つめた。ツヴァイクが語を継いだ。「どうだ、一致しないかね」

「あなた、わたしのことバカだと思っているのね――何が一致しないの」

「自殺の観念から脱した人物は、殺人の観念からも脱する」

「そうね……」おざなりな口ぶりだ。

「まあ、いい。今後どうなるか時を待とう。とにかくぼくは明日グスタフと会いたい」

「わかったわ。わたしが車でお送りします」

「列車で行けるよ」

「いやよ、わたしが送ります」

「わかった。だったら、早く出発しよう」

「じゃあわたし、少し眠らないと」ナターシャは立ち上がったが、ツヴァイクに外套を取ってもらったときにまた口を開いた。「このまま帰ったほうがいい？」ツヴァイクは唖然として相手を見た。「早く出発するなら、わたしここにいたほうがいい。あのソファーに寝ればいいから」

「しかし――だんなはどうなるの。家で待っているんじゃないかね」

「待ってない。明日まで帰らないの。あなた、おとなりさんたちの目が気になる？　だったらわたし帰るわ」

「いや、そういうんじゃない。ここじゃ、みんなばらばらに暮らしている。しかし……」ツヴァイクは言おうとしたことをぐっと呑み込み、別なことを言いだした。「しかし、きみをあのソファーなんかに寝かせられない。ベッドを使いなさい」

「だいじょうぶよ。居心地よさそうだから」

ツヴァイクは内心の興奮と当惑を隠そうと、浴室の戸棚からひと抱えの毛布を持って来て、ソファーを急ごしらえのベッドにした。次いで台所の蛇口から湯たんぽに湯をいっぱいに入れたのだが、熱湯があふれて手にかかり、ひどい目に遭った。戻って来ると、ナターシャはツヴァイクには何も言わせぬとばかりに、即席ベッドに横たわっており、にっこり笑って湯たんぽを受け取った。

「おやすみなさい、あなた」

ツヴァイクは自分のベッドに入り、暗闇にじっと目を向けた。となりの部屋にナターシャがいると思うと、なかなか寝つけない。手首を持ち上げて、腕時計の夜光文字盤を見た。二時だ。同時に電話が鳴った。なんだ今ごろという思いでツヴァイクは音を聞いていたが、からだを起こして明かりをつけた。扉まで来たところで、呼び出し音がやんだ。寝室の明かりで、ナターシャがテーブルに立っているのが見えた。何か言っている。

「もしもし、あなた。いったいなんの用よ」ナターシャは目を上げてツヴァイクに気づくと、送話口を手でふさいだ。「ジョウゼフよ。酔ってるみたい」黒のスリップを着ている。乱れ髪が両肩にかかっている。しかも裸足という姿は、ほんの一〇歳児にしか見えない。また口を開いた。「ううん、まだ起きてらっしゃるわ。これから二人とも寝るところ……え？　そう、今日はこちらに泊まるわ。カールはベリーセントエドマンズに車で行きたいって……ええ、ちょっと待って。ご自身にお話ししていただくから」ナターシャは受話器をツヴァイクに渡し、即席ベッドに戻った。ガードナーの声はこもっていたが、聞き取りづらくはなかった。

「もしもし、カール。自宅にかけたら出なかったから、そちらにいるんじゃないかと思って。こんな時刻に申し訳ない。でも重要なことがわかったもので」

「ほう？」

「夜はずっとテリー・サムズと出歩いて、いろんな人と話をしましてね、さっきまでサムズの友人と一緒でした。テッドって男です。ハイフィールズ――ベンスキンが殺されたところですよ――で庭師をやっている人の息子で。一一時からここで飲んでいるんです。声、聞こえますか？」

「ええ」

「この男からびっくりするようなことを聞きました。わたしの印象では、死ぬ前のベンスキン老人はかなり弱っていて病が重い感じでした。でもテッド・ヒュートンの話によると、元気満々だったらしい。死ぬ前の二週間ほどは、絵に描いたように健康だったそうです。引っ越してきたときは病気だったように見えたが、すぐよくなったと。みんなたまげてましたよ。あの老人、一気に三〇歳も若返ったみたいだったとヒュートンは言っていました」

ツヴァイクが言った。「なんてこった《マイン・ゴット》」

「まったく。わたしの言いたいことはおわかりでしょ。ティムの場合と瓜二つなんです。ヒュートンの考えるところ、秘書が老人に何か薬物を与えたんだろうと。ある日、秘書が老人に皮下注射をしている場面を目撃したそうですから。どう思いますか。催眠術って感じはしないが」

「しかし、その庭師は警察に知らせなかったのかな」

「何を知らせるんですか。老人が健康そうだったと？　みんなそれは知っていますよ」

「皮下注射器のこととか」

「何も出てこなかった。結局、老人が病気だったんだ――ふつうの注射だったこともありうる。ところで、ベリーセントエドマンズ行きはどういう目的で？」

ツヴァイクは言葉を選んで答えた。「電話では説明できないな。とにかくグスタフと会って、とことん話し合わないと、我々は先に進めないと思う」

「ねえ、あんた。どうかわたしの助言を受け入れて、そんなまねはしないでくださいよ。なぜかわかるでしょ。この一件は微妙に停滞している。わたしの見方はわかりますか。これは要するに薬物の問題ですよ。ノイマンはとてつもない気分の高揚をもたらす薬物を摂取していたんでしょう。自殺したくなるほど沈鬱《うつ》な気分になる後遺症ももたらす代物ですよ。でも法廷でそのことを立証するのは困難至極でしょう。わたしの望みとしては、我々が発見した皮下注射器を警視庁が分析して、何か発見できればね。もしティムがすでに注射されていたら、我々は早く――」

「もちろん。だが、ぼくにはグスタフに会いたい自分なりの理由があるんです」

「じゃあこれだけは——明日わたしが戻るまで、妙なことはしないと約束してください。わたしはここを早く出て、まっすぐお宅へ向かいますよ」

「よろしい」

「よかった、ほんとに。またナターシャをお願いできますか」

ツヴァイクが言った。「だんなが代わってくれって」

ナターシャは毛布をはねのけて部屋を横切り、受話器を受け取った。寝室の明かりで脚のかたちが浮かび上がるのを目にし、欲望が一気に湧き上がるのを感じて、ツヴァイクはどぎまぎした。ナターシャをまさに一人の女として意識したのはこれが最初だった。ツヴァイクはあわてて目をそらした。そんな心中を察したのか、ナターシャは手を伸ばし、話をしながらツヴァイクの手を取った。

「わかったわ。早く出発なさらないようわたしが気をつけるから。でも、まさかティムが薬物を摂取しているなんて。ご本人は薬物を嫌っているし、わたしもべつに兆候なんて気づかなかったわ……そうね、目がきらきらしていた感じ。そのうちわかるわね。わたし、ベッドに戻らないと。スリップしか着ていないのよ。いいえ、迷惑なんかかけてないわ。じゃあね、あなた」ナターシャは受話器を置いて言った。「ね、ここにいていいって、主人のお許しが出たわ。あの人、先生のこと信頼しているの」

ナターシャのあらわな両肩にツヴァイクの目は釘付けだった。

「ぼくも自分が信頼できればな」

ナターシャはツヴァイクに近寄った。ありのままの気持ちをそのまま表した瞳。媚を売ったり誘いをかけたりしているふうはみじんもない。

「なぜこんなことにわずらわされているの。先生が何を感じてらっしゃるか、わかるわ。なぜ今夜わたしに電話をくれないでご自分のクラブへいらしたか、わかるわ。わたしのこと、信頼していないんでしょ」

ツヴァイクが耳を疑うと言わんばかりに問うた。「どういう意味だね」

「心配してらっしゃるのよ。お互い知り合ってまだ三日だし、わたしはなりふりかまわず先生を追いかけている。先生の心の動きはわかるわ。この状況がどんなかたちにおさまるのか知りたいんでしょ」

ツヴァイクは両手を伸ばし、ナターシャの肩にそっと置いた。守ってやろうと言いたげなしぐさだ。肩の冷たさに触れて、ツヴァイクは思わずナターシャを引き寄せたくなった。スリッパをはいていない自分の足もじんじんするほど冷たい。ツヴァイクは静かに言った。「そう、そのとおり。まだ同じことを感じている。なぜぼくらは今ここに立っているんだろう。なぜきみは自宅じゃなくてここにいるんだ。きみがぼくの愛人じゃないと誰が信じるだろうか」

「だからなんなの。人生は演劇や小説みたいにはわかりやすくないのよ。劇作家には思いも及ばないぐらい、人生の道は曲がりくねっているんだから。あなたはわたしに慣れてくれるわ――時間が経てば。わたしと半年ぐらい付き合えばね」ナターシャは笑った。触れているからだが震えるのをツヴァイクの手は感じ取った。ナターシャがからかうように言った。「物事を結論まで考え抜こうとしないでいいのよ。うまくいかないんだから。なるようになるんだから。流れるままにしておきましょ」

ナターシャはいきなり身を乗り出してツヴァイクの口元にキスし、語を継いだ。「寒いわ」ベッドに戻った。のどまでシーツを引き上げ、ツヴァイクを見上げて言った。「わたしのことは心配しないで。先生を失望させたりしないから」ツヴァイクはからだをかがめてナターシャにキスした。唇は柔らかく、なされるがままにじっとしているので、ツヴァイクはその暖かさをしみじみ味わおうと、からだをくっつけていたかった。が、はっと我に返って背筋をぴんと伸ばし、おやすみのひと言も口にせず寝室へ戻った。ベッドに入ってみると、満たされない想いは消えていた。もうナターシャがとなりの部屋にいることも変ではなくなった。自分でもはっきりしない意味で、もしナターシャが自分のかたわらに寝ていたとしても違和感はなかっただろう。目を閉じると、ナターシャの暖かさにからだを包み込まれた気になり、ツヴァイクは眠りに誘われた。

＊＊＊＊＊＊＊＊＊＊＊＊＊＊＊＊＊＊＊＊＊＊＊＊＊

電話の鳴る音でツヴァイクは目を開けた。頭がぼんやりしたなかで、電話に応対するナターシャの声が聞こえた。数分後また目を開けてみると、ナターシャがコーヒーカップを手にしてベッドわきに立っていた。ツヴァイクはからだを起こし、まばたきし、腕時計に目をやった。一〇時半だ。ナターシャは顔をしかめ、となりの部屋を指で示して、ささやき声で言った。

「掃除のおばさん、すごい顔してるの。入ってきたとき、わたしがスリップ姿で歩き回ってたから」

ツヴァイクは自分のあごをこすった。寝ぼけまなこのまま、ひげづらの顔を見られたことに忸怩たる想いだった。

「コーヒー入れたの誰？」

「わたし」

ツヴァイクはカップを受け取り、右手で顔をもみほぐしてむくみをなくそうとした。ナターシャが言った。

「サー・チャールズ・グレイが警視庁から電話してきたの。三〇分後にここへ来るそうよ」

「なんの用事で」

「インターポールがどうとか。ちょっと嬉しそうな声だったけど」ナターシャは寝室の扉を閉めると肘掛け椅子に腰を下ろした。「ここにいてもいいかしら。掃除のおばさん、わたしのこと娼婦を見るような目で見るんだもの」

ツヴァイクはまごつきながら言った。「きみがここにいると、物事はいい方向に行かない気がするんだが。ともかくガスヒーターをつけてくれるかな」

ナターシャはツヴァイクから顔をそむけて腰を下ろした。口のなかが粉にまみれたように粘っこいので、ツヴァイクは前の晩に飲みすぎたと思い知らされた。コーヒーはうまかった。がぶがぶ飲んでいるうちにツヴァイクは気分がよくなってきた。

「だんなから何か知らせは」

「まだ何も。もうすぐ来るでしょ」

ひんやりした明かりを受けながら、ナターシャがそばにいてもツヴァイクはもはやさほど嬉しくなかった。これからグレイやガードナーと対面することを思うと、落ち着かなかった。自分とナターシャが別々のベッドで一夜を過ごしたと思ってくれる知人など皆無だろう——グレイとガードナーは別かもしれないが。ただ、この二人でさえ、どこまで……。

寝室の扉がおざなりにノックされ、掃除婦が顔を出した。

「もうご用事がなければ、帰らせていただきますが」

気がつけばツヴァイクは、どうすればいいかなと言いたげな目でナターシャを見ていた。ナターシャが言った。「書斎の拭き掃除が残ってるじゃないの」

ツヴァイクはすばやく答えた。「いや、もうけっこう、お世話さまでしたね、マクリー夫人」

扉がばたんと閉められた。ナターシャが笑いながら言った。

「わたし、先生を危険にさらしてるわねえ。先生もわたしと早く結婚しなくちゃ」

ツヴァイクが言った。「だんなはどうなるんだ」

ナターシャは立ち上がった。「コーヒーのお代わりは？」ツヴァイクからカップを受け取ると部屋を出て行ったが、すぐ戻って来て言った。

「先生、奥さん必要ないわよね」

「ぼくには何が必要なんだ」

「半分妻。あなたにとって必要なときはちゃんと気を遣ってくれて、そうでなければやもめ暮らしを好きにやらせてくれる人」

半分妻に対して、夫の特権はどれぐらい期待していいものか、ツヴァイクはまじめにたずねてみたかったが、角の立ちそうな言い方しか思い浮かばなかった。と、そのとき玄関の呼び鈴が鳴り、せかされるようにしてツヴァイクはまともに訊いてみようとした。ガードナーの声が聞こえた。

「もう起きてるかな」

何か言葉を交わしている声がしたあと、ガードナーが扉をノックした。

「すいません、入っていいですか。おはよう。調子はどうですか」玄関がばたんと閉まる音に、ガードナーはびくっとした。「ひゃあ、今朝は頭が重い。あのすごい顔の女は誰だ」

ナターシャが笑いながら答えた。「先生の掃除婦よ。なんと言ってた？」

「きみらがもう起きてるか訊いたら、『誰のこと？』と言いやがったよ。だから言ったんだ。『ツヴァイク教授とわたしの妻だ』と。すると、ふんって顔して、足を踏み鳴らさんばかりにして行ってしまった。おかしな女だ」ガードナーはもう一脚の椅子に腰を下ろした。「年を取ると頭も刺激に弱くなる。家に帰ってとっておきの二日酔い用飲み物を作りたいよ。何か特別な用事でもあるのかな」

ナターシャが答えた。「さあ。サー・チャールズがもうすぐここに来るわ。わたし、顔を洗わないと」洗面所に入った。

ガードナーが言った。「ちくしょう、気分が悪い。きみはどうだ」

「わたしもよ」

「誰だったか、こんなことを言ってたな、二日酔いを治すには死ぬよりほかなしって。コーヒーはあるかな」

「台所に。持って行ってあげるわ」

「いいよ、自分でやる」ガードナーは部屋を出た。ツヴァイクはベッドから起き上がり、手早く部屋着をまとった。ガードナーがカップを二つ持って入ってきた。

「コーヒー持って来ましたよ。誰が入れたんだろう、ナターシャかな。コーヒー入れるのうまいんだ。だからぼくはめとったわけでね。ひと晩ご迷惑じゃなかったでしょうね」

「いや、そんなことは」

「ゆうべは外出されましたか」

「奥さんと、ではないがね。いらしたのは――そのあとだから」

「何時ごろですか」

「一時かな」

「あちゃあ」相手のこの叫びが、自分の答えに対する受け止めなのか、または頭にずきんと走った痛みゆえのものなのか、ツヴァイクには不明だった。「うちのは、なんともはや、破廉恥ですな、あの女。ああ、気分が晴れてきた」ガードナーはコーヒーをがぶりと飲むと、いきなり真顔になってツヴァイクの顔を見た。「うちのはあなたにずいぶん熱を上げてるんですよ、お察しのとおり」

ツヴァイクが問うた。「なぜかな」

「さあ。前からあなたのお仕事ぶりにあこがれていました。でもわたしの見るところ、父親を想うようなものだな。あれは父親が大好きだったから――」浴室の扉に鍵を入れて回す音がして、ガードナーはふと口を閉じた。が、声音を変えずに語を継いだ。「いくつかおもしろいことがわかったんです。まず、ベンスキン老人はノイマンとなかなか睦まじい仲だった。あまりに親しげなので、周囲は父親と息子なのかと思ったと」

現れたナターシャがたずねた。「誰から聞いたの、それ」

「サムズの友人から。この件に関して知っている二、三人と話をしたんだ。一人は家で仕事をしていたフランス人の磨き職人でね――数日前から来ていたと――あ、ちょっと失礼」ガードナーは玄関の呼び鈴に応対するべく部屋を出て行った。ほどなくグレイを連れて戻って来た。

「やあ、カール。起きたところかね。疲れた顔しているな」グレイの顔は、風のなかをきびきび歩いてきたばかりだと言わんばかりに健康そうだ。元気が有り余ってか口ひげが逆立っているようにも見える。グレイはかぶっている山高帽をベッドに投げた。ガードナーが言った。

「わたしたち二人とも二日酔いでね。大声はごかんべん」

「そうかね。それはすまん。ああ、すみませんね」これはコーヒーを運んでくれたナターシャにかけた言葉だ。「ところで、ブレイドンとまた協議してきた。事態は動いているよ」

「例の皮下注射器について何か情報は」ガードナーがたずねた。

「ああ、あった。とはいえ嬉しいことじゃない。中身は空っぽだった。だから手がかりはつかめない。でも鑑識ががんばって、なんだかわからないが残っていた物質の薄い溶液を作ってくれた。係官は唖然としていた。なぜなら、確認しうる唯一の成分は、少量のアトロピンの一種だからと」

「なんだって?」ツヴァイクが興奮のあまり立ち上がった。

「アトロピンだ。知っているかね」

「スコポラミンじゃないのか?」

「係官はそうとは――」

ガードナーが口をはさんだ。「なぜスコポラミンを持ち出したんですか」

「『月刊・犯罪心理学』に自白薬に関する論文を見つけたからだ」

「ゆうべ、わたしが思い当たったことの一つがそれだったんだ。わたしは戦時中にスコポラミンと関わりがあったんです――諜報機関がスパイ活動で用いたんですよ。その効果は、フランス人磨き職人による説明のものとは違っていて――」

「フランス人磨き職人てなんだ」グレイが問うた。

「ちょっと、順々に片づけましょうや。まずグレイさんがご自分で調べたことを語る。次にわたしが語る。続いてカールが雑誌で見つけたことを語ると。いいですか」

グレイが応じた。「よろしい。ぼくの情報は大したものじゃないがね。インターポールのブレイドンや刑事捜査部《CID》のチェソンと何時間か協議したんだ——午前中いっぱい警視庁にいたよ。もっと証拠が必要だという点で三人の見方は一致した。そこで、マントンやハイデルベルク、ジュネーブの各警察と連携を取りながら捜査をすることになる——ノイマンのパスポートに記載されている住所は、ジュネーブから二〇マイル離れたジェクスという土地にある。次には、ノイマンがこういう国々で前科があるかどうか確かめることだ。あなたは何を探ったのかな」

ガードナーが話し始めた。「ゆうべはサムズと過ごしましてね。とても人柄のいいやつですよ。パブを何軒かはしごして、ベンスキン事件のことを憶えている何名かと話をしました。ベンスキンの死は自殺だったというのが大方の意見のようだった。わたしはちょっとがっかりしだして——そんなとき、ヒュートンという男と知り合いました。ベンスキンの庭師の息子です」いったん間を置いて話を続けた。「ヒュートンによると、ベンスキンは死ぬ直前まですこぶる快活で健康だったそうです。人相風体の説明を聞くと、ティム・ファーガソンが頭に浮かびました。なんとも妙な話に思えたな。ティムも南アメリカから衰弱した状態で戻ってきて——いきなり目を見張らせるほど回復した」

「とすると、催眠術だったとは考えにくいかな」グレイが言った。

「そうではなさそうです。わたしの話の要点はわかりますよね。ティムが危険にさらされているなんて思い込むのをわたしはやめていたんですが、今では気が変わりました。早く手を打たないといけません。わたしはティムと会って、事実をすべて並べてやり、ノイマンからどんな〝治療〟を施されたのか訊いてみようと思います」

グレイがくわえたパイプに火をつけた。

「お説のとおりかもしれない。思うようにやってみても悪くないね。とはいえ、わたしはこの一件ではまだ五里霧中に近いんだ。ブレイドンとチェソンには、ノイマンが催眠術を利用した恐れありと納得してもらったが……」ツヴァイクに目を向けた。「ところで、ノイマンの論文について簡単な解説を書いてもらえないかな。催眠術に関するやつだ。ブレイドンが読みたいと」

「いいよ。しかし、ノイマンの論文以外にも資料は必要だな。きみからブレイドンに頼んでくれないか、サラ事件に関してストックホルム警察に接触することと、ハイデルベルクから他の事件の詳細な報告書を入手することを」

「ほかの事件とはなんだ。てみじかに話してくれ」

「一九二九年にサラ事件が起きた。催眠術に魅せられた一人の若い男が術を使って犯罪集団を操った」

「操ったとはどういう意味だ」

「相手の連中は、犯罪集団というだけでなく、秘密の魔術同好会を自認していて、全員すんなり催眠術にかかった。そうして各自いろんな犯罪に手を染めた――自動車泥棒、武装強盗、色情殺人、さらには白人女に対する強制売春も。ノイマンによれば、くだんの若い男は未成年の女子数人に催眠術をかけて自分と性交渉を持たせ、人身売買まがいの売春をやらせた。こいつはまた、相手の犯罪集団の一員を殺したんだよ、催眠術をかけてから毒物を注射して。それから前にも話したとおり、催眠術で暗示をかけて、別な一員を自殺に追い込んだ。スウェーデン警察から詳細な情報を得るのはすぐできるだろう。ハイデルベルクのほうは、列車内で知らぬ間に催眠術にかけられた若い女の一件だ。術をかけた男は医者を装っていて、のちに女には金を盗ませ、売春をやらせている。ノイマンはまた、一九二一年にチューリンゲン（ドイツ中部の州）で起きた事件についても書いている。ある狩猟管理人が学校の教師に催眠術をかけて、いろんな犯罪をやらせたものだ。それどころか、術をかけたやつは教師をピストル自殺に追い込んでいる——そこからすると、被験者は自身の意志に反する行動に出ることもあ、、、りうるのは明らかだ」

グレイはくわえたパイプを吸ってから、ゆっくり言った。

「ふむ、もしノイマンが催眠術を使って相手を自殺に追い込んでいたら、犯罪者の巨頭になると豪語していたとおりになったわけだ」

ガードナーが言った。「わたしは薬物説にこだわりますね。ただし、薬物を使うと、相手を催眠術にかけやすくなるだろうとは思いますが」

電話が鳴った。グレイが言った。「ぼく宛かな。何かわかったら電話をくれとチェソンに言っておいたから」となりの部屋へ行った。グレイの声が聞こえてきた。「グレイです。もしもし、ジョンか……何？　いつだね……一二時半？　わかった。そちらの誰かに、列車を出迎えて、二人を追わせてくれないか。よかった。わたしは一五分後に自宅へ戻るから、もし何かあればそちらへ」グレイが寝室に戻って来た。「ノイマンとファーガソンが一〇時半にロンドン行きの列車に乗った。キングズクロス駅に一二時半に着く」

「やった！」ガードナーが言った。「こちらはノイマンに不安を抱かせているようだ。でも、出国することをもくろんでいるのかな」

「ありうる。何があろうと、居場所をつかんでおかないと。あいつにまず訊いてみたいのは、なぜ一九三八年にイギリスで偽造パスポートを使ったのかだ」

ガードナーが立ち上がった。「お二人さんがよろしければ、わたしは家に帰って一時間ばかり眠り、元気のつくものでも飲みたいんですが。ナターシャ、どうするね」

「ええ。わたしに何かご用がなければ」ナターシャはツヴァイクの顔を見た。ここに残る口実を見つけてくれと言いたげなのは一目瞭然だ。だが、ツヴァイクとしてはグレイの視線が気になり、訴えを退けるほかなかった。

「いや。二時間ばかり仕事をするから。必要とあらば、ぼくはここにも来るが」

「じゃあ、わたしは帰ります」ガードナーが言った。「車に乗りたいか、きみ」

「いいえ。すぐ先に自分の車を停めてあるから」

グレイが言った。「ナイツブリッジまで乗せてもらえると助かるんですがね」

「いいですよ」

二人で部屋を出てゆきながら、グレイが言った。「カール、例の報告書をよろしく頼むよ。どんな結末になるにしろ、ブレイドンは将来の参考までに保存しておきたいそうだ」

「今日のうちに仕上げるよ」

＊＊＊＊＊＊＊＊＊＊＊＊＊＊＊＊＊＊＊＊＊

二人が姿を消すと、ナターシャが言った。「これからどうなさるの」

「なんとも」ツヴァイクは肘掛け椅子に腰を下ろし、心もちしかめつらで、寝室に充満しているたばこのにおいをくんくんかいだ。「もうこの一件はぼくの手を離れ始めているようだ」

「まだノイマンと話がしたい？」

「そうだね。でもあいつが四六時中、警察の監視下に置かれたら無理だな」

二人は別室に移った。火が赤々と燃えている。ナターシャは自分の外套を手にした。

「今から外に出てお食事するのはどう？」

ツヴァイクは苦笑いした。

「そうしたいところだが、やらなけりゃならないことがあってね。グスタフの例の論文四本をじっくり読まないと。頭がすっきりしているうちに、読み返したいんだ」

「なぜ」

「どこか見落としている点がある気がしていらいらするんだ。把握すべきなのに、できていない箇所が……」

「じゃあ、論文を読みながら、何かわたしが作ったものを食べていただこうかしら。おじゃまはしないから」

「ありがとう。今は腹も減っていない。だんなはきみの帰りを待ってないのかな」

「ええ。帰ったらベッドに直行よ。とにかく、コーヒーだけでも入れさせて。口は閉じてるから」

＊＊＊＊＊＊＊＊＊＊＊＊＊＊＊＊＊＊＊＊＊＊＊＊

ツヴァイクは寝室から『月刊・犯罪心理学』の各製本を持って来て、居間の暖炉わきの茶器運搬用キャスター付き小テーブルに置いた。ナターシャには居残ってほしくなかった。そばにいられると、気が散ってしまいそうだからだ。だが活字を読み始めると、ナターシャのことは頭から消えた。ナターシャは靴を脱ぎ、ストッキングをはいただけの足で歩いている。一〇分後、コーヒーを持って来てくれたとき、ツヴァイクは心ここにあらずといった顔で受け取り、「ありがとう」とつぶやくように言うと、再びひたすら活字を目で追い続けた。ナターシャは書斎に入り、扉を閉めた。それから本を持ち上げたり、家具を動かしたりしたが、そんな物音もツヴァイクの耳には入らなかった。本来は誰にも書類に手を触れてほしくないので、書斎には出入りするなと、ツヴァイクは掃除婦に命じてあるのだが。

はじめのうち、二日酔いの名残りのせいでツヴァイクの理解力は鈍かった。だが二頁も読むと、心身の疲労などへでもなくなった。読解してゆくことで、苦痛に似た感情が生まれた。とはいえその苦痛のなかで、ツヴァイクは妙に感動し、自分の年齢やらある種の快感に抗しがたい自分の肉体やらを意識した。一本目の論文を読み終えたとき、この感情があまりに強烈だったため、これ以上は読み進められなかった。ツヴァイクは冷えてしまったコーヒーを飲み、部屋を行ったり来たりした。ナターシャが入ってきた。ツヴァイクは初対面の相手のような目でナターシャを見た。そうして、ストッキングをはいただけの足に目を留めると、いきなり笑みを浮かべた。ナターシャが口を開いた。

「ちょっと食べ物を買って来るわ。何が食べたい?」

「まだ何も。食べる気がしないんだ」ツヴァイクはまた腰を下ろして暖炉の火を見つめた。

「今わたし、ここにいないほうがいい?」ナターシャはツヴァイクの椅子の背後に立っている。ツヴァイクは相手の手を取った。

「いや。でもこれが――書物を指さした――食い者より今は大事なんだ」

「探しているものはあった？」

ツヴァイクは声を上げて笑った。「きみ、ぼくが何を探しているか、わかっているのか」

「手がかりでしょ――ノイマンの動機の……」

「ある意味では。でもそんなに大事じゃない」それを言いたいんだというツヴァイクの胸の内を察して、ナターシャは向かいの肘掛け椅子に座った。ツヴァイクは製本を閉じると、誘惑を拒絶せんばかりに小テーブルを押しのけた。「昨日、車でここへ戻って以来、ぼくはゲッティンゲンで催したニーチェ勉強会のことを考えているんだ。アロイス・ノイマンが創設者で会長だ……。今この論文を読むと、アロイスの姿が頭に浮かぶ。グスタフについてもわかる面がある。でも、自分自身についてもわかる面が生まれるんだよ」ナターシャの顔は見ないまま話し続けている。表情が目に入ると、自分が直視しようとしているものから気が散ってしまいそうだ。「我々は信じた――信じたんだ――すべてのことを、未来を。若者だけに可能なかたちで」

ナターシャが言った。「でもあなたはまだ信じている」

「そうだ。だがもう当時と違って――万事は変革しうるという信念はない。当時は、みな今よりはるかに多くのことを感じ取っていた。だがね、我々が共有していたのは必ずしも知的な論点ではなかった。たとえば、フリッツ・ハラーという男は牧師になるための勉強をしていて、ローマカトリックに改宗した。キリスト教に関する我々の議論は愚かしいと言っていたな。ともあれ、我々には共通の感覚があった――人間は大きくなり切れていない。つまり、今に至るまで、人間は誰一人として達成可能なはずの偉業のかけらをも達成しえていない。この所信がわかるかな。女性には難しいね。侮蔑感があふれるほどあるかに思える。ところがそうではないんだ。侮蔑感の問題ではない。我々はよく論文や物語を互いに読み合った――自作ではなく文芸誌に載っているものを。で、こんなことを言ったものだ。『どれもみな小粒すぎる。空気の淀んだ狭い部屋で書かれたものばかりだ』と。人間は新たな発展の出発点にありと我々は信じていた」

「でも先生はご著書で何度か同じことを言ってらっしゃるわ」

「うむ、言っている。だが、我々が元来どんな意味でそう言っていたか、ぼくは忘れていた気がたまにするんだ。ある晩、フリッツ・ハラーがニーチェの超人思想に関する論文をみんなの前で読み上げた。こんなことを書いていたよ。『ニーチェの考えはそのまま受け入れるまでもない。その多くが病める人間の叫びだからだ。ニーチェ主義者を自称する者は愚かだ。ニーチェはあまりにも小粒だったからだ。それでも、ニーチェは今世紀の人間精神に起きている事柄を表現している』」ツヴァイクは先ほどから部屋を行ったり来たりしている。講義の際の習い性で、語りに熱が入ると、じっと座っていられなくなる。「ハラーはさらにこう述べた。『ニーチェ自体もニーチェの著書もすべて忘れて、ニーチェたちが真っ先に察知した新たな現象に意識を向けよう。すなわち、史上初めて人間は自身の人間性ゆえに息苦しさを覚え始めているということだ。一九世紀の偉大な芸術家や作家の大半は、自身の限界に閉じ込められていると感じている者たちだ。いずれもが人間の弱さに息詰まる思いをしている。とはいえ、一部の者がこうした弱さから解き放たれんと闘っているまさにそのとき、弱さすなわち人間としての敗北におのれの芸術のもといを求める者たちもいる。これが我々の文化史とは無縁の事実であるのは明白だ。一方の種類の人間は自由を求める。他方の種類の人間は否定の倫理を築く。これは何を示しているか。人間は新たな飛躍的進化に向けて準備しているのか』と、まあ――こんな内容はきみには凡庸に思えるかな。一〇年後には、ぼくでさえこういう考え方から脱することができて、現実《リアリスト》を事とする人間になれて我ながらよかったと思った。それでもな――昔の自分は間違っていたと今は思う。なぜなら……」先を続けるのをためらい、製本を手で示した。「グスタフもそう感じているからだ。その論文に載っている。あいつもリアリストなんだ。催眠術や自白薬や自殺について書いているよ、自分の関心事は純粋科学だけだと言わんばかりに。それでもぼくにはわかるんだ。グスタフがほんとに感じているのは何か、ぼくにはわかる……。しかしまあ、あいつを教えていたころ、ぼくがこのことに気づかなかったのは妙な感じだ。あいつは何しろ、ぴりぴり、いらいらしていた。ぼくはあいつの弱さが気になりすぎていたかもしれない」ツヴァイクは腰を下ろし、苦い顔で暖炉の火を見つめたが、不意打ちを食らわすかのようにいきなりナターシャの顔に目を向け、肩をすくめて言った。「あなたは妥協していると、ぼくをそう難じたグスタフが正しかったんだろうか。リアリストたるには、ほかにも方法がいくつかあると、今のぼくには思えるから」

ツヴァイクが話を続けるのかどうか、ようすを見ていたナターシャは、ツヴァイクが腰を下ろし、自分を通り過ぎるような視線を向けたところで、口を開いた。

「でも、自由の意義を信じている人間がどうして殺人犯になりうるか、先生はまだ説明さなっていないわ」

「グスタフはほんとに殺人犯だったのか。ぼくには判断できかねるところだ。ともかく、受け入れがたいんだよ、いかに証拠があっても……」

また沈黙の時が流れたあとにツヴァイクが言った。

「それにしても、なぜグスタフはぼくに一度も連絡してこなかったのか。これでも指導教授なのに。

あいつはこの件について語りたいと思っているはずだが……。虚勢を張るという意味にしろ、自ら進んで示してもいいだろうに、怖がってないよと――」

「殺人を犯すことを？　なぜノイマンはそのことを告白しなかったのかと、先生は思ってらっしゃるの？」

「いや、いや。どうも――よくわからないな……」

ツヴァイクは立ち上がった。

「今ぼくがどうしてもやるべきは、グスタフと二、三時間向き合うことだ。あいつにたっぷり語らないといけない。グレイたちがペラムプレイスのこのフラットに戻って来たら、あいつに電話して、会いに行っていいか訊いてみる」

ナターシャがほほえみながら言った。「何をなさるにしろ、何か食べたほうがいいわ。でないと、誰を相手に話をしてもうまくいかない」

ツヴァイクは笑い、手を伸ばしてナターシャの頭を愛しそうになでた。

「たしかに。腹が減ってきたよ。着替えをして、外へ食いに出よう」

顔にかかるお湯の温かみを心地よく感じながら、ツヴァイクはゆっくりていねいにひげを剃った。ナターシャが皿を洗う音がする。ツヴァイクが蝶ネクタイを結びながら居間に戻ると、電話が鳴った。ツヴァイクは立ったまま電話を見ている。ナターシャがふきんで手を拭いながら近づいてきた。

「出なくていいの？」

「たぶんきみのだんなだよ、きみがいつ戻るか知りたいんだろ」

「違うと思う」ナターシャは受話器をさっと取り、何秒か相手の声を聞いてから言った。「いいえ、一五分前に出て行かれたようです。自宅にいらっしゃるはずです……はい、ツヴァイク教授はいらっしゃいます……」ナターシャは受話器をツヴァイクに渡しながら言った。「警視庁のどなたか」

声が話しだした。「ツヴァイク教授、チェソンと申します。わたしのことはサー・チャールズ・グレイからお聞き及びですかね。そうですか。わたしも教授の支持者なんです。でも用件はこういうことです。なかなか興味深い進展がありまして、お知らせしたほうがいいと思ったわけです。例のノイマンという男について、我々はインターポールに照会してありました。当方にはあまり大した記録がなくて。ノイマンはフランスやスイスでは前科がないようでね。ともかく、二つ三つわかりました。パスポート記載の住所はジュネーブ近くのジェクスになっていますが、本人はもうここにはおりません。つまり、我々としては手続き上の件でノイマンを引っ張るのも可能なんです――パスポートの住所に関する不実記載で。ほかに、ノイマンはドイツで前科がありました。大したことじゃないが。一九五一年にベルリンで逮捕されていますね、ヘロインなど各種薬物の不法所持で。一万マルクの罰金を払って釈放されています。こうなると、ノイマンに事情聴取を求めるだけのものがそろったと思いますが。どうですか」

まるで生き物であるかのようにツヴァイクは電話を見つめながら、どう答えようか迷った。チェソンの声がした。「もしもし」ツヴァイクは口を開いた。「ううむ――そうだな――なんとも言えませんね。きっとサー・チャールズなら、あなたが考える最善の手を打つよう言うでしょうね……」ノイマンの逮捕を遅らせる理由を見つけたかったが、頭は働かなかった。チェソンが言った。

「わかりました、今から電話してみます。ですが、たしか本件では教授が中心となって調べておられるはずだと思いまして、動く前にお伝えしないといかんかなと――」

「いや。そういうわけでは」

「次の問題としては、なぜノイマンが一九三七年から翌年にかけて、偽名でイギリスにいたか探ることです。しかし、それがわかってもまだちょっと弱い。もっとしっかりしたものをつかまないと。もちろん、サー・ティモシー・ファーガソンも重要人物だ——こちらが全容を知らせてやれば、ノイマン逮捕につながる証拠を提供してくれるかもしれない。いずれにしろ、ノイマンが国を出て姿を消すのを防ぐことが欠かせません」

「ええ、もちろん……」

「事情聴取に持ち込められるようなら、教授には今日のうちに警視庁にお越し願うことになりそうですが。よろしいですか」

「そうですね、ええ。電話いただけますかね」

「わかりました。言ってしまいますとね、わたしが扱った事件のなかでも、これほどつかみどころのないのは珍しい」

ツヴァイクが受話器を置くと、ナターシャが言った。

「どうだったの」

「先方は駅でグスタフを逮捕するつもりだ——あるいは任意同行かな。一九五一年にグスタフがベルリンで薬物問題で起訴されているのを突き止めたと。ノイマンを好ましからぬ外国人だとして引っ張れるだろう」

ナターシャは肩をすくめた。「かえって幸いなのかしら。いずれ明るみに出ることなのね」

「どうかな」ツヴァイクは受話器を手にした。「チャールズに電話しないと……」が、すぐに受話器を置いた。「話し中だ。チェソンがかけているんだろう」

「じゃあ食事に出かけましょ」

「それは取りやめて、ここで何か食べるのではだめかな。本格的に食事する気分じゃなくてね。玄関番に何か買ってきてもらえばいいんじゃないか」

「そんな必要ありません。わたしがひとっ走りお総菜屋さんまで行って、何か仕入れて来ます。先生はここにいて」

＊＊＊＊＊＊＊＊＊＊＊＊＊＊＊＊＊＊＊＊＊＊＊＊

ナターシャが出て行くと、ツヴァイクは部屋を行ったり来たりした。動きの速すぎる出来事に巻き込まれて、行き先の見えない想いが再び湧いてきた。五分後、またグレイ宅に電話してみた。今度はグレイが出た。

「もしもし、カールか。チェソンと話してたんだ。いい考えだと思う。ノイマンをもう一日かそこら監視するという手もあるが。だが、こっちはやつに食いつける気がするんだがね。身元を偽るという一件で、メイドストン事件の再捜査に持ち込めると思う」

「あいつは列車を降りたところで逮捕されるかね」

「だろうな。あるいは、尾行されて今日のうちに逮捕されるか。やつが国を出るつもりかどうかをチェソンは知りたがっている。ガードナーから聞いたよ、きみと別荘を捜索したとき、ミュンヘンまでの飛行機の往復切符を旅行かばんのなかに見つけたそうだ。今夜、七時発のミュンヘン行きの便がある。明日朝八時にも別の便が。だからようすを見よう」

「何かあったらすぐ電話をくれないか」

「もちろん」

＊＊＊＊＊＊＊＊＊＊＊＊＊＊＊＊＊＊＊＊＊＊＊＊＊

紙の買い物袋を持ってナターシャが戻って来たとき、ツヴァイクは窓辺に立って、ジントニックを飲んでいた。ナターシャが言った。

「わたしも同じものでいいわ」

ツヴァイクは一杯注いでやった。

「ぼくは飲んじゃいけないんだ。ここ一週間ずいぶん飲みすぎた。でも不意に感じたんだ――」ツヴァイクは言葉を探してふと黙り、またいきなり言った。「何もかも間違いだと」

「飲んでるの？」ナターシャは目を丸くした。

「いや」ツヴァイクは笑い声を上げ、またまじめな顔になった。「グスタフが今にも捕まりそうだ」

「かえって幸いじゃないの？　もし無実だったら、そう証明する機会があるだろうし」

「そんなに単純な話じゃない」

「先生は有罪だと見てらっしゃるの？」

ツヴァイクは、自分を追い詰めている何物かを投げ捨てようとするかのように、いらついたしぐさをした。

「グスタフが有罪かどうかはわからないし、そこが問題じゃない。ぼくにわかっているのは――グスタフについて、陪審員には理解できなさそうな面をぼくは理解できていることだ」

ナターシャは台所へ行き、買い物袋から中身を取り出した。ツヴァイクは窓辺に座ってジントニックを飲みながら、パークレーン（ハイドパークの東側を南北に走る通り）に向いている家並みの屋根越しに視線を送った。鶏肉を揚げたにおいが漂ってくると、腹が減っていることに気づいた。ツヴァイクは腕時計に目をやった。一時だ。ノイマンは警視庁に向かっているか、または刑事たちに尾行されているか。もう何をしようにも手遅れだ。電話が鳴ったのでツヴァイクはあわてて走り寄った。ナターシャが台所から出てきて耳を傾けた。かけてきたのはツヴァイクの妹で、食事に来ないかという誘いだった。ツヴァイクはやんわり断り、こちらからかけ直すと告げて受話器を置いた。ナターシャはツヴァイクを思いやるような笑みを浮かべ、台所に戻った。ツヴァイクはジンを新たに注いだ。

腹に物を入れると、ツヴァイクも気分が晴れてきた。ナターシャは鶏肉を揚げ、パプリカを添え、ガーリック塩を少し振って出した。二人は食卓に向かい合って座り、料理を食べた。ツヴァイクとしては、ここは祝いの場のような感じだった。一人のときには、いつも肘掛け椅子に座り、キャスター付き小テーブルに物を置いて食べていた。

ナターシャが言った。「わたし、主人のところへ帰ったほうがよさそうね」あくびしながら伸びをした。

ツヴァイクは苦笑した。「それがよさそうだ」受話器を取った。「だがまず、グレイが何か情報をつかんだかどうか確かめたい」番号を回したが、すぐ受話器を置いた。「話し中だ」

ツヴァイクがナターシャを部屋の外へ送り出そうとしたところで電話が鳴った。

「やあ、ぼくもそちらへかけようとしていたんだ」

グレイが言った。「チェソンが連絡してきた。とんまデカどもがノイマンに巻かれたそうだ」

ツヴァイクの顔に笑みが浮かんだのを見たナターシャが目を丸くした。ツヴァイクはかまわず問うた。「どうしてまた」

「ノイマンは駅からタクシーに乗った。だが連中はシャフツベリー大通り《アベニュー》（ソーホーの南側を走る劇場街）の交通渋滞のなかで相手を見失った。タクシーがペラムプレイスで停まったとき、降りてきたのはファーガソンだけだった。ノイマンはピカデリーあたりのどこかでこっそり降りたに違いない」

「なるほど。で、これからどうするつもりだ」

「なんとも言えん。そこにナターシャはいるか」

「うむ」

「ノイマンの行き先で思い当たるところがないか訊いてくれないか。ファーガソンはロンドン近くに別荘を持っているかな」

ツヴァイクがナターシャに問うた。「サー・ティモシーはロンドン近くに別荘を持っているかな」

グレイにも返事が聞こえるように、ツヴァイクは送話口を手でふさいでいない。「わたしの知る限り、ないわ」

「ファーガソンと話をするつもりなのかね」ツヴァイクがグレイに問うた。

「今はない。この段階では、それは意味なさそうだ。インターポールから証拠が得られたら、すぐ会いに行くつもりだ。だがファーガソンだって、ノイマンと接触しているなら、おまえは逃げろと言うんだろうな。だから、当面こちらはファーガソンを監視するだけだ。新たな進展があればまた電話するよ」

ツヴァイクが受話器を置くと、ナターシャが言った。

「おそらくノイマンは逃亡したんでしょ」

「そうだな」

「嬉しい？」

「ある意味では。それでも……」

ナターシャは椅子の肘掛けに腰を下ろした。

「一つ手がかりが――ティムは別荘を持っているの。エガム（イングランド南部に位置するサリー州北部の町）から五マイルぐらいのところに」

ツヴァイクは相手をまじまじと見た。

「なぜさっきは持ってないと言ったんだ」

「だって、先生がそう言ってほしそうだったもの」

「しかし……」何を言おうとしたかはわからないが、ツヴァイクはその言葉を呑み込み、代わりにナターシャの手を取って手のひらに口づけした。ナターシャは声を上げて笑った。

「一つ問題があるの。ジョウゼフもそのことを知っているのよ。もしサー・チャールズがノイマンに電話したら、警察は一時間もしないうちに踏み込むでしょうね」

「きみ、グスタフもその別荘へ行くと思うのかね」

「ありうるわ。もう一つ問題が。ティムはロンドンに車を持っているわ――小型のアングリアだけど。ピカデリーサーカスの近くに停めています」

「ピカデリー！　警察によると、あそこでグスタフはタクシーを降りたらしい」

「じゃあすぐ見つけられるわ。駐車場に電話して——わたしの手帳に番号が書いてあります。それからサー・ティモシーの車が出て行ったかどうかも訊いてね」ナターシャはハンドバッグのなかを掻き回した。「考えてみると、わたしが電話したほうがいいわ。先方はわたしのことを知っているから」

ナターシャが電話しているあいだ、ツヴァイクは部屋のなかを行ったり来たりした。駐車場はなかなか電話に出ない。ナターシャは椅子の肘掛けに腰を下ろし、白鉛筆の端で自分の歯をこつこつ叩きながらツヴァイクにほほえみかけた。興奮するとパンダに似てくるねと、かつてツヴァイクは人に言われたことがある。だから今はぐっと気持ちを抑えて書斎に入り、机に置いてあったハイデガー論の原稿を開けた。ナターシャの声が聞こえた。「こちらはガードナーの妻です。シドニー？　あ、シドニー、サー・ティモシー・ファーガソンのお車、小型のアングリアが今日は出て行ったかどうか教えていただけるかしら。出て行った？　誰が運転を……なるほど……それで、ほかに誰かそのことを電話で問い合わせてきたかしら……いいえ、大したことじゃないわ。ありがとう、シドニー」

ナターシャが近づいてきた。

「一時間前にノイマンが乗って行ったって。サー・ティモシーから手紙をもらったそうよ」

「別荘の場所はわかるかな」

「わかると思う。一度だけ行ったことがあるから。いらっしゃりたい？」

ツヴァイクはその場に立ち止まり、相手の顔を見つめながら考えた。

「どうかな。これは絶好の機会だ——あいつと話ができる」

「一つ困ったことが。もしほんとにノイマンが殺人罪に問われるなら、先生は共犯者と思われるかもしれない」

「わかっている」

「どうしてそんなにノイマンと話したがるのよ」

「どうして？」原稿にぼんやり目を落としながら、ツヴァイクはその理由を考えた。いきなり原稿を指でとんと叩いた。「これのためだ。あいつが逮捕されれば、あいつとちゃんとしたかたちで話す機会はない。あいつに知ってほしいんだ――ぼくが理解していることを」

ナターシャは苦い顔をした。「どういう意味よ――それのためって。先生の解説書がどう関わるの」

ツヴァイクはナターシャの横を通り抜けて居間に入ると、ゆっくり言った。

「もしグスタフが殺人犯なら、ぼくはいくら金を使ってもあいつの弁護をする」

ナターシャは無表情で問うた。「なぜ？　ノイマンは死刑に相当するとは思わないの？」

「アロイス・ノイマンとの友情のためだと思ってくれていい――思いたければ」

「あなたが理解できないわ」

「いつか説明しよう――今はだめだ。ほかにやることがある。きみ、だんなに電話して、警察には別荘のことを話さないよう頼んでくれないか」

「それは得策なの？」

「だんなは断ると思うかね」

「いいえ。だけど――もし警察が別荘のことを知ったら、わたしは忘れていたふりをするから。それでも、もし今ジョウゼフに電話したら、わたしたち二人とも共犯罪に問われるかもしれないわ」

「そうだな――変なことを頼んだね。悪かった」

ナターシャは肩をすくめて受話器を取った。が、ツヴァイクが手を伸ばしてナターシャの手をつかんだ。

「いや、きみの言うとおりだ。危険だな」

ナターシャが笑みを浮かべて言った。「やってみるわ」すかさず番号を回した。ツヴァイクは何か言いかけたが、打つ手なしという顔で後ろに下がった。ナターシャが話しだした。「もしもし、マーガレットです。うちの主人いるかしら……いつ？　そう。何か伝言は？　ありがとう」受話器を置いた。「数分前に電話があって、出て行ったたって。行き先は言わなかったそうよ」

「ほう——じゃあたぶん相手はグレイか警察か」

ナターシャが言った。「つまり、警察はたぶんエガムの別荘にもう向かっているのね」

ツヴァイクは肘掛け椅子に腰を下ろし、指で目をもみほぐした。どっと疲れが出た気がする。ナターシャが言った。

「ごめんなさい。でも今はわたしたち、やれることもなさそうね」

「ああ」

「ただし、一つだけ——わたし、ティム・ファーガソンに会いたいわ、警察に先を越される前に」

するとナターシャがびくっとするほどの勢いでツヴァイクが立ち上がった。

「そうだ、もちろん。何か話してくれるかもしれない」

「一緒にいらっしゃる？」

「そりゃもう。今から行こう」

「いいわ」

二人で階段を下りながらナターシャが言った。

「伝言を残しておいたほうがいいわ、サー・チャールズかジョウゼフが来たときのために」

「そうだな」玄関広間を横切るとき、ツヴァイクは守衛室の扉を叩いた。「一時間ばかり外出する。そのあいだ誰かが来るかもしれない。待ってもらえるなら、ぼくのフラットに入れてください」

ナターシャが笑いながら言った。「まさか見られて困るようなものはないでしょうね」

「あってもぼくの原稿と食器ぐらいだ」

＊＊＊＊＊＊＊＊＊＊＊＊＊＊＊＊＊＊＊＊＊＊＊＊＊＊＊

ナターシャのクリーム色の二人乗りジャガーは角を曲がったところに停まっていた。フロントガラスのワイパーに、違反切符がはさまっている。ナターシャは何事でもないようにそれを見ると歩道に捨てた。ツヴァイクは助手席に乗った。

「あんまりぼくと長く一緒にいると、だんなは離婚を考えるんじゃないかな」

ナターシャはさもおかしそうに笑った。「先生はあの人をご存じないのよ」低くこもった音を発して車が走りだした。「一つ秘密を教えてあげる。あの人、先生に頼み込むつもりなのよ、自分の新しい著作に序文を書いてくださいって。アトランティスは核戦争で破壊されたって内容なの」

車がパークレーンに入ったところでツヴァイクが言った。

「書いてもいい」

ナターシャは〝えっ〟というようにツヴァイクを見やった。

「バカだと思われるわよ！」

ツヴァイクは苦々しげに言った。「もっとバカなことを今までいろいろしでかしたさ」

ナターシャはサウスケンジントンの地下鉄駅の裏手に車を停めた。

「こちらは誰なのか、わざわざ教えてあげるまでもないわね。向こうはこの場所を監視しているでしょ」

しかし、ペラムプレイスには刑事らしき人物は見当たらなかった。めざす家に通じる小道を二人で歩きながら、見覚えある一階の窓のカーテンがぴくりと動いたことにツヴァイクは気づき、窓に目を向けながら笑みを浮かべた。するとくだんの老婦人の驚いたような顔が窓に現れ、〝よく来たね〟とでも言いたいのか、くしゃくしゃに崩れた。ナターシャが階段を下りて地階の呼び鈴を押した。応答がないのでナターシャは扉を叩いた。ツヴァイクは階段を再び上り、一階の窓に手ぶりで合図すると、窓から顔を出した老婦人に声をかけた。「サー・ティモシーがご在宅ですか」老女はうなずき、下のほうを指さした。ナターシャはまた呼び鈴を押してみた。ツヴァイクはナターシャの横に立ち、「食事に出ているのかもしれない」と言いかけた。と、そのとき、扉の向こうで何かごそごそ音がしたかと思うと、扉がかすかに開き、きらきらした片目が隙間から二人を覗いた。ナターシャが言った。

「ティム、どうしたの」

「おお、きみか、タッシュ」ファーガソンが扉を開けた。老人の顔の白さにツヴァイクは啞然とした。棺から這い出たばかりでもあるまいし。ファーガソンは振り返り、客の二人にお入りとも言おうとせずなかへ歩いて行った。歩き方からすると、ぐったり疲れているようすだ。ナターシャはツヴァイクにちらりと目をやると、なかへ入り、ひそひそ声で言った。「また発作が起きたみたい」

ツヴァイクはナターシャのあとに続いて、ほどよく家具の置いてある居間に入った。絨毯を見ると、ベリーセントエドマンズの別荘に敷かれてあったのと種類が同じだ。部屋は寒かった。ファーガソンは肘掛け椅子にへなへなと座り、背もたれに頭を載せて二人をじっと見上げた。口を開くと、スコットランド人特有の、のどびこを震わせたような声が発せられた。

「わぁしは、もうぉ、だめかもしれんよ、お姉ちゃん」

ナターシャがたずねた。「この部屋、どうしてこんなに寒いんですか」

老人は暖房器具をあごで示した。「入れてくれ」ツヴァイクが前かがみになってスイッチを押し下げた。部屋にはじめじめしたにおいが漂い、人が住んでいないかのようだ。

ナターシャが言った。「何かお持ちしましょうか」

「ああ。ウィスキーをちょっくら持って来てくれんかの。スーツケースに懐中瓶《フラスク》が入ってる。

ナターシャが毅然と言った。「床に入ったほうがいいわ。ひどい顔色」そう言いながらもスーツケースを開け、ウィスキーの薄い瓶を取り出した。その中身が半インチ注がれたグラスをナターシャから受け取ると、老人はのろのろ自分のあごまで持ってゆき、一瞬そこに載せると口に運んだ。とたんに咳が出て、ウィスキーがあごを伝わり落ちた。ナターシャが言った。

「湯たんぽを持って来ます。ベッドに入れてあげますよ。今まで何をなさってたの」

老人の声音は子どもを想わせるほど哀れを誘うものだった。

「今は訊かんでくれ。あとで話す」老人は目をつぶった。すぐ再び口を開いた。「あぁんたが来てくれて嬉しいよ、嬢ちゃん」

強力な電熱のおかげで、室温が次第に上がってきた。ツヴァイクは椅子に座り、ファーガソンの青白い顔を見やりながら、何も考えまいとした。老人はぜいぜい息を吐いている。まだツヴァイクの存在に気づいていない。ナターシャが浴室から戻って来た。

「ベッドを直しておきました。シーツが湿っていましたよ。さ、なかに入って」ナターシャのしぐさや口ぶりに、あわれみの心に近いような、ほのかな温かみをツヴァイクは感じ取った。自分と話しているときにもよく示される感情だ。赤の他人の目には、ナターシャはファーガソンの娘に映るかもしれない。

ツヴァイクの手を借りながら、ナターシャはファーガソンを立たせて寝室へ連れて行った。そうして老人の靴ひもをほどいてやりながらささやくように言った。「湯たんぽにお湯を入れてくださる？やかんのとなりにあるから」

ツヴァイクが寝室に戻ると、老人はベッドに入っていた。枕元の明かりが放つピンク色の冷光や、電熱器が放つ熱気のおかげで、ツヴァイクとナターシャが入って来たときより、部屋は陰気でなくなったようだ。ナターシャはツヴァイクに電話番号を記してある紙を渡した。

「その番号にかけてくださいな。医者のところなの。緊急だって」

ファーガソンが目を開けた。

「ちょっと、あぁんた。医者はいらない。頼む」

「診てもらわなきゃ」

「いいい。となりの部屋からスーツケースを持って来てくれ。アスピリンが入ってる」

ツヴァイクはスーツケースを運んで来て、整理だんすの上に載せた。ファーガソンは目を閉じたまま、ぜいぜい息を吐いている。だが、ナターシャが「電話をかけて」と小声で言うと、はっきり声を出した。「いや、あとにしろ。もう三〇分待ってくれ。今は一人になりたい」

「アスピリンはどうします」

「今はいい。とにかく休ませてくれ」

ナターシャは肩をすくめ、ツヴァイクに続いて居間に入りながら、寝室に声をかけた。「何か用事があれば、わたしたちここにいますから呼んでください」

ナターシャは扉を閉め、二人は椅子に座った。「お医者を呼んだほうがいいわ」

「そうだね。でも本人はかかりたくなさそうだ」

「そこが面倒なんです。ティムって、いつもは病的なほど自分の健康状態を気にする人なの。以前、医者を半ダースも呼んでくれってわたしたちに言ったんです」

「きみから見て、何がおかしいのかな。あの人は心臓発作を起こしたことがあるんだよね」

「二度。でも、ごく軽いものでした。あんなに具合が悪そうなのを見たのは初めて」

二人は互いの顔を見合わせた。ナターシャが言った。

「先生のお考えでは――」

寝室で音がした。ナターシャはあわてて扉を開けた。ツヴァイクもなかを覗いてみると、ファーガソンが整理だんすの横に立っていて、スーツケースにぐったりもたれかかっている。ナターシャが言った。「どうなさったんですか」

「何も」老人は後ろへよろめき、ベッドの端に座った。手を口に当てている。ナターシャがたずねた。

「何を飲んでらっしゃるの」

「アスピリンだ」

ナターシャはスーツケースに近寄った。ツヴァイクが見ていると、ナターシャは一本の小瓶をかかげた。

「これはアスピリンの瓶じゃないわ」

「ひと粒しか残ってなかった」老人が言った。

ナターシャは老人をじっと見ていたが、肩をすくめて言った。「さ、ベッドに戻りましょ。お医者を呼びますから」

「いやだ、頼む……」老人はすなおにナターシャの助けを借りてベッドに戻り、毛布をかけてもらった。「一〇分待ってくれ、頼むよ」

「わかりました、一〇分ね」ここでのナターシャは、正規の看護師さながらきびきびと声をかけ、あとは何も言わずに部屋を出た。

ツヴァイクはナターシャから差し出された瓶を受け取った。小さなガラス瓶で、よくサッカリンを入れて売っているたぐいのものだ。しかし、中身が入っていたことを示す白い沈殿物が瓶にはない。なかを洗って拭ったばかりのように見える。ふたの締まり具合は中途半端だ。ツヴァイクはそのふたを開け、なかをくんくんかいでみた。かすかに草のにおいがする。

ナターシャが言った。「あの人、何か飲んだのね。アスピリンじゃなくて」

寝室から声がした。「ナターシャ」ぐったりした感じが消えている。ナターシャは目を丸くしてツヴァイクを見てから、声のするほうへ歩いて行った。扉が開いていたので、ファーガソンがベッドからからだを起こしているのがツヴァイクにも見えた。ツヴァイクは座ったまま、二人のひそひそ声に耳をすませた。五分後、ナターシャが戻って来ると、扉をそっと閉めて言った。

「わからないわ。ちょっと一緒に来て見てあげて」

ツヴァイクはナターシャのあとに続いた。だが、どういう光景が目に入るかは察しがついていた。ファーガソンはベッドにからだを起こしている。顔色はまださえないが、元気や活力がないありさまではなくなっている。ただの頭痛か二日酔いで、つらそうにしている男といった風情だ。老人はツヴァイクを見てにやりと笑った。

「いやはや、客人、こんなごたごたに巻き込んですまんね。お互い初対面だが、わしはあんたを知ってるんだ」

「気分はよくなりましたか」

「かなり。あんたらが来る前に、ずいぶんひどい発作が起きてね、ただ座って息を整えるぐらいのことしかできなくて……。何か飲むかね」

「いえ、けっこうです。横になられたほうがいいでしょう」

「そうだな、たしかに。そうするよ」

ナターシャは食器棚の横に立って、老人のスーツケースのなかを見ている。老人が声をかけた。

「なんか探し物かね、あんた」

「アスピリンがまだあるかなと思って」

「ないね。最後のやつを飲んだから。ウィスキーのお代わりをやってもいいかね。ああ、考えてみりゃ、お茶を一杯やると心もほんわかするな」

ナターシャはさっと老人に顔を向けた。

「ねえ、よく聞いて、ティム。何をわたしから隠しているつもりなのかは知りません。でも言っておきたいけれど、あなたのお友だちのノイマンについては、わたしたちずいぶんわかっているのよ」

老人は視線を落とし、崩れるように頭を枕につけた。うまいものだ、都合が悪くなると〝わしは病人なんじゃよ〟と訴えるわけだと、ツヴァイクは察した。

「なんのことやらわからんよ、嬢ちゃん。わしが知る限り、あいつは何も隠すものなんぞない」

「今、警察はあの人を逮捕しようとしているのよ」

老人は顔を上げた。恐怖とも見える表情が浮かんでいる。

「グスタフを逮捕するだと。なぜじゃ。そんなこと、やれるわけがない」最後の声音は叫びに近かった。老人の視線はナターシャからツヴァイクへ移った。「なぜじゃ。なぜ警察は逮捕したがってるんじゃ」

ツヴァイクは穏やかに答えた。「グスタフは一九三七年に偽造パスポートでイギリスに入国しました。警察は確たる証拠を押さえています」

「そんなのは大昔の話じゃろ。今さらそんなのを持ち出すとは」

ナターシャがベッドに腰を下ろし、先ほどより優しい声で話しかけた。

「ティム、あなたがグスタフ・ノイマンのことをどれぐらいご存じなのか知りませんけど、これだけは言えるわ、警察はしばらくのあいだノイマンを拘束しようとするだけの根拠を得ているって」

老人は上体を起こした。ツヴァイクが驚いたことに、老人の声からは、虚弱な感じがすっかり抜けていた。

「いいや。連中にゃ、そんなことできん。嬢ちゃんよ、あんた、連中にそんなまね許したらいかんぞ。重要なのは――」

「何が重要なんですか」

老人は手を伸ばしてナターシャの手をつかみ、震える声で言った。

「いいかね、お嬢、フォークストン（イングランド南東部ケント州の保養地）にモーターボートがあるんじゃ。ジョウゼフが買ったやつで……いいかね。あいつを国から逃がしてやってくれ。フランスへ行かせてやってくれ」

「なぜです。警察がノイマンの逮捕を狙っている理由をあなたはご存じですか」

老人の目に焦燥と不安の色が浮かんだのを見て、気持ちがかなり追い詰められているなとツヴァイクは察した。

「あんたの言いたいことはわかるよ。もちろんわしも知ってる。だがあいつは逃げにゃならんのだよ、お嬢……」

ナターシャが言った。「一つお訊きしたいことがあるの」

「わしにわかることなら」老人の声は震えている。

「ノイマンから薬物をもらったことがありますか」

「わ……わしにゃ、答えられん」

「じゃあもう、わたしには何もできないわ。警察はノイマンの行方を追っています。今ごろはエガムにあるあなたの別荘に向かっているでしょう」

老人はうめいた。「まさか別荘のことを話したんじゃなかろうな」

「いいえ。でもジョウゼフが話したかもしれません。警察に同行していますから」

「だが、なぜじゃ。なぜあんたら、あいつにこんな仕打ちをするんじゃ」

ナターシャは答えた。「まず、ノイマンがあなたにした仕打ちのためです」

「あいつは何もしとらんよ、ただわしを生かしてくれただけで」

「薬物を与えてね。ノイマンにいくら支払ったの」

「大した額じゃないよ、まだ」

ナターシャが言った。「とにかくもう払わないこと。あの男は捕まるんです」

「かわいいナターシャよ、そんな酷いこと言わんでくれ」老人は泣きだしそうだ。「わかってるじゃろ、わしはあんたのことがずっとお気に入りだったんじゃ。わしが死ぬとこなんぞ、見たくあるまいよな」

ナターシャは吠えるように言った。「あなたが死んだら誰が責任取るの。いい年して、バカなこと言うんじゃない。今までに何人が死んでると思ってるのよ」

ナターシャの蛮勇ぶりにツヴァイクは胸を突かれた。ファーガソンはかなり弱っているのがわかる。また倒れてしまう恐れもある。ナターシャから言われたことにファーガソンが無頓着であるようなのが、ツヴァイクには意外だった。老人は今までどおり相手の情けを求めるようにこう言ったのみだ。

「わかっとるよ、お嬢。じゃがな、あいつは当分のあいだ自由でいないといかんのじゃ」

「なぜ。ノイマンがイギリスを出たら、あなたはどうなさるつもりなの。合流するんでしょ」

まるで理屈に合わないことを言われたかのように、老人はややたじろいだ顔をした。

「じゃが合流せんといかんのじゃよ、嬢ちゃん」

「なぜです」

ファーガソンはツヴァイクのほうに顔を向けた。

「あんた、この娘《こ》に話してやってくれ。あんたはあいつの先生じゃった。あいつはこの娘《こ》の考えとるような人間じゃないと教えてやってくれ」

ツヴァイクはなるべく物柔らかで事を分けたような声を出そうとした。ナターシャの気持ちをなだめてやりたかったからだ。

「ある程度はあなたに同感ですよ、サー・ティモシー。でもね、なぜナターシャがそう感じるのか、ご理解いただかないと。わたしたちがここへうかがったとき、なぜあんなに具合が悪そうだったのか、お話しいただけますか」

「あれはわしのせいじゃ。あいつに出て行かれたのが不意だったから、取り乱してしまって。動悸がひどくなったんじゃ。あいつには気をつけろと言われていたが」

ナターシャがたずねた。「何を飲んで、そんなに回復なさったんですか」

「グスタフが置いてった応急処置の錠剤じゃ。でも害なんぞない。嬢ちゃん、頼むからなんとか力になってくれ」老人は再びナターシャの両手をつかんだ。ナターシャはためいきをつきながら立ち上がった。

「わかりました。ジョウゼフに電話できるかどうか、やってみます」

「そうか、やってくれるか。このことは決して忘れんよ。じゃ急いでくれ……」

ツヴァイクはナターシャのあとに続いて寝室を出た。そうして、ナターシャが扉を閉めたところでたずねた。

「これからどうするつもりなんだね」

「わたしにできることはありません。ジョウゼフに電話してみるけど、たぶん家にいないわ。でもあのご老人があんなふうだから、心配ないってふりをしてあげないと。あの人から目を離さないでね」

ナターシャは建物側面の入り口のかんぬきを外し、階段を上って行った。ツヴァイクは寝室へ戻った。ファーガソンは目を輝かせながら笑みを浮かべた。「あの娘《こ》、電話しとるかね」

「ええ、すぐ戻りますよ」

「よし」老人は目を閉じた。穏やかで幸せそうなようすが一瞬うかがえた。二人は黙って座っている。部屋で聞こえる音といえば、電熱器から発せられる震えるような金属音ばかりだ。たまに電線がショートしたような音も混じった。やがてファーガソンが口を開いた。「あの娘《こ》にゃわからんよ、教授。それが困るんじゃ。あれはいいやつなんじゃよ、グスタフは。おわかりじゃろ。それでもわしの口からは何も言えんのじゃ、約束したものだから。あの娘《こ》に言い聞かせてやってくれ。なにしろ頑固じゃから……」

ツヴァイクは分厚い絨毯の上を音もなく寝室の端まで歩いた。やはりじっと座っているのは無理だ。

「ヨーロッパのどこかでグスタフと合流するのは得策なんですかね」

「なぜいかんのじゃ。あいつはわしに何一つ悪いことをしとらんぞ、今のところは」

「本当ですかね」

ファーガソンは目を開けた。

「たしかじゃ」

ツヴァイクは気持ちを抑えながら言った。「事態が深刻なのはあなたにもおわかりですよね。あなたはグスタフと合流したいと認めた。金を渡してやるだろうことも認めた。あの男は、なぜ警察に目をつけられているかについて、なんらかの事情をあなたに話したわけだ。わたしにも真相を話しています」

「じゃあ、なぜあいつは一九三七年に偽造パスポートでイギリスに来たんじゃ」

「そうせざるをえなかったから。あの男はドイツにいたんですが、ナチスが逮捕状を取ったんです」

「じゃが、なぜあいつはイギリスで偽名を使わんといけなかったんじゃ。ナチスなんぞおらんのに」

「いませんね。当時は若気の至りってことだったんでしょ。スパイごっこを楽しんでいたんじゃないかな」

となりの部屋から声が聞こえた。ナターシャが入って来ると、続いてツヴァイクが二階で目にした若い女が現れた。ナターシャが言った。「ティム、わたし、もうおいとましないと。こちら、シルビアです。となりの部屋に待機して、ご希望のものを持って来てくれますよ。具合が悪ければ、お医者さんにも電話してくれます」

「あんた、まだいてくれるじゃろ」

「帰らないといけないの」ナターシャはいったん語を切ったが、言い足した。「あなたのお力になるためにはね」

老人はいきなり笑みを浮かべた。「元気でな、嬢や」

「ジョウゼフのもとに戻ります。あの人も後日お目にかかりに来ますよ」

老人は声に力を込めた。「そうか、よし。わしのもとへ送り込んでくれ。話したいことがあるんじゃ——モーターボートのことで」

「わかりました。今はお眠りなさい。何も気にかけないで。結局うまくいきますから」ナターシャはツヴァイクに手招きした。老人が言った。「何が起きてるのか、あんた知ってるのかね。け——警察はあいつの居所をつかんどるのかな」老人は見るからに若い女の存在を気にしている。ナターシャが言った。

「べつに何も。警察は別荘のことも知りませんよ」

「そうか。で、あんたも話さないよな」

「ええ」

「助かった」老人はからだを横たえて目を閉じた。ツヴァイクは部屋を出て行った。ナターシャもあとに続いた。


****

二人で車に戻ると、ナターシャが言った。

「ジョウゼフとは連絡がつかなかったの。うちのフラットとサー・チャールズのお宅にかけたけど。どうお思い？」

ツヴァイクが言った。「事情はむしろ明らかなんじゃないかね。薬物についての、だんなの見立ては正しかった。グスタフが何を飲ませていたかを知りたいな。まだこのポケットに瓶を入れてあるんだ。グレイに渡して分析してもらう」

「ノイマンはティムにどんなことを話したのかしら」

「さあ。でもグスタフには秘密を守るよう誓わせられたと老人は言っている」

クラッチを入れながらナターシャが言った。

「先生の教え子のノイマンさん《ヘア》て、才気を鼻にかけているようなお方ね。その頭のよさのおかげで、そのうち墓穴を掘りそうよ」

車はクロムウェル通りの交差点で停まった。ナターシャが言った。

「どうなの先生、まだ別荘へ行ってみようとお思い？」

「どうかな。まずは自宅へ帰ろうかね」

「じゃあ、うちへ寄ってお茶でも飲んでって。ジョウゼフから電話が来るだろうから」

二人を部屋に入れたメイドが言った。「いえ、だんなさまからはまだお電話がございません。でもサー・チャールズ・グレイが二、三分前にお電話をかけてこられまして、奥さまはもうお帰りかとおたずねになりました。いつお戻りになるかは存じませんとお答えしました」

「それでいいのよ。少し疲れたわ。わたしたちにお茶を入れてくれたら、もう帰っていいわ」

ソファーのビロード・クッションにからだを沈めたとき、おれはこんなに疲れていたのかとツヴァイクは驚いた。頭を後ろにそらして目を閉じた。ナターシャが自分の寝室から入って来た。ツヴァイクの背後に立つと、両手を相手のひたいに置いた。二人とも、緊張がどこまでもほどけてゆくような想いを味わった。ナターシャが言った。

「少しお眠りなさいな。こんなに駆けずり回るなんて、おからだによくないわ」

「そうだね。きみのからだにも」

「あら、わたしは慣れてるわ。ジョウゼフはいつもこんなふうに生きてるから」

ナターシャの両手の感触に、我ながらなまなましい歓びを味わっていることにツヴァイクは気づいた。手はひんやりしている。その手に触られて、元気が戻った感じだ。同時に、ツヴァイクはあえてこらえることなく眠りにつこうとした。と、そのとき出入り口で音がして、ナターシャははっとからだを離した。まるで長い旅に出ていたかのように、ツヴァイクは現実に戻った。ナターシャはツヴァイクのかたわらに腰を下ろした。グレーのウール製ワンピースに着替えていた。ツヴァイクにとっては、相手の柔らかな肉体の線が目の当たりになった。メイドがキャスター付き小テーブルにお茶とビスケットを載せて来た。ツヴァイクは何も言わずにメイドからカップを受け取ると、ナターシャとお茶を飲んだ。数分後、二人とも無言だ。台所から刃物類のかちゃかちゃという音が聞こえるほかは、しんとしている。メイドが言った。「では失礼いたします、奥さま」メイドが後ろ手に扉を閉めると、ツヴァイクの体内には、沈黙の世界に閉じ込められたような気持ちが一気に湧き起こった。ビロードの絨毯さながらのふわふわした質感のある世界だ。さらに、ナターシャが次に発した言葉は、ツヴァイクには思いもよらぬものだった。

「ティムはどうするつもりかしら、ノイマンが逮捕されたら」

ツヴァイクは顔をしかめた。

「その問題は忘れかけていたよ」

「わかるわ。わたしだって、それを考えるとうんざりするもの」

ツヴァイクはお茶を飲み終えると言った。

「とにかく、今日はあいつを逮捕しないでほしいね」

「なぜ？」

「あいつには借りがある気がするから——きみに対して感じるのと同じたぐいの借りだ」

「何よ、それ」相手におもねようというところが、みじんもうかがえない声音だ。

「活気を取り戻したという感情だ」

ナターシャはほほえんだ。「ノイマンと同類にされるのは光栄なのかどうか」

ツヴァイクは気疲れがひどくて、説明を試みることもできなかった。ナターシャが小テーブルを台所まで押して行くと、ツヴァイクはソファーに両足を載せ、クッションにほおを当てた。二、三分もすると寝入った。ナターシャは台所から戻って来るなり、ツヴァイクに部屋着をかけてやり、それから電話の受話器をずらした。ツヴァイクは二時間こんこんと眠った。

第一六章

ツヴァイクが目覚めると、まわりは真っ暗だった。ふと自宅のベッドにいるような気がした。上着を脱がずに寝ていたのがわかった。ツヴァイクはからだを起こして目をこすった。記憶がよみがえった。「ナターシャ」と、そっと呼んでみた。返事がない。ツヴァイクが手を伸ばすと、フロアスタンドのスイッチに当たった。腕時計を見ると五時半だ。ツヴァイクは浴室に入り、鏡で顔を見て、水で顔を洗った。本来は服を着たまま寝るのは嫌いだった。じじむさくて汚らしい感じがするからだ。顔を拭って髪をとかすと気分がさっぱりした。どうにかナターシャの寝室まで行きつけた。扉はかすかに開いており、明かりがついている。ナターシャは羽根布団をかけて寝ていた。服は起きていたときのままだ。ツヴァイクはそうっとベッドに近寄り、ナターシャの手を取った。ナターシャはぴくりとして、ツヴァイクの手を胸元に引き寄せた。子どもが人形を抱くようなしぐさだ。ツヴァイクが言った。「ナターシャ、起きて」ナターシャは目を開け、夢見るような目をツヴァイクに向けると、はっとしたようにからだを起こした。

「大変。今何時？」

「五時半」

「ジョウゼフはまだ来てない？」

「うむ。ふと思ったんだが、ぼくのフラットで待っているんじゃないかね。ほら、ぼくが守衛になかへ入れてやってくれと言っただろ」

ナターシャは羽根布団を跳ねのけて立ち上がった。

「とにかく二人でお宅へ行ってみましょ。先生、わたし帰るしたくするから、お宅に電話してください」

電話の位置を探るのにツヴァイクは少し苦労した。ナターシャがクッションを積み上げ、その下に電話を押し込んでいた。電話からは、受話器が外れていることを表す音がずっと発せられている。ツヴァイクが受話器置きを押し下げると、音はやんだ。が、逆にそれゆえ、耳の奥が痛くなるような静寂が生まれた。ツヴァイクは受話器置きを何度か上げ下げしてから受話器を元に戻した。ナターシャが近づいてきた。

「つながらないんだ。今すぐ行ったほうがいいかな」

「そうね。準備はできたから。わたしの顔、変じゃないかしら」

「もちろん。でもきみは一緒に来なくていい。タクシーを拾うから」

「いいわよそんなの。わたしが車で送ります。ジョウゼフがいなかったら、そのまま戻りますから。行きましょ」

第一七章

ナターシャが車をフラットの正面に停めて言った。「なかに行って守衛さんに訊いてください、誰か部屋に入れたかって。もし入れてなかったら、わたしこのまま帰ります」

守衛が言った。「男の方が五時からお待ちです」ツヴァイクはナターシャに手招きした。ナターシャは車から降りた。雨がしとしと降っている。ツヴァイクは守衛に半クラウン貨を与えた。眠ってしまったことがまだ後ろめたい。服を着たまま寝ていたことを、まさか今の外見から守衛に見破られているわけでもあるまいに。ツヴァイクがたずねた。「口ひげを生やした背の高い紳士かな」

「口ひげはありません」

ナターシャが言った。「きっとジョウゼフよ」

ここでまたツヴァイクは後ろめたくなった。もしガードナーから、二人はどこにいたのかと問われたら、ぼくらはあんたのフラットで寝てたんだ、などと答えることになるのか。守衛がナターシャに、おもしろがっているような、小ずるい視線をちらりと送った気がして、ツヴァイクは腹立たしげにからだの向きを変えると、階段を駆け上がった。

フラットには人気《ひとけ》がなかった。ナターシャが「ジョウゼフ」と呼びかけた。「きっと浴室よ」

「いや、ここですよ」二人はさっと振り返った。グスタフ・ノイマンが書斎の戸口に立ち、両手をズボンのポケットに入れて二人に笑顔を向けていた。

ナターシャが先に気づいた。

「なぜここにいるの」

「住居侵入ってことかな。失礼」

ナターシャが繰り返した。「なぜここにいるの」

「何より、ロンドンのなかでは警察がぼくを最も探すことのなさそうな場所だから」

ナターシャが言った。「そんな状況はいつでも変えられるのよ」

グスタフが取り合わずに言った。

「あなたと話しに来たんです」

ツヴァイクは咳払いした。「なぜ」

「ぼくは明日この国を出ます。出る前に話し合いをしておこうと思って」

ナターシャが言った。「出国したいと思っ
、
て
、
い
、
るってことね」

ナターシャを空気扱いにしてグスタフはツヴァイクに話し続けた。「なぜだって？　ぼくを妨げるものがありますか」

ツヴァイクが言った。「警察がきみから少し話を聞きたいそうだ」

「なんのことで」

「一九三七年にきみが偽造パスポートで入国した理由だ」

「警察が納得するような説明はできますよ」

「そう？」ナターシャがまた口を出した。「今にもここへ到着するわよ」

グスタフは意外そうにナターシャを見た。

「そうですか。来なけりゃいいのに。連中のせいで予定が遅れてやっかいなことになるかもしれない」

ナターシャが言った。「今日あなたがここを出た直後、サー・ティモシーの具合が悪くなったのはなぜかも説明してほしいわ」

グスタフの軽々しいようすが消え去った。こいつ、びくっとして目が落ち着かなくなったぞとツヴァイクは見て取り、うまくいきそうな気がした。

「あの人が？　ほんとですか」

ツヴァイクが言った。「わたしたちは今日の午後、サー・ティモシーと別れた。わたしたちが来たとき、かなり弱っておられた」

「そりゃまずい」グスタフは絨毯に視線を落とした。「ぼくが置いていった錠剤を飲んだのかな」

ナターシャが言った。「錠剤を置いていったことは認めるの？」

「もちろん。でもサー・ティモシー、今はどうなりましたか」

「わたしたちが帰るころはよくなっていた感じだ」ツヴァイクが言った。

「よかった。なんともややこしくなってきたな……」

「わたしに何を話そうとしたんだね」

「その件は後回しになりそうです。とにかくやっかいな話になった」グスタフはナターシャからツヴァイクへと視線を移した。ナターシャが言った。

「わたしはおじゃまかしら」

グスタフは気がなさそうに答えた。「いや、いや」腕時計を見やった。「とすると警察は空港を見張ってるんでしょうね」

「たぶん」

「じゃ今すぐおいとましないと。残念ですね。お話ししたかったが。原稿を読ませていただいてました。お気を悪くされませんよね」グスタフは書斎に入り、外套を手に戻って来た。ナターシャが言った。

「あまり遠くまでは行けないわよ」

グスタフは思案ありげにナターシャの顔を見つめた。「そのうちはっきりしますよ」外套のボタンをかけ、手袋をさっとはめると、ツヴァイクに言った。「ご一緒にいかがですか」

ツヴァイクは〝ん？〟と思いながらたずねた。「どこへ」

ナターシャが口をはさんだ。「いえ、先生は行かないわ」

グスタフはナターシャを見て笑みを浮かべた。「ガードナーの奥さま、先日、昼食をご一緒したあと、ぼくは奥さまにいささか無礼を働いてしまいました。さらにご不快の念を与えてしまうとすれば恐縮ですが、この問題に関して、教授のご見解を承りたいんです」

ナターシャがツヴァイクの顔を見た。「一緒に行っちゃだめ。わたしが行かせません」

ツヴァイクはナターシャの肩に手を置いた。グスタフから目は離さぬままだ。

「きみはどこへ行くつもりだったんだ」

「どこか二人で話ができるところへ」

「あなたの言葉なんか信じるのは、頭がおかしい人間だけよ」

ツヴァイクが言った。「ぼくがきみに付き合ったとして、あとでここまで送り返してくれるか」

「お望みなら」

ツヴァイクはナターシャのほうを向いた。

「一緒に行ってみるよ。止めないでくれ。ぼくも二人で話す場がほしかったんだ」

「だけど、あなたは……」ナターシャは口ごもり、グスタフを見た。「悪いけど、わたしが話すあいだ、ちょっとこの場を外していただける？」

グスタフは頭を下げた。顔は大まじめだ。

「もちろん。階下《した》に停めた車のなかで待ってます。カーゾン街の向かいの小道です」グスタフは戸口に向かった。「またお会いしたいものですね、奥さま」部屋を出て、そっと扉を閉めた。階段を下りる足音が部屋のなかでも聞こえた。

＊＊＊＊＊＊＊＊＊＊＊＊＊＊＊＊＊＊＊＊＊＊

ナターシャが言った。「お願いだから行かないで、カール。あの男がどんなに危ないか、あなた知らないのよ」

ツヴァイクはナターシャの手を取り、自分のほおに当てた。

「行くしかない。あいつが何を言うか聞きたいんだ。ぼくに危害を加えたりはできないよ。だいいち、あいつにそんな理由があるか」

「だってあなた、警察に通報したじゃないの。あの男も知っているわ。あなたのこと憎んでいるでしょう」

「ありうるね。だがぼくを殺したって、あいつには何もいいことない」

「だけど、もしあなたを殺すつもりはないとしたら？　あなたにあの薬物を飲ませようとしていたら？　あの男、あなたを支配しようとしているのよ、ティムのときのように」

「まずはぼくに薬を飲ませなければ始まらない」ツヴァイクはナターシャを椅子の肘掛けに座らせた。「いいかね。今あいつは車のなかで待っている。ぼくが警察に電話できる立場にあるのは、あいつもわかっている。ぼくを進んで信じようとしているんだ。それに、なぜあいつがここへ来たと、きみは思う？　ぼくと話がしたいからだ。きみ、こっちも向こうを信じるほかないのがわからないかね。頼むからぼくを止めないでくれ」

ナターシャが言った。「あなたがいないあいだ、わたしは何をすればいいの。自宅でじっと座って、先生はまだ生きてるかしらなんて、気をもむだけ？」

「死にはしない」

「でも、わたしには知りようがないわ」ナターシャは相手を捕らえるように両手を伸ばした。「あなたと出会えたばかりなのに。こんな早く失うなんていや」

ツヴァイクは上体を折って、白い手袋をはめたナターシャの両手に口づけした。

「このあわてんぼ娘」

ナターシャはついと立ち上がった。

「行かせないわ。ね、聞いて、わたしなんでもやるわよ」一瞬なんのことだか、ツヴァイクにはぴんとこなかった。が、ナターシャがツヴァイクの両手を取ると自分の胸に当てたので、意味がわかった。ナターシャがからだを前に傾けたので、ツヴァイクは唇にかかる相手の息を感じ取った。「わたし、自分の命を人に差し出してもかまわない。でも、あなたを失うなんて耐えられない」

ツヴァイクはたじろいだ。不意に、優しさと哀れみだけが胸に広がった。

「心配しないでくれ。でもやっぱり行かないと」

一瞬ナターシャが泣き崩れて自分にしがみつくんじゃないかとツヴァイクは思った。しかし、ナターシャの目が妙な穏やかさに覆われてゆくのがわかった。ナターシャは少しあとずさりして、ツヴァイクを見つめた。目は赤かったが、訴えかける感じはもはやなかった。

「いいわ。わかった。じゃあ、すぐお行きなさい」ツヴァイクは戸口に向かい扉を開けた。ナターシャが言った。「でもなるべく早く電話ちょうだいね。自宅にいます」

「よし」ツヴァイクは部屋を出て扉を閉めた。

＊＊＊＊＊＊＊＊＊＊＊＊＊＊＊＊＊＊＊＊＊＊＊

雨はまだ降っていた。無帽のツヴァイクはえりを立ててクラージズ街を速足で歩いた。たった今どんなことが起きたのかを振り返ると、グスタフのことはちっぽけに思えた。薄いウールの生地を通して触れた豊かな胸の感触はまだ両手に残っている。ツヴァイクは声を発した。「バカなジジイだ」ある通行人が肩越しにツヴァイクをまじまじと見送った。

カーゾン街を渡ったところで、グスタフの車の尾灯《テールランプ》が目に入った。エンジンが静かに空転《アイドリング》している。ツヴァイクは助手席のドアを開けて乗り込んだ。そちらには目もくれずにグスタフがクラッチを入れた。車は後退していった。二人が無言のうちに車はナイツブリッジに入った。グスタフが口を開いた。

「いらっしゃると思ってましたよ」

ツヴァイクは光を跳ね返す濡れた道路を見つめながら言った。

「夫人は行くなと言っていた」

「でしょうね」

ツヴァイクはグスタフの顔をちらりと見たが、疲れの浮かんだ顔からはなんの感情も読み取れなかった。

「ぼくはとんでもない危険を冒しているそうだ」

前方の道路から目を離すことなくグスタフが言った。

「ぼくが冒してる危険と比べたらへでもない」グスタフはドイツ語で言った。なぜかそのことに、ツヴァイクはどきりとした。なぜかを考えてみようとした――びっくりしたのは、言葉の内容か、あるいは使われた言語か。

「きみが？　きみ、危険を冒しているのか」

沈黙が生まれ、しかも続いたので、ノイマンは答えないのだなとツヴァイクは思った。が、ノイマンは口を開いた。

「今夜あなたに遠慮なく話をすれば、ぼくは二五年前に自ら作った規則を破ることになる」

車はトラックを追い越し、クロムウェル通りに入った。ツヴァイクがウィンドーを下げて外を見ていると、タイヤが雨水を跳ねるシューッという音が聞こえた。顔には雨粒がぴしぴし当たる。ツヴァイクの頭に、グスタフがさっき言ったことがよみがえった。二人がハイデルベルクを去って以来、一緒にドイツ語を話したのは初めてだというのも、考えれば妙な気がした。ベリーセントエドマンズのホテルでは、二人は当然のように英語を話した。しかも流暢で外国人なまりもなく。ともあれ、二人とも人となりが変わったことが浮き彫りになった。グスタフのことをツヴァイクはハイデルベルクの学生時代とは別人と捉えた。が、今はこの見方も怪しくなった。ノイマンはわざとそう見せていたのではは、とツヴァイクはいぶかった。

車がチズィックの高架道路を走っていると、ツヴァイクがたずねた。「どこへ行くんだ」

「ぼくが知っている田舎家へ」

「そこがサー・ティモシーの持ち家なら、見張られているかもしれないぞ」

グスタフはさっとツヴァイクを見た。

「なぜです」

「ガードナーがそこの存在を知っていて、警察に話したかもしれない」

グスタフは車の速度を緩めた。一瞬、逆戻りするのかなとツヴァイクは思ったが、赤信号に近づいていた。

「たしかですか」

「たしかにガードナーは知っている。残念ながら今日はあの男と会わなかった。だから警察に話したかどうかは知らない」

信号が青に変わると、グスタフはまた車を走らせた。

「どうでもよさそうなことですよ。警察がほんとにぼくを狙ってるなら、出国を阻止すればいいんだから」

「きみはどうするつもりなんだね、もし警察が待ち構えていたら」

グスタフは肩をすくめた。

「不都合でしょうね」

「どうして」

グスタフは笑みを浮かべた。

「そのうちお話ししますよ」

＊＊＊＊＊＊＊＊＊＊＊＊＊＊＊＊＊＊＊＊＊＊＊＊

車がステインズ（イングランド南東部サリー州北部のテムズ川沿いの町）を通り抜けるなか、二人は無言だった。交通整理の警官や、土曜の夜だからと街に繰り出す人の群れを見ながら、何も妙なふうはないなとツヴァイクは感じた。この一週間は一つの問いについて繰り返し考えた。グスタフが殺人犯だということはありうるか。こうしてグスタフのとなりに座っていると、そんな問いはどうでもよさそうに思えた。今は連れて行かれるままにしよう、何も問いただすまい、そんな分別が働いた。別な想いも湧いた。こいつ、以前にも増して父親に似てきたな。さらにツヴァイクの頭には、四〇年前のベルリンのカフェで過ごした雨の夜のひとときがよみがえった。再び時の流れがしみじみ感じられ、ほかの事柄など小さい気がした。ツヴァイクはグスタフを見やりながら、こいつのこともそうだなと思った。哀れみらしきものも抱いた。

車は居酒屋の前の駐車場に入った。グスタフが相手の驚いた顔に気づいて言った。「一杯やりませんか」

「いいよ」

二人がなかに入ると、上室《サルーンバー》には客がいなかった。

「何にしますか。ぼくはラガーで」

「同じものでいい」

ツヴァイクは暖炉のそばに席を取り、飲み物を注文しているグスタフに目を向けながら思った。あいつ、変に若く見えるな。三〇ぐらいか。顔にはしわがない。父親の心配性を受け継がなかったのは明らかだ。

部屋の向こうから近づいてきたグスタフは、ツヴァイクのまなざしに気づき、笑みを浮かべた。「この店、ドイツビールを置いてありましたよ」グスタフはグラスを二つテーブルに置いた。「デンマークビールよりこっちのほうがいい」ツヴァイクが自分のグラスを持ち上げて言った。「乾杯《プローズィト》」グスタフは笑った。

「未来のために」

グスタフはぐいとひと口飲み、テーブルにグラスを置いた。ツヴァイクは相手の笑顔に驚いて言った。

「きみ、ずいぶん——明るいね」

さらに、こんな言葉が口から出そうになった。きみ、幸せそうだね。グスタフは暖炉に向けて脚を伸ばし、両腕を曲げてボディビルのようなポーズを取りながら言った。

「うまいラガーで気分もよくなる」

ツヴァイクも付き合うように言った。「きみは昔からラガー派だったな」

グスタフは自分のグラスを持ち上げた。

「ゲオルギ・ブラウンシュヴァイクが死んでから、ラガーはやめてました」

その名前を聞いて、なぜかツヴァイクはどきりとした。まさかここで耳にするとは。「なぜだね」

「よく二人で飲んだんですよ。ね、ぼくはあいつのことが好きだったから」

自己憐憫、いや悔恨さえうかがえない声音だった。互いが知る事実をグスタフはただ述べたのみ。

二人は黙った。ツヴァイクはわざわざ言葉を発して、この沈黙を破る気にはなれなかった。ただ時を待った。会話の流れを作るのはグスタフの側だ。二人がグラスを干すと、沈黙はなお自然のなりゆきに思われた。

「お代わりは？」

「ぼくが持ってくる」

ツヴァイクがカウンターまで行った。戻って来ると、グスタフが言った。

「警察が別荘で待ち構えていなけりゃいいがな。これからする話は時間がかかるかもしれない」

「じゃあここにいればいいだろ」

「いえ。一時間もすると混んでくるから」

ツヴァイクはグラスを口に運びかけたところでたずねた。

「なぜぼくと話をする気になったんだ」

「理由はいくつかありますよ」グスタフは自分のグラスに視線を注いだ。上唇にビールの泡がまだらについている。「まず、あなたのハイデガー論の原稿を少し読んだこと」

「なるほど」

グスタフはツヴァイクを見すえた。

「読んで感じましたよ——不可思議な新鮮さを。初期のご著書が思い出されました」

「それはどうも」

グスタフは笑みを浮かべた。学生時代からツヴァイクにもよく見せていた片ほおを持ち上げる笑みだ。愛想のよさと自嘲ぶりが浮き出た。

「お互い、話すことが山ほどあるんじゃないかな」グスタフは顔をしかめ、迷っているふうだったが、言った。「あなたは正直な人だ」

こんなふうにほめられて、ツヴァイクはどきりとした。こう返そうとした。「だといいがね」だが、その言葉をのど元で押し殺し、代わりにこう言った。

「なぜこの店で降りたんだね」答えはわかっていたが、ノイマンの口から聞きたかった。

「誰のじゃまも入らないところで、あなたに話したいことがあるからです」扉が開き、客が三人がやがや話しながら入って来た。グスタフは顔をしかめて身を乗り出した。「こういうことです。すでに言ったとおり、あなたと話すことでぼくはある危険を冒したんです」テーブルの表面に視線を落としたままだ。ツヴァイクは聞き取ろうと相手に顔を近づけた。「物理的な危険じゃない。でも、これから話すことは、今まで誰にも内密にしてたんです……」

ツヴァイクがたずねた。「サー・ティモシー・ファーガソンにもかね」

グスタフはちらりと視線を上げ、さすがだなというように笑みを浮かべた。

「ええ、あの人も少しは知ってる。でも、そんなには。ほら、ある晩ぼくはゲオルギをあなたに紹介したでしょ。そのときあいつは自分にとっていちばん大事な概念について語りましたよね。どんな概念だか、憶えてますか」

ツヴァイクは首を振った。

「こうです。あいつによれば、今までの人間は一人残らず自分の人生をとことん浪費してると。憶えてますか」

「そんな気もする」

グスタフは肩をすくめた。「たしかにね——明々白々な感じだ。ゲオルギの自説はよく聞かされました。でもそんなにご大層な代物だとは一度も思わなかった。ところがゲオルギの死後、本人の母親から息子の書いた物ですといって、論文をすべて受け取ったんです。あいつは今お話しした問題に関する一文を書き始めてました。そこで初めて、あの発言の真意がわかったんです」グスタフはようやく目を上げてツヴァイクの顔を見すえ、言葉を選びながら話を続けた。「つまり、もしあらゆる人間の生命に、ある根本的な欠陥が内在してるとすれば、そのことを悟った人間は完全に孤独だろう、ってわけです。ゲオルギは誰にも話せなかった。他人はただあいつの確信に混乱をもたらすだけだろう。ともあれ、ゲオルギの考えが正しいとわかるようになると、自分一人で活動するほかないんだとぼくは悟ったわけです……」

「しかし、きみのお父さんは——」

「そう、ある程度までは、親父も。親父とは話ができる。でも、あくまで問題の表面だけです」

グスタフは語を切り、またツヴァイクの顔を見すえた。「あなたとはもう話ができない。なぜかわかりますか。あなたが別の国にいたからとか、キリスト教思想家になったからとか、そういうのだけじゃない。あなたに教えられたことをぼくは全否定せざるをえなかったんです。否定の仕方は乱暴すぎたでしょうがね」

いったん間を置き、短い葉巻入りの箱を取り出した。ツヴァイクも一本もらった。今のしぐさはわざと思わせぶりにしたのかなといぶかった。「ここに至っても、はたしてぼくの言いたいことをあなたは理解できるかどうか」

グスタフに差し出されたマッチでツヴァイクは葉巻に火をつけると、こうたずねた。

「じゃあなぜ今ぼくに話すんだ」

グスタフはマッチを振って火を消した。「……信じられない理由かもしれませんが、ぼくが感傷的な人間だからです」

「信じるよ」

男二人と女一人が暖炉に近寄ってきた。女は暖炉に向けて両手を伸ばし、ツヴァイクに声をかけた。

「すみません」

ツヴァイクは苦笑いし、椅子を後ろに下げた。「どうぞ」グスタフはグラスを干すと立ち上がった。

「もう出ましょうか」

* *

二人で車に乗り込みながら、まるでじゃまなど入らなかったかのように、グスタフはしゃべり続けた。

「だから、なんとか出国する前にあなたと話す場を持ちたかったんです。もし、じゃまが入らなければ――」車は路上に出た。運転しながらグスタフはいきなりたずねた。「腹が減ってませんか」

「いや、今は」

「食料を仕入れたんです。別荘で料理できますよ」

電話が鳴るのを待ちわびているナターシャの姿が思い浮かび、電話をかけたいんだがと言うほうがいいかなとツヴァイクは思った。その心が決まる前に、車は速度を緩め、左に折れて小さな通りに入った。

「もう着きますよ」

さらに数マイル進んだところで、車は小道に入った。二人とも黙ったままだ。ヘッドライトが両側の並木を浮かび上がらせた。ツヴァイクは思わずこう言いたくなった。「戻らないか？　どこかのホテルに泊まろう」しかし、言っても無駄だと気づいた。警察が待ち構えていれば、結局グスタフを見つけるだろう。

五分後、暗闇のなかで明かりが見えた。グスタフが言った。「あれが農場です」

「このあたりは来たことがあるのかね」

「一度だけ。この国に入って数日後に」

「だったら、ベリーセントエドマンズじゃなく、ここにいればよかっただろ」

「行ってみればわかりますよ」車は道から外れた。農家では、犬が吠えだし、明かりのついた窓から女の顔が覗いた。狭くてぬかるんだ小路を車のヘッドライトが照らした。中央に沿って水が流れている。タイヤが上滑りしたが、ようやく道路を捕えた。そこからさらに百ヤード進んだところでグスタフが言った。「門を開けなきゃいけないかな。お願いできますか」ツヴァイクはぬかるんだ道にどうにか降り立つと、門を縛りつけてあるさびた針金を目に留めた。ブタのふんのにおいが鼻を突く。車に戻ったとき、はいている靴やズボンのすそが泥だらけなのに気づいて、ツヴァイクは舌打ちしたくなった。

石がところどころ突き出ている曲がった道を車はがたがた走った。ヘッドライトが当たり、漆喰塗りの家が浮かび上がった。グスタフが静かに言った。「さあ着いた」車を停め、計器盤の小物入れ《グローブボックス》から鍵を取り出すとドアを開けた。ツヴァイクが待っていると、グスタフが裏門を開けた。ツヴァイクは車を降りた。流れる水の音が近くで聞こえる。風が吹いて、木のてっぺんからツヴァイクに雨がかかった。

じめっとしたにおいの漂う真っ暗な部屋にツヴァイクは立った。グスタフがマッチをすり、ガス灯の腕木の位置を手探りで確かめた。青白い光が部屋に広がると、ここは台所だとツヴァイクは気づいた。すみの戸棚のなかから、何かがこそこそ走る音がした。グスタフが言った。「ネズミだ」

ツヴァイクが笑いながら言った。「ともかく警察じゃない」

「見渡す限りでは」グスタフはとなりの部屋へ行き、もう一台のガス灯をつけた。暖炉には焚きつけ用の木切れや薪がうずたかく積まれてあるのが、ツヴァイクの目に留まった。ツヴァイクは窓辺に近づき、カーテンを開けた。布がぼろぼろで破けているのが手の感触でわかった。グスタフが言った。

「なぜぼくらがもう一軒の別荘のほうを好んだか、わかるでしょ」

グスタフはガロン缶のふたを回して取り外し、薪に灯油をかけた。五分後、薪がぱちぱち音を立て、部屋の雰囲気がにぎやかになった。グスタフが外で車のヘッドライトを消しているあいだ、ツヴァイクは背後で音を耳にした。振り返ると、暖炉の火がネズミの赤い目を照らしていた。ネズミはさっと姿を消した。ツヴァイクは悪態を吐いた。そこへグスタフが入って来た。「ぼくはきみより神経質なんだ」

グスタフは肩をすくめた。「ここなら話ができますよ。もう一杯やりますか。ウィスキーかジンならあります」

ツヴァイクが言った。「少しもらおうか」飲みたくもなかったが、気が楽になりたかった。

「疲れましたか」

「からだは。ここ数日――けっこう大変だった」

「わかります」グスタフの笑みには皮肉はうかがえなかった。グスタフはポケットから小瓶を取り出し、ふたを回して取った。「ちょっと試してみますか」

「何をだ」

「ぼくの発見したものを」グスタフは小瓶を振り、ほぼサッカリン大の小さな緑の錠剤をひと粒手のひらに出すと口に放り込んだ。「一つどうぞ」

ツヴァイクは錠剤を受け取った。苦かったので、一気に飲み込んだ。グスタフがグラスを二つ持って来て、それぞれにウィスキーを少し注いだ。ツヴァイクがひと口飲むと、たちまち胃がかっと熱くなった。

グスタフは肘掛け椅子を暖炉に引き寄せた。かけてある布が湿っているので、炎にいちばん近い肘掛けから湯気が上がった。グスタフが言った。

「あなたのハイデガー本ね、冒頭の一節に感心しました。問題の核心に迫る感じでしたよ。人間の世界経験は基本的に制約経験だ……」

「自殺に関するきみの論文にも似かよったくだりがあったよ」

「ああ、そうですね……。あなたの机に載ってあるのを見たんです。とにかく、あの概念はぼくの発明じゃない。繰り返すが、ゲオルギからの借り物ですよ。あれがぼくの出発点だったと言えるかな」

ツヴァイクは笑みを浮かべて問うた。「偉大な犯罪者になるというきみの思想じゃなくて、かね」

「あ、あれね。まもなく捨てました」

「なぜ」

「もっと心が燃える事柄にかかりきりだったから……。この制約の問題に戻ると――どうしたんですか」

ツヴァイクの体内に湧き上がってきた歓びの泡が、大きな笑い声となって表に出た。

「この錠剤の効果だ。すごいね」

「どんな感じですか」

「妙だ。頭がどこまでもすっきりして……」

ツヴァイクが今さらのように驚かされたのは、この部屋はなんと陰気なところなんだと思っても、なんらおかしくないようすだったことだ。なるほど壁はペンキが薄く剝がれ落ちて、じめついた染みに覆われているし、天井は木食い虫のせいで穴だらけだ。しかし、こういう点は、それ自体では気持ち悪くもなかった。逆に、耐乏生活を想わせるようなありさまは好ましくさえ見えた。ツヴァイクの脳は探照灯《サーチライト》を操作している発電機さながらのような気がした。身体《からだ》はいつもより現実感があり、とにもかくにも自分の意志で動き、我が物になっているように思われた。かたちが拡大されただけの自己存在ではない。

「どうなっているんだ、これは。錠剤には何を入れたんだ」

「その点を話したって、あなたには無意味ですよ。作業にはぼくの親父がおもにたずさわったんです。残念ながら完成前に死んでしまったので、ぼくが受け継ぎましたが」

「薬物かね」

「通常の意味では違う。いいですか、身体《からだ》に対する薬物の効果というのは、興奮を促したり刺激を与えたりするばかりか、能率性を落とすというかたちでも表れるんです。たとえば、あのウィスキーは一種の薬物だ。飲めば体内を暖めてくれるが、同時に知覚を覆い隠してしまいもする。いわば、暖かさを保つために分厚い外套を着るようなものです。しかも動作の自由が限定される。今あなたが摂取した物質は、抑制も刺激もしません。単にある種の障害を除去し、活力組織が無駄や軋轢《あつれき》なく作用できるようにしてくれるんです」

「なんと名づけたんだね」

「ノイロミシン。ノイロカインの派生物です」

「ノイロカインてなんだね」

「お話しする内容がそれですよ。まずはじめに、ぼくの基本概念を説明します。なぜぼくが制約の概念をここまで重視するかわかりますか」

「まあ——おそらく」

「ほんとかな。五分前、あなたは自分の機能麻痺を制約だとして受け入れた。自ら進んで麻痺と格闘していた。が、受け入れざるをえないと思った。この点こそ、ぼくが考えるよう、ゲオルギから仕向けられたことなんです。ご存じのとおり、あの男はぼくより落ち着いた人間だった。かんしゃくを起こしたためしもなかった。それでも何か妙な意味で、反逆者の気味があった。ぼくはこんな問いを突きつけられました。今までの人間の全生活が見当違いなものだったとしたら、と。あの男はよく、ある預言者の言葉を引いてました。『主よ、我が命を奪いたまえ、我は我が父祖にまさる者ならずなれば』そうしてこう言ってました。『かの預言者は真の認識を有していた。人間生活は変化に欠けて不毛なものであってはならんと察していた』ゲオルギにはほかにも好んで引く言葉がありました。『人生は起こりえない事柄に対する準備だ』口癖のように言ってましたよ、『預言者が伝えたかったのはこのことだ』と。ゲオルギによると、人間には自らが使ったためしのないある本質的能力があるそうです。その存在に人間はほとんど気づいていないと……」

「テレパシーとか、そういう代物かね」

「ゲオルギはそう考えてました。ぼくはよくわかりません。そんなふうには問題を捉えなかった。ぼくにとっての最初の問題把握の仕方を説明しましょう。ほら、ハイデルベルクではしょっちゅう電気やガスの供給制限がありましたね、労働者の半数がストをしたおかげで。で、ある日、ぼくの親父がコーヒーを入れようとやかんをかけたとき、ガスの出が悪くて、お湯が沸くまでに一時間近くかかりました。そのとき親父は心理学の機関誌に載せる論文を書いてたんだが、いきなり顔を上げて言ったんです。『おれの脳はあのやかんみたいだ――中身が沸かない』

そのときぼくはひらめいたんです。全人類の意識に関する問題点はここだと。圧力が弱いので中身が沸かない。我々は中途半端な圧力のもとで生きてる。我々はみな心理学的に栄養不足なんだ、なぜなら意識の圧力が弱いから。親父の見立ては正しかった。親父の意識がもっと明晰なら、ペンが原稿用紙の上を走るたびに論文はできていったでしょう」

グスタフは早口でしゃべり、しゃべりながら笑みを浮かべていたが、今は立ち上がり、部屋を横切って暖炉から遠ざかった。「そう、あのときなんだ、ゲオルギがそばにいてくれればなあとぼくが思ったのは――話ができるから。なぜなら、ぴんときたからですよ、おれはあいつの抱える問題の解答に出くわしたと――ともあれ、正しい方向がわかった。人間の生活が今までずっと不毛なものだったとするなら、人間が中途半端な圧力のもとで生きてるからだ。意識が激化する瞬間があります――たとえば性的興奮の絶頂とか。そのとき、我々は脳と身体《からだ》における真の潜在力を垣間見る。でもたいていの場合、細々と流れる電気を燃料としてるため、じれったいほどのろのろ動くしかない発動機みたいなものなんですよ、我々は。そこでぼくの頭に浮かんだのはこういう問題でした。我々を駆り立てる電流の源泉は何か」グスタフは立ち止まり、すみに置かれた古い整理だんすに背をもたせかけると、ツヴァイクを見下ろした。おれは答えを求められているのかとツヴァイクが気づくまで、やや間があった。ツヴァイクはゆっくり言った。

「源泉か。活力……意志力、か――」

グスタフは最後まで言わせなかった。「たしかに。目的なしには意志も持てない。悪循環ですね。ぼくが初めてこの問題について考えたときはこんなありさまでした。ね、ぼくが盗んだ車で悪魔の肩《デビルズ・ショルダー》から滑り落ちたことがあったでしょ。一種の糸口に出会えたのはあの一件のおかげなんです。

あのとき、自分がどうしようもない精神状態にあったのは認めます。自分を見失ってて、怒りに燃えてて――怒りの矛先はとくになんでもなく、ただ人生と運命に怒ってたんです。ふむ、振り返ると、ぼくはある種の印《サイン》がほしかったんだ、運命はおれを気遣ってくれてるとわかる印が。もしおれが特定の目的を達成すべくこの世にいるなら、自殺を試みたときに神は妨げてくれるのかと考えました。愚かな話に聞こえるだろうが、当時は明白で理にかなった感じでした。だからぼくは車を盗み、悪魔の肩《デビルズ・ショルダー》へ向かうと、てっぺんから全速力で車ごと落ちたんです。気がつくと、地面に打ちつけられて倒れてました。車はそこから五百フィート下で燃え上がっててね。明確な意志もないまま、ぼくは崖のてっぺんから二フィート以内のところで車から飛び出てたんです。ね、ぼくは意図せずやったんだ。ぼくの奥深いところの何物か——日常の意識を超えた何物か——が、ぼくを車から放り出したんだ。今でもどういう気分でいたかは説明できないが、ぼくはそこに倒れたまま谷間の炎を見つめてました。でもあれはとてつもない勝利の感触だった。あらゆる疑念は消え去ったようだった。ぼくの発動機はいきなり全速力で動きだした。ぼくは何もかも理解した気がした。そこに座って何度も言ったんです、「バカか、おまえは、バカか、おまえは」と。高級車を盗んで壊したからと、自分を責めたわけじゃない。ぼくはこう言ったんです。「バカか、おまえは。なぜ疑念なんか抱いたんだ」

グスタフは語を切った。興奮の色が目から消えた。肩をすくめてまた話しだした。「こんな逸話は自慢にもなりません。愚かな出来事です。とはいえ一定の実験的な価値はあった。なぜなら力の源は人知の及ばぬところにあると信じられるようになったからです。洞察力を発揮できる瞬間が我々に訪れるよう、運命の時を待たねばならないのだ、と。この経験から、万事はおのれの内部にありということを教えられました。我々がやるべきは、スイッチを引くことだけです。だがそのスイッチは周到に秘匿されている……」

今度はツヴァイクが、いきなり両手を広げたかと思うと、目の前に浮かんでいる何物かを捕えようとするかのように両手を閉じ、やるせなさそうに言った。「だが、どうしてきみはそのことをぼくに話してくれなかったんだ」こんな答えが返ってきそうな気がした。話そうとしましたよ。あなたが耳を貸さなかったんだ。が、グスタフの返事を聞いてツヴァイクはほっとした。

「恥ずかしかったからです。少なくとも、ぼくの一部は恥ずかしかった。別な部分はまったく我関せずでしたが。翌日、車を盗んだことを親父に話して、親父から説教されたとき、ぼくはずっとこう思ってました。『いいじゃないか。おれは世界にとって測り知れない影響力を持つ実験をやりとげたんだ、ガリレオやニュートンやラザフォード（一八七一―一九三七。原子核の発見者）の実験と同じぐらい重要な実験を』と。ぼくは人の内面に、満足のいく域にまで、目的の無意識段階の存在を確立したんです。自分に対して死ぬことを望まないもっともな理由を有する目的の存在を。またこのとき、自分の内面が不安定でありながら、ぼくは他人を実にあっさり支配できそうだと悟ったんです。そうして、催眠術の問題にも興味を持ちました。催眠術を通じて、別の重要な認識も得ました。大半の人間は自分を自分たらしめるもの《アイデンティティ》を嫌ってるということです。

　ゲルダ・リープクネヒトを憶えてますか。憶えてない？　カトリック青年会やいろんな宗教教育集団の中心にいた女子です。あの娘《こ》の人となりには魅了されたなあ、自分自身や自分の信条にゆるぎない自信を持ってるように見えたから。だからぼくは、うまく知り合いになって、あの力強さの秘密を見出そうとした。ある晩、頭が痛いとゲルダが言ったとき、催眠術をかければ頭痛も吹っ飛ぶからと言いくるめて、ぼくはおでこをなでてやりました。

　すると一週間もしないうちに、ぼくから共産党に入るよう説得されるまでになっても、ゲルダはおとなしく話を聞き入れ、それまでの自分の信条をすべて捨て去りました。おかげで、あのしっかりした人柄は内面の不安定ぶりを偽装する手だったんだとわかりました。催眠術にかかったゲルダは、自分の恐怖心や疑念をことごとく認めました。こういう感情は、もちろんあなたにはおなじみのものですね。複数の著書で何度も同趣旨のことを述べておられる。でもぼくの場合、その真実性が実感できたのは、ゲルダとの経験があったからです。そうして、理解できるようになったんです、人間は家を建てるのと同じように自分の人格を築くのだと――世界から自分を守るために。ところが、ひとたび家を建てると、そこに住むほかない。人間は我が家の囚人になる。大半の人間は四方の壁のなかに急いで逃げ込みたいので、とにかく早く家を建てることになる――おわかりですかね。そこでいつも、世の中でくつろいでる――自信がある、安楽にしてる――かに思える人々を観察して、こういう人々の大半は我が家――つまり自分のために築いた人格――を嫌ってることをぼくは発見したんです。親父の友人ゲアハルト・ザイフェルトはその一例でした」

ツヴァイクが応じた。「ああ――」

「ザイフェルトはアメリカで財を成して、鉄道会社や新聞社を我が物にして、なおかつ、かかってもいない病気にかかってると思い込んで生涯を過ごしたほど、自分自身を憎んでました。ぼくの親父一人に対してだけでも、二五万マルクを超える医療費を払ってました」

グスタフは話をやめてツヴァイクのようすを見た。ツヴァイクはすくっと立ち上がって部屋を横切りながら言った。

「すまんな。続けてくれ」

「今どんな感じですか」

「すさまじい」ツヴァイクは両手を振った。「びっくりするほど頭がはっきりしている。きみが言うことすべてに、百ぐらい感想を述べたくなるよ。今なら二四時間で本が一冊書けそうだ」

グスタフが笑いながら言った。「じゃあもう少しウィスキーをどうぞ」

「なぜ」

「その効果を弱めるから」

「弱めたくないな。きみが話しているあいだ、ぼくはじっくり耳を傾けて、ハイデガー解説書の最終章でのある問題について考えていた――ここ二年、ぼくの頭を占めていた問題だ。そして不意にその解決策がわかった。運動選手が柵を飛び越えるのと同じぐらいたやすく。こんなふうに話の腰を折って悪いが、これは恐ろしい気もするよ……。きみ、自分が何をしたかわかっているか。世界史の流れを変えかねない薬物を作ったんだぞ……」

グスタフは手を上げて、穏やかに相手の話をさえぎった。

「失礼。でもそれは違う。ノイロミシンがあなたにそれほどの効果を与えたのは、あなたが規律ある精神の持ち主だからですよ。通常は身体《からだ》に抑制されてることが、あなたにとっての問題なんです。物を考えようとする。すると身体《からだ》があなたを抑える。ノイロミシンはブレーキを解き放つ。いわば車を走らせようとしながらブレーキをかけるようなものだ。あなたは五〇年かけて自分の知性と感情をきたえてきた。それでさえ精神の緊張と過度の興奮の兆候を示してる。内面の鍛錬とは無縁の人間が薬物を摂取したらどうなると思いますか。頭のなかはまるで動物園ですよ、しかも檻《おり》はすべて開いてて――手のつけられない混乱状態だ。興奮のあまり、脳のモーターは焼き切れてしまうでしょう」

グスタフはグラスの半ばまでウィスキーを注ぐと、何も言わずツヴァイクに渡した。ツヴァイクは迷いながらも受け取り、ぐいと半分ほど飲み干した。とたんに効果が表れた。火に水をかけるようなものだ。一瞬ツヴァイクはのどが詰まり息苦しくなって、椅子の肘掛けに腰を下ろすほかなかった。その状態は数秒で過ぎ去った。輝くような幸福感は残った。我が身体《からだ》を我が物にしている感覚。が、頭の一部は麻痺している。グスタフがまた話し始めた。ツヴァイクを慰めるかのように穏やかな口ぶりで。

「話の要点はわかりますか。ふつうの人間には内面の規律がないんです。人は約二〇年間、単に物を考えることを学ぶだけで過ごしてきた。その訓練には、自分の直観と知性を司る組織との微妙な関係の進展を促す作業も含まれてた。それでも、今でさえ何度しくじることか、また直観を言葉に表す過程で何度その直観を失ったと悟ることか。ふつうの人間の場合、ノイロミシンを一服摂ったあと何が起こるか考えてみてほしい。たとえば炭鉱夫に高等数学を教え込もうとすると、おそらく神経衰弱に陥らせてしまうでしょう。ゾウに時計の修理をやらせようとするのも同然だ。我々の訓練の大半は活力を抑制することを狙ってる。ノイロミシンは活力の水門を開け、人間を狂気に駆り立てるだろう。神経過敏な人をものの数分で破滅へと追いやるだろう。なぜか。たとえば今あなたは空腹を感じてない。予備の精神的活力を燃やしてるのみだからだ。あまり訓練されてない者なら、空腹でたまらなくなるはずだ、なぜなら肉体的活力も燃やすから。人間は電子頭脳のような一連の回路だ。神経過敏な人においては、回路はすべて接続に問題があり、たえず活力を浪費してる。どうですか、わかってきましたか」

ツヴァイクが言った。「つまり、ぼくに薬物を与えたことで、きみは危険を冒したというわけか」

「いえ。あなたのハイデガー本を読んで、危険はないと知りました」

「それはどうも」

暖炉の火は消えかかり、鈍く光るのみだ。ツヴァイクが新たに薪をくべると、炎が上がった。炎は互いにはっきり区別されていることにツヴァイクは気づいた。一つ一つ数えられそうだ。こんなに頭がすっきりさえていることはかつてなかった。

「老人たちにもこんなことが起きたのかね」

グスタフは平然としている。

「いや」

「老人たちの死は本当に自殺だったのか」

「ええ」

「でも、なぜだ」

「説明には少し時間がかかりますね。とはいえ、誰のじゃまも入らなければ、ぼくらは二人でひと晩過ごせる。どこから話しましょうか」

「きみはザイフェルトについて語っていたね、ぼくが口をはさんだとき」

「ああそうでした。ですからザイフェルトは、いろんな思い込みの病を患ってたんです。でも生涯最後の年、実際の病にかかりました――胃癌です」

「それは――本当かね」グスタフの説明を疑っているからというより、ほっとしたよという意味で、ツヴァイクはこの一言を口にした。

「ええ、まったく。ぼくもある日たまたま知ったんですよ、ザイフェルトがぼくの親父にわしを殺してくれと頼んでるのを耳にして」

「本気で言っていたのかね」

「大まじめでした。ほら、書斎のとなりに小部屋があったでしょ、親父が薬物に関する蔵書を置いてたところ。ある日ぼくがそこで読書していると、親父がザイフェルトと一緒に入って来ました。ザイフェルトは余命半年もないと知らされたばかりで、痛みもなく死ねる薬物をくれと、親父に言いました。そればかりか、あんたさえよかったら自分の財産の大半を遺してやるとも言ったんです。親父は断りましたが」

「アロイスらしいな」

「親父はザイフェルトに痛みを減らす薬物を与えようとしましたが、一日だけ寿命を短くするような代物などはあげられないと言いました。まだ希望はあるんだと説得しようとしたんです。で、その晩ぼくはザイフェルト宅へ行き、力になれますよと言いました。ぼくは金がほしかった。親父に何もかも頼り切りというありさまにうんざりしてたから。自分の手で少し実験をやってみたかった。だから、催眠術と薬物を使って、数カ月は痛みを消してあげるとザイフェルトに言いました。もう一つ、この手法が効果を失ったときは、痛みなく死ねる薬物をあげるよ、とも。そして価格を提示しました——二五万マルクです」グスタフは口を閉じ、ご感想をどうぞ、とでも言いたげにツヴァイクを見すえた。

ツヴァイクが何も言わないとわかると、語を継いだ。

「ザイフェルトはもちろん受け入れました。ぼくはただちに一連の治療を始めたわけです。ね、ぼくは昔から薬物に魅せられてたんですよ。ある点では親父よりも詳しかった。あらゆる機会を捉えて、自分個人の調剤室を広げていきました。これはたやすくできたな、親父はあまり気のつく人じゃなかったから。だからザイフェルトには痛みを減らす薬物をあっさり飲ましてやり、催眠術にもかかってもらいました。そうして、これであなたは回復するよと暗示にかけたわけです。

数週間後、ぼくは何かを見落としてたことに気づきました。ザイフェルトが死んだとき、検死があるかもしれない。そうなったらやっかいなことになる。そこで、死因に関しては疑う余地のないかたちで、ザイフェルトには自殺してもらわないと……。あとは想像がつくでしょ。ぼくは本人に説明しましたが、ろくにわかってもらえなかった。でも催眠術をかけて暗示することで、なんら苦労はしなかった。

ぼくが一つだけ気をつけたのは、契約を文字どおり実行することです――痛みを取り去るのが無理だとわかるまで、ザイフェルトを殺さない。これは言うは易し、おこなうは難しでした。というのも、最後の一カ月のあいだ、ザイフェルトは妙に意識がもうろうとしてて、痛みをどれぐらい感じてるのか見極めづらかったからです。でも結局、ぼくが何をしても、苦しみつつ死ぬのは防げないとわかりました。当時ぼくらはスイスにいて、薬物の備蓄がなくなってきました。そこでザイフェルトに、まず書き置きをして、ここから一〇マイル離れた峡谷のふちに立つ羊飼いの小屋まで行ってくれと言いました。ザイフェルトは青酸カリのカプセルを飲み、谷底へ飛び降りました」

「なぜ青酸カリを使ったんだ」

「飛び降りても、重傷は負ったが死亡はしていない、というのが困るから。ここがいちばん危なかったと認めざるをえません。ザイフェルトは青酸カリを飲んで、なおかつ飛び降りるのを怖がるかもしれない。そうすると、どこで毒物を入手したかという問題が生じる――薬物は言うに及ばず。しかし、ザイフェルトは飛び降りた。それだけで死んだかもしれない。頭蓋骨が粉砕されていましたから。のちにわかったことには、ザイフェルトは二五万マルクよりはるかに多い額をぼくに遺してました」

グスタフはいったん間を置き、ツヴァイクを見すえた。しばしの沈黙のあとツヴァイクが言った。

「ほかの老人は？」

「いや、まずお話ししておくべきことがほかにたくさんあります。ザイフェルトの死は残念だった。でも避けられないことだった。とはいえ、犯罪に加担してしまったという不愉快な感情は受けました。単なる自殺の一件だったかもしれないのだが……。遺体の本人確認をするはめになったとき、吐きそうになりましたよ」

「お父さんは知っていたのかね」

「あとで話しました——半年後に」

「なんと言っていた」

「ぞっとしてました。でも、もうそのころには親父にできることはあまりなかった。ぼくらはドイツを離れざるをえなかったし、親父はかなりの財産を失ってた。一方ぼくの金はスイスの銀行に預けてありました。チューリヒ近くに初めて二人の研究室を持てたときも、設備費はおおよそぼくが出しました。二人で薬物の研究をして、結局それがノイロミシンになったんです。だから、親父に何ができたというのか」

「だから自殺したというわけかね」

「いえ。だけど、これも話しておこうかな。ぼくらは、ご存じのとおり、自白薬の概念にも取り組んでたんです。親父は脳外科医の観点から自白薬に関心を抱いてた——脳の特定部位に対して、どんな薬物が影響を及ぼしうるかと。その後、まったくの偶然から、親父は習慣行為を司る脳の部位に影響を及ぼす薬物を発見しました。ある意味で、運動筋肉の反射条件に関するパブロフの実験からの明らかな一歩前進だった。

親父はベルガーやゴッラと緊密に連絡を取ってました。ほら、相手の二人は、脳の神経衝撃の問題に取り組んでましたよね。やがて親父はある発見をした。電気器具と少量のアトロピン誘導剤とを用いて、ある単純な習慣行為を除去することが可能だと。まず第一に、喫煙習慣をはじめ衝動脅迫的行為の諸形態を破壊する薬物を作り上げるのが、親父の狙いでした。これができれば、脳研究のための大型施設を構えるだけの金が入るだろうと踏んだわけです。

ぼくはまったく違う理由でこの計画に興味を持ちました。行動における習慣性を崩す薬物を開発するという親父の計画を知らされたときは、もう気分が高揚してね、一〇マイルほど外を歩いてようやく冷静になれたほどでした。なぜか。人間の限界という概念に取りつかれてたからです。なぜ意識は、ときにかがり火となるほど燃え立ち、超人の姿をちらりと示してくれるのか。あなたはハイデガー解説書でこの問題に取り組んでおられますね。しかもぼくと同じ結論に到達されたようだ――人間の意識は〝配給制度化〟されるのが、人類の進化にとって重要だと。それから、さらに強烈な意識を獲得すべく、親父は言語や記号はじめ文明の各種装置を創り出してる。ところが、この進化力のための道具――人間の意識を制約する――は、有用性では今や逆効果になったように、ぼくには思えました。自分たちで創り出してる装置があまりに複雑で、我々は圧倒され始めたんです。それでも我々は、意識を制約しながら現在の生活習慣を破ることはできない。そのとき、ふと思いました。親父の発見はぼく自身の問題を解決してくれるかもしれない。なぜなら、ぼくは自分の習慣のせいで、自ら求める洞察力を獲得できないのだと気づいたからです。たとえば、悪魔の肩《デビルズ・ショルダー》から車で落ちたとき、自分に言い聞かせてたのを思い出しました。おれは別人になったと。この洞察は決して忘れません。それでも昔からの環境に置かれた自宅に帰るや否や、昔からの思考の習慣がいつのまにか戻り、洞察力は消えました。

あの燃えてる車を眺めながら、親父の開発した新薬を服用できてたら、新たに生まれた洞察力はきっといつまでも消えなかっただろう。昔ながらの習慣は破壊されただろう。だからぼくは、チューリヒ近くに研究室を持つに際して、喜んで自腹を切ったんです。親父は喫煙習慣を正す薬物を作ろうとした。ぼくがほしかったのは、超人を生み出すための薬物——というより、超人が自分自身を創り出しやすくするための薬物かな。だから一九三三年から三六年まで、父子で各自の新薬の問題に取り組んだわけです。するとある朝、親父がガラスのスライドを手にして僕の寝室に入って来ました。スライドにはいくつか針のような水晶が載ってた。これがノイロカイン、つまり習慣を破壊する薬物の原形です」

「ノイロミシンのことかね」

「いえ。ノイロミシンは脳と同じく分泌器官にも影響を及ぼす。ノイロカインはある習慣中枢の一時的麻痺を起こしうる。ぼくらにわかってたのはこれだけです。どんな習慣が影響を受けるのか、二人ともわからなかった。たとえばぼくの見立てでは、ノイロカインは物理的行為の習慣ばかりか、思考の習慣すなわち自分自身に対する見方に影響するのではないかと。自分のことを弱虫で臆病者だと思うようになった人は、自分には選択力がある——臆病者がいいか英雄がいいか——と、不意に実感しそうだ。習慣は人を縛る力を失うだろう。これでもう、なぜぼくが興奮したかわかるでしょ。あなたは自己妄想をする人間の習慣について論じておられた。しかし、我々がこの習慣をなくしたとき、どんなことが起きるのかを観察する機会をあなたは持てなかった。ぼくは独力でそこを見ることが今にもできそうだった。

ぼくはすぐに薬物を服用してみたかった。親父はそれを退けました。親父が言うには、おれはおまえより年上だ、だからおれの人生のほうが価値は下だと。薬物が有害なら、ぼくは今までどおり親父の仕事に関わっていこう。だから結局、親父がまず薬物を試すことにぼくも同意しました。同じ日の朝、親父はノイロカインの溶解液を作り、静脈に注射しました。はじめのうち、結果はまったくぼくらの予想どおりでした。二時間後、親父はとてつもない幸福感を味わいました。一気に二〇歳も若返った感じだった。びっくりするほど明快に、ぼくらの今後の作業について語りだしました。ぼくは興奮し切って、自分の希望することを何もかも伝えました。親父はすべて同意してくれた。ぼくはすぐにでもノイロカインを摂取したくなった。親父はもう数日待てと言いました。副作用が出ることもありうるからです。あのときの二日間、自分がどんな精神状態だったか今でも憶えてますよ。ぼくは絶対確信したんです、あらゆる哲学者にとって最古の問題――なぜ人は神でないか――に対する解答を見出したぞと。それから、薬物の危険性もわかりました。つまり、いつもの習慣行為がなくなれば、人は自分の抱くべき目的と進むべき方向に対して絶対確信しないといけないだろう。今までの習慣に取って代わるものを持たねばならないだろう――すなわち、古い習慣にまさる思考と行動の新たな習慣を。

とはいえ、親父に対する薬物の効果から、ぼくらは最大の希望を確認しました。あの二日間、親父の活力はとてつもないほどだった。無茶苦茶に飲み食いし、とめどなく話し続けた。たばこはぴたりとやめた。あなた憶えてますか、親父はよく左ほおをぴくぴく動かしましたよね。疲れてるときはよけい目立った。このくせもなくなったんです。本人によると、薬物のおかげで妙に明るくなれたと――それでも頭はすっきりしたわけじゃない。精霊《スピリット》になった気がしたそうです、まるで好きなところはどこへでも数秒で飛んで行けるみたいに。

二日目が過ぎると、反動が起きました。親父は無気力になって大儀そうでした。からだが重くなった、歩くのもつらいと言いました。ぼくは興奮剤を与えようかと思いました。効きそうな感じがしたんです。しかし、薬物を摂って四日後、親父は自室に行って睡眠薬を大量に飲みました。ただ長く寝てたかったのか、それとも死にたかったのか、結局わからなかった。

親父の死から三週間、ぼくにはノイロカインの問題について考えるひまはありませんでした。家には記者や支持者が押し寄せてきた。そこでぼくは発表したんです、父は財産を失った不運と、ナチス支配のもとで暮らしてる親族の状況とを想って、落ち込んでましたと。結局ぼくはまた自分で自分のことを仕切れるようになり、薬物を摂取しようと決めたんです」

「なぜ」

「親父が自殺した理由を知りたかったから。親父はすごい思想を求めて生きた人間ではない――単なる腕のいい脳外科医だった。だから、新たな条件のもとで生きる自分の当惑の念を克服するに値する目的などなかった。ぼくの意志力は親父の意志力より強いと思いました。いずれにしろ、親父の摂取量の半分だけ摂取してみようと決めたわけです。

まず表れた効果として、異様なまでの自由の実感が全身に広がりました。気分がわくわくして、誰かに話したくなった。だからあなた宛に手紙を書いたんです」

「わたし宛？　一九三六年に？　でも受け取っていないぞ」

「ええ。出してませんから。投函する前に、あなたの最新作をチューリヒから取り寄せたんです。宗教上の象徴の隠された意味に関する一書でした。それを読んで、我《われ》はキリスト教徒なりとあなたは宣言しそうだなと察しました。あなたが哲学の大義を裏切った感じがしましたよ。人間の最も深い問題は自由の欠如だと、ぼくはあなたから教えられたんです。そんななか、ぼくが人間の自由を取り戻す新たな方法を見つけたように思えたとき、人はキリストにより救われるべしという考えをあなたは謳い上げた。ぼくはあなた宛の手紙を引き裂きました」

「残念だな。わたしとしては、きみが想像するような意味でのキリスト教徒であったためしはないんだが……」

「ええ。でもそれはどうでもいい。当時ぼくは気にしてなかった。薬物の最初の効果は、自分の予想をはるかに超えてました。知覚が子どもさながらに鋭くさえた。大人は生きる習慣、つまり物を見たり聞いたりする習慣を打ち立てるため、五感が鈍くなります。ノイロカインのせいで、ぼくはあたかも不思議の国に生きてるような気がしました。でもその国を子どもは見たことがない。なぜなら子どもの内面にはありとあらゆる恐怖や疑念が満ちてるから。子どもの世界は厳しく限られてる。ぼくの宇宙は子どもの宇宙より百倍も広い。でもぼくは子どもと同じ新鮮な視覚で宇宙を見た。五感は信じがたいほどさえわたり、同時にかつて経験しなかったほど強力かつ正確に記憶がよみがえりだした。子ども時代のことが、一日残らず、すみずみまで思い出せました。何かのにおいをかげば、なんらかの思い出が浮かびました。紅茶に浸したマドレーヌの効果について、あのプルーストがどんな描写をしてるか、憶えてますか（『失われた時を求めて』第一部「コンブレー」参照）。子ども時代のことをふと思い出した瞬間ですよ。あのときはそんな感じでした。それも四日間です、単に数秒ではなく。

その後、反動が起きました。からだが重くなった気がすると親父が言った意味が、そのとき初めてわかった。以前は何も考えずにやれたことが、意志の力がなければできなくなったんです。たとえば、短い手紙をタイプするのも数時間かかりました。五感は異様なほど鋭いが、いらだたしい事柄を無視しようにもできなくなりました。庭のウッドペッカーが立てる音を聞いて頭が狂いそうになり、ぼくは庭に出てそいつを撃ち殺しましたよ。生活のうち、どれぐらいの割合──呼吸することも含めて──が習慣なのか、忘れてしまった──あるいは気づかなくなった。

ノイロカインは実際にはぼくの呼吸に影響しなかった──そこまでの量を摂取しなかったから。でもほかの行為にはすべて影響が出ました。何かおこなうごとに、ぼくはそれをしてる自分自身を意識しました。それができるか否か、自分で選べるのだと気づきました。ぼくは睡眠薬をたっぷり飲み、三〇時間も寝ました。目覚めたときにはその効果が消えてればいいと思ったのですが、効果は新たな段階に達してました。目を開けると、ぼく自身を除く世界の万物がなまなましい、という奇妙な感覚にとらわれたのです。おれは真空じゃないかと思えました。同時に、広大な砂漠──自由の砂漠──の真ん中にいるような気がしました。そこで初めて悟ったんです、過剰な自由から自らを救うため、人間には習慣が必要だと──自由は人間にとって潜在的に最も危険な敵だと。ヒトラーやムッソリーニが言うような意味で言うんじゃない──あるいは、ドストエフスキーの大審問官（『カラマーゾフの兄弟』第五篇「プロとコントラ」五「大審問官」参照）の意味ですらない。人は死に直面して初めて真の自由について知ると、ハイデガーが述べたことの意味がわかりました。死は究極の脅威、究極の制約なんです。死があるゆえに、人はおのれの目的、生きたいというおのれの欲求を意識する。人間に必要なのは自由ではないと、ぼくは不意に実感しました。すでに使い切れないほどの自由は得ている。要点は目的の洞察なのだ。

ノイロカインのおかげで、自分が抱いてる本当の目的がいかに少ないか、ぼくは気づかされた。自分が巨大な工場にいて、機械がすべて止まってしまったように感じました。工場で働くなかで、自分はすばらしい声の持ち主だと思い込んでる人間のことを想像してください。機械の音に掻き消される声で歌ってるから、その声がすばらしいと思えるだけだということが、本人にはわからない。ある日、機械が止まる。すると自分の声は実のところさえない嘆きの声だとわかる。これこそぼくの立場だった。ぼくの思考の背後には巨大な沈黙があるように思えました。何事が起きてるのか、と問う沈黙です。恐ろしかった。まるで自分のなかの宇宙空間をすべて自分で運んだかのように。肘掛け椅子に腰を下ろして、壁を見つめながら、おれはまた何かを欲するようになるのかと自問しましたよ」

「でもきみ、まだ物を食べたい気はあったのかね」

「ええ、でも心に抱いてたのは、それよりもっと深い気持ちです。いつのまにかこんなことを考えてました。人が自分の空腹を満たす目的はなんだろうか。人は、明日、来週、来年に何をするだろうか。自分は砂漠の真ん中に裸で放り出されたちっぽけな意志力の粒にすぎないと、ぼくは感じました。そのとき、なぜ親父が自ら命を絶ったのかがわかったんです。薬物は死に対するぼくの本能的な恐怖心を破壊しました。ぼくは死ぬのも生き続けるのも自分で選べるんです。でもどちらを選べと自分に命じる価値観がなかった。ぼくの本能はすべて死に絶えてました。

そんな状態のなか、ぼくはぜひとも生き抜かなければと悟ったわけです。できるだけ睡眠を摂ることにしました。薬物を使い続け、何日も眠り、目覚めると物を少し食べる。こんなふうにして数週間が過ぎました。そんなある日、薬物の効果が消えつつあるのがわかりました。今でも憶えてますよ、目覚めたときに、もう今までみたいな酷いまでにぎらつく意識がなくなってたことを。ハエが一匹、顔に止まりました。自分の手が顔の近くまで上がったところで、ふと気づきました。おれは無意識に手を上げたんだ。この世は以前より柔和な感じでした。そのさまをぼくはまた当然視してた。それから二日もしないうちに通常の状態に戻りました。しかし、自分の諸々の習慣が戻ったときの歓びは、とても口では言い表せません」

グスタフは口を閉じ、自分のグラスにウィスキーを注いだ。次はあなたの話す番だと言いたげにツヴァイクを見つめた。ツヴァイクは少しいらついた。グスタフによる実験の描写のせいではなく、もっと危険な何物かのせいだ。ツヴァイクのなかの生命は、冷たい風から逃れるように、ある認識からこそこそ逃げだした。

「それできみはどうしたんだね」

「数週間は何も。自分が学んだことについて考えようとしました。ぼくはまったくの別人になった気がしました。ほら、ニーチェは万物に対して問いかける苦悩について語り、こう言ってますね。『そんな苦痛がわたしたちを良くするかどうかはわからない。が、わたしたちを深めるのはわかる』ぼくもそう感じました。たとえば、偉大な犯罪者になるというかつてのたわけた夢は、ぼくのなかから一掃されました。過去一カ月は、五〇年も前のことのように感じられた。

それでも、自分には金が必要であるのはわかってました。ぼくはザイフェルトの相続財産を使い切ってましてね。とにかく自分の研究を続けるのが何より大事だと感じたんです」

ツヴァイクは驚いた。「なぜだね」

「すごい秘密を捉える寸前まで来たと思ったから。ぼくは自問しました。なぜ大半の人間はかくも弱々しく生きてるのか。習慣に搦《から》め取られて、なんの目的も持ってないからだ。ぼくは自分の習慣行為をすぱっとやめ、生きたいという意志と向き合いました。これはノイロカインを洗練する問題にすぎないとわかってました。ノイロカインが純粋すぎたんです。ノイロカインは黒板からチョークの字を拭き取るように、あらゆる習慣を消し去る。大事なのはある種の習慣のみを突き崩すこと、またはその力を弱めることでした。そのほか、ぼくは意志の構造における目的の重要性を認識するようになりました。ゲオルギがよく言ってましたよ、目が涙を分泌するように脳は意志力を分泌するんだ、我々はこの意志力分泌腺をいかに制御するか考えねばと。たとえば、性的興奮の絶頂に達すると、しばしばこの分泌腺が解き放たれる。するととてつもない力をみなぎらせる感情が不意に湧く。ゲオルギが別の場で述べたことで、ぼくは自分にとっての問題を解く手がかりを得ました。意志力の活用は健康にとって肉体の行使より重要だというのがあいつの自説です。さらに、たいていの人間は自分の意志力をおよそ使わないので、運動と縁のない人の身体《からだ》みたいに、意志は病んで弱くなるとも。

一方、バルザックは人間喜劇の構想を思いついたとき、大喜びしたという記述をぼくは読んだことがあり、その気持ちがわかりました。というのも、研究に人生をかけることで、人間の自由の秘密が得られるかもしれないと初めて悟ったとき、バルザックとまさに同じことを感じたからです。つまり、人生を通じて、意志力を粘り強く活用しないといけないという思いです。堅実な努力をしつつ目的を持って長い年月を生きること、通常の倦怠から自由になること、という構想でした。ぼくは悟ったんです、どんな薬物を飲んでも、自由の問題を解決することはできないと。薬物はこの問題をいくつかの点で単純化できるだけだ。だからぼくは研究を続けなければならなかった。でも、先立つものがない。そんななか、一九三六年の六月に、ある機会が訪れました。かつて親父の患者だった人物が近づいて来たんです。シュモールなる男でした」

「ああ、下着業者か……」

「ご存じなんですか。予想以上にいろいろご存じのようだ。じゃあ、シュモールがどうなったかもおわかりかな」

「一九三六年の八月に、メントンで舟に乗っていて事故死したそうだね」

「そのとおり。シュモールは、隠居してのち自殺衝動を経験したからと、ぼくのもとに来たんです。それから、もっと恐ろしい別の衝動も経験したそうです――怒りにかられて暴力を振るいたくなる衝動で、品物をずたずたにしたのだとか。いつか殺人を犯してしまうのではと恐れてました。そこで親父がシュモールに、そういう暴力的衝動を治療する脳の操作について話したんです――親父は白質切断のみならず電気治療の方法も研究してました。シュモールはぼくに親父の手伝いをしてほしいと言いました。だからぼくはノイロカインを用いた実験について少し話しました。正直なところ、その危険性はなるべく小さく見せようとしましたが。ある日、シュモールに微量のノイロカインを与えました。するとシュモールは最初の効果に驚き、歓びました。薬物実験を続けるには金がかなりかかるとぼくは言いました。シュモールは大満足だったので、必要なだけ金は出すと請け合いました。

その後、副作用が出始めると、ぼくは睡眠薬や各種の刺激剤をたくさん与えました。一週間もしないうちに副作用は消えていき、シュモールは回復しました。でもぼくはうまいこと言い訳して、別な薬物を与えたんです――何より金をしっかり得たかった。いずれにしろ、最初の一服でシュモールの暴力衝動が拭い去られた。明らかにその衝動は、働くことをやめて抱いた欲求不満と関わってました。ともあれシュモールは一カ月ぼくの客として滞在し、何度かまとまった額の金をくれました。その後、落ち着きをなくしてくのがわかると、ぼくはメントンへの旅を勧めました。残念ながら、お互い近づきになるにつれて、シュモールの精神異常性が再び現れ出てきました。シュモールはいらいらして疑い深くなり、あるときなど、ぼくを名うての信用詐欺師呼ばわりした。あとで謝罪しましたが、事態はいよいよ深刻になってきたとわかりました。ぼくの顔を見れば、ノイロカインをくれと、しつこく求めてきたんです。二人でチューリヒに戻れる日まで待ってくれと説き伏せようとしましたが、シュモールをなおさら怪しませただけです。

そうしてついにぼくは我を折り、効き目のごく穏やかなものを与えました――最初の一服より効き目は半分のものです。薬のおかげでその日のシュモールは明るくなり、ぼくのことを歴史上でも指折りの科学者だと称え、きみの研究のためにわたしの全財産をあげるつもりだと言いました。そこで薬の効果が薄れるたびにぼくは新たなものを与えました。でもそれはあまりうまくいかなかった。

三日目、起き上がったときのシュモールは、殺気をあらわにしてました。ぼくは一人で帰国してしまおうかと本気で考えました。ある午後、ボートに乗ろうと言いだしたのはシュモールです。沖に半マイル出たところで、よくある発作が起きました。顔は紫色になった。シュモールはぼくをののしり始め、わしから金を奪ったとなじりました。おまえは人の生き血を吸うヒルで、わしに取りついて金をすべて巻き上げるつもりだろうと言うんです。そうしてぼくに飛びかかってきたので、二人で取っ組み合いになりました。シュモールは異様な精神状態なので、ぼくよりはるかに強かった。だからぼくはどうにかからだを離すなり、ボートから海に飛び込みました。シュモールも続いて身を投げ出したんです。それがシュモールを見た最後でした。

どうもシュモールは発作のすえに、無意識状態――癲癇《てんかん》患者みたいな――になって、溺死したんじゃないか。ぼくはボートをひっくり返して――何が起きたか人に示すために――岸まで泳ぎました。あとの事情はご存じですか」

「だと思う。メントンの新聞できみの逮捕を知った。二年後だね」

「じゃあ、ぼくを脅して警察に行こうとした男の話も読まれましたね。幸い、そいつが金を要求してきたことを証明できたので、ぼくは釈放されました」

「で、遺産は？」

「いくらか受け取りました――ちっぽけな額ですが。遺族がうるさいことを言いだして」

そのとき、二人は同時に音を耳にした。小枝がぽきりと折れるような音だ。ツヴァイクは窓辺へ駆け寄った。グスタフはじっとして、暖炉の火を見つめ続けた。部屋の明かりのせいで外は何も見えなかった。ツヴァイクは立ち上がった。同時に扉を叩く音がした。ツヴァイクが言った。

「わたしが出ようか」

「お願いします」

ツヴァイクが戸口に着く前に、台所の扉が開いてナターシャが現れた。

「わたしたち、おじゃまかしら」

「そこで何をしているんだね」

ナターシャはなかに入った。あとにガードナーも続いていた。後者が口を開いた。

「二人で来て、何か起きてないか確かめたほうがいいと思ったんです」

「二人だけですか」

「そうですよ」

ナターシャの靴についた泥がツヴァイクの目に留まった。ナターシャの外套が雨に濡れて光っている。

「車はどこに停めたんですか」

ガードナーがそっけなく言った。「農場に置いてきました」

グスタフが戸口に立ち、ていねいに言った。

「どうぞお入りください。何か酒でもいかがですか。それともコーヒーかな」

ガードナーが言った。「酒を飲んでもかまわないが――」妻の視線に気づき、間を置いてから語を継いだ。「あ、いや、けっこうかな、すまないけどね」

ツヴァイクが言った。「二人がここに来ることをグレイは知っているのかな」

「いえ」

「この場所のこと、警察は知っているのかね」

ガードナーは目を丸くした。

「わたしは話してませんが、たぶんもう知ってるでしょうよ。一日中ティムの家政婦に接触を試みてたから。だから聞き出したんじゃないかな……」ガードナーは話しながら、ツヴァイクからグスタフへと視線を移した。見るからに今の状況に戸惑っている。ツヴァイクが言った。

「とにかくなかへ入ったほうがいい。グスタフから事情を聞いていたところで……」ツヴァイクはグスタフの顔を見た。「この夫妻にも話すしかないんじゃないかね」

グスタフはためらったが、笑みを浮かべて言った。「あなたが必要だと言われるなら。だけど、もし警察がここに来る途中だとすると、時間がないかもしれない」

ガードナーがずけずけとグスタフに問うた。「警察は避けたいのかね」

グスタフが言った。「ええ」

ツヴァイクが静かに言った。「それが最善だな」

ガードナーが肩をすくめた。「わかりましたよ、あなたの言葉を信用しましょ。じゃ、みんなでここを出たほうがいいな。一つ提案があります。ワーキングのそばに小さなパブがある。ここから三〇分もかからない。そこへ行って話し合いましょう」

グスタフが言った。「わかりました」

ナターシャが夫に言った。「あなた、自分が何をしているかおわかりなの」

ガードナーが言った。「いや。でもカールの言葉は信用してる」

グスタフが言った。「いいでしょう。じゃ今から行きましょう」居間に入り、明かりを消した。ナターシャが言った。「わたし、懐中電灯を持っています」ハンドバッグが開いたとき、小さな拳銃が入っていることにツヴァイクは気づいた。グスタフが台所の明かりを消して言った。

「車で農場まで行けますよ」

＊＊＊＊＊＊＊＊＊＊＊＊＊＊＊＊＊＊＊＊＊＊＊＊＊＊＊

雨がまだしとしと降っている。ツヴァイクとナターシャはアングリアの後部座席に乗り込んだ。みな無言のままでいるなか、車は農場に着いた。ヘッドライトがガードナーの車を照らした。道路の向かいの並木の下に停まっている。グスタフはゆっくりローバーに並べて車を停めた。

「あなた方三人はそっちの車に乗ったほうがよさそうだ。ぼくはあとに続きます」

ガードナーが言った。「わかった」

グスタフが言った。「停めるときは農場から少し離れたところへ」

ガードナーがむっとしたように応じた。「べつに注目されたかない」

ローバーが道に出るなり、ガードナーが言った。「ようすはどうでしたか」

ツヴァイクが言った。「あいつから聞かされたことは信じがたい。でも、あいつは無実だとぼくは確信している」

ナターシャが言った。「どうしてわかるの。関わった老人たちの死はほんとに自殺だったのかしら」

「あなた方が来たとき、まだ説明は途中だった」車に揺られながら、ツヴァイクはてみじかにゲアハルト・ザイフェルトについて、またシュモールの死について二人に語った。話が終わっても夫婦はややしばらく黙っていたが、ガードナーが言った。

「正直、あの男は嘘をついてると思いますよ」

ナターシャがツヴァイクにたずねた。「先生は信じてらっしゃるの？」

「全体としては。今回の一件については何もかも戸惑うばかりだ。なかでも戸惑うのはこれだ――グスタフ・ノイマンのような人物が、どうして名うての犯罪者に変身できるのか。これはぼくにとって解答不能の疑問だった。本人の話で明らかになったよ。それ以上の説明は望めないでしょ」

ガードナーがゆっくり言った。「お言葉を返すようですがね、教授、ノイマンが無実であってほしいという欲求に自分が影響されてないと、あなたほんとに言えますか」

「この一時間グスタフと同席していたら、あなたもそんなことは言わないだろうね。一言もらさず話を聞いて、あいつは真相を語っていると確信しましたよ」

「警察もそうだと思いますか」

「いや。そこが問題なんだ。あいつを助けるためには、ぼくもやれることはすべてやるつもりです」

ナターシャがいきなり言った。「ジョー、〈ドラゴンフライ〉号はどうなの。あの人をフランスへ連れて行けないの？」

「連れて行ったらどうなるか。グレイとチェソンにどう言えばいいんだ。すみませんが、ノイマンは無実だとわたしたちは決めたんです、だから逃げるのを手助けしましたってか……。とにかく、何がいい案なんだ。あの男は、フランスにいようがスイスにいようが、同じようにあっさり捕まるさ」

ツヴァイクが言った。「いや。証拠が十分じゃない。この国では、偽造パスポートの件やドイツでの薬物違反の件で、警察がグスタフの身柄を抑えようとするかもしれない。あいつは出国できれば今より安心だろう」

「だけど、どうもわかりませんね。ノイマンはぜったい無実だとあなたが思うなら、あの男が警察に事情を話して自分の無実を証明するのを妨げるものはなんですか」

「無実を証明するには何カ月もかかりそうだ。当局はグスタフを裁判にかけるかもしれない。そうなったら悲惨だ。あいつはノイロカインの実験を人に知られまいとしている。これがもれたら、世の中の新聞記者や偏屈者どもがいっせいに作業を妨害しにかかるだろう。しかも、世間があいつにしかける攻撃ぶりを想像してごらんなさい。たとえば、たばこ会社だ。それに酒造会社。精神科医を含めてあらゆる医学関係者も。口外しないのが何より重要なことだとわかりませんか。今のあいつに必要なのは金とプライバシーです。もしサー・ティモシーが金を持たせてやるつもりなら、あとはこの国を出ることだけだ」

「でも、ティムはどうなんです。あの人だって、ほかの老人みたいな目に遭わないとも限りませんよ」

ツヴァイクが力を込めて言い返した。「ぜったい死なないと思う。理由は単純です。もはやグスタフには、ファーガソンを死に至らしめることはできない。生かしておくほかないんです」

ガードナーはウィンドーを下げ、左折の合図をした。車は小さなパブの中庭に立つ木の下に停まった。すぐあとにノイマンのアングリアが横につけた。

パブは混んでいた。ガードナーは店主に手を振った。「誰か二階にいるのか、ハリー」

「いえ。上がってください。わしもすぐ行きます」

ガードナーは一行を従えて天井の低い談話室に入った。暖炉の石炭が燃えている。

「新婚当時、ここでよくナターシャと二人で週末を過ごしたんです。イングランド南部では一、二を争う古い宿でね。鼻の下を伸ばした親父連中が愛人の女の子を連れて、二人だけの晩餐会としゃれこんだものですよ」ガードナーがカーテンを開けると、四柱式寝台が現れ出た。

グスタフが言った。「いいねえ」窓から中庭に視線を向けた。「目を楽しませてくれる場所だ」ツヴァイクはグスタフの落ち着きぶりに感嘆した。いつなんどきにも逮捕されるかもしれないのに、美術館を訪れた観光客さながら、節度のある興味を示した口ぶりだ。「ところで、気づいたんだが、この店の名前は〈やぎ座とコンパス座《ザ・ゴート・アンド・コンパシイズ》〉ですか。あなたのある著作の題名じゃありませんかね」

ガードナーが嬉しそうに言った。「それは独訳の題名です。英語版は『月が爆発した日』。わたしのドイツ語版の編集者は、この題名だと少しおどろおどろしいと考えましてね」

「おもしろい本だ」グスタフが言った。暖炉の両側に座っているツヴァイクとナターシャは顔を見合わせている。ツヴァイクは無表情だ。グスタフに背を向けているナターシャはかすかに笑みを浮かべた。

「あなた、いつ読まれましたか」ガードナーがたずねた。

「最初の出版時に。題名に興味をそそられて」

「たしかに。悪魔と神の中世の象徴だからね――神は万事を包み込んで《エンコンパシング》――」

「でもね、ワヒマ族の心理に関するあなたの考察が古びてるのはご存じですよね」

「どういうことかな」何を言うんだとばかりにガードナーは問うた。

「ミュンヘン公文書館のぼくの友人デンジルは、ルアンダにしばらくいて、ワヒマ族の習俗を研究しましてね、その成果の一部を発表したんですが――」

「知ってますよ。論文を読んだ」

「――でも、とりわけ興味深い発見の一部はまだ発表されてないんです。たとえば、デンジルは原地の住民を相手に、超感覚的知覚《ESP》に関する実験をおこない、原住民のテレパシー能力はヨーロッパ人と比べてはるかに高いことを証明しました」

「確かですか。ほんとにそう思いますか」

「確かです。よかったらデンジルをご紹介しましょうか。もしワヒマ族が本当に第三紀系種族の退化した一員ならば、こういう霊能力はどう説明できますか。あなたの著書では、ワヒマ族を我々よりも下等な精神段階に位置づけてますが」

ガードナーが語気鋭く言い返した。「それは違う。ワヒマの魔術は客観的なたぐいのものだとわたしは述べたんだ。連中には人間心理の能力という概念はなかった。つまり連中はそういう能力を持ってないってことだ」

ウェイターがやってきた。「ご注文はお決まりですか」

ガードナーがいらいらしたように言った。「ああ、決まったよ」見るからに無理してメニューに注意を向けようとしている。「そうだな、ウィスキー四つ。ダブルで。サンドウィッチももらおうか」

「種類はどうなさいますか。ハム、チキン、チーズとトマト――」

ガードナーが相手をさえぎった。「そっちで決めてくれ。たっぷり四人分な」ウェイターに背を向けた。「さて、いいかね、あんたの友人の件だが、そういう結果を出したんなら、どうして論文に発表しないんだ。結局――」

ツヴァイクが言いだした。「口をはさんで恐縮だが、ジョウゼフ、ほかに議論すべき問題があるんだがね」

「そんなに大事ですかね」そう返されたツヴァイクが〝ん？〟とばかりにまゆを上げると、ガードナーが語を継いだ。「ふむ、そうですな、だと思います」グスタフに話しかけた。「今の件はあとにしよう」暖炉のそばの椅子に腰かけ、ツヴァイクに言った。「失礼、先をどうぞ」

グスタフが言いだした。「実は話題を変えるまでもない。なぜなら、我々が以前からやってた議論の要点は、ガードナーさんの著書に出てくる論題の一部と関連するからです」ガードナーとナターシャに顔を向けた。「ツヴァイク教授にずっと説明を試みてたんですよ、ハイデルベルク時代のぼくの一旧友――ナチスに殺されました――のおかげで、ぼくが意識の拡張という問題について考えるようになった事情を。あなた方に教授は話しましたよね、ぼくの親父が習慣行為――たとえば喫煙――に影響を及ぼすような薬物を探してたことを。そういう薬物によって人間のテレパシー能力も上がると親父はずっと信じてました。テレパシーにとっての主たる障壁は、言語による意思疎通という我々の習慣だというのが親父の主張で。この点を少し考えてみると、そんなにありえないことじゃないと

――」

「たしかに。同感です」ガードナーが言った。

「子どもはたやすく二つの言語を習得できる。大人は同じことを難しいと感じる。なぜなら、自分の言語を使うことが習慣になってて、最小抵抗線《テイク・ザ・パス・オブ・リースト・レジスタンス》をたどる（最も安易な方法を取るの意）からです。親父の考えでは、テレパシーはいわば別の言語、別の意志疎通の手段だということだった。ライン（一八九五―一九八〇。アメリカの超心理学研究家）の実験で、大半の人間はささやかながらテレパシー能力を具えてることが証明されました。でもぼくら人間はそれを伸ばせないんです、自分の言語を話すことが習慣になってるから。親父は信じてたんですよ、ノイロカインは、きちんと使えば、テレパシーを探究する新たな方法を提供してくれると。それに精神力の他のかたちも――いわば物質にまさる精神の力」

ガードナーが立ち上がった。顔が青ざめている。ツヴァイクは激烈な興奮の兆候を見て取ったが、驚いたことにガードナーはグスタフの肩をつかんでこう言った。「いやはや、グスタフよ、きみは実に重要なことに取り組んでるな。もし本当に、その薬物が習慣行為に影響を及ぼすなら――」

グスタフがほほえんだ。「試してみますか」

「持ってるのかね」

「ノイロカインじゃない。もっと効き目が穏やかなノイロミシンていうやつを。ツヴァイク教授から聞きませんでしたか。教授も今夜飲んでみたんですよ」

ナターシャとガードナーは同時にたずねた。「それで、どうなった」

「もう効果は消えてきた。でも驚嘆すべき経験だったね」

ガードナーが言った。「わたしも試してみたい」

ツヴァイクが言った。「なあ、グスタフ、どうなんだろうな――酒を飲んでいるときに」

グスタフが言った。「少量なら問題なしです」ポケットから筒型容器《チューブ》を取り出し、錠剤を一つ手に載せて、ガードナーに言った。「ツヴァイク教授が心配するかもしれませんよ、ノイロミシンは興奮しやすい人には危険だから。でも、著書を拝読したところでは、あなたの精神的規律ならきっと緊急事態に対応できますね」錠剤を二つに割り、一方をガードナーに渡した。もう一方を差し出されたナターシャは首を振った。ガードナーはさっそく自分の分を飲み込むと、また腰を下ろして言った。

「効くまでどれぐらいかかるのかな」

「五分」

ツヴァイクが言った。「グスタフ、悪いがね、三〇分以内にここを出たほうがよさそうだ。だからきみも――」

「話を締めくくれ？　いいですよ……」

ウェイターが盆を持って入って来た。ガードナーがポケットから札入れを取り出した。開けようとしたところで札入れが手から落ち、敷き物の上にポンド札が散らばった。ガードナーの顔がさらに蒼ざめたことにツヴァイクは気づいた。ガードナーは前かがみになり、手を伸ばして札をつかめるだけつかむと、くしゃくしゃにした。ナターシャが言った。「わたしがやるわ、あなた」ポンド札を二枚拾い上げ、ウェイターに渡すと、ほかの札を拾い集めた。グスタフがガードナーに酒を渡すと言った。「これをお飲みなさい」

ナターシャが言った。「お酒を飲みながらって、よくないと思ったのに――」

グスタフがすかさず言った。「少量なら効果が増すんです」ガードナーのほうを向いた。「どうぞ飲んでください」

ガードナーは手にしたグラスを見つめている。その目が血走っていることにツヴァイクは気づいた。ガードナーが言った。

「うわあ。こいつはすごい代物だ。きみは飲んだのか、ナターシャ。なぜ飲まないんだ。口じゃ言えないぐらいすごい。酔ってるのに頭がすっきりした感じだ。鮮明至極のありさま……」ウィスキーをがぶりと飲んだ。

グスタフが言った。「ティムが元気満々になったのもわかる」

「あなた、この容器《チューブ》をティムに渡してくれますかね。四八時間ごとに一錠って量を守るよう伝えてください。あの人は異様に興奮しやすいから」

ナターシャがたずねた。「そういう状態がご老人に起きたのかしら、メイドストンで――ベンスキンにも」

グスタフはサンドウィッチを食べながらかぶりを振り、ていねいに飲み込んでから答え始めた。

「いいえ。あの人はジャングルではやったいろんな熱病にかかってて、だから神経組織をやられたんです。ぼくはごく少量のノイロカインをあげただけ。教授に聞いてもらえばわかりますが、ノイロカインには顕著な初期効果があります。でもあとから出てくる効果は危険なんです――人は目的意識もなく自殺衝動にかられる恐れがある。ベンスキンがこの危険な期間を眠って過ごせるよう、ぼくは強力な鎮静薬をあげるしかなかった。残念ながら、本人の体質がひ弱だったため、問題は単純ではなくなりました」手にしたグラスの酒を口に含んだ。「ぼくらはお互いのことがとても気に入ってた――あの人は親父のごく古い友人だった」

「亡くなったときのいきさつは？」

「ノイロカインの影響で、ベンスキンのなかで自殺衝動が起きました。血液中にマラリア熱の痕跡がある人に対するノイロカインの影響について、当時ぼくは気づいてなかった。一方ベンスキンとしては、事情も話さないで自殺すればぼくが困ったことになるとわかってました。ぼくは偽造パスポートでこの国にいたから。ある晩ぼくが医者を呼んでくるまで、ベンスキンは待ってました——解熱の注射を打ってほしいと。その後、ベンスキンは銃を手にして階下へ行き、開いた窓の前で自らに銃を向けました。これは事故だと本人は思わせたかった——強盗に不意打ちを食らわすつもりで下へ行ったら、逆に自分が撃たれたと。当時あの界隈では、強盗事件が何件か起きてましたから……」

ガードナーがいきなり立ち上がり、グスタフの肩に手を置いた。

「今夜この国を出たいのかね」

「ええ、でも——」

「〝でも〟は、やめろ。ついて来なさい」

ナターシャが言った。「ジョウゼフ、あなた自分が何をするつもりなのかおわかり？」

「だといいがね」ガードナーはツヴァイクの顔を見た。「この男が出国することに賛成ですか」

「もちろん」

「よし。わたしもそう思う。この男は殺人犯じゃないと、わたしたちはわかっている。でも警察に納得してもらうのはひと苦労かもしれない。しかも、本人が警察に事情を話してるあいだ、何が起きるかわからない。だから今夜わたしはカレー（フランス北部、ドーバー海峡に臨む町）に連れてってやります」ガードナーはグスタフにたずねた。「金はいるか？」

「いえ。ブリーフケースにありますから」

「そうか。ツヴァイクさんがあんたの車をロンドンへ返してくれる。ティムに関しては、旅ができるようになり次第、スイスであんたと合流できる手配をわたしがしておく。わたしも一緒に行くかもしれない」

「お力をお借りできれば、こんなに嬉しいことはありません」

ガードナーはツヴァイクのほうを向いた。ガードナーの声は、ツヴァイクにすれば初耳と言えそうなほど、情感あふれる調子を帯びた。顔はもう蒼ざめてはおらず、ほのかに赤みが射していた。

「カール、わたしをこんなとんでもない一件に巻き込んでくれて、今後もずっと感謝の念に堪えませんな。わたしたち三人は人間の歴史を変える事柄の間近にいる感じがする。グスタフが薬物を完成に至らせるために、わたしにできることはなんでもやりますよ」

ガードナーはツヴァイクの腕をつかんだ。ツヴァイクはいきなりぎゅっと圧迫されて、思わず悲鳴を上げそうになった。

ナターシャが金切り声でたずねた。「それじゃ、カール。明日また」

「晴れやかな気分だ。誰かがネオン灯のスイッチをつけてくれたみたいに」ツヴァイクはグスタフを見た。「なあ、今まで何度か考えたことなんだが、人間の意識は壊れた電動機《モーター》のついた一種のネオン灯だね。スイッチを入れると、明るくなろうとするが、うまく明かりがつかない——明かりは電子管の長さいっぱいに広がろうとする、両端が白っぽくなり始める、一瞬ちかちかする——が、すぐに消えてしまう。性的興奮の絶頂はこんなふうだと、わたしはかつて思ったよ——真の意識を獲得しようとする試みだ。ともあれ、わたしとしては想像せざるをえないな、近い将来のいつか、明かりは管全体に広がるんだ——指をぱちんと鳴らした——そして突然、こんなふうに我々は真の意識を手に入れる」グスタフに問うた。「言っている意味、わかるかね」

「申し分ないほどに。自分だけだったら、こんなにくっきり想像できそうにないな。壊れたモーターって、うまいたとえですね。この問題の一部は純粋に機械的なものです。親父がよく言ってましたよ、車を動かせるようになるより、人体を動かせるようになるほうがずっと難しいと。誰でもみな、基本的な構造は知ってる――エンジンをどうかけるか、ハンドルをどう回すか――けれど、ほかに知らないことがいくらでもある。たとえば、いかにギアを切り換えたらいいか知らない。大半の人間はローギアのまま人生をのそのそ歩いて――」

ガードナーが話をさえぎった。「たしかに。すべては意識――ギア――の問題だ……」いきなり両手のこぶしをひたいに押しつけた。ツヴァイクとナターシャは心配そうにガードナーのようすを見た。ガードナーは語を継いだ。「くそ難しいな、おれはまるで子どもだ――外国語を学ぼうとしてるような」グスタフの顔を見て、にやりと笑った。「はじめから歩きださないとな」

グスタフが言った。「ぼくらならできますよ」

「そのとおり」ガードナーが言った。「わたしたち三人、カールも入れて――カールは同じ問題に取り組んでるから」妻の顔を見てにやりと笑い、何か言いだそうとしたが、無理だなというしぐさをした。「もう行こうか。ドーバー海峡に霧がかかってなければいいんだが」

この男、いきなり戸惑っているようだなとツヴァイクは思った。まるで、ふと目を覚ました夢遊病患者のようだ。ツヴァイクがグスタフに言った。「さ、行こうか」

ガードナーはナターシャに近寄り、キスをした。ナターシャは夫の首に腕を回して言った。「気をつけてね。ほんとに気をつけてよ。スピードを出しすぎないで」

グスタフはナターシャに会釈した。「奥さま、またすぐお会いしましょう」ツヴァイクのほうを向いた。「なるべく早く合流してください。あなたのお力がいります」

ツヴァイクが言った。「じゃあな、グスタフ」

グスタフが出口に向かうなか、ガードナーがぼそっと言った。「わたしたち、正しいことをしてるならいいんだが」

これが耳に入り、グスタフも笑みを浮かべた。ツヴァイクが言った。「もちろんしている」

グスタフが言った。「ありがとう、カール。忘れませんから」

ツヴァイクとナターシャは窓辺に立った。雨がまだしとしと降っている。ガードナーとグスタフは中庭を抜けて車のところへ歩いた。グスタフはアングリアのトランクを開け、旅行かばんを二つ取り出した。

ナターシャがツヴァイクに言った。「先生はほんとに正しいことをなさっているのかしら」

「ぼくは進んで賭けに出ている」

「サー・チャールズ・グレイは？」

「説得できると思う」

ナターシャが言った。「わたしも説得されたいわ」ローバーの尾灯が角を曲がるのを二人は見つめた。車が速度を上げる音が聞こえた。ナターシャは一瞬ツヴァイクの肩に頭を載せてから、ぴんと背筋を伸ばして暖炉の火に近寄って言った。

「ひどい竜頭蛇尾の結末って感じね——なんだか、おかしなところが——」

ツヴァイクはきみを見直したよとでも言いたげにナターシャを見つめた。

「あるよ、もちろん」

「何が」ナターシャの口ぶりは切り口上だった。

「我々は正義の目的をだめにしている。もしグスタフがイギリスに留まるなら、おのれの無実を証明するのは難しいかもしれない」

「今はあの男も安全だと先生はお思い？」

「ぜったいとは。警察がどれぐらい証拠を積み上げられるかによるね。ともあれ、ここにいるよりは母国にいるほうが安全だ」

「でも先生、なぜあの男が無実だと言い切れるの」

「ぼくは言い切ってはいない」

「本気なの？」

ツヴァイクは肩をすくめた。「グスタフはメントンでの老人の死について、つまりボートの上で起きた取っ組み合いについて、説明してくれた。もっともだと思うような話だった。あいつが説明し忘れたことも一つある――なぜメントンでは偽名を使っていたのか」

「そうなの？　たしかなの？」

「メントンのホテルでぼくが読んだ新聞では、あいつの名はゲアハルト・ザイフェルトとなっていた」

「最初の老人の名前？　スイスで死んだ人よね。でもあの男、なぜそんなことをしたのかしら。なぜその名前を」

「たしかに。あいつによれば、偉大な犯罪者になりたいという愚かしい野望はとっくになくなっていたと。それでも、なぜ以前の犠牲者の名を使わなければならないのか——ある種の虚勢があったことを別として」

ナターシャはにわかには信じられないといった顔で、ウィスキーを穏やかに飲んでいるツヴァイクをまじまじと見た。

「先生、あの男は老人たちをほんとに手にかけたとお思いなの？」

「そうは言っていない。それでも、繰り返すが、なぜグスタフは偽名でイギリスに入ったのか。ナチスドイツから逃げてきたという問題と何か関係があるのかと、我々に思われても仕方ないな。だがあいつは一九三一年にドイツを出た。六年後の話だ。なぜ偽造パスポートを使ったのか」

「なぜ使ったとお思い？」

ツヴァイクは静かに答えた。「わからないんだよ、きみ」

「ご自分が何をおっしゃっているか、おわかり？　それ、本心なの？　ついさっき、ノイマンは無実だって」

「違う。この国では、あいつは自分の無実を証明することに苦労するだろうと言っただけだ」

「じゃあ、あの男は有罪なの？」

「有罪だと法廷が判断することはありうるな」

ナターシャはツヴァイクに近寄り、顔を覗き込むように見つめて言った。「カール、あなたがわからないわ。あの男が有罪だと、あなたは思っているのって、わたしは訊いたのよ」

「きみの問いはわかるよ。じゃ、こう言おう。単純には答えられないよと。ぼくが信じていることを言えば、グスタフは自分の頭に描いた世界像《ビジョン》に取りつかれなくなり、人生を現実どおりに変えるよう努めるに至ったんだ。単に金目当てで老人たちを手にかけたとは思いづらい――グスタフは金に興味がない。あるいは老人たちを手助けしたかったのか。だが、その老人たちをモルモットとして利用した……」

「つまり、人間をその――パブロフの犬みたいに扱ったってこと？　そうおっしゃりたいの？」

ツヴァイクは立ち上がった。ナターシャに覆いかぶさってこられるようで、居心地が悪かった。部屋を横切りながらズボンのポケットに両手を突っ込んだ。

「ぼくには答えられない問いだな。きみに対して言えるのは、なぜぼくがあいつに逃げてほしいかということだけだ」

「じゃあ、なぜよ」

「まずは疑ったからだよ、グスタフがふつうの犯罪者、老人殺害の犯人になったのかなと――」

ナターシャがさえぎった。「だけど当時だって、あの男に逃げてほしかったんでしょ」

「それは違う。しかし、もしグスタフが単なる犯罪者になったのなら、ぼくにも責任の一端があるかもしれない――あるいは全部の責任か。あいつを責め立てる気になれなかったんだ、自分自身を責め立てる気になれなかったから。まあ、ぼくも一点は正しかった――自分があいつの人生に多大な影響力を持ったということだ。それでも、あいつが単なる犯罪者になりうると考えた点で間違っていた。真の犯罪者は自らを現実主義者だと見なしている」

「それで、あの男は理想主義者だから犯罪者にはなれないと、先生はおっしゃりたいの？　でもヒトラーだって理想主義者だったわ。そんな理屈をよく受け入れる気になれるわね」

ツヴァイクはわざとナターシャの顔を見なかった。相手の憤激ぶりに気まずい思いをかみしめたものの、自分のほうが正しいと信じていた。ツヴァイクはじっとこらえるように言いだした。

「いいかねナターシャ、よく聞いてくれ。ちょっと座って話に耳を傾けてくれ」ナターシャは椅子の肘掛けに腰を下ろした。ツヴァイクは立ったままナターシャを見下ろした。「きみにはどうしてもわかってもらいたいことがある。学生時代のアロイス・ノイマンとぼくは、共通の先見《ビジョン》を抱いていた――いや、先見じゃないな、不意に湧いた洞察だ。はじめに口にしたのはぼくだ。自分もよく同じように感じるとアロイスは即座に言った。それはつまりこうだ。人間は昔から世界を解釈するに際して愚かな間違いを犯してきたと、そうぼくが強く思うに至るときが何度かあったということだ。翻訳家がある言語を別の言語に変換するように、五感は現実を解釈する。このひらめきのような洞察において、人間は世界を見つめるとき、ある捉えがたい誤りを犯していると、ぼくは不意に認識した。世界に対する我々の見方は虚偽だ。すなわちまったくの錯誤だ。原罪という表現で、ぼくはこういうことを言いたかったんだと思う。となると哲学者としてのぼくの任務は、つねにこの誤りの源を探ることだった。それにはちょっとした調整――顕微鏡のわきのノブを回して、焦点を合わせるような――をすればすむはずだと思った。それですべて一気に焦点が合うだろうと。この焦点はたまにぴたりと合うのだが、すぐまた何もかもぼやけて迷路のような影がかかってしまう。そこで、この焦点の原理を発見することにぼくは人生を捧げてきた。原罪を無効にするのが哲学者の仕事だと、ぼくは昔から信じてきた。若いころ、こんな想いがぼくの胸にはいつもあった――いまいましいが、自分の観念《ビジョン》には不備があるな、ラジオの受信機がどうも不調だと気づきながら、直し方がわからないのと同じだ。年を取ってくると、この感じは消えた。これを維持するには多大の努力を要した。ところがだ、今夜またよみがえったんだ。今では何日も続けてよみがえっているよ、『月刊・犯罪心理学』に載ったグスタフの論文を読んで以来ずっと。でもグスタフが答えを見つけたとは信じられなかった。あいつの頭脳はぼくの頭脳とどっこいどっこいだとわかっていたからね――いろんな点で、もっと落ちる。今夜、グスタフからノイロミシンをためしに渡されたとき、ぼくは過ちを犯していると自分でわかっていた。ほかに方法があると。グスタフは人生をかけてその方法を追求した。知性のみに頼るのではなく、肉体に再び戻った。ぼくが理論でのみ認識していたことを、グスタフは事実において認識していた――問題のその部分は純粋に物理的なものだ」

「つまりご自分の研究はすべて間違いだったって？」

「とんでもない。ここを出るとき、グスタフがなんと言ったか憶えているかね。『あなたのお力がいります』だ。グスタフの動き方で理想像《ビジョン》は得られるが、目的なき理想像などなんになる。理想像を活用するには生涯かけての規律が必要なんだ。老人たちが自殺したと、なぜきみは思うんだね。単なる薬物の物理的結果だと思うのか？　グスタフは万事を説明できるようなある表現を用いていた。ノイロカインのおかげで、自由の砂漠に存在するという興奮が得られると。学校に通う生徒が夏休みに入ると、同じたぐいのことを目の当たりにするよ――生徒はしばらくすると目的意識をすっかり失うんだ。自由は倦怠を招く。生徒には有り余る自由の使い道がない。生徒は自分の限界、自分の無価値ぶりに気づかされる。学校に戻りたくないという逆説にぶつかるが、しかし限りなく続く休みもいらない。自分の生活の価値が下がる。これだよ、グスタフの薬物は同じ効果を生んだ。そればかりか効果は千倍も強まった。もうぼくの話がわかるかね。そんな砂漠には道しるべがいるんだ。ぼくは人生をかけてその道しるべを作ろうとしてきた。グスタフはぼくに認めたよ、一九三六年に薬物を試したとき、危うく自殺しそうになったと。今度あいつがやるときには、ぼくは付き添ってやる」

「あなた、ほんとに試すおつもり？」

「ほかに手はない。グスタフにはある種の洞察力があるが、きみのだんなも言うとおり、我々はみなこの分野では子どもだ……」

ツヴァイクは窓辺で足を止めた。雨は上がっており、動く雲を通して月の光が射している。ナターシャが近づいてきて、ツヴァイクのとなりに立った。

「なんと言ったらいいかしら……。あの男をもっと信頼できたらいいんだけど。でも先生、あの男がジョウゼフを操るところを見たでしょ。わたしたちがここへ来たとき、ジョウゼフにはノイマンの逃亡を手助けできないと、はっきりわかったわ。一〇分もしないうちに、ノイマンはジョウゼフを丸めこんだもの」

ツヴァイクはほおを緩めた。「そりゃもう、あいつはずるいからな。とんでもない役者だ。賭けてもいいが、あいつはだんなの本なんて読んじゃいない。ファーガソンから中身を教えてもらったんだろう」

「だけど、そんなにずるいやつなら、あなたのこともだましてないと言えるの？」

「この世には偽造できないものが一つある――秩序を求める熱情だ。いいかねナターシャ、ぼくは学生だったころ、大学図書館に行って、いろんな哲学者の著書を見ては考えたものだ。この人々は人生の無意味ぶりにうんざりしているなと。信用詐欺師さながらにこっそり逃げ出し、あとに何も残さない人生にうんざりしていたんだ。こういう哲学者の著書は、混沌と不毛に対する抗いであり、人生をぎゅっと握る試みなんだ。とはいえ二千年を超える哲学史を経ても、我々は大して賢くなっていない。人生はいまだ混乱している。いまだ我々の手を逃れる。それでも真の哲学者たちは、なんらかの単純な道具――ペンチのような――をずっと夢見てきたよ、我々に人生をつかませてくれるような。これが秩序を求める熱情だ。グスタフには、ある」

「で、ノイマンはついに問題を解決したかもしれないと、お思いなの？」

「してないのでは。だがあいつはまったく新たなたぐいの出発をした。ぼくに希望を与えてくれた。ぼくは自分の人生について禁欲的になった――敗北を必然のことと受け止めるようになった。きみ、なぜぼくがグスタフを逃がしたか、今ならわかるかな。あいつの薬物は新たな始まりかもしれない……」

ウェイターが扉から顔を出した。

「ほかに何かご注文は」

ツヴァイクが言った。「いやけっこう。もう腰を上げるから」

ナターシャが外套を着るのをツヴァイクは手伝ってやった。ナターシャはハンドバッグを開けて、手鏡をちらりと覗いた。肩越しに自分を見ているツヴァイクに、鏡のなかで目をやった。

「おかしいわね――今夜ジョウゼフが来たとき、わたし言ったの。『私たち別荘に行かないと。カールが危ないかもしれないわ』って。わたし、拳銃を携帯したんです、もしノイマンが先生に危害を加えるようなら、撃ち殺してやるつもりで……」ナターシャは鏡を元の場所に置き、ツヴァイクからあえて目をそらし続けた。

「だがなんの危害も加えられなかった。出かける前からわかっていたよ」

「わたし、わからないわ」

「何が」

ナターシャはツヴァイクのほうを向いた。その表情が実に冷ややかなので、ツヴァイクはどきりとした。ナターシャはそっけなく言った。

「ある意味で——結局はわたし、あなたを失ったと思う」

ツヴァイクは手袋をはめたナターシャの手を取り、自分の唇を押し当てた。

「バカなことを。きみは疲れているだけだ。ロンドンへ戻ろう」

だがツヴァイクには、ナターシャの言葉の意味がわかっていた。しかも、ナターシャの言わんとする意味で、それが事実だというのもわかっていた。

訳者あとがき

本書は、イギリスの小説家・評論家コリン・ウィルソン（一九三一―二〇一三）の特異なミステリ小説、*Necessary Doubt*（Trident Press, 1964）の本邦初訳にして全訳である。底本にはPocket Cardinal edition（1966）を使用した。

原書は各章内の区切りがないどころか、そもそも章立てすらされておらず、内容のまとまりを示すらしき星印がいくつか付されているのみだ。そこで、読者の便宜を考えて、その星印から次の星印までの部分を一つの章とし、各章内でも主として場面ごとに区切りを設けた。

第二章までの内容をざっとまとめてみよう。時は一九六〇年ごろか。舞台は雪の降りしきるクリスマスイブのロンドン市内。大学で哲学を講じるイギリス在住のオーストリア人カール・ツヴァイク教授が、あるホテルから出てきた二人の男に目を留めた。若いほうの人物に見覚えがあったからだ。しかし、ぐずぐずしているうちに、二人はタクシーに乗り込み、遠ざかってしまった。ツヴァイクはそのホテルに入り、従業員に二人のことをたずねた。やはり、若いほうの男は自分の知人、というよりかつての教え子グスタフ・ノイマンだった。最後に会ってからもう三〇年以上も経つ。

ツヴァイクは元ロンドン警視庁の大幹部だった友人チャールズ・グレイに、自分とグスタフとの間柄について語りだす。グスタフの父親であるユダヤ人脳外科医とは古くから付き合いがあり、二人とも兵士として第一次世界大戦に加わり、戦後はドイツのハイデルベルクに家を構えた。一九二〇年代になると、かの国では反ユダヤ人の動きが激しさを増した。しかし、まだ少年だったグスタフは、そうした情勢に対する恐れや憎しみを口にするより、むしろ自らの同胞たるユダヤ人たちの軟弱な姿勢を難じていたという。知的関心が高く、ハイデガーなど様々な哲学者の著作に親しんでもいたこの若者は、いったい誰からどんな影響を受けていたのか。

ナチスが政権を取る気配が見えた一九三一年、ツヴァイクはドイツからアメリカに移り住むことにするが、その一週間前に、グスタフの仕事の上司が死んだ。しかもグスタフに全財産を遺していた。死因は不明らしい。実はグスタフは催眠術の使い手でもあったが、まさかあいつが人を殺めたわけではなかろうとツヴァイクは思う。ところが、それからも、グスタフにとって近しい別の高齢者が不審な死を遂げたということがわかった。

グレイ相手にそんな昔話をしているうち、今夜グスタフと一緒にいた老人の身にも何か悪いことが起きはしまいかと、ツヴァイクは気になってきた。グレイもそれに応じた。もちろん、かつての老人たちの死はただの偶然で、グスタフにはなんの罪もないことかもしれない。それでもどうも割り切れない。はたしてグスタフは本当に殺人を犯したのか。今はどこにいるのか。せっかくのクリスマスイブだが、ツヴァイクたちはじっとしていられず、ただちに調べを始めることにした……。

グスタフが殺人犯だということはありうるかと、ツヴァイクは繰り返し自らに問いかけ、グレイとも話し合う。そうして二人で調べてゆくうち、どうもグスタフには怪しいおこないをしていたようなふしもあることが見えてきた。とはいえ、いったい真相はどうなのか。何が真相なのか。そもそも一般論として、事の「真相」とはなんなのか。それはいかにして決まるものなのか。ツヴァイクはいろいろ考えをめぐらしてゆくが、答えがつかめない。同じ事実でも、その時々の心理状態で解釈の仕方が変わってしまう。いや、いつのまにか変わるというだけでなく、自ら変えたいと思い、あえて別な見方をしてしまうこともある。しまいには、グスタフが手を染めたかもしれない殺人という重大犯罪そのものについて、これは大した話じゃないのではなかろうかと、そんな気にもなってくる。ツヴァイクのこうした心の揺れ動きが作品に独特の緊張感を醸し出す。第二章でガードナーが口にする「証拠の説得力」(the weight of evidence)は重要な成句だ。調査をいくら重ねても説得力ある証拠がなかなか確保できないがゆえに、ツヴァイクたちはグスタフの犯行の有無を決定できないわけだ。

本書には大きく分けて四種の性質が認められる。①謎解き物、②サスペンスないし追跡劇、③アンチミステリ、④哲学論だ。順に紹介しよう。ただし哲学論は別として、残り三種については、うっかりするとネタバレになる恐れがあるので、あまり深くは踏み込めないが。また本書では、ツヴァイクとある女性との秘めやかな心の通じ合いも描かれるが、この点はあえて細かく述べないでおく。無粋な男たちの言動からなる緊張感漂う場面が多くあるなかで、彩りを添えようとしたのか、あるいは一種のコミックリリーフを狙ったのか。読者によっては、二人のそんな間柄は余分あるいは不自然にも思えそうな部分ではあろう。S・S・ヴァン・ダイン(一八八八～一九三九)が一九二八年に発表した探偵小説を書くための二〇則のなかには、作中に不必要な色恋の要素を入れてはならないという一文もある。なるほどとも思うが、あくまでこれは一九二〇年代のパズルミステリにこそ当てはまる決まり事と見るべきだ。私見では、ツヴァイクたち当事者両名の微妙な距離感からなる描写も、本書の味わいを増す役目を少なからず果たしている。

さて、謎解きとしては、犯人は誰かを探るという「フーダニット」物ではなく、謎を解こうとする側が追いかける相手は定まっており、相手はそもそも事件を起こしたのか、起こしたとするならどんな手を用いたのか、そうしたことを探ってゆく点から、本書は「ハウダニット」物に色分けできる。ロンドン警視庁の大幹部だったグレイが、現役時代に培った人脈を生かして、ツヴァイクとともに真相を追求してゆく過程は興味を惹きつけてやまない。一般に、ハウダニットを核とする探偵小説といえば、ガストン・ルルーの『黄色い部屋の謎』（一九〇八）や、Ａ・Ａ・ミルンの『赤い館の謎』（一九二二）、エラリー・クイーンの『チャイナ橙の謎』（一九三四）のような、いわゆる密室を舞台とした作品が中心だ。ただ、この三作を含めて、犯罪の手口を考察するハウダニットは、こうした過程のみが取り上げられるのではなく、犯人を定めてゆくフーダニットとの組み合わせで一本となる場合がふつうだ。その点『必須の疑念』では、犯罪に手を染めたことが疑われる人物はグスタフのほかにはいない。

真相追及の一環として、グスタフのゆくえを求めて緊迫感ある追跡劇が展開される。小説や映画における追跡劇は、おもに二種類あるだろう。一つは、追いかける相手の位置がわかっているなかで、相手を捕らえるべくあとを追いかけるもの。シャーロック・ホームズ物の長篇小説第二弾『四つの署名』（一八九〇）の第一〇章で、ホームズやワトソン、警察官たちを乗せた汽艇がテムズ川を疾走する場面は、その典型例だろう。もう一つは、どこにいるかにわかにはつかみきれない相手を探し回る例だ。本書の場合は後者に属する。現在グスタフと同行している老人が、ことによると、かつての他の事例と同じく不可解な最期を遂げてしまうかもしれないため、ツヴァイクたちがロンドン市内などを行き来するさまは、キャロル・リード監督の名画『第三の男』（一九四九）で、生存しているか否か不明な友人ハリー・ライムのゆくえを求めて、主人公ホリー（グレアム・グリーンの原作ではロロ）・マーティンズがウィーンの街を歩き回る姿を想わせる。ハリーもグスタフと同じく、多数の人間を毒殺した極悪人である可能性があった。

次にアンチミステリ性について述べる。アンチミステリとは、ミステリ小説であるはずにもかかわらず、結末部で謎の解明や疑問の解決をするという「お約束」をすなおには果たさず、読者にカタルシスを与えない点に自らの存在意義を求めるたぐいの作品を指す。ここで一つ断っておきたいが、このアンチミステリという用語は、おそらく和製英語、要するに日本語だ。正規の英語として使われることがあるとすれば、キリスト教の概念にもとづく従来型ミステリに対する異議申し立てを旨として、あえて物議をかもすべく書かれた作品を指すときかもしれない。本書については、後述するキリスト教関連の内容をめぐってはともかく、形式としては右のアンチミステリ性の意味で用いている。とはいえ、この概念をここで認めるのは、先にハウダニット性を挙げたことと一見したところ矛盾しているかもしれない。フーダニットやハウダニットという概念が成り立つには、いわゆるミステリ、つまりアンチミステリでない小説の存在を前提とするのがふつうだからだ。犯人の正体や犯行の手口を明かすのが主目的の作品ならば、論理の上からそうなる。しかしながら『必須の疑念』は、先述のとおり、謎解き物、追跡劇、アンチミステリという三面を具えてはいるものの、どれか一面を主とした作品ではない。どれを取っても作品構造から微妙にずれている。そのずれ自体、作者ウィルソンの意図によるものか否かはさておき、特異なミステリ小説批評にもなっている。

便宜の上のこととして、「純文学」と「大衆文学」という区分けを用いるとすれば、アンチミステリは前者におけるメタフィクションに対応する。メタフィクションとは、小説という概念について登場人物や語り手が考察や批評を試みる小説、自らの小説性を意識する小説、さらには小説としての自らの資格や存在意義を否定しかねないことまで主題に含める小説だ。一八世紀イギリスの牧師ロレンス・スターンによる『トリストラム・シャンディ』(一七五九)が先駆とされるが、作家が自覚のもとに取り組んだ背景には、第一次世界大戦以降のモダニズムの潮流がある。たとえばイギリスの場合は、ヴィクトリア朝の小説形態に対する異議申し立ての一環として、メタフィクションの試みがなされていった。小説という芸術の生命力に危機意識を抱く作家たちが現れたのが二〇世紀文学の一特徴だ。

本書ではさらに、ニーチェやハイデガーなどの思想を絡めて、おもにツヴァイクとグスタフとのあいだで白熱した議論が展開される。ツヴァイクはかつて『必須の疑念』と題した評論を上梓していた。現在はハイデガーの主著『存在と時間』(一九二七)の解説書を執筆しているところだ。評論『必須の疑念』では、真の宗教信条の拠り所は盲信ではなく疑念だと唱えているという。グスタフの父親で正統派ユダヤ教徒のアロイスは、この考え方を虚無主義と捉え、息子のグスタフに伝染することを恐れた。当のグスタフは、ツヴァイクの教え子になった一九三〇年ごろには、人類を昆虫のごとき卑小なるものと見なし、自分だけは神々に近い存在でありたい、そのためには犯罪者の巨頭になることも辞さずと、はばかるようすもなく口にしている。第一次世界大戦後の社会には、物質的にも精神的にも荒廃した面が強くありながら、何やら新たな価値観や美意識が生まれるような気運も感じられていた。ニーチェの超人思想を単純化したようなグスタフ青年の主張は、文章でいえば若書きのような気負いの表出で、やはり当時の風潮の一面を反映しているだろう。

　それから三〇年ほど経ってツヴァイクと再会したとき、キリスト教を否定していたはずのかつての師がキリスト教徒に改宗したと聞かされたグスタフは、その変わりようについて、ハイデガーのナチス入党（一九三三年）と同然のことだと難じた。あなたもハイデガーも、自分の安全確保のために知的誠意をないがしろにしていると。つまり、ツヴァイクとは違うかたちながら、グスタフも壮年になるまでに内面の変化を遂げていた。かつての教え子の批判に対して、キリスト教は愛の福音によって人類史に計り知れぬ好影響を及ぼしたと悟ったのだと、ツヴァイクは述べた。人間の愚劣ぶりと残虐性に抗しうるのはキリスト教の愛だ。第一次世界大戦が終わり、前途に希望の光が差したかのように思えたなか、ヒトラー率いるナチスが擡頭したため、若者たちのあいだに虚無感が見られるようになった。そんな世の中を救いうるのはキリストの教えのみだ。そう考えての改宗だという。

　その上でツヴァイクは自由という概念の意味についてグスタフと意見を交わす。人間の最も深い問題は自由の欠如だと、かつてグスタフはツヴァイクから教えられていたつもりでいたが、そのツヴァイクがキリスト教徒になり、著書のなかに人は神により救われるべしというくだりを見つけて、裏切られた思いがしたと述べる。とはいえツヴァイクのハイデガー解説書には、「人間の世界経験は基本的に制約経験だ」という一節がある。グスタフもそれには同意する。自由とは、規律を失うこと、つまり世の中へ一人で放り出されることなのか。

　ナチスに入党したのと同じ一九三三年、フライブルク大学の総長に選出されたハイデガーは記念講演をおこなった。その一節を紹介する。

全ドイツ学生の決意性、ドイツの命運をその逼迫のきわみにおいてもちこたえんとする決意性から、大学の本質にいたるひとつの意志があらわれるのだ。（中略）おのれ自らに掟を課すこと、これこそ至高の自由である。口先だけの〈アカデミーの自由〉は、ドイツ的大学から放逐されるであろう。――なぜならこの自由は不当であった、否定のみをこととしていたからだ。それはとりもなおさず、意図や傾向の恣意・放縦、行動やふるまいの無制約を意味していた。

（原田義人訳、M・ハイデッガーほか「ドイツ的大学の自己主張」、清水多吉、手川誠士郎編訳『30年代の危機と哲学』平凡社ライブラリー、一九九九）

ハイデガーはこの翌年に総長の職を辞している。理由については、本人のナチス入党の問題も含めて、すでに各国で研究がなされているので、ここであれこれ述べるのはやめておこう。

太古より哲学者を悩ませてきた大問題、すなわち人はなぜ神でないかについて、グスタフは薬物を用いてまでして無限の自由の境地に達しようとする。しかし、薬が切れてから副作用でからだが重くなったりした。その結果、過剰な自由から救われるため、人間には習慣が必要だと思うようになったという。グスタフ自身としては、もちろん自由の意義を否定しようとしているのではない。ヒトラーやムッソリーニに都合のよい自由は言うに及ばず、『カラマーゾフの兄弟』（一八八〇）の大審問官がイエス相手に得々と語る自由の意味も否定した上で、人は死に直面して初めて自由の意味を知るというハイデガーの思想にグスタフは共感する。ここで、先述したツヴァイクの著書の一節とつながるわけだ。人間にとって最も必要なのは自由ではなく目的の洞察だというグスタフの発言も、自由と放縦とを区別しようとする姿勢の表れだ。ただ、一つ気になることがある。「自らに掟を課す」のが、自由の真髄だというハイデガーにとって、自由と制約とは表裏一体の関係にあるわけだ。人間にとって究極の制約は死の運命だろう。『存在と時間』の第二篇第一章でも、死については細かく論じられている。ならば、なぜハイデガーは、(グスタフも疑問に思ったように)自ら死を選ばなかったのか。これは非難ではない。素朴な疑問だ。

それに関連して、一つ作品を紹介する。アメリカの探偵小説家ヴァン・ダインの『僧正殺人事件』(一九二九)のなかで、アーネッソンなる数学者がニーチェ晩年の著作『偶像の黄昏』(一八八八)の原文の一部を引き、「自由意思による死の功徳」を説いている(「25　幕はおりぬ　四月二十六日　火曜日　午前十一時」)。それを受けて、ヴァン・ダイン作品共通の主人公である素人探偵ファイロ・ヴァンスがこう述べている。

「ストア学派のゼノは、自由意思による死を弁護する情熱的な讃歌を残しています。それからタシタス、エピクテタス、マルクス・アウレリウス、カトー、フィヒテ、ディドロ、ヴォルテール、ルッソー、みんな自殺の弁護論を書いていています。ショウペンハウエルは、イングランドで自殺が罪悪視されている事実に対して、手きびしい抗議をしていますね(後略)」

(井上勇訳、創元推理文庫、四一三頁)

ついでながら、ここで引かれている『偶像の黄昏』のくだりには、原文にない一語(ist)が加えられていたり、途中で原文が抜けていたりしていることを指摘しておく。それはともかく、ニーチェはべつに自殺を肯定していたのではあるまい。生きる力の強さを人が突き詰めてゆくと、いつかは自らの死と向き合うことにならざるをえないという矛盾ないし逆説を意識していた、ということだ。ドストエフスキーの『悪霊』（一八七二）で、おのれの人生から神の意志を完全に排除し、我が人生の神は我なりと思い込もうとしたキリーロフが、結局はおのれの命を絶つほかなかったのも、その深刻な真理の表れだった。ヴァン・ダインはニーチェ研究家でもあったというが、右に引いたアーネッソンの主張は、はたして自説の披瀝だったのか。それとも読者の判断を迷わせるためにまいた偽の餌、いわゆるレッドへリングだったのか。主人公ヴァンスもアーネッソンの言葉を否定していないところを見ると、前者だったと思える。だとすると、ヴァン・ダインのニーチェ理解は、にわかにはうなずきがたいところだ。

著者ウィルソンについては、今さらくだくだしい説明はいるまいが、『必須の疑念』との関わりで一言だけ触れておく。周知のとおり、一九五六年に評論第一作『アウトサイダー』（*The Outsider*）を上梓して以来、ウィルソンは第二次大戦後のイギリス社会における自覚した人間の意識、いわゆる実存的不安について探求し続け、おびただしい数の著作を上梓した。小説第一作『暗黒のまつり』（*Ritual in the Dark*, 1960）は、作者自身を想わせる青年ソームと、連続娼婦殺人事件の犯人と目されるナンとの、哲学論議のような会話で成り立っている。一種倒錯した創造性といった概念を持ち出して、ナンが殺人という自身の行為を肯定的に語るところなど、法律上はもちろん道徳上も受け入れがたい場面が多くあるが、『必須の疑念』の参考資料としては役立つ。

それにしても、凡俗の繰り言と片づけられようが、かつてのフォークソングにもあるように、「人生が二度あれば」ハイデガーの主題もたちまち解決を見たところだ。今は亡き老親に対する介護の日々を振り返り、「あのときああしてあげれば……」という悔いにさいなまれることと無縁であるごとくに。

本稿を締めくくるにあたり、論創社編集部の林威一郎氏にお礼を申し上げたい。一筋ならないこの小説を訳すのはひと苦労だったが、林氏からは的確な助言をたまわった。本稿を書き上げるのに意外なほど時間がかかり、ご迷惑をおかけしてしまったが、とにかく氏には自由に作業をやらせていただいた。おかげで、実におもしろくてためになる一品が出来上がったと思う。ありがとうございます。

〔著者〕
コリン・ウィルソン
英国、レスター生まれ。16歳で経済的事情により学校を離れ、様々な仕事に就きながら執筆を続ける。1956年、評論『アウトサイダー』を発表。これが大きな反響を呼び、作家としての地位を確立。主な著書に『殺人百科』(61)、『オカルト』(71)など。

〔訳者〕
井伊順彦（いい・のぶひこ）
早稲田大学大学院博士前期課程（英文学専攻）修了。英文学者。主な訳書にサキ短篇集『四角い卵』（編訳、風濤社）、ジョイス・キャロル・オーツ『生ける屍』（扶桑社）など。英国トマス・ハーディ協会、英国ジョウゼフ・コンラッド協会、英国バーバラ・ピム協会各会員。

必須《ひっす》の疑念《ぎねん》
——論創海外ミステリ 229

2019年3月25日　初版第1刷印刷
2019年3月30日　初版第1刷発行

著　者　コリン・ウィルソン
訳　者　井伊順彦
装　丁　奥定泰之
発行人　森下紀夫
発行所　論 創 社
〒101-0051 東京都千代田区神田神保町2-23 北井ビル
TEL:03-3264-5254　FAX:03-3264-5254　振替口座 00160-1-155266
WEB:http://www.ronso.co.jp

印刷・製本　中央精版印刷
組版　フレックスアート

ISBN978-4-8460-1802-3
落丁・乱丁本はお取り替えいたします